파열

Rupture

파열

초판 1쇄 찍은 날 ｜ 2012년 11월 9일
초판 1쇄 펴낸 날 ｜ 2012년 11월 16일

지은이 ｜ 공은주
펴낸이 ｜ 서경석

편집장 ｜ 권태완
편집 ｜ 장미연

펴낸곳 ｜ 도서출판 청어람
등록번호 ｜ 제1081-1-89호
등록일자 ｜ 1999. 5. 31
어람번호 ｜ 제5-0320호

주소 ｜ 경기도 부천시 원미구 심곡2동 163-2 서경B/D 3F (우) 420-822
전화 ｜ 032-656-4452 팩스 ｜ 032-656-4453
http://www.chungeoram.com
E-mail ｜ chungeoram@chungeoram.com

ⓒ 공은주, 2012

ISBN 978-89-251-3067-5 03810

Chungeoram romance novel
파열
Rupture
공은주
장편 소설
도서출판
청어람

♦ Contents ♦

하늘이 무너져 내리던 순간은 예상외로 무척이나 조용하게 찾아들었다. 그러나 곧 언제 그랬냐는 듯 머릿속을 비집고 들어온 수많은 상념들이 일제히 약속이나 한 것처럼 난폭하게 들썩이기 시작했다. 극심한 두통이 이내 현서를 사로잡았다.

얼마쯤 지났을까. 간신히 정신을 차린 현서가 웅얼거리는 음성으로 되묻듯 옅게 읊조렸다.

"……진행성 위암이라뇨? 아뇨. 잘못 아신 걸 거예요. 제가 그럴 리 없잖아요."

"지현서 씨, 잠깐 동안 숨을 크게 들이켰다 내쉬어보세요. 그래요. 잘하고 있어요. 우선은 진정부터 하세요."

조심스런 당부와는 별개로 구김 없이 깔끔히 손질된 흰색의 의사 가운이 현서의 두려움을 한층 증가시켰다. 장소가 다른 곳도 아닌 병원인 만큼 아무렇지 않게 농담이라고 웃어넘기기란 아무래도 무리가 따르는 일이었다. 단어 하나를 고르는 데도 의사는 전에 없을 만큼 신중했다. 굳게 닫힌 진료실 문, 웃음 한 점 없는 그의 얼굴 표정이 잔인한 진실을 말해오고 있었다. 차츰 현서의 눈가가 발갛게 달아올랐다. 정말이지 문을 열고 들어와 의자에 앉는 순간까지도 예상치 못했던 일이었다. 무릎 위에 얌전히 놓여 있던 가방 위로 잔뜩 힘이 들어갔다. 뒤늦게 평정심을 유도하려는 의사의 지시에 따라 깊게 심호흡을 해봤으나 불행히도 효과는 극히 미비했다. 흐트러진 숨결은 쉽게 정돈되지 않았다.

"말씀해 주세요. 그 말씀은 제가 죽기라도 한단 얘기인가요?"

"놀란 건 잘 압니다. 하지만 너무 비약해서 들을 필요는 없습니다. 지현서 씨의 경우 아직 젊고, 다행히 늦지 않게 진단을 받은 케이스라 수술을 하면 얼마든지 완치가 될 수 있습니다. 물론 간단치는 않겠지만 미리부터 절망할 필요는 없으니 마음을 편하게 먹으세요."

"수술……."

사납게 몰려든 생각들이 성난 파도처럼 변해 현서를 덮쳤다. 서러움이 봇물처럼 몰려들었다.

"지현서 씨, 이 말이 위로가 돼줄지는 모르겠지만, 차라리 지금 이렇게 발견된 걸 다행으로 생각하세요. 시기를 놓쳐서 수술실에 들어가 보지도 못하고 퇴원하는 환자도 적지 않으니까요."

알아듣기 쉽게 풀어 설명해 주는 의사의 말은 시종일관 차분하고 군더더기 없는 어투를 고수하고 있었다. 그러나 로우 톤의

중후한 음색과는 달리 차트를 넘기는 담당의의 손길은 무척이나 분주했다. 버릇인 듯 이따금 오른손 약지를 이용해 콧등에 걸린 안경을 치켜올릴 때마다 이상하리만치 심장 부근이 따끔거렸다.

지그시 감았다 뜬 현서의 눈꺼풀이 본인의 의사와는 상관없이 파르르 떨렸다. 그러다 어느 한순간 눈앞이 이지러지나 싶더니 곧 기다렸다는 듯 세상이 온통 새하얗게 물들기 시작했다. 거짓말 같기만 한 이 상황에서 벗어날 수만 있다면 차라리 이대로 기절이라도 했으면 하고 바랄 정도였다. 하지만 현실적으로 기댈 만한 친인척이 아무도 없는 현서로선 어떻게 해서든지 버텨내야 하는 자리였고, 곧 정신을 잃지 않기 위해 필사적으로 아랫입술을 힘주어 깨물었다. 금세 따끔한 통증이 입술 주변부로 퍼져 나갔다. 그사이 오한이라도 든 사람처럼 현서의 양쪽 어깨도 덩달아 들썩거리기 시작했다. 차마 맨정신으로는 끔찍하기만 한 지금의 현실을 인정하고 받아들이기가 어려웠다.

의사의 입을 통해 적당히 버무려져 나온 희망 어린 설명들은, 어째서인지 더욱더 현서를 지옥으로 내몰았다. 생각지도 못했던 그야말로 날벼락 같은 일에 선뜻 무슨 말부터 해야 좋을지 가늠조차 할 수가 없었다. 도무지 숨이 쉬어지지가 않는 기분이었다. 이렇듯 패닉에 가까울 정도로 현서 자신의 상태가 최악이었음에도, 잠시 뒤 의사는 지닌 바 본분을 다해야 함을 주지라도 시키듯 기어코 못다 한 이야기를 매듭지었다.

"어디 보자. 지현서 씨는 교통사고 입원 환자로 들어왔다가 뚜렷한 외상 징후가 없어 현재는 퇴원한 상태로 되어 있군요. 그럼 어렵더라도 오늘 당장 보호자 동반해서 다시 오도록 하세요.”

“보호자…….”

별 뜻 없이 던졌을 의사의 말 한마디에 그만 목이 꽉 메어왔다. 잘못한 것이 없는데도 왜인지 이 순간 이루 말할 수 없이 스스로가 작고 초라하게 느껴졌다. 못난 자격지심에서 비롯된 감정이란 걸 잘 알고 있었지만 그냥 마음이 그랬다.

“정확한 날짜는 나와봐야 알겠지만, 최대한 수술 일정을 앞당기는 쪽으로 조율해 보도록 하죠. 그러니 너무 상심 말고 기운부터 차리세요.”

“…….”

“지현서 씨, 내 말 듣고 있나요?”

“……네, 듣고 있어요.”

영 미덥지 못한 현서의 대답이 잇따를수록 담당의의 이맛살이 설핏설핏 찌푸려졌다.

“잊지 말아요. 늦으면 늦을수록 몸에 무리가 간다는걸. 지현서 씨 어린애 아니잖아요. 그러니까 딴생각 말고 건강해지는 일만 생각하면 되는 겁니다.”

단호하고도 강경한 말투의 당부가 재차로 덧붙여졌다. 어쩌면 예전 이 자리를 거쳐 지나갔을 수없이 많은 다른 환자들에게처럼 이번 역시도 그가 한 말은 지극히도 통속적인 위로에 지나지 않았을지도 모른다. 그러나 이로 인해 들끓어대던 마음의 심화가 조금쯤은 수면 아래로 가라앉는 것도 같았다.

하지만 그래 봤자 정도의 차이만 있었을 뿐, 처참하게 일그러진 얼굴은 쉽사리 펴질 줄을 몰랐다. 이 상태에서 조금이라도 힘을 빼버리면 눈가에 고여 있던 눈물이 그대로 뚝 떨어져 내릴 것만 같았다. 결국 성마른 성토가 현서의 잇새를 비집고 흘러나왔다.

"사실은 혼란스러워요. 뭐가 뭔지 아무것도 모르겠는걸요."

"압니다. 지금 당장은 현실을 받아들이기가 힘이 들 겁니다. 그래도 울 만큼 운 다음에는 반드시 이곳으로 돌아와야 합니다. 아시겠습니까?"

"……명심할게요. 정말로 그럴게요."

지극히도 회의적인 생각과는 달리 이어진 현서의 답변은 내재된 내부의 진실을 정반대로 왜곡하고 있었다. 그래서일까 이전의 대답에 비하자면 꽤나 당찬 어조이긴 했으나 하염없이 흔들리는 눈빛까지 숨기기엔 조금 역부족이었다. 때문에 지레 찔려 시선을 외면한 사람 또한 그녀가 먼저였다. 이대로 평정심을 유지하고 있기가 너무나도 힘이 들었다.

다행이라고? 덜덜 떨리는 다리로 뒤돌아 걸어나오는데 하마터면 헛웃음이 새어 나올 뻔했다. 수중에 돈 한 푼 없는 상태에서 수술이라니……. 당장 먹고 자는 일조차 변변찮아 하루하루가 걱정인데, 수술에 드는 그 많은 비용을 충당해 낼 수 있을 리가 없었다.

살아오면서 때때로 느껴지던 현실의 벽이 지금 이 순간 뛰어넘을 수 없는 거대한 장벽으로 돌변해 현서를 압박해 왔다. 고작 스물두 살인 현서 혼자 감당하기엔 너무나도 버거운 일이었다.

"할머니……."

변한 것이라곤 아무것도 없는데 하루 사이에 세상 밖으로 내팽개쳐진 기분이었다. 두 눈을 질끈 감았다 뜨는 일련의 의미 없는 행동들이 반복되어질수록 절망의 그림자는 점점 더 짙게 드리웠다. 화장기 없던 얼굴은 이미 핏기 하나 없이 하얗게 질려 있었다. 그사이 유일하게 붉은 기가 돌던 입술 역시 엉망으로 헤집어진 뒤였다. 입술을 잘근거릴 때마다 상처 부위는 조금씩 영역을 넓혀갔다. 숨통을 비틀어 쥐어짜는 것과도 같은 압박감에 이렇게라도 하지 않으면 당장에라도 바닥 위로 주저앉아 버릴 것만 같았다. 아니, 억지로라도 버텨내야 한다는 강한 의지가 없었더라면 그대로 방향을 잃은 채 앞으로 고꾸라져 버렸을 게 분명했다.

"너무하잖아. 왜 다들 나한테만 이러는 거야."

전부나 다름없던 하나를 빼앗아간 지 얼마나 지났다고. 태어나 지금껏 의지해 살아왔던 할머니, 경숙의 부재가 이 순간 너무나도 크게 느껴졌다.

"정말이지 내가 뭘 어쨌다고……."

보름 남짓한 기간 사이 혼자서는 감당하기 힘든 많은 일들을 차례대로 겪었다. 여전히 받아들이기 힘든 할머니의 죽음, 허둥지둥 혼자 치른 장례, 그러다 당한 뜻하지 않은 교통사고, 그리고 예상치 못했던 청천벽력과도 같은 병명.

폐부까지 깊숙이 들이켰던 숨이 일시에 바깥으로 토해져 나왔다. 지독히도 비현실적인 시간의 연속이었다. 여느 때처럼 꿈에서 깨어나면 사라져 버릴 한갓 악몽일 뿐이라면 한시라도 빨리 이 상황에서 벗어나고 싶은 심정뿐이었다. 그러나 이 모든 일들이 피해갈 수 없는 현실임을 대변이라도 하는 양 병원 바깥으로 나온 지금까지도 코끝에선 포르말린의 병원 냄새가 가시지 않은 채 남아 있었다.

무엇 하나 정리되지 않은 혼잡한 생각들로 인해 일찌감치 포화를 이룬 머릿속은 금방이라도 터져 나갈 것처럼 복잡해져 있었다. 상대방의 부주의로 인해 일어난 불의의 사고 하나가 그녀가 이룬 삶 전체의 근간을 뒤흔들어 올 줄은 정말이지 미처 몰랐었다.

달려오는 차체에 제법 세게 부딪히긴 했지만 겉으로 보이는 외상은 거의 없었었다. 그럼에도 불구하고 MRI 검사가 포함된 고가의 종합검진을 받을 수 있었던 이유는 순전히 사고 가해자, 당사자의 양심에 의거한 끈질긴 권고 때문이었다. 그 덕분에 평소 별거 아니라고 지나쳤던 증상이 사실은 별거였던 것으로 밝혀졌다. 2차로 조직 검사를 해보자던 의사의 판단은 정확했다.

말할 수 없이 피로해진 몸이 자꾸만 아래로 축축 처졌다. 그사이 생각은 점점 더 안 좋은 방향을 향해 치닫고 있었다.

차라리 암이 아니라 이번 교통사고로 인해 유발된 후유증이었다면 얼마나 좋았을까. 그랬다면 이런 걱정은 하지 않아도 되지 않았을까?

어처구니가 없는 것을 떠나, 해서는 안 될 파렴치한 바람이란 걸 현서도 모르진 않았다. 그러나 불쑥 이런 생각을 할 정도로 지금 현서는 궁지에 몰려 있었다. 접촉사고 직후 놀란 표정으로 황급히 차에서 뛰어내리던 중년여인의 모습을 다시금 떠올린 순간 현서의 얼굴 위로 한줄기 괴로움이 스치고 지나갔다.

스스로를 유지인이라 밝힌 그분은 벤츠의 엠블럼을 단 고급 외제차를 손수 운전하고 있었다. 몸에 맞춘 듯이 차려입은 세련된 옷차림과 서슴없이 병원으로 인도해 일인 실을 예약해 주던 씀씀이하며 평범한 사람과는 확연하게 거리가 있는 모습이었다. 특히나 병원 검사 후에 현서를 찾아왔던 개인변호사란 존재가 지인이 가진 재력을 여실히 설명해 줬다.

조심스런 말로 합의를 논하던 지인의 개인변호사는 그가 내민 서류에 현서가 사인한 순간 성의라며 봉투 하나를 내밀어왔다. 여러 번 손사래를 치며 거절해 보았으나 변호사의 태도는 단호했다.

염치가 없었지만 할머니의 장례식 당일까지도 빚을 갚으라며 행패를 부리며 어깃장을 놓던 이 씨를 떠올린 순간 결심은 두부보다도 물러졌다. 물론 현서의 손에 쥐어진 이백만 원은 병원에서 퇴원하는 그날 이 씨의 손으로 넘어갔지만, 지인에 대한 감사함이 줄어든 것은 아니었다. 그러나 이와 관련해 인사하기를 원하는 현서에게 변호사는 끝까지 지인의 개인연락처를 넘겨주지 않았다. 어쩌면 귀찮은 일에 휘말리기 싫은 지인 측에서 일부러 선을 그은 것일 수도 있었다. 하지만 그렇다 하여 현서가 서운타 할 입장이나 될 수 있었을까?

"어쩜 좋아……. 괜찮나요? 이를 어째."

　발을 동동 굴러가며 염려 어린 걱정의 말을 쏟아내던 지인의 음성은 시일이 지난 지금까지도 적지 않은 위안이 돼주고 있었다. 진심이란 어느 때든 사람의 마음을 움직이게 하는 힘을 가지고 있었으니까. 당시의 일을 회상하던 현서가 곧 현실을 되돌아보며 깊은 한숨을 집어삼켰다.
　비참하다.
　미리 병을 발견했음에도 이 사실에 감사할 수 없다는 것은 달리 표현할 수 없는 서글픔이었다. 시간이 지날수록 아래로 숙여지는 고개와 함께 괜한 원망이 덩치를 키워가고 있었다. 못된 마음이지만 전후를 따져 솔직한 속내를 고백하자면 고마운 한편으론 이율배반적인 마음도 함께 들었다. 괜한 투정이라는 걸 모르진 않았으나 현서 자신처럼 없는 처지의 사람들에겐 수술이란 단어는 곧 돈과 직결되는 셈이었으니까. 그렇지 않아도 그늘져 있던 얼굴 위로 짙은 어둠이 내려앉았다.
　"바보같이. 언제까지 남 탓만 하고 있을래. 살 수 있다고 하잖아. 살 수 있다고 하는데 왜 이렇게 청승을 떨고 있니, 어리석은 지현서."
　평소 자기비하적인 사고와는 어울리지 않다고 생각했었는데 최근에 들어서는 하염없이 부정적인 생각만 하고 사는 것 같았다. 그러나 애써 우울한 감정들을 털어내려고 했던 노력과는 반대로 한 번 가라앉은 기분은 쉽사리 회복의 기미를 보이지 않았다.

욱신욱신.

미미하게 느껴지는 가슴께의 둔통에 현서의 얼굴이 새파랗게 질렸다. 병명을 모를 땐 아무렇지도 않게 넘겨 버렸던 흔한 증상 하나에도 심장이 덜컥 내려앉는 기분이 들었다. 혼이 나간 사람처럼 먼 길을 돌아 집에 도착했을 때는 이미 몸도 마음도 다 지쳐 있었다.

때 이른 여름. 후텁지근한 반지하 방의 습한 온도에도 불구하고 이상하리만치 한기가 느껴졌다. 감싸듯 두 팔을 교차해 양어깨를 껴안아봤지만 이마저도 시린 기운을 녹이기엔 무리였다. 마치 언젠가 지독한 감기에 걸렸던 때처럼 몸 이곳저곳이 아파왔고 뜻 모르게 서럽기까지 했다.

"죽고 싶지 않아."

떨림을 머금은 현서의 입술이 염원이 담긴 한마디를 입에 담았다. 그러다 마치 죄를 지은 사람처럼 숨을 곳을 찾아 너부러져 있던 이불 아래를 하염없이 파고들었다. 그러나 이러한 노력에도 불구하고 몸 전체를 감싸기 시작한 오한은 좀처럼 잦아들지 않았다. 종래엔 맞닿은 이가 위아래로 맞부딪치면서 달그락거리기까지 했다.

"……살고 싶어."

사람의 온기가 그리웠다. 한겨울에 몰아치는 눈 폭풍과도 같은 이곳에서 한시라도 빨리 벗어나고 싶었다. 그럴수록 현서의 몸이 둥그렇게 말렸다.

"……살려줘. 누구라도 좋아. 누구라도 좋으니…… 살려달란 말이야."

　잔뜩 웅크린 가느다란 등이 주체할 수 없이 흔들거렸다. 격한 떨림이 지속되길 몇 차례, 어느새 참았던 눈물이 현서의 얼굴을 엉망진창으로 적시고 있었다.

잠을 이루지 못한 지 벌써 꼬박 사흘째였다. 그렇다고 해서 멀쩡하게 맨정신으로 깨어 있었냐고 한다면 그것 또한 아니었다. 통속적인 표현을 빌리자면 반쯤 넋이 나가 있던 상태라고 하는 게 옳을지도. 울다가 웃다가 통곡하다가 애원하기를 반복했으니까.

그사이 병원으로 추정되는 곳으로부터도 연락이 한 통화 들어와 있었다. 어떤 방향으로든 결단을 내려야 할 때가 온 것이다.

그래도 꼭 나쁘지만은 않았던 게 긴 시간에 걸친 지긋지긋한 자기 연민이 끝나고 나니까 비로소 해야 할 것들이 무엇인지 서서히 눈에 보이기 시작했다. 다른 부차적인 것을 모두 떠나 현서 자신이 살기 위해 갖춰야 할 최소한의 절대적 전제 조건은 단 두 개였다. 하나는 수술 동의서에 서명을 해줄 보호자의 존재였고, 나머지 하나는 거기에 충당되는 비용의 문제였다. 다부진 결심과는 달리 지그시 아래로 내리깐 눈빛은 어느새 초점을 잃은 채 불안하게 흔들거리고 있었다.

대학 가지 말고 돈을 벌 걸 그랬다. 그랬다면 할머니 가시는 마지막 길도 좀 더 편안하게 모실 수 있었을 테고 지금도 이렇게 막막하지만은 않았을 것이다. 구차하고 더러워도 결국은 가지지 못한 그녀의 탓이었다. 미련한 게 사람이라더니 후회하지 않으려고 했던 지난 과거의 행적들이 어느새 날카로운 비수가 되어 부메랑처럼 돌아와 그녀를 괴롭히고 있었다. 정말이지 누구보다 열심히 살아왔다고 자부할 수 있었는데, 이제 와 뒤돌아보니 모든 게 부질없는 자만이고 오만이었던 모양이다. 바보처럼 왜 남들은 다 들어놨다던 그 흔한 보험 하나 들어놓지 않았던 것일까. 삶이 팍팍했다 한들 이제 와 변명이 돼주진 못했다.

"아르바이트라도 늘려야 하는 걸까……."

불행 중 다행인 점은 지난 학기 학비가 모자라 어쩔 수 없이 휴학을 결정했었는데, 이 일이 현재에 이르러서는 여러모로 마음의 짐을 덜어주고 있었다. 이 와중에서도 현서가 끝까지 자퇴를 떠올리지 않았던 것은 그래도 돌아올 곳 한 곳 정도는 남겨두고 싶었기 때문이다.

적지 않은 시간을 할애해 마침내 생각을 정리한 현서가 줄곧 아래를 향해 고정돼 있던 고개를 서서히 위로 들어 올렸다. 어느새 흔들리던 눈동자는 가지런히 정돈된 채 단정한 빛을 띠고 있었다. 이어 짧게 심호흡을 한차례 내뱉은 현서가 느릿한 동작으로 닳아

빠진 서랍 쪽을 향해 손을 뻗었다. 그러나 한껏 호기로웠던 시작
과는 달리 내용물을 꺼내보는데 있어서는 작은 망설임이 섞여들
고 있었다.

이정임. 016—458—125X.
서울시 종로구 평창동 ○○번지.

삽시간에 제 의지를 반한 채 쿵쾅거리기 시작한 가슴께의 박동
소리가 여지없이 귓가를 매섭게 때렸다. 매번 이 일을 반복할 때
마다 가슴 한쪽이 아릿하게 아파왔었는데 오늘은 그 정도가 훨씬
더 심했다. 더욱이 제 손에 이것을 쥐어준 이를 떠올리자니 마음
이 전에 없을 만큼 더 무거워졌다.

믿을 수 없게도 이 종이는 마지막 안식처라 여겼던 할머니가
세상을 떠나기 이틀 전에서야 비로소 현서의 손에 넘겨준 것이었
다. 아무렇게나 찢어발겨진 거친 단면의 흔적 위로 누렇게 뜬 빛
바랜 종이 너머를 물끄러미 바라보고 있자니 견딜 수 없이 낯선
기분이 들었다. 무거울 것 없는 그저 그런 종이 한 장, 대체 이게
뭐라고 쥐고 있던 손끝이 한참이나 바들거리며 떨렸다. 생활감이
있다는 말로는 다 표현이 되지 않을 만큼, 몇 번이고 쓸어보고 문
질러 봤는지 종이는 심하게 구김이 가고 손때가 타 있었다. 사실
은 구태여 따로 들춰보지 않더라도 종이 안에 적혀져 있던 내용
이 무엇인지 토시 하나 틀리지 않고 기억하고 있었지만, 이번에
도 현서는 자신의 두 눈으로 쪽지의 글귀를 읽어 내려가는 방법

을 택했다.

그사이 현서의 손길은 자연스레 종이 위를 덧그리듯 지나가고 있었다. 곧 투박하고 거친 질감의 감촉이 여실히 전해져 왔다. 또 다시 불필요할 정도로 눈가에 힘이 들어갔다. 어쩐지 눈물이 나올 것만 같아 서둘러 눈가를 닦아냈다.

"엄마."

한참 만에야 입안에서만 맴돌던 단어 하나를 토해내듯 입 밖으로 내뱉고 난 직후, 돌연 사시나무 떨리듯 몸 전체가 떨려오기 시작했다. 이렇듯 정임과의 해후는 상상하는 것만으로도 가진 에너지의 전부를 소진하게 만들었다.

그런데도 참 이상했다. 처음 병원에서 위암이라는 판정을 받고 난 뒤 가장 먼저 머릿속으로 떠올린 사람은 다른 누구도 아닌 정임의 존재였다. 할머니의 장례절차가 끝난 뒤로도 선뜻 찾아가 만나야 할지 아님 말아야 할지, 분간이 서지 않아 고민에 고민을 거듭하고 있던 차였는데도 그 순간엔 이상하리만치 그녀의 존재가 그리워졌다.

그래, 뭐라고 변명한다 할지라도 진실은 하나였다. 현서는 정임으로부터 얻을 수 있는 직간접적인 도움의 손길을 바라고 있었다. 아마도 그것은 환자에 대한 보호자로서의 명목이 될 수도 있었고 나아가 금전적 혜택이 될 수도 있었다.

하아.

뜨거운 한숨이 현서의 입에서부터 흘러나왔다. 만나면 무슨 말부터 해야 좋을까. 무작정 보고 싶었다며 떼부터 써볼까. 아니면 왜 자신을 버렸느냐며 악에 받친 모난 힐난의 말부터 쏟아부을까. 그것도 아니라면 매달려 부둥켜안고 울먹이기부터 할까.

분명 정임에게도 그녀를 버리고 갈 수밖에 없었던 합당한 사정이란 게 있었을 테다. 그랬으니 버젓이 정임의 행방을 알고 있었던 할머니도 죽을 때가 돼서야 간신히 이야기를 꺼내놓았던 것일 테고.

시간이 지날수록 다잡았던 결심이 흔들리려고 하고 있었다. 기실 오래전에 끊어진 인연인데 이제 와 구차하게 찾아가 매달릴 필요성이 있는가 하는, 지극히도 본질적인 물음에 의문이 든 것이었다. 이 순간 현서가 세차게 고개를 흔들었다.

"내 목숨인걸. 살 수만 있다면 더한 짓도 할 수 있어."

오기도 아니었고 독기를 품은 것도 아니었다. 사실은 두려웠다. 쓸쓸하게 생을 마감하는 것보다 죽어서도 홀로 남겨질 차디찬 육신의 앞날에 심한 어지럼증을 느꼈다.

더는 지체해서는 안 된다는 생각이 들었다. 오늘이 아니라면 두 번 다시는 용기를 내지 못할 것만 같았다. 마침내 결심을 굳히고는 머릿속으로 외다시피 하고 있던 전화번호 10자리를 천천히 눌렀다. 겉보기에도 안쓰러울 정도로 버튼을 누르는 손가락이 덜덜 떨렸다. 간신히 도망치고 싶은 마음을 다독여 가며 겨우겨우 정해진 번호를 모두 눌렀을 때 현서는 자기도 모르게 입술을 깨물고 말았다.

결번.

스멀스멀 피어오르는 무저갱보다 아득한 절망감에 주체할 수 없는 절망을 느꼈다. 기대하지 않겠다고 해놓고선 사실은 다 거짓이었나 보다. 상처받지 않을 거란 자신감은 어디에서 나왔던 것일까. 단단하게 담금질했다고 여긴 자신감도 사실은 전부 허세였던 모양이었다. 괴로운 심경을 다스릴 수 없을 정도로 충격은 컸다.

　무작정 택시를 타고 평창동으로 향했을 땐 기필코 만나야 한다는 절대적인 사명감에 사로잡혀 있었다. 그러나 높고 길게 펼쳐진 담벼락을 올려다본 뒤론 그 믿음이 절반쯤 깎인 느낌이 들었다. 그러나 현서는 시간을 지체하는 대신 용기를 내 초인종을 눌렀다. 곧 스피커가 설치된 방향에서 상대방의 목소리가 들려왔다.
　"누구세요?"
　한 귀로 듣기에도 나이 지긋한 중년여성의 목소리. 솜털이 바짝 설 정도로 긴장이 되었다. 혹시나 하는 마음에 오는 내내 생각해 두었던 그 많고 많은 말들이 어째서인지 지금 이 순간엔 하나도 기억이 나지 않았다. 결국 더듬듯이 현서가 이름 석 자를 나열했다.
　"호, 혹시 여기가 이정임 씨 댁이 아닌가요?"
　"사모님 함자가 맞네요. 약속은 하고 오셨나요? 어디라고 전해드릴까요?"
　예상과는 빗나간 상대의 정체에도 불구하고 맥이 풀리기는커녕 조금 더 긴장이 되었다.
　"약속이 돼 있는 건 아니지만……. 그래도 꼭 만나서 드릴 말씀이 있어요."
　"죄송합니다. 사전연락 없이는 곤란하군요."

“저기! 잠깐만요. 지현서. 지현서가 왔다고 전해주세요.”

다급함이 녹아든 현서의 부탁 어린 말에, 흡사 이런 일이 처음이 아니라는 양 스피커 너머로 살짝 한숨 쉬는 소리가 새어 나왔다. 그래도 다행히 냉정하게 거절하지는 않고 잠시 기다려 달라는 긍정적인 회답이 돌아왔다. 그러나 침묵을 지키던 스피커로부터 다시금 상대의 목소리가 흘러나왔을 땐 그나마 가지고 있던 일말의 희망마저도 산산이 부서져 내렸다.

“그런 분 모르신답니다. 이만 연결 끊겠습니다.”

그렇지 않아도 하얗게 질려 있던 현서의 얼굴이 삽시간에 한 점 핏기도 없이 탈색됐다. 비틀대던 몸을 가누기 위해 겨우겨우 팔을 뻗어 벽에 체중을 옮겨 싣고 난 뒤에야 간신히 참고 있던 숨을 몰아쉴 수 있었다.

주르륵.

그러나 얼마 못 가 힘이 빠진 다리가 제 기능을 잃고 제멋대로 꺾였다. 결국 현서의 몸도 덩달아 바닥으로 추락했다.

“……몰라? 모른다고? 어떻게 나를 모를 수가 있어? 대체 어떻게!”

아닐 거란 걸 알면서도 따뜻하게 맞아주는 환대를 기대했던 모양이었다. 돌연 현서의 눈빛이 사납게 번들거렸다. 볼썽사납게 주저앉아 있던 자리를 털고 일어난 현서가 다시금 대문 앞으로 달려가 거듭 초인종을 눌렀다. 그러나 설치된 카메라로 바깥 상황이 보였던지 이번에는 아무런 대답이 돌아오지 않았다. 대신에 건장한 체구의 남자 한 명이 현서가 서 있는 방향을 향해 걸어나오고 있었다.

물러나야 할 때란 걸 직감했음에도 마치 다리가 꽁꽁 얼어붙기라도 한 것처럼 움직일 생각을 하지 않았다. 맡은 소임을 다하듯 곧장 현서의 곁으로 다가온 남자는 가타부타 다른 말 없이 저택으로부터 멀찍한 방향을 향해 그녀를 끌어내기 시작했다. 마치 더러운 쓰레기라도 치우는 것처럼 거침없는 손길이었다.

악몽을 꾼 사람처럼 현서의 눈빛이 겁에 질렸다. 막무가내로 잡아끄는 남자의 거친 행위에 현서의 몸도 부질없이 흔들거렸다.

빵!

얼마쯤 그렇게 끌려갔을까? 순간 등 뒤에서 날카로운 자동차의 경적 소리가 들려왔다. 단순하게 도로상의 진로 방해에 따른 항의라고만 생각했었는데, 뜻밖으로 그대로 주행하는가 싶던 차가 무슨 연유에서인지 제자리에서 멈춰 섰다. 곧 뒷좌석 창문이 내려가는 소리와 함께 젊은 남자가 모습을 드러냈다.

"오셨습니까."

순간 고압적이던 경호원의 태도가 다시없을 만큼 정중하게 돌변했다. 잡고 있던 현서의 손목을 뿌리치다시피 놓아버린 경호원이 지체 없이 상대방 남자를 향해 고개를 숙이며 목례 동작을 취했다. 이로써 쌍방 간의 서열은 쉽게 정리가 되었다.

얼마간 열려진 창문 틈으로 현서의 시선이 옮겨가자 자연스레 스치듯 찰나지간 남자와 눈빛 교환이 이루어졌다.

흠칫.

빈틈없는 슈트 차림을 한 장신의 젊은 남자는 앉아 있던 자세만으로도 충분히 상대에게 위압감을 느끼게 만들었다. 언뜻 본 것만으로도 기가 질릴 정도로 차가운 인상이었기에 왠지 모를 거부감도 함께 들었다. 뭐랄까, 앞선 경호원이 대놓고 위협적인 분위기를 풍겼다면 그는 자연스레 사람을 주눅 들게 만드는 힘을 가지고 있었다. 그러나 현재 현서에게 있어서는 이러한 일신의 품평보다 조금 더 신경이 쓰이는 것이 하나 있었다.

경호원의 반응에 의거한 남자와 정임 혹은 남자와 정임이 속한 집안과의 상관관계.

노골적이진 않았지만 금세 현서의 눈빛이 살피는 기색으로 변했다. 순간 남자의 눈빛이 묘할 정도로 흥미 위주의 빛을 발했다. 잘못 보았다고 넘겨 버리기엔 여러모로 남자의 눈길은 지나치게 농밀했으며 진득했다.

움찔.

삽시간에 남자의 시선이 현서의 위아래를 한차례 훑고 지나갔다. 뒤이어 아래로 내리깐 남자의 눈빛은 뭐라 표현할 수 없을 정도로 다채로웠다. 그사이 적막한 침묵은 계속되었다. 그러나 정적을 깬 것은 의외로 남자가 먼저였다.

"무슨 일입니까."

"아무것도 아닙니다. 신경 쓰이지 않게 곧바로 조치를 취하겠습니다."

현서가 아닌 경호원을 바라보고 물은 질문에, 잔뜩 긴장한 경호원이 원망스런 표정으로 현서를 힐끔거리곤 어렵사리 대답을 돌렸다.

"흐음? 아무리 봐도 집안의 손님은 아닌 것 같아서 드리는 말씀입니다."

"그게……. 막무가내로 찾아와 사모님을 뵈어야 한다고 하기에……. 죄송합니다."

변명과도 같은 경호원의 짤막한 대답과 맞물려 자연스레 남자의 시선도 다시금 현서에게로 옮겨왔다. 잠시간 현서의 행색을 훑어본 남자는 곧 어렵지 않게 현서의 방문 목적을 단정지어 버렸다.

"보아하니 이후로도 정식방문을 허락받을 정도의 손님은 아닌 듯하고."

"……."

"기업이 자선단체가 아니라는 걸 모르는 사람이 또 있었나 보군요."

혼잣말처럼 크지 않게 중얼거렸다곤 하나 근거리에 있던 현서가 듣지 못할 정도로 작은 크기 또한 아니었다. 삽시간에 현서의 목덜미가 붉게 달아올랐다. 딱히 상대를 업신여기려는 목적으로 던진 말은 아니었다 한들, 받아들이는 입장에선 충분히 모욕적으로 느껴질 만한 발언이었다.

흡사 구걸이라도 하러 온 거지 취급이지 않은가. 타인의 말에 더는 상처받지 않을 만큼 스스로를 담금질했다고 여겼는데, 그랬는데 사실은 그게 아니었던 것 같다. 잡상인 취급보다 못한 대우에 현서는 자신도 모르게 동그랗게 주먹을 말아 쥐었다.

"……달라요."

"그렇습니까?"

　지독히도 감흥 없는 말투였다. 차라리 냉소 섞인 비아냥거림이었다면 당당하게 대꾸라도 해줬을 텐데, 남자는 그저 들려온 말들을 가볍게 뒤로 흘려 넘길 뿐이었다. 아마도 처음부터 그녀가 하는 변명어린 말들을 들어줄 의사 같은 것은 애초에 가지고 있지 않았던 게 분명했다. 남자는 현서의 날선 반응에도 별다른 신경을 쓰질 않았다.

　"네. 전 분명 합당한 이유란 걸 가지고 이곳에 왔으니까요."

　"그 이유란 것에 내가 말한 내용이 포함되어 있지 않다고 자신할 수 있는 겁니까?"

　"그건……."

　"그건?"

　예상치 못했던 남자의 질문이 현서의 말끝을 흐리게 만들었다. 자선 운운하던 그의 말을 정면으로 반박할 말이 없었기 때문이다. 결국 뜸을 들인 현서의 항의는 부지불식간에 설득력을 잃고 말았다. 담담한 표정을 유지한 채 나른하게 되물어오는 남자의 음성이 칼날보다 더 날카롭게 현서의 폐부를 파고들었다. 사실 깊이 따지고 들자면 궁극적으로 남자의 말도 틀리지 않았으니까.

　문득문득 그러지 말아야 한다는 걸 알면서도 때때로 자신의 처지가 치졸하게 여겨졌다. 듣기엔 별것 아닌 말이었지만 받아들이는 속에선 울컥 뜨거운 기운이 솟아났다.

　첫 대면임에도 불구하고 거리낌 없이 답을 요구해 오는 남자의 태도는 묘할 정도로 사람을 자극하게 만드는 재주를 가지고 있었다. 가정교육을 충실히 받은 사람처럼 어린 연배의 그녀에게도 꽤나 정중한 말투를 유지하고 있었지만 어딘지 모르게 거북한 기분을 지울 수가 없었다.

　대답을 기다리는 남자를 눈앞에 두고 있자니 잔뜩 목이 타는 느낌이었다. 의식하지도 않은 사이 성마른 침이 서너 번쯤 목 안쪽으로 넘어갔다. 결국 한참 만에야 옅게 베어 문 입술 사이로 인정하는 말이 쏟아져 나왔다.

　"그래요. 당신 말이 맞아요. 틀리지 않았어요."

　"역시나."

　"하지만 전."

　"굳이 더 말하지 않아도 됩니다. 충분히 이해했습니다."

　딱 자른 말. 더 이상의 설명은 듣지 않겠다는 뜻이었다. 그렇지만 현서가 말하려던 것은 그저 그런 상투적인 변명과는 분명 그 궤를 달리하고 있었다. 그러나 무표정한 얼굴로 가볍게 고개를 주억거린 남자는 이것 이상의 발언할 여지는 남겨두지 않았다. 대신 금방이라도 차를 출발시켜 저택 안으로 들어갈 것 같았던 남자가 왜인지 잠시 후 뜻밖으로 차 문을 열어젖히며 바깥으로 두 다리를 내놓았다. 더는 볼일이 없다는 듯 행동했던 방금 전의 모습과는 사뭇 상반되는 태도였다.

　주춤.

　앉은 모습을 보며 어림짐작했던 것보다 훨씬 더 큰 남자의 키가 예상 밖의 위화감으로 작용했다. 때문에 물기도 없이 바짝 말라 버린 현서의 건조한 입술은 더 큰 갈증에 시달리게 되었다.

　어제 낮에 있었던 정기주총을 끝으로 하루 늦게 부친인 태정이

기거하는 평창동 본가로 목적지를 정한 것은, 간단한 브리핑을 겸해 사적으로 몇 가지 의견을 조율할 일이 있어서였다. 감정의 골이 깊어지고 난 뒤론 그다지 발걸음을 하지 않았던 터라, 간혹 오늘같이 방문할 일이 생길 때면 매번 기껍지 못한 마음이 돼버리기 일쑤였다. 하지만 의외의 소득을 발견하고 나선 이러한 생각이 조금쯤은 뒤바뀐 참이었다.

"이런 데서 볼 줄이야."

들리지 않게 혼잣말처럼 중얼거린 승표가 줄곧 살피는 행색으로 눈앞의 현서를 응시했다. 어쩐지 평범한 인상인데도 이상하리만치 눈에 밟힌다는 생각이 들더니만. 사실 그래서 그답지 않게 때 아닌 참견을 하게 만들기도 했다. 평상시의 승표라면 있을 수 없는 일이었으나 일이 이렇게 되려고 해서인지 사건이 꽤나 재미있는 방향으로 진행이 되고 있었다.

실상 일찌감치 전통적인 부촌으로 명성이 나 있던 평창동 내에서도 승표의 본가가 위치해 있는 이 거리는 가구마다 각기 사설경호팀을 따로 두고 관리할 정도로 치안 유지에 있어서만큼은 철통보완을 자랑하고 있었다. 하지만 근본적으로 사람의 습성이 변하지 않는 이상 오늘과 같은 소란을 전부 근절하기란 아무래도 어려운 일이었다. 하여 굳이 따지자면 그다지 특별할 것 없는 광경이었고, 늘 그랬듯 냉담하게 스쳐 지나쳐도 됐을 일이었음에도 그의 행동에 변화가 있었던 것은 다름 아닌 지나치게 어려 보이는 상대의 얼굴 때문이었다. 이처럼 관심을 가지게 된 시발점은 아주 사소한 계기로부터 비롯되었으나 일은 예상 밖으로 승표의 이목을 잡아끌었다.

생각의 끝에 불현듯 예전 이 비서로부터 보고를 받은 적이 있었던 철 지난 몇 장의 사진 파일에까지 생각이 미친 것은 그야말로 뜻밖의 쾌거였다. 그리고 그때서야 그가 느낀 이유 모를 답답함도 해소되었다. 행방이 묘연해 추적이 어렵단 결과를 받아든 이후에도 몇 번이고 꺼내봤던 사진의 당사자가 바로 지금 이 순간 승표의 눈앞에 서 있었다.

의미 없는 가벼운 손짓으로 가슴 안쪽 포켓에서 지갑을 빼든 승표가 가장 깊숙한 곳에 보관해 두고 있던 사진을 지그시 응시했다.

"조금은 자만이 지나쳤던 모양이로군."

시기가 언제가 됐던지 간에 만나기만 한다면 곧바로 알아차릴 수 있을 거라고 내내 확신했었는데, 날카롭게 기지를 세운 승표의 직관력마저도 자칫 빗겨 나갈 뻔했을 정도로 세월의 간극은 생각 이상으로 컸다. 지닌 악의를 숨길 생각도 하지 않은 채 뚫어져라 사진 너머를 바라보고 있던 승표가 이내 구기고 있던 이맛살을 펴며 평정심을 되찾았다. 누구의 손길도 닿지 못하도록 은밀하게 보관해 둔 사진의 효력은 기대했던 것만큼 크지는 않았다. 하지만 아주 적지도 않아 결국은 이렇게 그가 바라던 바람대로 이루어지지 않았던가.

탁.

사진으로부터 눈길을 뗀 승표가 곧이어 지갑을 여민 뒤 원래의 자리로 위치를 되돌렸다. 그사이 입술 끝은 조금 위를 향해 있었다. 곧 관심사는 사진을 떠나 현서에게로 옮겨갔다.

주시하는 시간이 길어질수록 이루 말할 수 없을 정도로 속이 근질근질하게 변했다. 아니, 잠시간 입을 떼기라도 한다면 금방이라도 참고 있던 웃음이 비집고 나올 것만 같은 아주 우스운 기분마저 들었다. 정해진 수순처럼 당장에라도 출발할 것처럼 보였던 승표의 차는 자의에 의해 장시간 한 곳에 머물러 있었다.

정탐이라도 하듯 고개를 사선으로 비스듬히 기울인 승표가 줄곧 현서에게서 눈을 떼지 못했다. 다소 어렸던 사진 속 얼굴이 새삼 눈앞의 여자와 일치가 되었다. 족히 오 년은 흘렀을 사진의 당사자와 실물의 인물을 매치시킨다는 것은 꽤나 어려운 일이었다. 하지만 한 번 의식하고 나니 볼수록 닮은 것도 같아 승표의 얼굴이 저열하게 일그러졌다. 시간이 지날수록 표정 변화가 적었던 승표의 얼굴 위에서 눈에 띄게 큰 변화의 바람이 일었다. 생각지도 못했던 소득에 승표의 기분은 꽤나 상승곡선을 그렸다. 그러나 현서를 향한 그의 시선은 여전히 지나치게 차가웠다.

생각지도 않았는데 제 발로 이렇게 걸어 들어와 주다니. 사정이야 어찌 됐던 현서의 존재를 알고 난 이후 그녀의 행적을 추적하기 위해 사설 인력을 동원하는 수고까지 아끼지 않았던 승표로서는 꽤나 반길 만한 소식이었다.

주소지도 변경하지 않고 세간만 빼 살림을 옮겨간 통에 이후로 흔적이 끊긴 상태였는데 이런 식으로 조우하게 될 줄은 승표로서도 미처 예측하지 못했던 범위의 일이었다. 사실 최악으로 현서의 전학 서류마저 엉터리로 작성돼 있던 바람에 어디서부터 손을 써야 좋을지 골머리를 썩고 있던 중이었다.

고민거리를 덜어준 현서의 등장으로 인해 벌써부터 승표의 머릿속은 앞으로의 상황을 이리저리 재고 있었다. 승표의 입장에서 보자면 활용할 수 있는 히든카드가 하나 더 늘어난 셈이었다. 기대되는 파급효과야 굳이 말하지 않아도 상상이 갔으니 승표로선 구미가 당기지 않을 수가 없었다.

적절한 시기에 유용하게 쓰기 알맞은 이 카드를 승표는 이대로 손놓고 떠나보낼 생각이 없었다. 하지만 그전에 보다 확실하게 확인을 거쳐 논제를 명확히 할 필요성이 여전히 남아 있었다. 그러기 위해선 그가 직접 나서는 편이 가장 생산적인 방안이 될 테다.

그의 기대치를 만족시킬 수 있는 유일한 하나로 낙점했던 아이.

처음부터 그는 남의 행복을 위해 움직이고 있던 것도 아니었고, 그건 눈앞의 현서라 하여 다르지 않았다. 더욱이 현서가 그 여자의 딸인 이상에야 굳이 사정을 헤아려 줄 필요도, 그럴 이유도 남아 있지 않았다. 현서를 향한 승표의 시선은 처음처럼 시리기만 했다.

딱히 더한 볼일이 있어 보이지 않았음에도 구태여 차에서 내린 남자가 곧 현서의 정면을 향해 바로 섰다. 잠시 후 깨끗하게 정리된 턱밑을 한차례 쓰다듬은 그가 다소 의아한 투로 중얼거렸다.

"그런데 왜 하필 이 집이었습니까."

때에 맞춰 한없이 고갯짓에 가까운 남자의 짧은 까닥거림 하나에, 멀찍이 물러서 있던 경호원이 그제야 짧은 거수경례를 뒤로하곤 미련 없이 집 안으로 들어가 버렸다.

이어 그의 눈길이 머무는 곳을 따라 현서의 시선도 조금씩 이동했다. 일반인이 출입하기에는 하나같이 높은 주변의 담장들이 그의 의중을 설명해 오고 있었다. 앞뒤 미사여구가 모두 생략된 조금 불명확한 질문이긴 했으나 요지를 파악하는 것은 그다지 어렵지 않았다.

사실 다른 곳에 정신을 팔 여유가 없었던 현서의 입장에서 보자면 이번 일은 하등 쓸모없는 불필요한 입씨름에 지나지 않았다. 하지만 그럼에도 이렇듯 말을 섞어가며 대화를 이어나가고 있었던 것은 조금이라도 오래 이곳에 머물 이유가 필요했기 때문이었다. 최소한 그와 함께 대화를 나누고 있는 동안만큼은 강제 내침을 당하지 않아도 됐으니까. 다행히 그가 경호원을 뒤로 물러줌으로 인해 걱정은 던 셈이었다.

그러나 어째서인지 그렇게나 바라마지 않았던 해명의 기회가 찾아왔음에도 불구하게 이상하리만치 긴장감은 증폭되었다. 굳어버린 입술 근육이 제 마음대로 움직여 주지 않았다. 결국 얼마간 시간을 더 지체하고 나서야 조가비처럼 다물어져 있던 입술 끝이 벌어졌다.

"의외라고 해야 하나요? 제 답변을 듣기 싫어하시는 줄 알았는데요?"

"저런. 오해를 하고 계시는군요. 제 경우 한 사람에게 같은 질문을 두 번 건네본 기억이 없습니다만."

앞을 향해 한 발자국 걸음을 내딛은 그가 단조로운 투로 현서의 말을 정정했다. 돌려 말했다곤 하지만 그것을 못 알아들을 정도로 그녀는 바보가 아니었다. 구구절절한 설명 같은 것은 전부 빼고 그가 원하는 요건만을 간결하게 추려 말하라는 승표의 말에 강한 반발심이 일었다. 그러나 아쉬운 것은 남자가 아닌 현서 자신이었다.

처음부터 끝까지 그는 그의 입장에 서서 대화를 주도해 나갔다. 구태여 남에게서 무언가를 얻을 필요가 없다는 듯 줄곧 의연한 태도였기에 조금 서글픈 마음도 들었다. 남자와는 반대로 변변찮게 내세울 만한 것이 아무것도 없다는 사실에 까닭 없이 주눅이 드는 기분이었다. 반면 그럴수록 반대편에선 왜라는 질문과 함께 지기 싫다는 마음이 강하게 자리를 잡아갔다.

가까스로 비스듬하게 비껴서 있던 시선을 남자에게로 돌려 고정시켰다. 여전히 그는 속을 알 수 없을 만큼 고요한 시선을 유지하고 있었다. 다행히도 머뭇거리기 바빴던 조금 전의 행동과는 달리 자연스러운 말투가 나와주었다.

"왜냐고요? 원하던 게 이곳에 있었으니까요."

"원하던 것이라……. 여전히 지칭하는 대상이 뚜렷하지가 않군요. 그렇다면 차라리 이쪽에서 알려 드리는 편이 더 빠를 것 같군요."

당차게 되받아친 현서의 말이 남자의 입장에서는 매우 뜻밖이었던지 찰나지간 몹시도 흥미롭다는 눈빛을 띠었다. 순간 남자의 얼굴이 말로는 표현할 수 없을 정도로 저열하게 변했다가 삽시간에 자취를 감췄다. 비웃는 표정은 아니었다. 그저 재미있는 장난감을 발견한 어린아이의 눈빛과 비슷하게 닮아 있었다.

"무슨…… 뜻인가요?"

"짐작이 가는 바가 아주 없진 않아서 드리는 말씀입니다. 당신이 말한 원하는 것이란 결국 이정임 씨에 대한 볼일을 의미하는 게 아닙니까?"

목덜미 근처로 오싹한 소름이 돋아났다. 딱히 다른 말을 덧붙여 오지 않는다 하더라도 왜인지 지금 이 순간 남자의 머릿속이 훤하게 들여다보였다. 그가 경호원의 입을 통해 나온 적이 있었던 사모님이란 단어를 떠올렸음은 두말할 필요도 없었다.

그러나 단순하게 사실관계를 확인하는 선에서 그치지 않고, 그 이상의 것을 안다는 듯 진득하게 변한 승표의 눈길은 더 많은 이야기를 해오고 있었다. 이런 현서의 가정에 확신을 덧붙이듯 곧 그의 입에서 익숙한 한 사람의 이름이 회자되었다.

충격으로 현서의 동공이 표준 이상으로 확대되었다. 그러나 그는 여전히 사정을 봐줄 생각이 조금도 없는 사람처럼 일관되게 거센 압력을 가해왔다.

"아님 이런 내 말이 틀리기라도 한 겁니까?"

"……대답할 의무 같은 건 없어요. 무엇보다 이런 식의 섣부른 추측은 그만해 둬요. 듣고 있기가 아주 거북하니까요."

"그게 아니라 답변을 미루는 건 방금 들었던 말이 진실이기 때문일 겁니다. 딱히 부정할 필요가 없다는 점이 그 이유일 거고요."

"……"

"그런데 조금 궁금하기는 하군요. 분명 당신이 말하려던 것은 진실이었는데 왜 갑자기 마음을 바꾼 겁니까?”

확신에 찬 남자의 어조에 방금 전에 했던 각오가 처참하게 꺾였다. 의식하기도 전에 현서가 뒷걸음질을 치며 남자와의 거리를 벌렸다. 그럴수록 그가 짓고 있는 표정이 더더욱 적나라하게 시야에 잡혔다.

“궁금하다면 말씀해 보세요. 적어도 다른 사람보다는 이정임 씨에 대해 자세하게 설명해 줄 수 있을 겁니다.”

“그녀를 잘…… 아나요?”

질문을 던지는 순간에도 들려올 답변보다는 남자의 정체를 추측하기에 바빴다. 절박함에 빗대어 간과하고 지나쳤던 것치고는 지나치게 안일한 행동이었다. 이미 늦었지만, 남자의 정체에 대해 확인하고 넘어가는 것이 우선이었다.

어림잡은 남자의 나이는 스물 후반에서 서른 초반.

정임이 살고 있는 집, 아니, 최첨단 경비시스템으로 무장된 이곳을 아무 때나 상관없이 드나들 수 있는 존재이며, 일하고 있던 고용인마저 가벼운 손짓 하나로 부릴 수 있는 조건에 부합하는 이가 과연 몇 명이나 될까. 모든 의문에 대한 답은 하나로 귀결되었다. 그러나 현서로서는 쉽사리 인정하기가 어려운 것들이었다.

머뭇거리는 시간이 조금 더 길어졌다. 그러나 예상 밖으로 남자는 현서가 하는 양을 인내심 있게 두고 보았다. 뒤늦게 흔들리는 눈길로 그를 바라봤을 때 그때서야 남자는 현서가 던졌던 질문에 대한 늦은 답변을 내놓았다.

“물론입니다. 그녀는 내 아버지의 아내이니까요.”

아무렇지 않게 비틀어 열린 남자의 입술 사이에서 부호화되지 않은 정보가 흘러나왔다.

어쩌면 그럴지도 모른다는 생각을 한차례 하긴 했었지만 진실 여부를 확인하고 나니 눈앞이 깜깜해지는 기분이었다. 그제야 만나서는 안 될 사람과 대화를 나누고 있단 사실을 깨달았다. 정임을 보고 가야 한다는 자신의 욕심이 화를 부른 격이었다.

혼란스런 감정이 현서의 얼굴 위로 고스란히 묻어 나왔다. 그걸 지켜보던 남자의 표정 또한 알듯 모를 듯 파악하기 어렵게 변했다. 그런데 참 이상도 했다. 어째서인지 시간이 지날수록 남자의 얼굴에서 언짢음과도 닮은 감정이 내비치기 시작했다. 아니, 괴롭다는 느낌이었는지도 모르겠다. 그래서 묻지 않아도 좋았을 말을 물었던 것 같다.

"그 말은 이정임 씨가 당신의 어머니는 아니란 이야기인 건가요?"

"글쎄요. 세상일이란 건 그리 간단치만은 않게 돌아가는 법이니까요."

부정도, 그렇다고 해서 긍정도 아니었다. 하지만 지극히 개인적인 느낌을 말하자면 한없이 긍정에 가깝다는 것에 손을 들어주고 싶었다.

"어려운…… 말이네요."

"별로."

"……?"

"딱히 비밀도 아니지 않습니까, 한신그룹의 회장이 예전에 재혼을 했었다는 사실 같은 건."

　찰나지간 가면을 뒤집어씌운 듯 어떤 감정도 섞이지 않은, 마냥 딱딱한 남자의 말투가 현서로 하여금 많은 생각을 하게 만들었다. 조금 달리 보자면 듣기에 따라 진정성이 가미돼 있지 않은 비아냥거림처럼 느껴지기도 했다. 다소 어폐가 있는 말이긴 했지만 그 이상 알맞은 표현을 찾지 못했다.

　"한신그룹……."

　삽시간에 현서의 몸이 경직되었다. 뜻밖의 단어가 주는 충격은 상상 이상으로 컸다. 때문에 얼굴 위로 드러난 당혹스러움이 고스란히 그의 시야로 노출되고야 말았다. 걷잡을 수 없는 혼란함에 젖어 있던 터라 남자의 눈빛이 묘하게 반짝이는 것도 놓치고 지나가 버렸다.

　"재미있군요."

　혼잣말처럼 귓가를 스쳐 지나간 의미 모를 그의 이야기에 아득해지려던 정신이 다행히 제자리를 찾아왔다. 진위를 파악하기 힘든 남자의 말은 끝이 났지만 왠지 모를 불안감은 여전히 남아 있었다.

　불시에 들이닥친 극심한 두통으로 인해 현서의 이맛살이 찌푸려졌다. 쉽게 받아들이고 납득하기에는 지나치게 버거운 사항이었기 때문에 혼란함은 그 어느 때보다 가중되었다.

　대한민국 경제의 한 축을 담당한다고 일컬어지는 한신그룹과 정임의 상관관계성이라니……. 생각지도 않았던 사실을 듣게 된 이후로는 달아나고 싶다는 마음이 강하게 들었다. 그러나 실제로는 두 발이 땅에 붙기라도 한 것처럼 한 발자국도 움직거릴 수가 없었다. 무력감에 젖어갈 때쯤 남자가 오른손을 내밀어왔다. 의미를 몰라 쭈뼛대며 바라보고 있자 그가 입을 열었다.

"받으세요. 한승표입니다."

"왜 이걸 저한테……."

알 수 없다는 듯 묘한 표정을 짓고 있던 남자가 현서의 반문에도 별말 없이 고개를 까딱거리기만 했다. 그리곤 가타부타 이렇단부가 설명도 없이 조금 더 앞쪽을 향해 명함을 내밀기만 했다. 일단은 받으라는 의미였다. 단순한 변덕이라고 보기에는 그의 의지는 확고했다.

"……현서. 지현서예요."

건네온 명함 한 장을 구겨질 정도로 꼭 그러쥔 현서가 달달거리는 떨림을 머금은 채로 기계적으로 자신을 이름을 웅얼거렸다. 다행히 의미심장한 태도와는 달리 남자는 이 이상 정임과의 관계에 대해 꼬치꼬치 캐묻는다거나 하는 개인적인 관심사를 표해오지는 않았다.

대신 왜인지 현서 자신의 이름을 두어 번 반복해 입에다 올렸다.

"이 비서."

"네, 이사님."

"들키지 않게 미행해서 최종목적지 보고하세요."

"알겠습니다."

썩은 냄새가 진동을 하는 게 앞으로 꽤나 재미있는 일이 벌어질 것만 같았다.

"다른 건 필요 없습니다. 지금까지처럼 이정임과 연계된 사실들만 중점적으로 살펴보시면 될 겁니다. 지난 행적을 따라가다 보면 분명 놓치고 지나쳤던 것들이 추가돼 나올 겁니다.”

“명심하겠습니다.”

“그리고, 보류해 두었던 지난 파일들 정리해서 새로 보고서 올리세요. 목표물이 모습을 드러낸 것 같으니 이쪽도 미리 준비를 해두어야 하지 않겠습니까.”

뜻밖에 건진 수확물을 어떻게 처리하면 좋을지 승표는 벌써부터 기대가 되었다. 지금 하고 있는 추측이 적중하기만 한다면 그간 계획했던 일이 좀 더 앞당겨 실행될지도 모를 일이었다.

숨겨져 있던 추악한 진실을 알게 된 이후로 승표는, 부친인 태정의 약점이 될 만한 정보들을 닥치는 대로 끌어모았다. 그중엔 사소한 것 하나부터 시작해 기업 이미지에 큰 타격이 될 만한 묵직한 사안도 여럿 포함돼 있었다.

지난 몇 년간의 노력 중에서도 가장 관심이 가던, 그러나 쉽게 모습을 드러내지 않아 애를 태웠던 존재가 제 발로 찾아올 줄이야.

지현서라……. 어쩐지 웃음이 났다. 생각지도 않았던 기회가 넝쿨째 굴러 들어온 느낌이었다. 어떻게 할까, 자신의 그물로 걸려든 어리석은 물고기의 처우를.

“지현서.”

남자의 눈빛이 뱀처럼 번들거렸다.

평생 쓸 용기를 모두 쥐어짜냈다. 그러나 안간힘을 써가며 힘들게 실행에 옮긴 것치고는 별다른 소득을 올리지 못한 하루였다.

"아마 두 번은 불가능하겠지……."

약해지지 말자며 스스로를 다독여 봐도 자꾸만 엇나가려 하는 생각을 붙들고 있기가 힘에 부쳤다. 쏟아지는 물줄기 아래에서 고개를 숙이고 있던 현서가 한참 만에야 얼굴을 들어 올렸다. 창백한 얼굴 위론 물방울이 지나간 흔적을 따라 여러 갈래로 얼룩져 있었다.

새삼 한승표라 밝힌 남자의 말이 현서를 귓가를 맴돌며 그녀의 머릿속을 어지럽혔다.

적선이라 불러도 무방했을 차가운 말 한마디.

가볍게 무시하고 넘어갈 수 없었던 이유는 아마도 남자의 말이 전부 다 옳았기 때문일 것이다. 차라리 마지막까지 이정임의 존재를 몰랐더라면 어땠을까?

할머니가 세상을 떠나기 바로 직전이었던 순간을 떠올린 현서가 괴로운 한숨을 토해냈다. 할머니는 어째서 그토록 철저하게 숨겨오던 진실을 죽기 이틀 전에서야 비로소 털어놓을 결심을 했던 것일까? 혼자 남겨질 현서 자신에 대한 걱정 때문이었다면 그보다 더 일찍 말해줄 수도 있지 않았을까?

생이 다해가서인지 현기를 많이 잃었던 할머니가 이때만큼은 예전처럼 또렷한 눈빛으로 돌아와 있었다. 떠올려 보면 이때부터 삶의 마지막을 예감했던 모양이었다.

지끈지끈.

가라앉았던 두통이 다시금 도지기 시작했다. 그러나 한번 시작된 의문은 꼬리에 꼬리를 물기 시작했다. 미안하다. 적어도 이 말을 한 백번쯤을 들었던 것 같다. 할머니는 현서에게 시시콜콜 과거의 일에 대해 늘어놓는 대신에 주름진 눈가로 하염없는 속죄의 눈물만 퍼냈다. 난생처음 보는 할머니의 약한 모습이었기에 현서는 여전히 당시의 일이 눈에 선했다.

그 뒤 할머니로부터 사연이 있어 보이는 종이 한 장을 건네받았을 뿐, 그나마 부연 설명이라곤 그 안에 적혀진 이름의 인물이 자신의 엄마라는 사실밖에 전해 들은 것이 없었다.

궁금증은 또 다른 궁금증을 낳았다. 그러나 죄책감이 서린 할머니의 얼굴은, 그것을 지켜보고 있던 현서에게도 충분히 고욕으로 다가왔다. 그래서 더 묻지 못했고 알겠다는 대답만 연신 했던 것 같다.

지친다는 건 아마도 이러한 느낌일 테지. 무기력한 손길로 샤워기 꼭지를 잠근 현서가 문득 눈앞에 있던 낡은 거울을 응시했다. 스물두 살 한창 파릇파릇해야 할 얼굴은 온데간데없고 절망에 잠긴 파리한 빛깔의 여자 한 명이 그 안에 있었다. 한참을 그렇게 무의미한 눈길로 바라만 보고 있었다. 낯설고 생소한 이 모습이 현서 자신의 얼굴이란 게 선뜻 믿기지가 않았다. 고단하고 생기라곤 하나도 없는, 마치 시체나 다름없는 형상에 결국 지레 놀라 뒷걸음질까지 치고 말았다. 그제야 지금 일어난 이 모든 일들이 잠결의 꿈이 아닌 눈앞으로 닥친 실제 상황임을 다시금 되새길 수 있었다.

현실적인 문제는 여전히 산재해 있었다. 이번 학기 대출을 받을 수 있는 학자금 대출건은 이미 추가 모집까지 기간이 만료되어 있었고, 아르바이트로 근근이 모아뒀던 얼마간의 돈도 경숙의 장례 비용으로 모두 소진한 터였다. 운 좋게 다음 학기 학자금의 일부를 당겨쓸 수만 있다면야, 다는 아니더라도 일정 부분 정도는 도움을 받을 수도 있을 텐데……. 불가능함을 암시하듯 고개가 가로 저어졌다.

미래를 알 수 없다는 것은 다들 같은데 유독 그녀 혼자만 암담한 시간을 보내고 있는 것 같았다. 사실 아르바이트와 할머니의 병간호를 병행하느라 지난 학기 성적이 좋지 못했다. 얼마 안 되는 돈이긴 했으나 그간 꾸준히 이 씨의 빚독촉을 받아온 사실도 있고, 빚을 늘리기 싫은 마음도 함께 작용해 결국 휴학을 결심했으나 지금도 이 선택을 후회하진 않았다. 다만 한 푼이 아쉬운 지금 갖은 편법을 고려할 정도로 현서는 궁지에 몰려 있었다. 돌아오는 길에 한가닥 희망의 끈을 놓지 못한 채 구청의 사회복지과에 들러 상담을 받아봤지만, 성인이 된 현서에게 지원 가능한 항목은 극히 미미했다.

죽을 날짜만 받아놓고 기다리는 심정이 이러할까. 구청에서 나와 얼마 떨어지지 않은 골목 어귀에 위치해 있던 편의점에 들러 난생처음 구입해 본 로또 복권 두 장만이 방 안에 덩그러니 놓여 있었다. 마지막 희망의 끈이라고 부르기엔 너무나도 초라한 결과물이었다.

부질없는 바람이란 걸 현서도 잘 알고 있었다. 그래도 죽고 싶지 않았다. 또다시 넋을 놓은 채 시간만 허비하는 건 사양하고 싶었기에, 퍼뜩 정신을 차린 현서가 서둘러 구인광고 신문을 훑어 내려가기 시작했다. 아르바이트를 늘리는 게 차선의 방법이라면 그렇게라도 해야지 싶었다.

아직은 많이 아프지 않으니 돈을 벌어야지. 지금보다 병이 악화된다 하더라도 수술을 받으면 그래도 나을 수 있을 테지. 다른 것도 아닌 현서 자신의 목숨이 달린 일이니까 그때까지 몸도 정신도 다 같이 버텨줄 것이다. 꼭 그래 줄 테다.

그러나 그전에라도 없어졌던 용기가 정임을 찾아갈 수 있을 정도로만 다시 생겨났으면 좋겠다. 뻔뻔하다고 해도 좋고 속물덩어리라고 비난해도 괜찮았다. 현서는 자신이 살 수 있는 방법 중에 쉽고 빠른 길이 있다면 굳이 그 길을 피해가고 싶지 않았다. 설령 그것이 다른 사람을 상처 입히게 되는 행위가 될지라도 말이다.

　더디게 흐른다고 생각했던 시간은 어느새 몰아치는 태풍처럼 빠르게 지나가고 있었다. 그리고 다시는 만날 일이 없다고 여겼던 승표와의 재회가 이뤄진 것은 이로부터 딱 일주일 뒤의 일이었다.

✻

　"그럭저럭 아주 나쁘진 않군요."

　비쌀 것이 분명한 슈트 차림에 검은색상의 가죽구두를 갖춰 신은 남자가 무감각한 말투로 현서가 살고 있는 공간을 평했다. 그러나 다소 박하지 않게 느껴졌던 남자의 말과는 정반대로 속사정은 명백히 폄하에 가까웠다. 방 안에 들어서는 순간까지도 벗지 않았던 구두의 존재가 몰지각한 승표의 행태를 여실히 보여주었다.

　눈에 보이는 것처럼 좋은 집안에서 태어나 질 높은 교육을 받았을 테니까 필시 몰라서 저지른 무례는 아닐 것이다. 그렇다면 남은 이유는 한 가지뿐이었다.

　애초부터 나쁘지 않았다는 그의 단언은 현서의 처지를 기준으로 빗대 내린 단순 정의의 일환일 뿐이었다. 얕잡아본 게 분명한 남자의 태도에 기분은 상했지만 도발에 넘어가지 않으려고 일부러 구태의연한 척 상황을 넘겼다. 그러자 대번에 승표가 호기롭다는 양 입술 끝을 말아 올렸다. 다소 미진한 현서의 반응이 의외라는 뜻이었다.

삽시간에 여러 가지 생각들이 현서를 덮쳤다. 예상치 못한 상태에서 갑작스레 들이닥친 승표의 방문은 그 자체만으로도 스트레스였다. 이 남자, 첫인상부터 결코 만만한 상대가 아니었다. 그걸 증명이라도 하듯 남자의 태도는 시종일관 당당했다.

은근한 시선으로 집 안 여기저기를 둘러보던 승표의 눈살이 어느 한 순간 티 나게 찌푸려졌다. 약간은 경멸스럽기까지 한 눈빛이 방 안쪽 이곳저곳에 와 닿을 때마다 조건반사적으로 현서의 등이 움찔거렸다. 이럴 거라면 애당초 그냥 좁고 후줄근하다고 인정이나 것이지 괜히 사람 신경을 더 쓰이게 만들고 있었다.

숨이 막힐 것 같은 시간이 계속되었다. 왠지 모르게 현서는 자신이 객이 된 느낌을 지울 수 없었다. 결국 먼저 백기를 든 쪽은 현서였다.

"여긴 어떻게 알고 오신 건가요."

"그게 중요한가요? 정작 중요한 건 따로 있지 않습니까?"

승표의 말 한마디 한마디가 이어질 때마다 입술 안쪽이 바싹바싹 타들어가는 느낌을 받았다.

"그럼…… 당신한테 중요한 사실은 뭔가요?"

도발적인 물음이기보다는 정말로 궁금해서 던진 질문이었다. 한 번 스치고 지나칠 인연이라고 생각했던 남자의 갑작스러운 등장으로 말미암아 현재 현서의 신경은 곤두설 만큼 곤두서 있었다. 다름 누구도 아닌 이정임을 어머니라고 칭할 수도 있는 남자였다. 그것만으로도 마주하기 버거운 상대였다.

현서의 되물음에 고고한 자세로 자리해 있던 남자가 내리깐 눈빛으로 그녀를 내려다봤다. 답지 않게 아리송한 인상이었지만 그 안에 잠재된 감정은 몹시도 차게 느껴졌다. 그리고 이 느낌이 거짓이 아니라는 건 곧 증명되었다.

"관계라고나 할까. 천천히 하죠. 어차피 시간은 많고 급할 것은 없으니 말입니다."

"말 돌리지 마세요."

쏘아보는 시선으로 현서가 날카롭게 승표를 응시했다. 그러자 그가 아무렇지 않게 어깨를 으쓱거렸다. 그리곤 별것 아닌 투로 대화를 이어나갔다.

"딱히 별건 아닙니다. 만나야 할 사람들은 어떻게든 만나지는 법이니까요."

"뜬금없이 그게 무슨 말인가요."

"다른 이유는 없습니다. 내가 이곳에 온 건 단순히 당신이 이정임 씨의 딸이라는 사실 하나 때문이니까요."

"……뭐라고요?"

먹음직스런 먹잇감을 발견한 포식자처럼 차갑게만 보였던 남자의 입가에 만족스런 웃음이 걸렸다. 동시에 가늘게 좁혀진 승표의 눈매가 사슬과도 같이 현서의 몸을 꽁꽁 묶어놓았다.

"몰라 되묻는 건 아니라고 믿겠습니다. 이 사실을 잘 아는 사람 역시 지현서 씨 당신이지 않습니까."

아니라고 발뺌하기 전에 놀란 표정부터 숨기는 게 우선순위가 아니겠느냐며, 그가 무언의 눈빛으로 인신공격이나 다름없는 뜻을 전달해 왔다.

대번에 와락 얼굴이 구겨졌다. 안타깝지만 그의 말은 일리가 있었다. 백지장처럼 질린 얼굴로 떠듬떠듬거리며 사실을 부정해 본들 곧이곧대로 그걸 믿어줄 사람이 과연 몇이나 될까. 그러나 생각의 방향이 이쯤 됐음에도 쉽사리 표정 관리가 되지 않았다.

묻고 싶은 말은 차고 넘쳤다. 하지만 당장 확인해야 할 것은 따로 있었다.

"당신, 설마 한승표 당신 혹시라도 제 뒷조사라도 하고 다닌 건가요?"

그러지 말아야지 하면서도 이어져 나온 현서의 목소리는 잔잔한 떨림을 머금고 있었다. 인정하기 싫었지만 승기를 잡고 있는 쪽은 승표였다.

"그게 싫었더라면 처음부터 빌미를 주지 말았어야 했습니다."

"이것 봐요!"

"화가 난 모양이로군요."

뾰족하게 날선 현서의 반응에도 그는 머쓱한 기운도 없이 순순히 사실을 인정했다.

"알면 지금 당장 이곳에서 나가주세요. 어서요!"

"그건 좋은 해결책이 될 수 없을 텐데요?"

"협박하는 건가요?"

"설마요. 지현서 씨가 무슨 말을 하든 진실이 변하는 일 따위는 없을 거라고 말씀을 드리는 겁니다."

비교적 단호한 그의 말에 현서의 한쪽 눈가가 의지를 반한 채 떨렸다. 침착해지자고 몇 번을 되뇌어도 거칠어진 호흡은 제자리를 찾아오지 못했다.

"……당신이 알고 있는 사실이 잘못 됐다는 의심은 해보지 않았나요? 그러니까 내 말은……."

"거기까지. 난 돈으로 움직이는 정보를 무조건 맹신하진 않지만, 적어도 다른 것보다 믿긴 하는 편이거든요"

찰칵.

어느새 빼든 담배 한 개비를 잇새로 문 남자가 뒤이어 꺼내든 은색의 지포라이터의 휠을 당겼다. 기다렸다는 듯 묵직한 담배 연기가 좁은 방 안으로 퍼져 나갔고 이내 현서의 미간이 찌푸려졌다. 그러자 한층 보란 듯 필터를 통해 빨아들인 담배 연기를 공중으로 내뱉은 승표가 말을 이어나갔다.

"우리, 아직은 해야 할 말들이 남아 있는 것 같군요."

쓸모를 다하지 못한 장초를 거리낌 없이 장판 위로 던져 버린 승표가 벌건 불씨가 남아 있던 담배를 망설임 없이 구둣발로 짓이겨 버렸다. 불쾌하다고 한마디 하려다가 현서는 그만 입을 꾹 다물고 말았다.

어처구니가 없는 것을 떠나 되갚아주고 말겠다는 반발심이 크게 일었다. 당장에 현서는 남자의 소유로 남아 있던 담뱃갑으로부터 그중 하나를 꺼내 허락도 없이 빌렸다. 강탈이라고 말하지 않았던 것은 곧장 이것을 주인에게 돌려줄 생각을 하고 있었기 때문이었다. 좀 전에 자행했던 남자의 행동과 비슷한 과정을 거친 현서가, 다소 의연하게 바라보고 있던 승표를 향해 들고 있던 담배를 내던졌다.

맹렬한 속도로 날아든 담배는 이내 승표의 어깨 부근에 와서 부딪히고는 곧이어 그의 발치께로 떨어졌다. 한눈에 보기에도 탁한 재가루가 보기 싫게 묻어났다. 곧 승표의 시선이 아래로 향했다 다시금 현서에게로 고정되었다.

"겁이 없군요."

"그러는 당신은 예의가 없죠."

기침이 나올 것 같은 숨 막힘을 참아가며 애써 현서가 꿋꿋이 의견을 피력했다. 그러자 남자가 꽤나 어처구니없다는 표정으로 한마디를 덧붙였다.

"미안하지만 나는 그래도 됩니다."

"어째서요?"

왜 당신만 특별취급이냐는 현서의 반문에 대뜸 승표가 낡고 허름한 현서의 반지하 방을 둘러보며 눈짓했다. 그리고는 당연하다는 듯 말을 이어나갔다.

"행위에 대한 책임을 질 수 있는 재력 정도는 가지고 있으니까요. 그렇지만 아마도 당신은 나와는 다를 거 아닙니까?"

"하지만!"

"압니다. 그래도 그게 예의가 아니라고 지현서 씨는 말하고 싶을 겁니다. 정작 기천만 원하나 슈트 한 벌 값도 변상할 능력이 없으면서 말입니다."

가까스로 내뱉어진 현서의 짧은 외침은 마치 항의와도 닮아 있었다. 하지만 불행히도 승표는 현서의 뜻을 표면 그대로 받아들여 주지 않았다. 승표의 말대로 이깟 집 한 채쯤은 손쉽게 사줄 수 있는 그와 그럴 수 없는 자신 사이에는 분명 큰 격차가 있었다.

현서의 입술이 한일자로 굳게 잠겼다. 만약 승표의 목적이 상대적인 박탈감을 느끼게 해줄 요량이었다면 그의 계산은 정확하게 맞아떨어졌을 것이다. 마치 심한 조롱을 받은 것처럼 현서의 목덜미가 붉게 달아올랐다. 이 모습을 빠짐없이 지켜보고 있던 승표가 그제야 마침내 현서의 집을 방문한 목적을 꺼내놓기 시작했다.

"사실 이번 일이 결례란 걸 모를 정도로 이쪽도 무지하진 않습니다. 단지, 참을 수가 있어야지요."

"정말이지 제게 왜 이러세요."

특별한 의미를 부여하기엔 대화 내용 자체는 크게 별다를 것이 없었다. 그런데도 고저 없이 나직이 들려온 일상적인 그의 말들이 다시없을 만큼 두렵게 다가왔다. 겉으로 드러난 것 외에 그 이면을 둘러싼 다른 외적인 요소들이 숨겨져 있음을 모르지 않은 까닭이었다.

그렇지 않아도 흐트러졌던 숨소리가 다소 거칠어졌다. 진절머리가 날 정도로 지금 이 상황을 회피하고 싶은 마음만 그득했다. 그러나 현서의 바람과는 정반대로 원치 않은 답답함은 곧 배가되었다.

"지현서 씨에 대해 알고 난 뒤로 많은 생각을 해봤습니다. 하지만 그래도 결론은 하나더군요."

"……."

"이제는 대답하는 것마저도 싫다는 건가요. 그래도 듣는 게 좋을 겁니다. 이제부터 지현서 씨는 나와 연애란 걸 하게 될 테니까요."

지금까지 있었던 일련의 과정들은 마치 앞으로 일어날 일들에 대한 전초전에 불과했다는 듯, 곧이어 나온 승표의 제안이 현서를 혼란의 구렁텅이로 몰아넣었다. 뜻밖의 제안에 이유모를 감정들이 복받쳐 올랐다.

대체 왜? 무슨 이유로 승표는 이런 말도 안 되는 이야기를 자신에게 해오는 것일까. 이건 숫제 어린아이들이나 할 법한 흔한 장난보다 더 질이 낮았다. 그럼에도 왜인지 현서는 승표의 진지한 눈빛이 마음에 걸렸다. 결국 먼저 침묵을 깬 현서가 불신이 깃든 목소리로 승표에게 진위를 캐물었다.

"지금 뭐라고 했나요?"

"연애를 하자고 했습니다. 정정하자면 계약연애라고 하는 게 더 바람직한 표현일 테지만."

"왜……."

무의식적이라 할 만큼 순수한 의문이었다.

"난 사람 보는 눈이 꽤나 정확한 편입니다. 그리고 이정임 씨의 약점으로 지현서 씨 이상 가는 적임자가 없다는 게 내 판단입니다."

"당신 미쳤군요."

"그래 봤자 지현서 씨는 내 말대로 따르게 될 겁니다."

확신을 넘어 자만이라고 불러도 무방한 승표의 확언에 마치 꾸중을 듣는 학생처럼 현서의 몸이 움츠러들었다. 밑도 끝도 없는 질척한 수렁에 한쪽 발을 담근 느낌이었다.

“싫어요. 안 할래요.”

“말씀드렸을 텐데요. 지현서 씨 의견은 내게 중요하지 않습니다.”

“이이!”

“하지 않고는 안 되게 만들 테니까요. 내가, 당신을 말입니다.”

현 시점에서 떼를 쓰고 있는 사람은 엄연히 승표 쪽이었다. 최소한 그녀의 입장에서 보자면 승표의 말은 밑도 끝도 없는 그야말로 얼토당토않은 이야기에 지나지 않았다.

“그쪽이 뭐라든지 간에 제가 끝까지 이 제안을 수락하지 않으면 끝나는 일 아닌가요?”

“곤란한 분이로군요.”

“착각하지 마세요. 제일 곤란한 건 다름 아닌 저란 말이에요.”

몇 마디 대화를 섞지 않은 상태에서도 벌써부터 지친 기분이 들었다. 그러나 냉담한 그의 얼굴은 현서의 충고에도 흔들림 없이 강건하기만 했다. 이내 정돈된 머리카락을 나른한 손길로 쓸어 올린 승표가 짧게 고개를 가로저었다.

“먼저 앞서 나가는 건 룰 위반입니다. 선택을 할 수 있는 건 당신이 아니라 바로 납니다.”

“누구 마음대로요?”

“바라는 게 있는 사람은 언제나 줄 수 있는 사람보다 약자일 뿐이니까요. 그건 앞으로도 변하지 않을 단 하나의 진실일 겁니다.”

얼마간 떨어져서 이야기를 주고받던 승표가 돌연 현서의 코앞까지 간격을 좁혔다. 그리고는 소리 죽여 나직이 속삭였다. 종전까지의 무덤덤했던 말투와는 달리 조금은 강압적인 목소리가 포함돼 있었다.

승표가 아주 근거리까지 접근해 오자 남자의 몸에 배인 옅은 담배 냄새가 약하게 코끝을 찔러왔다. 곧 불신에 찬 현서의 눈이 담담하게 서 있던 승표를 주시했다. 그러자 이내 별것 아니라는 듯 승표가 운을 뗐다.

"물론 내 경우는 후자에 속하지만요."

"당신이란 사람 정말이지."

"거두절미하고 돈이 필요했던 게 아니었습니까? 그 돈 이쪽에서 드릴 수도 있습니다."

"……."

깔보지 말란 말이 턱밑에까지 차올랐다. 그러나 끝내 이 말이 입 밖으로 나오는 일 같은 건 일어나지 않았다. 패배를 인정하기 싫었지만 이 순간 승표의 말이 옳았음이 여실히 증명됐다. 원하는 것이 있기에 그녀는 승표보다 떳떳할 수가 없었다. 속이 아플 정도로 쓰려왔다.

"이정임 씨를 찾아갔다가 별 소득 없이 빈손으로 돌아왔다는 걸 압니다. 개인적으로는 그 일이 돈 때문일 거라고 짐작했었는데 내 말이 틀렸습니까?"

아주 근접한 상태에서 이야기를 나누고 있던 그가 이 말을 끝으로 조금 거리를 두고 섰다. 그리곤 지켜보는 행색으로 그녀의 표정을 살폈다. 흡사 동물원 우리에 갇혀 사람들로부터 손가락질이나 받는 신세로 전락해 버린 것만 같았다. 일그러진 얼굴은 어느새 울상이 돼 있었다.

"……당신이 상관할 바가 아니에요."

"함부로 속단하긴 이를 텐데요. 설마하니 같은 일이 반복되지 않으리라는 확신을 가지고 있는 건 아니겠죠?"

"……."

"이미 지현서 씨도 알고 있지 않습니까."

철옹성과도 같았던 그곳으로 다시 찾아가 정임을 만나기까지의 과정은 승표의 말대로 그리 순탄치 않을 게 분명했다. 나아가 두 번째부터라면 이전처럼 문전박대로 끝나지 않을 공산도 컸다. 정말이지 뭐 하나 쉬운 일이 없었다.

무엇보다도 마음을 짓누르는 사실이 몇 개 더 있었다. 승표의 말대로라면 평창동 저택은 한신그룹의 회장이 기거하는 본가였다. 일반인들이 쉽게 생각하고 드나들 수 있는 장소가 아니란 이야기였다. 이후로도 정임을 만나는 일이 요원치 않음을 잘 설명해 주는 대목이었다. 나아가 승표의 방해공작이 없으리란 건 또 어떻게 장담할 수 있을까.

시간은 촉박한데 반해 주변에 산재된 장애물들이 너무나도 많았다. 시간이 지날수록 마음의 벽이 한없이 얇아지고 있었다. 그리고 때맞춰 이 순간 거부할 수 없는 유혹의 말이 승표의 입에서 흘러나왔다.

"내 쪽을 통하는 것이 더 빠를 겁니다."

"……."

"장담하지만 분명 그럴 겁니다."

정곡을 찔러오는 그의 제의에 돌연 숨이 멎었다. 방심한 상태에서 직격탄을 맞은 기분이 이러할까. 승표의 말처럼 시간의 흐름이 현서가 원하는 걸 가져다줄 수 있을지는 모를지언정, 사태를 해결하는 데 있어 통용될지는 여전히 미지수였다. 촉각을 다투는 일이었다. 너무 늦어버리면 아무런 소용이 없어져 버리는, 현서의 입장에서는 그 무엇보다 절박하고 간절한 일이었다.

"당신 잘도……. 나와 그녀의 관계를 들먹이면서 어떻게 이런 말을……."

"흔들리고 있군요. 생각했던 것보다 그 돈, 절실한 모양이로군요."

턱을 치켜든 승표가 아무렇지 않게 이야기의 결론을 지었다. 그리곤 현서의 대답을 듣기에 앞서 느른한 웃음을 입가에 걸었다.

"어쨌든 나로서는 환영할 만한 일이니 나쁠 것은 없군요."

찰나지간에 내보인 실수 하나가 여지없이 승표에게 승기를 가져다주었다. 의연함을 잃은 현서의 입술이 일그러졌다.

아니라 해봤자 거짓말만 늘어날 뿐이란 걸 스스로가 가장 잘 알고 있지 않았던가. 남들과 마찬가지로 현서도 많이 아프기 싫었다. 후에 뒤돌아 생각해 보면 이 순간 어느 때보다 겁에 질려 있었던 것 같았다. 이미 정상적인 생각을 할 수 없을 정도로 사고력이 마비되어 있었다. 약간의 어지럼증을 느낀 현서가 부러 숨을 깊게 들이마셨다.

정임의 이름을 부르는 일에도 거리낌이 없었던 한승표.

만난 지 얼마 되지도 않은 이 남자가 벌써부터 두려워지기 시작했다. 마치 보이지 않는 장막에 가로막혀 나아갈 곳을 잃어버린 기분이었다. 그러나 선택의 폭은 그다지 넓지 않았고, 결국 정해진 길을 걷게 될 것이란 걸 어렴풋이나마 짐작하고 있었다.

현서는 어떻게든 살고 싶었고, 승표는 어렵지 않게 그 길을 제시해 왔다. 지금 이 순간 현서에게 있어서 가장 중요한 것은 이 사실 하나뿐이었다. 그래도 고민이 되지 않았던 것은 아니었다. 어떻게 봐도 자신을 이용해 승표가 겨냥할 수 있는 유일한 인물은 정임이었으니까.

불현듯 평창동에 갔을 때가 떠올랐다. 아무렇지도 않게 자신을 모른다고 했던 정임. 가까스로 짜낸 용기의 전부를 일말의 희망도 없이 날려 버린 시간들……. 그래도 살고 싶었다. 이 유일한 명제가 결국 현서의 마음을 움직였다. 언제부터인지 정돈되지 않은 머릿속은 엉망진창으로 변해 있었다. 어째서 정임은 승표보다 먼저 자신을 찾거나 만나러 와주지 않았던 것일까. 잘못된 원망이라 해도 어쩔 수가 없었다. 지금의 현서에겐 지푸라기라도 잡고 싶을 정도로 절박한 심정뿐이었다.

뜬구름잡기식의 희망보다 더욱더 확실한 조건을 제시한 승표의 제안 쪽으로 마음의 추가 서서히 기울기 시작했다. 이내 동그랗게 말린 손 안쪽으로 손질되지 않은 손톱이 날카롭게 여린 살결을 파고들었다. 어느덧 숙여진 현서의 머리 위로 그의 시선이 머무는 게 느껴졌다. 그러나 바닥을 향해 고정돼 있던 그녀의 시선은 쉽사리 제자리를 찾아오지 못했다.

한참 만에야 음울하게 가라앉아 있던 현서의 눈동자가 그를 응시했다. 경직된 입 주변부의 근육이 잔뜩 위축돼 있었다. 아마도 보기 싫은 얼굴을 하고 있을 테다. 짧은 한숨, 긴 호흡이 두어 차례 지난하게 반복되었다. 그러고 나서야 현서의 입술이 움직거렸다. 힘이라곤 하나도 없는 사그라질 것처럼 연약한 목소리였다.

"……그래요. 제가 졌어요."

"틀렸습니다."

"……?"

"지현서 씨 역시 원하던 걸 얻게 될 겁니다. 단지 그 주체가 나로 바뀌었다는 사실만 다를 뿐. 그러니 졌다는 건 이치에 맞지 않습니다."

의외의 단언에 현서가 난처하게 웃었다. 안타깝지만 승표의 말은 조금의 위안거리도 되어주지 못했다.

"하지만 길게는 못 끌어요. 저도 제 생활이 있으니까요."

"이쪽도 크게 바라진 않습니다. 어차피 여흥도 오래 끌면 지루해지는 법. 두 달 정도면 충분하지 않겠습니까? 대가는 당신이 만족할 만큼 드리도록 하죠."

몇 날 며칠 동안 잠도 못 이루고 고민하던 문제가 이렇게나 어처구니없이 쉽게 해결되자 맥이 탁 풀어지는 느낌이었다. 그러다 문득 현서는 한 가지 짚고 넘어가야 할 게 있다는 사실을 기억해 냈다.

"궁금한 게 있어요. 그러니 이것 한 가지만 대답해 줘요."

"뭐든 기꺼이."

"이렇게까지 해서 당신이 얻을 수 있는 실리란 게 정말 있긴 한 건가요?"

현서의 말에 긍정이라도 하듯 그가 양어깨를 으쓱였다.

"그럼 말해줘요. 대체 무엇 때문에 이런 말도 안 되는 일을 하려는 건지, 제 상식으로는 도무지 납득이 가지 않으니까요."

어렵사리 입을 연 현서의 말과는 달리 승표는 손쉽게 이에 대한 해답을 내놓았다.

"지현서 씨, 당신은 평소 곤충의 움직임을 관찰해 본 적이 있습니까?"

"아뇨."

"안됐군요. 그건 꽤나 흥미로운 일이기도 하거든요."

승표의 설명은 다소 두루뭉술했지만 이야기의 핵심을 파악하는 것은 의외로 쉬웠다. 이 순간 남자의 눈에 비친 현서의 모습 또한 바닥을 기어 다니는 벌레와 다르지 않은 존재였을 터였다.

"……고상한 취미생활이네요."

"이를테면."

헛된 현서의 기대는 줄곧 그가 아니란 답변을 해오길 기다렸다. 그러나 애초 승표에게 있어 지금과 같은 제의는 한갓 유희거리 수준에 지나지 않았다. 마치 여흥에 드는 비용 따위야 얼마가 됐든지 크게 상관이 없다는 투였다. 처음부터 금전적 손해 따위 고려 대상에도 들어 있지 않았다.

모르는 사이에 찌푸려져 있던 현서의 눈가가 잠시 후 언제 그랬냐는 듯 부드럽게 풀렸다. 그리고는 체념 섞인 건조한 말투로 작게 중얼거렸다.

"당신이 부러워요."

"비꼬고 싶은 기분이란 거 충분히 이해합니다."

"아뇨. 진심이에요. 정말로 당신이 부러워요."

승표가 알 수 없다는 눈빛으로 현서의 얼굴을 집요하게 살폈다. 그러나 그는 남의 감정을 중요하게 생각하는 부류가 아니었다. 곧 흥미가 떨어졌는지 몇 가지 단서를 덧붙인 뒤, 승표는 미련 없이 현서의 집을 떠났다. 원하는 바를 모두 이뤄서인지 처음 이곳에 발을 디뎠을 때보다 좀 더 개운한 얼굴이었다.

털썩.

남자의 구둣발에 의해 여과 없이 짓밟혀진 바닥 위로 던지듯 몸을 내려놓은 현서가 입술을 꼭 깨물었다. 부럽다고 했던 현서의 말은 거짓말이 아니었다. 세상을 눈 아래로 내려다볼 수 있는 그의 자신감이 미치도록 부러웠고 한편으로는 욕심이 났다.

오늘, 살아남기 위한 것이라는 명목으로 자존심을 버리고 돈을 택했다. 옳지 못한 나쁜 선택이었다고 비난을 퍼부어도 괜찮았다. 그럼에도 왠지 모르게 가슴 한구석이 스산했다.

"살 수 있다는 것만 생각하자. 그것만 생각하자, 지현서."

하얗게 변색이 될 정도로 말아 쥔 손바닥 사이로 한줄기 선혈이 흘러내렸다. 여린 살을 파고든 손톱 끝엔 진한 핏물이 배어 있었다.

　뭐랄까. 한승표란 사람에 대해 정의를 내리자면 열 마디 말로도 부족할 것 같았다. 혹시라도 그날의 결정이 실수였다며 현서가 번복이라도 해올까 봐 그는 다음날 아침 날이 밝기 무섭게 새로운 용건을 가지고 그녀를 찾아왔다. 짧은 기간밖에 겪어보진 못했지만 알수록 기가 질리는 느낌이 들었다.

　잠을 설쳐 낯빛이 좋지 못한 현서가 그를 맞았다. 그러자 짧은 까딱임 하나로 인사를 대신한 그가 종이 한 장을 내밀었다. 소위 어제 있었던 쌍방 간의 거래에 관한 협의사항이 정리된 합의서였다.

　"꼭 이렇게까지 해야 하는 건가요?"

　"단순하게 생각하면 됩니다. 이건 단지 계약서상의 기본적인 절차 중 하나일 뿐입니다."

“솔직히 전 아직도 내키지가 않아요.”

“분란을 야기하는 건 항상 부정확한 계산에서부터더군요. 번거로운 일은 피하는 게 피차간 현명한 일입니다.”

승표는 현서의 말을 부드러운 어투로 단칼에 자르며 그녀의 투정을 묵살했다. 기가 막히는 한편으로는 철두철미한 그의 모습이 두렵게 여기지기도 했다. 훑듯 남자가 전해준 종이를 읽어 내려가는데 한 곳이 공란으로 비어 있는 것을 발견했다.

“이건 뭔가요?”

“보이는 그대로입니다.”

불친절하게 갈무리한 그의 대답과 반비례해 승표의 음색은 일관되게 차분했다. 감정 변화가 뚜렷한 그녀와는 사뭇 상반된 모습이었다. 때문에 두 사람 사이의 공기는 이상하리만치 붕 뜬 느낌이었다.

“무슨 그런 무책임한 말이 다 있나요.”

무성의한 승표의 답변에 발끈한 현서가 재차 해명을 요구했다. 미처 가다듬지 못한 목소리가 듣기 싫게 탁하게 갈라져 있었다. 그러나 이 역시도 승표에겐 하릴없는 핑계에 지나지 않았던 모양이다.

“그다지 좋지 못한 버릇을 가지고 있군요.”

“……?”

“부연설명을 바랄 만큼의 일이 아니란 뜻입니다. 무엇보다 아주 간단한 일이지 않습니까.”

너무나도 그다운 발언에 소소한 한숨이 터져 나왔다. 별다른 도리 없이 현서의 시선이 다시금 계약서 쪽으로 향했다. 비참했지만 이번에도 승표의 말은 틀리지 않았다. 흥분해 간과해 버리고 말았지만 사실상 비어 있던 공란은 그 자체만으로도 고스란히 그의 의도를 담고 있었다.

"한승표 씨의 말이 맞아요. 굳이 묻지 않아도 될 문제였어요."

얼마를 써넣던 간에 금액이 합당하다면야 언제든 지불할 용의가 있음을 간접적으로나마 시사하고 있는 대목이었다. 선심을 써주는 건 분명 나쁘지 않았다. 그러나 그것이 누굴 위한 선택이었는지에 대해서는 여전히 풀지 못한 의문으로 남아 있었다. 하지만 분명한 건 남자는 그다지 배려심이 있는 편이 아니란 점이었다. 아마도 현서의 사정을 생각해서 내린 뜻밖의 헤아림이었다기보다, 가진 자가 베푸는 그저 그런 아량의 연장선상 정도일 테다.

"이해했다니 다행입니다. 하지만 앞으로도 이런 식이면 곤란합니다. 엄연히 계약서상의 갑은 이쪽이니까요."

손수 계약서의 맨 윗부분을 손가락으로 짚어가며 '을'의 입장을 명확히 주지시켜 주는 승표의 언행에 상처를 받지 않으려고 무던히도 애를 써야만 했다.

생각 없이 던졌을 것이 분명한 저 남자의 말 한마디에 자신의 신경줄이 너덜하게 닳을 필요는 그 어디에도 존재하지 않았다. 마음을 다잡자 그다음은 일사천리였다. 얼마든지 주겠다고 하는데 거절할 필요가 과연 있을까?

한차례 고개를 내젓는 것과 동시에 현서의 손이 빠르게 움직이기 시작했다. 하지만 애써 다잡은 마음과는 달리, 서류상으로 하나둘씩 동그라미의 숫자가 늘어날수록 이상하게도 손끝이 떨려왔다. 호기롭게 시작했을 때와는 달리 금액을 기입하는 행위가 끝났을 때 즈음이 되어선 자신도 모르게 안도의 숨을 내쉬고 말았다. 몰랐는데 긴장하고 있었나 보다.

이런 건 정말이지 두 번 할 짓은 못된다며 현서가 나머지 한 장에도 까마득해 보이는 금액을 적어 넣었다. 그런 뒤에야 남자의 반응이 궁금해졌다. 펜을 움직이는 사이 스스로도 모르게 호기를 부린 까닭이었다.

예상되는 일반적 반응이라 해봤자 열에 아홉은 가당치도 않다며 고개부터 저을 테다. 하지만 승표의 생각은 현서와는 퍽 다른 듯 한결 여유롭기까지 했다.

남자가 곁에 있다는 사실도 잠시 잊은 채 젖어드는 소매 끝을 연신 문지르고 있자니 곧 승표가 아무렇지 않게 현서로부터 계약서를 거둬갔다. 대번에 구부정했던 현서의 등허리가 곧추세워졌다. 그러나 그다음에 이어 나온 승표의 말이 다시금 현서의 힘을 쭉 빼놓았다.

"꽤 괜찮은 금액이로군요."

"……."

"하지만 생각했던 것보다 많지는 않군요."

순수한 감탄에 덜컥 심장이 내려앉는 경험을 했다. 이상하게도 별것 아니란 투의 승표의 높낮이 없는 목소리가 어째서인지 힐난 어린 공격의 말보다 더 깊은 강도로 마음에 생채기를 냈다. 가슴을 졸이며 계약서 공란에 적어 넣었던 금액은 자그마치 일억이었다. 다른 사람들은 어떨지 모르겠지만 그녀의 입장에선 평생을 일해 모은다 하더라도 불가능할지도 모를 엄청난 액수였다. 겨우 두 달의 시간을 저당 잡은 대가로 내어줄 만큼 만만찮은 돈이 아니란 소리였다. 목숨과 즉결되는, 현서에게는 무엇보다 절박했던 도움의 손길이었기에 이 순간만큼은 이유 없이 비참했던 것 같았다.

남자에게는 아무렇지도 않은 이 일이 왜 현서 자신에게는 이다지도 어렵고 서럽게 다가오는 건지. 까딱 잘못했으면 찔끔 눈물을 쏟아낼 뻔했을 정도로 그의 말은 심적으로 큰 충격을 안겨줬다. 간단하고 명료한 긍정의 의미였을 뿐인데, 독한 냉대보다 더 시리게 느껴졌다.

사실은 이만큼 많이는 필요치 않다고 정정해서 말할까. 현서는 속으로 고개를 저었다. 승표에게 있어서 결제 단위 하나의 차이는 아주 똑같지는 않을지언정 그렇게 크지도 않았을 게 뻔했다. 그러니까 지금 현서가 해야 할 말은 금액을 뒤로 물리자는 사양의 말이 아니라 고맙다는 인사치레여야 했다. 그럼에도 입술에 접착제라도 바른 것처럼 쉽사리 말문이 떼어지지가 않았다.

그렇지 않아도 드문드문 이어지던 대화는 현서가 입을 걸어 잠금으로써 완벽하게 중단되었다. 하지만 의외로 먼저 대화의 물꼬를 튼 사람은 아쉬울 것 없이 행동하던 승표였다.

"알고 있겠지만 내가 부르면 언제든 와야 합니다. 그게 비싼 시급을 주고 지현서 씨를 찾은 이유의 전부니까요."

"이해했어요. 저도 그 정도로 모르진 않아요."

"앞으로 두 달입니다. 지현서 씨의 시간이 온전히 제 소유가 되는 기간이. 이후로도 이 사실을 잊지 않길 바랍니다.

답지 않게 몇 번이고 다짐을 받은 뒤에야 승표가 대화를 종결지었다. 현서로서도 나쁘지 않은 조건이었다. 두 달의 시간을 허비해 목숨을 건질 수만 있다면, 이보다 더한 짓도 할 수 있다며 무겁게 고개를 끄덕였다. 그러자 승표의 입매가 느슨하게 풀렸다. 순간 혼잣말처럼 중얼거리는 소리가 귓가로 들려왔다.

"과연 당신의 가치는 얼마나 되어줄까."

"네?"

"아니, 아무것도 아닙니다."

그러나 어영부영 얼버무리고 넘긴 이 일에 대한 해명의 기회는 예상외로 일찍 현서를 찾아왔다.

생각했던 것보다는 제법 잔머리를 굴릴 줄 아는 것이, 보기보다 아주 맹탕은 아니었던 모양이다. 주제에 맞지도 않는 가당치도 않은 금액을 적어 넣을 때까지도 승표는 입가에 떠오른 차디찬 웃음을 지우지 않았다.

그래도 꼭 나쁘지만은 않다는 게 승표의 생각이었다. 원래 사업이란 투자 대비 얻을 수 있는 결실의 크기 또한 달라지게 마련, 그리고 이러한 사실을 누구보다도 잘 알고 있던 사람 역시 승표 자신이었지 않던가.

승표는 여전히 한가닥 불안감을 씻어내지 못한 채 흔들리는 시선을 하고 서 있던 현서에게로 재차 눈길을 돌렸다. 한눈에 보기에도 걷잡을 수 없이 혼란스러워하는 현서의 모습은 묘하게 그의 마음을 들쑤셔 놓았다. 마치 가학성을 부추기는 것과 같은 착각마저 일었다. 계획했던 것보다 어렵지 않게 받아낸 현서의 승낙은, 최근 며칠간 저조했던 승표의 더러웠던 기분을 말끔히 씻어내 주었다.

"여기. 제 것은 다 끝냈어요."

"어디 보자. 음…… 좋습니다. 빠진 것은 없군요."

선을 따라 조악하게 그려 나간 사인엔 어설픈 솜씨가 고스란히 담겨 있었다. 급조된 것보다야 덜하겠지만 승표의 눈에는 그것과 별반 다를 것이 없어 보였다. 계약은 승표의 사인이 덧붙여짐으로써 완료되었다. 승표의 손에 들려 있던 동일한 내용의 두 개의 계약서 중 한 부가 현서에게로 넘겨졌다. 서둘러 가슴으로 꼭 끌어안는 모습이 피식거리는 웃음을 자아냈다. 비에 맞은 병아리 꼴을 하고 있으면서도 그래도 중요한 게 뭔지는 아는 모습이었다.

어떻든 결과론적으로 말하자면 그는 착하다는 형용사와는 거리가 먼 인물이었다. 그사이 줄곧 단절돼 있던 두 사람 사이의 대화가 재개될 기미가 보였다. 곧 입을 걸어 잠근 채 침묵을 지키고 있던 현서가 어렵사리 운을 뗐다.

"긴 시간이 될 것 같아요. 제겐……. 아주 긴."

"생각보다 금방 지나갈 겁니다."

현서가 사서 걱정하지 않아도 시간의 유속은 항상 일정한 속도를 유지하고 있었다. 결국은 멈춰 서 있지 않고 흘러가게 마련이니 지금의 염려 또한 불필요한 고민거리에 지나지 않을 뿐이었다.

그다지 생산성 있는 말은 아니었기에 승표가 현서의 읊조림을 가볍게 받아넘겼다. 그럼에도 현서의 눈빛은 좀 전보다도 세차게 흔들렸다.

"이제 다 된 건가요."

"하나는요. 하지만 다른 하나가 곧 시작될 겁니다."

"그럼 전 언제쯤 받을 수가 있나요. 한승표 씨가 약속했던 합당한 대가란 것 말이에요."

이미 계약서상에 명시돼 있던 내용을 구태여 당사자에게 재확인해 온다는 것은 둘 중 하나였다. 전자는 부주의하게 이 사실을 모르고 지나쳤다거나, 후자는 계약 조건이 마음에 들지 않다던가 하는 이유 말이다.

하지만 사인하기 직전까지도 몇 번이고 뚫어져라 계약서를 읽어 내렸으니 아마도 앞선 이유가 걸림돌이 되지는 않았을 것이다. 보아하니 지현서는 지금 승표 자신과 협상이란 걸 하고 싶은 모양이었다.

현서의 속내를 파악해 내는 것은 겉으로 드러난 그녀의 표정만으로도 충분히 미뤄 유추해 볼 수 있는 부분이었다. 하지만 이것이야말로 가당치도 않은 일이 아닌가. 언제나처럼 포커페이스를 유지한 승표가 지체 없이 일축했다.

"두 달 후. 계약이 끝나는 시점입니다."

삽시간에 아래로 축 처져 버린 현서의 좁은 어깨가, 가뜩이나 비좁아 보였던 방 안의 풍경과 어우러지면서 무척이나 초라한 분위기를 연출했다. 가난함이 묻어나는, 승표의 기준에서 따지자면 한갓 쓰레기 창고만도 못한 현서의 집 안은 오래 머무르기가 적합한 곳이 아니었다. 때문에 적당히 앉을 곳조차 찾지 못한 승표는 처음 왔을 때처럼 여전히 장승마냥 제자리를 지키고 서 있었다. 어쩔 수 없이 주인인 현서도 덩달아 자리에서 일어나 있을 수밖에 없었는데, 왜인지 이런 현서의 태도가 괜스레 승표를 짜증 나게 만들었다.

끝까지 권해주지 않는 자리라……. 문득 드는 기시감에 승표가 눈살을 찌푸렸다. 그 순간 현서의 입술이 달싹이며 열렸다. 재미있게도 그가 예상했던 범주에서 한 치의 어긋남도 없는 내용이었다.

"……기한을 앞당겨 줄 수는 없는 건가요."

"변하는 건 아무것도 없습니다. 설령 내 마음이 중간에서 바뀐다 해도 달라지는 건 없을 겁니다."

"어째서요?"

"그래야 내가 지현서란 사람을 좀 더 손쉽게 부릴 수 있을 테니까요."

승표는 매서울 정도로 자신을 노려보고 있던 현서의 눈을, 그리고 반발심 어린 그녀의 기세를 아무렇지 않게 받아넘겼다.

"굳이 예외조항을 두고 싶은 거라면 이에 상응하는 다른 하나를 준비해 놔야 할 겁니다."

"……."

"보시다시피 제 손에 들어온 건 이미 완료된 계약서니까요."

아쉬울 것이 없다며 손아귀에 쥔 계약서를 흔들어 보인 승표가 파고들 여지를 남겨두지 않은 채 대화를 종결지었다.

　꼭 하고 지나갔었어야 할 이야기를 잊고 지나쳤다는 사실을 깨달은 것은 지루할 정도로 긴 상념의 시간을 흘려보내고 난 후의 일이었다. 계약하던 당시의 상황을 곱씹던 현서가 가쁜 숨을 몰아쉬었다. 잘 버텨낸 자리라고 생각했었는데 사실상 승표의 기에 눌려 아무것도 해보지 못한 채 물러선 것과도 같은 상황이 돼버렸다.

　"바보같이. 좀 더 신중했었어야 했는데."

　밤잠까지 설쳐 가며 무리를 해서인지 가뜩이나 좋지 못했던 속이 단단히 얹히기라도 한 것처럼 더부룩해졌다. 속쓰림을 넘어 상복부인 윗배까지 묵직했다. 달갑지 않은 상대와 다시금 마주 앉아 대화를 나눌 생각을 하니 그것만으로도 고욕인 느낌이었다.

　결국 견디지 못하고 뒤돌아 나와 화장실로 들어선 현서가 왈칵하는 느낌과 함께 안의 내용물이 남김없이 게워냈다. 그러나 깨끗하게 속을 비워낸 후에도 답답한 마음은 여전히 그대로 남아 있었다. 토해낸 입안을 찬물로 헹궈낸 현서가 젖어 있던 입가를 얼른 손등으로 눌러 닦아냈다. 체기로 인해 한결 더 창백하게 변한 얼굴 위로 피곤함이 물밀듯이 밀려들었다.

　이런 때일수록 더 정신을 바짝 차리고 있어야 하는데 그게 말처럼 쉽지가 않았다. 시간이 지날수록 혼란함이 가중되었다. 무엇보다 현실을 에워싸고 있는 주변 여건이 그다지 좋지가 못했다. 이미 심적으로는 더 물러날 곳도 없이 코너에 몰려 있는 기분이었

다. 아니, 근래에 일어난 일련의 사건들을 종합해 보자면, 이미 예
전에 자신이 감당할 수 있는 허용 범위를 넘어선 지 오래였다.

지옥이 이러할까.

자꾸만 세상과 타협하려 드는 스스로의 모습이 낯선 한편으론,
앞으로 이 문제를 어떻게 헤쳐 나가야 좋을지 판단을 내리는 것
자체가 힘이 들었다. 그래서 현서는 막연히 하나만 생각하기로 했
다. 거만하고 오만한 남자. 저 남자의 지갑에서 나올 지폐다발이
현서 자신의 삶을 연장해 주는 구원이 되어줄 거란걸.

짧은 시간 동안에 수없이 많은 잡념들이 현서의 정신을 할퀴고
지나갔다. 하지만 이 이상 쓸데없는 생각들로 시간을 지체하고 앉
아 있을 수만은 없었다. 승표가 어떻게 반응해 올지 앉아서 가늠
하기보다는 일단은 한 번 더 부딪쳐 보는 편을 선택했다.

평창동 저택 앞에서 받아들었던 승표의 명함을 끄집어낸 현서
가 한동안 그의 휴대폰번호를 물끄러미 바라보았다. 그리곤 결심
에 선 표정으로 버튼을 누르기 시작했다.

✳

"사정이 있어요."

"이쪽에서 관여할 부분이 아니로군요."

"전부 달라는 말이 아니에요. 전 그저……."

"예외는 없을 거라고 분명히 말씀드렸습니다."

얼마간 시간적 간격을 둔 채로 승표의 휴대폰에 부재중으로 찍

힌 현서의 전화번호는 모두 다해 세 차례나 됐다. 그렇게 애를 태우다 네 번째가 돼서야 이루어진 통화에 이튿날 또다시 만남이 성사되었다. 하지만 아니나 다를까, 이미 끝을 낸 주제를 다시금 끄집어내 화두에 올리는 게 아닌가. 그러나 승표의 처우는 이미 방향이 정해진 뒤였다.

여지를 두지 않는 승표의 말이 이어질수록 현서의 얼굴이 조금씩 필사적인 빛을 띠기 시작했다. 불현듯 머릿속에서 정임의 얼굴을 떠올린 승표가 미간 사이를 좁혔다. 상념을 지우듯 그가 느릿하게 눈을 감았다 떴다. 여전히 눈앞의 현서는 파리하게 질린 안색을 지우지 못하고 있었다.

어쩐지 구제불능의 악당이 된 기분이었다. 하지만 도화선에 옮겨붙은 불씨는 쉽게 잦아들지 않는 법이었다. 이미 작게 튄 불씨는 기폭제가 된 지 오래였다. 그러나 좀 전보다 더 절박하게 바뀐 현서의 눈빛은 재미없게도 그의 마음을 불편하게 만들었다. 문득 스스로도 인지하지 못하는 사이 현서의 눈빛에 시선을 빼앗기고 있었을 무렵, 돌연 예상치 못했던 고백 하나가 그의 귓가로 날아들었다.

"날 쉽게 생각하고 있다는 거 잘 알아요."

"어떨까……. 내가 이 말에 부정이라도 하길 바랍니까?"

감정이 담기지 않은 승표의 목소리가 차갑게 울려 퍼졌다. 진실은 그 어느 때보다도 빠르게 현서에게로 쇄도했다. 금세 씁쓸한 고소가 현서의 입가로 떠올랐다. 소리 없이 달싹거리는 입술께는 제법 큰 떨림을 간직하고 있었다.

"아뇨. 전 어리지만 아주 어리석지는 않아요."

"그럼 대답이 되었겠군요."

기분이 별로였다. 정임의 딸이 값싼 동정을 바라온다는 게 마땅치 않은 까닭이었다. 쉽사리 정의 내리지 못할 정임과 현서에 대한 다양한 감정들이 머릿속을 잠식해 들어올수록 승표의 속은 잔뜩 뒤틀렸다. 그래서 연이은 현서의 애원에도 상처가 되는 말만 되돌렸던 것 같았다.

서러움과 분함이 한데 섞여 범벅이 돼 있던 현서의 얼굴 위로 시간이 지날수록 은근한 체념의 빛이 함께 떠올랐다. 생각보다 빠른 단념이라고 생각했을 즈음 불현듯 그녀가 설핏한 웃음기를 머금었다. 꺼져가는 빛보다도 못한 아주 형편없는 미소였다.

"있잖아요. 자존심보다 중요한 것이 있다는 게 얼마나 비참한 일인지 아마 당신은 모를 거예요."

"알아야 할 필요가 없었으니까요."

"하지만 그렇지 못한 사람도 분명히 존재해요. 그러니까 전 말해야겠어요."

"헛된 기대를 바라고 있는 것이라면 상대를 잘못 골랐습니다."

군더더기 없이 딱 자른 승표의 말에 그래도 포기가 되지 않았던지 현서가 느릿하게 고개를 흔들며 중얼거렸다.

"그래도 한 번쯤은 들어줘요. 저요……. 제가 많이 아프대요."

이거야 원. 이걸 뜻밖이라고 해야 하나. 불쑥 지겹다는 생각이 들었다.

"지현서 씨, 당신도 다른 사람들과 다를 바가 없군요."

과거를 지나 현재에 이르렀음에도 개개인의 레퍼토리는 크게
달라진 것이 없었다.

"믿지 못하겠지만 사실이에요."

"제가 만만한 사람이었다면 더 좋았을지도. 하지만 이제 그만
듣는 게 좋을 것 같군요."

처음 탐욕적으로 보였던 현서의 눈빛이 어느 사이엔가 슬픔에
젖은 눈을 하고 있었다. 그럼에도 승표는 한결같이 구태의연하게
이 모습을 외면했다. 현재에 이르러 더는 흥미로울 것도 없이 식
상해져 버린 일들이 또 한 번 재연된다고 해서 딱히 마음이 흔들
리거나 하는 일은 일어나지 않았다. 해프닝과도 같았던 방금 전의
일도 다른 때와 마찬가지로 승표에겐 그다지 큰 감흥을 불러일으
키지 못했다.

불현듯 이제는 지나가 버려 과거가 돼버린 옛일들이 승표의 머
릿속에 떠올랐다. 뻔히 속이 들여다보이는 변명에도 모르는 척 쥐
어준 돈. 그런데 시간이 지날수록 상황은 재미있게 흘러갔다. 자
금의 출처가 뚜렷한 상황 속에서도 상대방의 소비패턴은 거지반
비슷했다. 대개의 여자들은 명품 가방을 어깨에 걸었고 대체적으
로 남자들은 고급 외제차의 키홀더를 손에 쥐었다.

문제는 애초 승표로부터 대가를 얻어내기 위해 차용된 변명들
이 이완 달랐단 거였다. 실망스러울 것도 없이 처음부터 모든 것
이 거짓이었단 이야기였다. 그중 가장 흔하게 들었던 변명을 이처
럼 이 자리에서 또 한 번 듣게 되니 조금은 웃음이 나왔다. 이를테
면 지현서가 한 말은 이미 면역이 돼버려 반응할 가치조차 없는

말들이었다.

그러나 근본적으로 따지자면 배신을 당한 것은 아니었다. 단지 이번처럼 결과가 궁금했기에 돈을 들여 실험한 것에 지나지 않았을 뿐이었다. 물론 거기에 든 비용은 비싼 이자를 더해 모두 환수한 지 오래였다.

크게 틀에서 벗어나지 않은 채 반복된, 지금과 같은 일들을 구태여 횟수로 환산해 보자면 몇 번쯤이나 될까. 지겹지도 않게 시시때때로 도마에 오르던 변명 어린 말들이 지현서의 입에서도 나올 줄이야.

"수술을 받고 싶어요, 되도록이면 빠르게. 그러려면 지금 당장에라도 돈이 필요해요."

못내 일그러진 얼굴로 쥐어짜듯 본론을 꺼내놓은 현서. 그러나 그건 무척이나 현실성이 떨어지는 이야기로, 아쉽지만 승표를 납득시키기엔 여러모로 부족한 부분이 많았다.

"겨우 이게 단가요?"

"……."

"아님 저를 설득시킬 또 다른 이유가 남아 있기라도 한 겁니까?"

"한승표 씨."

"미안하지만 저는 이익에 반하는 자선사업은 하지 않는 주의입니다."

오갈 곳 없이 허공에 방치돼 있던 두 손을 현서가 반사적으로 꼭 그러쥐었다. 마치 무언가에 매달릴 곳을 찾는 것처럼 절박해 보이는 행위였다. 그런 뒤에야 조금 진정을 찾은 모습이었다.

"뭐라고 해도 상관없어요. 하지만 사실인걸요."

또다시 제자리걸음처럼 같은 상황이 답습되었다. 이쯤 되니 현서의 말이 진실인 것도 같았다. 하지만 승표의 의지가 꺾이는 일은 결코 발생하지 않았다. 그사이 현서의 애원이 더 이어졌다.

"부탁해도 안 되는 건가요. 이렇게 빌어도 정말 안 되는 건가요?"

자존심이라곤 하나도 찾아볼 수 없는 현서의 모습에 승표는 본질적인 혐오감이 들었다. 그래서 더 그녀의 절실함에 비웃음을 던지길 주저하지 않았다.

"좋습니다. 어쩌면 당신 말이 틀리지 않았을지도 모릅니다."

"아!"

"하지만 그뿐입니다."

처음으로 나온 긍정 어린 말에 현서의 안색이 눈에 띄게 밝아졌다. 그러나 미처 감사함을 표하기도 전에 힐책이나 다름없는 사나운 말이 현서에게로 날아들었다.

"시간 낭비는 이쯤 해두죠. 나는 한가한 사람이 아닙니다."

듣는 이에겐 충분히 수모나 다름없는, 나아가 한 줌의 의지마저 꺾어버리는 발언이 승표로부터 이어졌다. 사실상 그에게 있어 진실 여부는 크게 중요치 않았다. 어차피 구구절절 늘어놓던 현서의 사정은 자신과는 동떨어진 별개의 문제에 지나지 않을 뿐이었으니까. 죄책감이라는 감정을 나눠 가지기에는 둘은 완벽한 타인이나 다름이 없었다.

외관상으로 보이기에 당장에라도 자리를 보존하고 누울 정도로 현서의 기력이 나빴더라면 어쩌면 백에 하나의 확률로 승표의 선택도 달라졌을지 모른다. 그러나 바스라질 것처럼 온몸을 떨어대곤 있다하나 당장에 숨이 넘어갈 정도는 아니었다. 오래전 혈육의 죽음을 목전에서 지켜본 적이 있던 승표에게 있어 목숨이 경각에 달린 위급 상황이란 그 기준선부터가 남들과는 사뭇 달랐다.

사실여부에 관해서도 그렇다. 실상 알아보려고만 한다면 당장에라도 알아볼 수 있는 문제였으나, 현재 승표는 이러한 계획을 조금도 하고 있지 않았다.

승표가 현서에게 바라는 것은 영원이라는 시간이 아니었다. 딱 두 달간의 기간이 전부였다. 현서의 말이 사실로 판명이 난 경우라 하더라도 승표의 입장에서는 이 시간이 그다지 길지만은 않다는 게 지배적인 생각이었다.

나아가 현서는 간과하고 있는 것 같았지만 계약서에 사인을 함으로써 현서의 시간은 오늘부로 두 달간 꼼짝없이 승표에게 저당이 잡힌 상태로 지내야만 했다. 때문에 지금 당장 현서가 수술에 필요한 금액을 어찌어찌 충당한다 하더라도, 승표는 이에 따른 시간적 여유를 제공해 줄 생각이 전혀 없었다. 현서가 재촉한다고 해서 변하는 건 아무것도 없다는 이야기였다. 한참이나 상대를 아래로 봤기에 가졌던 승표의 오만한 생각은 타인을 상처 입히는 데 있어 주저함을 몰랐다.

세상 아래 무서운 것이라곤 그 본인밖에 없어서일까, 승표의 상식은 지극히도 독선적이었다. 더해 아무리 현서가 여간내기가 아닌 것처럼 굴어도 아직은 애송이에 지나지 않았다.

"계속 안 된다고만 하는 이유, 지불할 능력이 부족해서는 아닌 가요?"

똑 쏘듯 현서가 도발적인 말로 그를 자극했다.

"재미없는 농담이로군요. 적어도 난 돈으로는 장난을 치지 않습니다."

의연할 정도로 당차게 말대꾸를 해오는 게 제법 맹랑하다 싶었는데, 이런 어리석은 이야기를 해올 줄은 미처 몰랐다. 스스럼없는 승표의 손길이 그의 지갑으로 향했다. 잠시 후 선뜻 현서의 눈앞으로 내밀어져 보인 것은 천만 원 권의 수표 서너 장과 블랙카드 한 장이었다. 일시에 현서의 얼굴색이 하얗게 변색됐다. 간결하기만 했던 승표의 손짓 하나에는 그가 이야기하고자 했던 모든 내용의 의미가 함축적으로 집약돼 있었다.

번복할 의사가 없음을 단호히 못 박은 뒤에도 미련이 넘치는 눈빛으로 현서가 승표를 올려다봤다. 그렇게 얼마쯤 침묵을 지켰을까. 그제야 반쯤은 포기한 사람처럼 우울한 낯빛을 한 현서가 그녀의 입장을 정리하는 선에서 이야기를 마쳤다.

"……불행도 전염이 되는 것이었으면 좋겠어요. 그랬다면 정말로 좋을 뻔했어요."

"큭."

바깥으로 울려 퍼진 승표의 억눌린 웃음에 현서의 어깨가 흠칫 떨렸다. 그에 맞추어 승표의 입꼬리가 스윽 올라갔다.

"실례. 꿈을 꾼다는 게 누구에게나 있어 자유란 사실을 깜빡했지 뭡니까."

현서의 어깨가 가느다랗게 떨렸다. 어쩌면 울 거라고 생각했다. 그러나 마주친 눈동자 안엔 습한 물기 같은 건 조금도 찾아볼 수가 없었다. 하긴 맹탕같이 흐리멍덩한 사람보다는 오히려 이편이 기꺼웠다.

지현서. 이정임의 딸 지현서.

두 사람의 관계를 떠올린 것만으로도 스멀스멀 불쾌감이 몰려들었다. 더해 화장기라곤 전혀 없는 현서의 맨 얼굴을 마주하고 있자니 답답한 기분도 함께 중첩되는 것 같았다. 스스로도 모르게 목줄을 조이고 있던 넥타이를 느슨하게 풀어 헤쳤다. 알 수 없는 조급함을 느낀 것은 아마도 현서의 얼굴 위로 과거 이정임의 그림자를 발견했기 때문일지도. 순간 승표의 입술이 심술궂게 뒤틀렸다.

부친인 한태정의 숨겨져 있던 여자이자, 그 이전엔 악귀처럼 정신이 나가 있던 친모인 영지를 대신해 살뜰히 자신을 보살펴 주던 사람이었다. 글쎄……. 오해든 진실이든 간에 영지가 정임을 탓하면서 목숨을 끊는 데 성공을 거두지 않았더라면 최소한 둘의 관계는 지금보다 나았을 테다.

어쩌면 영지의 죽음은 잘못된 선택이 부른 일종의 실수였을는지도 모른다. 애초 질릴 정도로 높았던 허영기만큼이나 남들에게 주목받길 바랐던 영지에게 있어, 원인과는 무관하게 남편인 태정의 사랑을 앗아가 버린 정임의 존재란 그 자체만으로도 용납이 되지 않았을 테니까. 결국 입버릇과도 같았던 정임에 대한 영지의 히스테릭한 적의는 시일이 지날수록 도를 넘어갔고, 기어코 목숨을 담보로 한 자살기도로까지 이어졌다. 불행히도 영지의 말은 실제로 실현되었고 또한 가까스로 성공했다. 그리고 얼마 후 영지가 떠난 자리를 정임이 꿰차고 들어왔을 뿐이었다. 여기까지가 성장기의 승표가 전해 들을 수 있던 진실의 전부였다.

누구를 원망하고 싶은 기분은 아니었다. 그 정도로 영지에게 정을 주고 마음을 준 것은 아니라고 믿었기에. 하지만 그렇다고 해서 상처를 받지 않았냐고 하면 그것 또한 거짓말이었다. 메말라 버린 감정은 원망할 대상을 찾은 뒤에야 비로소 제자리로 돌아올 수 있었다.

정임을 떠올리면 늘 여러 가지 감정이 당연하다는 듯이 따라붙었다. 거기엔 증오도 있었지만 여전히 숨겨지지 않는 애틋함도 함께 공존하고 있었다. 그래서 더 화가 나고 감정 조절이 되지 않았다.

단순한 문제를 복잡하게 만든 원인 제공자가 정임이라는 사실은 앞으로도 변하지 않는 진실이었다. 영지가 그렇게 목숨을 끊지만 않았어도……. 부질없는 가정이란 걸 알았기에 현서를 바라보는 승표의 눈길은 여전히 북풍한설보다 서늘했다. 어느새 그의 생각이 정임에게서 부친인 태정에게로 옮겨가고 있었다. 당시 그 일로 인해 상처를 입은 사람은 승표 혼자뿐이었다. 이것은 누가 뭐래도 바르지 못한 계산법이었다. 하지만 승표의 사색은 이 이상 진행되지 못했다.

"대체 이정임 씨가 당신한텐 어떤 의미인 건가요?"

지친 기색이 역력한 모습으로 고개를 떨어뜨리고 있던 현서가 그 상태에서 읊조리듯 중얼거렸다. 축 늘어져 있던 양쪽 어깨가 조금 더 아래를 향해 내려앉았다.

승표의 눈이 가느다랗게 좁혀졌다. 그럴싸하게 포장된 말도 아닌 직구로 물어올 주제는 아니라고 여겼는데 의외의 면에서 한 방 얻어맞은 셈이 됐다. 그러나 이러한 생각이 겉으로 드러나지 않게 감정을 잘 컨트롤한 승표는 손쉽게 답변을 이어나갔다.

"동전의 양면 같다고나 할까. 한마디로 정의하기는 아무래도 어렵습니다."

"어째서요?"

풀어 설명한다 해도 쉽게 이해하지 못할 많은 사건들이 있었다. 그중 간추려진 단 두 가지의 핵심만이 승표의 입에서 흘러나왔다.

"한땐 제가 이정임 씨를 많이 따랐습니다. 하지만 그분이 존재함으로 인해 내 어머니가 돌아가셔야 했습니다. 같은 마음을 유지하고 있기란 쉽지 않은 일입니다."

"맙소사. 어떻게 그런 일이……."

"사실을 고백하자면 그녀를 어머니라고 부르고 싶었습니다. 과거엔 그 어떤 바람보다도 더."

"……."

"하지만 이제는 그럴 수가 없게 돼버렸습니다. 이미 말했다시피 그건 불가능한 일이죠."

승표도 나아가 현서도 마치 약속이라도 한 것처럼 두 사람은 정임에게 특정 호칭을 덧붙이지 않았다. 하지만 이러한 사실을 지적하는 사람은 아무도 없었다.

"……사실은 잘 이해가 안 가요. 왜 내게 이런 식의 자세한 내막을 알려주는 건가요."

"질문을 한 건 내가 아닌 지현서 씨입니다."

"하지만…… 듣지 못할 거라고 생각했단 말이에요."

회의적인 현서의 반응에 가늘게 눈을 좁혀 뜬 승표가 어깨를 으쓱였다. 실상 이곳에 오기 직전 승표도 두 가지 방안을 두고 고심을 거듭했었다. 그리고 그중 하나를 버렸고 남은 다른 하나만을 가지고 배팅을 했다. 결과론적인 측면에서 접근하자면 그의 선택은 틀리지 않았다.

현서의 말대로 자신은 모든 사실을 숨긴 채 마지막의 마지막에 이르러서야 진실을 말해줄 수도 있었다. 그러나 그러지 않고 이러한 방법을 택한 것은, 후에 닥쳐올 일회성의 충격보다 더 큰 파급력을 거두어들이리라 자신했기 때문이었다. 좀먹듯이 차츰차츰 정신을 갉아 들어가는 질기고도 긴 고통이야말로 사람을 추악하게 만드는 힘을 가지고 있었다.

"인정합니다. 지현서 씨 말처럼 한승표란 인간은 친절한 편이 아니죠."

"그런데 왜……."

"다른 사람은 몰라도 지현서 씨는 알아야 하는 일이라고 생각했습니다."

겉으로 드러내지 않았던 승표의 속내가 조금씩 형체를 갖춰가고 있었다. 윤곽이 뚜렷한 승표의 입술선이 심술궂게 움직거렸다.

"……상처를 주고 싶은 거로군요. 한승표 씨가 겪었던 것 이상의 아픔을 그녀도 겪었으면 하나요?"

"그럴지도."

"스스로가 용서되지 않는가 보군요, 그녀를 따랐다던 지난 과거가. 내 말이 틀렸나요?"

"지현서 씨, 당신은 사랑과 증오의 차이가 무엇인지 압니까? 내겐, 그것을 구별하는 일이 쉽지 않습니다."

사실 승표도 정임과 태정의 선택이 이해가 되지 않았던 것은 아니었다. 빈말로라도 영지는 좋은 아내도, 좋은 어머니도 되지 못했다. 하지만 영지의 죽음 앞에서 승표 또한 결국 일개 한 사람에 불과할 뿐이었다.

시간이 경과할수록 속 깊은 곳에 잠재워 두었던 망령이 다시금 활개를 치려고 하고 있었다. 친모인 영지보다 정임을 더 의지했기에 충격은 상상 이상으로 컸다. 잠시 동안 맡아두었던 거짓행복은 모래성보다도 쉽게 허물어졌다. 새롭게 쌓아올리기 시작한 불온한 감정들은 곧 당연하다는 듯이 정임을 겨냥했다. 깊어진 감정의 골은 어느새 암덩이처럼 세력을 확장해 나가더니 곧 현서에게도 전이되기 시작했다.

"어쩌면 이정임 씨에게도 다른 선택지가 없었을지도 몰라요. 바로 지금처럼 말이에요."

"그녀를 대변하기엔 지현서 씨는 그다지 적합한 인물이 아닙니다."

아는 것이 전무하다는 것이 추측밖에 할 줄 모른다는 것과 다를 게 무엇이냐며 승표가 현 상황을 꼬집었다.

"만약의 경우란 것도 있잖아요."

"확률론적으로 봐도 그다지 의미가 없는 이야기로군요."

대화가 이어질수록 승표의 표정이 눈에 띄게 굳어갔다. 동시에 현서의 어깨도 잔뜩 위축되었다.

"앞서 나갔다는 건 인정할게요. 하지만 편들려고 그랬던 건 아니에요. 변명이 아니라 정말로 단순하게 제 생각을 말해봤을 뿐이에요."

"이치를 따지는 것 자체가 우습군요. 돌이킬 수 있는 시간 같은 건 이미 남아 있지 않습니다. 죽어버린 사람을 다시 되살릴 수는 없는 법이지 않습니까."

"그럼 당신의 눈에 비춰진 저는 원수의 딸이나 다름이 없겠군요."

"아니, 그렇지는 않습니다."

현서의 눈이 동그랗게 떠졌다.

"뜻밖의 대답이네요."

"당신도 가지고 노는 장난감 따위 하나하나에 일일이 의미를 부여하진 않을 것 아닙니까."

일찍이 한 번 뒤틀린 인간의 눈은 모든 걸 비틀어서 받아들였다.

현서는 까마득한 나락으로 한 발을 내디딘 느낌을 받았다. 그런 현서를 승표가 의미 없이 주시했다. 입장 차이뿐만 아니라 기본적으로 둘은 생각하는 근본 틀 자체가 달랐다. 승표의 단언이 끝나기 무섭게 아래로 처져 있던 현서의 손가락이 간헐적으로 떨렸다.

"그런가요. 사실대로 말해줘서 고마워요."

"이쪽이야말로."

"아니지 하면서도 너무 깊게 생각하고 있었나 봐요. 내가 어떤 위치에 있는지를 말이에요. 새삼 깨닫게 해줘서 고마워요. 덕분에 조금 마음이 가벼워진 것 같아요."

버석하게 메말라 버린 여자의 눈빛은 지독히도 황량해 금방이라도 닿으면 바스라질 것처럼 나약하게 보였다. 의자에 착석하는 바람에 엇비슷해져 버린 두 사람의 눈높이가 묘할 정도로 긴장감을 야기했다. 줄곧 내려다보고 있었을 때는 몰랐던 사실 하나.

지현서의 얼굴은 생각보다 훨씬 많이 앳돼 보였다.

남은 이야기가 바닥을 드러낸 순간 자연스레 대화는 파장을 맞이했다. 기다렸다는 듯 약속 장소에서 자리를 뜬 사람은 이번에도 승표가 먼저였다. 매번 혼자 남겨지는 경험을 할 때마다 상처 부위는 그 범위를 넓혀갔다.

다행히 이번에는 크게 주눅 들지 않고 준비해 온 말들은 모두 끝낼 수 있었다. 그러나 받아든 결과는 그다지 좋지 못했다. 희망을 품고 이 자리에 나왔을 때와는 천지 차이로 기분이 하락세를 그렸다.

사실상 할 수 있는 모든 최선을 다해 승표로부터 설득을 구했다. 본래대로라면 짊어지고 있던 짐을 벗어던진 것처럼 홀가분해야 정상일 텐데 미련하게도 자꾸만 후회가 남았다. 더 이상 할 수 있는 일조차 남아 있지 않은데……. 매달리다시피 하며 사정을 늘어놔 봐도 꿈쩍조차 하지 않던 승표를 떠올리고 있자니 금세 두통이 몰려들었다.

"두 달이랬지. 두 달……."

암담하게 감겨진 눈이 다시금 세상과 마주했을 때, 꺼져 가던 희망의 불씨가 조금씩 타오르기 시작했다.

세상엔 첫인상의 이미지가 그대로 굳어지는 사람과 그렇지 않고 변하는 사람이 존재했다. 승표의 경우 알게 모르게 전자의 입장에 좀 더 가깝다는 결론을 내리고 있었다. 그러나 그것이 섣부른 판단에 지나지 않았다는 것을 깨달았을 땐 어느 정도 승표의 숨겨진 면모를 엿본 후였다.

"차 한잔 부탁드려도 되겠습니까."

계약 후 벌써 여러 번이나 될 정도로 빈번하게 현서의 집을 드나들고 있던 승표가 이전과는 달리 예상 밖의 사적인 요구를 해왔다. 처음 이곳에 도착해 구둣발로 발을 들일 때와 비교해 보자면 장족의 발전이라 할 수 있었다. 그제야 현서는 단 한차례도 승표를 위해 무언가를 대접해야 한다는 생각을 가져본 적이 없다는 사실을 알아차렸다. 은연중에도 그를 손님이 아닌 침입자로 규정하고 있었나 보다.

따지고 보면 딱히 이러한 생각이 틀린 것도 아니란 생각이 불쑥 들었다. 세월의 흔적이 고스란히 녹아들어 낡고 허름한 티가 남아 있다곤 하나, 누군가는 생활하는 공간이었다. 그러니 하찮게 취급되거나 아무렇지 않게 더럽혀도 될 장소가 아니었다. 때문에 그는 지금도 현서의 경계 대상에 이름을 올리고 있었다.

뜻밖으로 전해 들은 승표의 말에 곧 현서가 자리를 털고 일어나 싱크대로 향했다. 그리곤 잠시 후 약간은 투박하게 생긴 잔에 커피를 타와 그의 앞에 내놓았다. 하지만 왜인지 그는 선뜻 그것을 집어 들어 입가로 가져가지 않았다.

"식기 전에 마시지 않고 왜 그러고 있어요?"

순간적으로 '쯧' 하고 낮게 혀 차는 소리가 현서의 귓가로 들렸다. 사람의 성의를 무시해도 유분수지……. 남의 비위를 맞춰주는 일도 못할 짓이라며 현서가 이를 갈았다. 이 와중에도 승표의 표정은 미심쩍게 찌푸려져 있었다.

"이걸 말입니까?"

"네, 뭐가 잘못됐나요?"

"잘못됐다기보다는……. 대체 이게 뭡니까?"

"보다시피 믹스커피잖아요."

현서의 지적에 맞서 돌연 승표가 커피 잔을 눈높이까지 들어 올렸다. 그리곤 느릿하게 잔을 기울여 한 모금 넘기는가 싶더니 곧바로 제자리에 내려놓고 만다. 이후론 완전히 관심에서 멀어진 태도였다.

"……답니다. 아주 지나칠 정도로."

"남자가 까다롭긴."

승표의 눈썹이 위로 치켜올라갔다.

"혀를 마비시킬 만큼 단 건 분명하게 문제가 있습니다."

반갑지 않은 손님이었지만 최대한 신경을 써준 입장에서 보자면 꽤나 얄미운 대답이었다. 돌려 말하자면 그만큼 현서의 대접이 형편없음을 꼬집고 있었다. 댁만 빼고는 어느 누구랄 것도 없이 대다수의 사람들이 기호식품으로써 즐겨 마신단 말을 해주려다가, 자신의 입만 아플 것 같아 도중에 현서는 하려던 이야기를 그만두었다. 쉽게 생각을 바꿀 사람 같았으면 애초부터 이런 발언을 입에 담지도 않았을 테다. 옛 고사에 사람 겉모습이 같다고 해서 속까지 같지는 않은 법이라 했다.

"마시기 싫으면 관둬요."

못마땅함에 입술을 삐쭉인 현서가 덩그러니 놓여 있던 커피 잔을 승표의 앞에서 치워 버렸다. 이미 어느 정도는 미지근하게 식어 있던 액상커피가 서너 차례 작은 파동을 만들어내곤 곧 수면 아래로 잠잠히 가라앉았다.

"화를 낼 성질의 문제는 아니라고 보는데……. 여기."

무턱대고 건네온 수표 한 장에 현서의 눈이 부릅떠졌다.

"익히 겪어 알고는 있었지만 한승표 씨, 사람 황당하게 만드는 재주가 있네요."

"에스프레소보다는 핸드드립으로 갖춰놓는 걸 추천합니다."

"지금 저랑 장난해요?"

승표의 손에서 현서에게로 옮겨진 백만 원 상당의 수표가 와락 구겨졌다. 귀에 익지도 않은 낯선 커피 명칭들이 승표의 입에서 줄줄이 이어져 나올수록 현서의 표정은 더없이 싸늘하게 식었다.

"뭐가 문젭니까? 나는 앞으로도 지현서 씨가 내오는 차를 마시게 될 겁니다. 하지만 오늘처럼 내 스스로를 고문하는 일은 그다지 내키지가 않습니다."

"한승표 씨는 스스로가 합리적이라고 생각하죠? 아뇨. 틀렸어요. 이건 사람을 바보 취급하는 것과 다를 게 없잖아요."

삽시간에 두 사람의 시선이 공중에서 교차해 서로를 훑고 지나갔다.

"하긴. 부족할지도……."

"……."

"뭐 합니까, 어서 받지 않고."

질릴 정도로 자기 입장이 우선인 남자. 승표가 가벼운 손짓으로 종전보다 금액대가 적은 수표 몇 장을 추가해 건네왔다. 예기치 않았던 같은 패턴이 반복되자 순식간에 현서가 말을 잃고 말았다.

"이걸 또 왜……?"

"나머지는 수고비입니다."

정작 필요로 하는 만큼은 주지도 않을 거면서 제멋대로 사람 들었다 놨다 하는 고약한 취미를 가지고 있다.

"착각하지 말아요. 내가 원했던 건 이런 게 아니었어요."

"생각해 두었던 기준에 미치지 못했다면 조금 더 드리죠."

"보자 보자 하니까. 누굴 거지로 알아요? 당장 그만두지 못하겠어요!"

"싫어할 거란 생각은 못해봤는데. 지현서 씨 돈 좋아하지 않습니까?"

눈앞이 핑 도는 게 아무래도 방금 전의 일로 감정 소모가 지나치게 컸던 모양이었다. 그럼에도 끝까지 승표의 물음에 아니라고 부정하지 못했던 건, 승표의 말대로 현재 현서에게 있어 가장 절박한 존재가 다름 아닌 돈이었기 때문이다.

놀림을 받은 기분이었다고 한다면 지나치게 과민한 반응이었을까. 하지만 약점을 쥐고 흔드는 것은 지난번에 있었던 일만으로도 충분하게 차고 넘쳤다.

"말을 이딴 식으로밖에 못하나요. 그래요, 줘요. 준다면서요. 어서 달라고요."

그러지 말아야 하면서도 수표를 받아드는 손끝마디가 덜덜 떨리고 있었다.

"해선 안 되는 말이라곤 생각지 않았습니다. 자존심보다 소중한 게 있다고 한 건 지현서 씨가 먼저였습니다."

"알고 있다고 해서 상처받지 않는 건 아니니까요."

"이해하기 힘들다고나 할까. 내세울 자존심이 남아 있다는 사실에 아직도 제가 신경을 써줘야 합니까? 대체 내가 왜 그래야 합니까?"

화가 날 정도로 당황한 와중에도 똑바로 그의 눈을 쳐다봤다. 피하지 않고 정면을 향해 시선을 부딪쳐 오는 승표의 눈길에선 여전히 한줄기 의아함이 녹아 나오고 있었다. 타인의 진심을 엿본다는 건 이렇게나 쉽고 끔찍한 일이었다.

"그래요. 한승표 씨 말처럼 처음부터 거절할 명분 같은 거 제겐 없었어요. 그렇지만 저도…… 사람이에요. 모욕할 권리까진 주지 않았단 말이에요."

여보란 듯 비웃음을 지어주려고 했었는데 역시나 무리였다. 억지로 움직인 안면근육이 보기 싫게 일그러졌다. 동시에 승표의 표정이 형편없이 구겨졌다.

"우리 사이에 그런 표정은 반칙입니다."

"실수였어요."

찰나지간 현서가 거친 손동작으로 눈밑의 물기를 훔쳐 냈다. 미지근한 습기가 흥건하게 묻어 나왔다.

"미리 말해두겠는데 우는 건 딱 질색입니다."

잇새를 통해 흘러나오는 승표의 협박과도 같은 다그침이 사나운 기세로 돌변해 현서를 압박해 왔다. 의도치 않게 숨겨져 있던 남자의 진면목을 엿본 것만 같았다. 아니, 어쩌면 처음부터 상대의 본질을 잘못 파악하고 있던 사람은 현서 자신일지도.

현서가 고개를 숙였다. 그리곤 더없이 작은 초라한 목소리로 승표에게 질문 하나를 던졌다.

"……제가 웃었으면 좋겠어요?"

아래로 향해 있던 현서의 얼굴이 조금씩 그리고 천천히 위로 올라왔다. 그리고 마침내 승표와 시선이 맞닥뜨리게 되었을 때, 지극히도 차가운 말들이 그녀의 입술을 비집고 나왔다.

"그럼 돈을 더 줘요. 이런 것보다 훨씬 더 많이. 그거라면 전 언제든 웃을 수 있어요."

한참 동안 둘 사이에서는 묘한 침묵이 감돌았다. 잠시 후 그가 느릿한 손길로 꽉 조이고 있던 넥타이를 느슨하게 풀어냈다. 그리곤 따로 케이스에 담아 보관 중이었던 여분의 담배를 꺼내 입에 물었다.

찰칵.

지포라이터의 휠이 당겨지기 무섭게 방 안엔 독한 담배 냄새로 들어찼다. 그렇게 한참을 말없이 승표는 담배를 태웠다. 그런 후에야 지나가는 투의 무심한 말투로 딱 한마디를 덧붙였다.

"……천박한 수작이군."

정중하기만 했던 승표의 말이 갑작스럽게 하대로 돌아섰다.

계기는 아주 사소한 것에서부터 비롯되었다. 아니, 멋대로 오해했던 것은 오로지 현서 혼자뿐으로 그의 본성은 원래가 정중한 것과는 거리가 멀었던 것일 수도 있다. 원래 착각이란 시시때때로 봐야 할 것들을 못 보고 지나치게 만드는 마력을 가지고 있었으니까.

만남에서부터 시작해 여태까지 보아온 승표의 모습 중에서도 단연 튀는 언행이었다. 그런데 받아들이는 입장에서 보자면 참으로 신기한 부분이 하나 있었다. 어째서인지 예의를 갖춰 꼬박꼬박 존대를 해오던 때와 비교해 봐도, 의아할 정도로 승표의 어투에서 위화감이 느껴지지가 않는다는 점이었다. 꼭 원래부터가 그랬던 것처럼.

되짚어가며 지난 일들을 되새겨 보던 현서가 생각 끝에 하나의 결론을 유출해 내곤 작게 침음을 삼켰다.

세상을 내려다보는 것처럼 오만하기만 했던 승표의 눈동자.

만남에서부터 시작해 지금까지도 그의 눈빛은 조금도 달라지지가 않았다. 그러니 말투가 변했다 하여서 인상 자체가 바뀔 리가 없지 않은가. 그의 눈에 비친 그녀의 형상이 여전히 깔봐도 좋을 대상으로 인지하고 있는 이상, 존대든 하대든 상관없이 그 안에 든 것들은 결코 현서를 이롭게 할 내용들은 아닐 테다. 그러니 승표의 말투가 달라졌다고 하여 더 큰 상처를 받는 건 그야말로 밑지는 일이었다.

처음 만났을 때도, 그리고 지금도 그는 한결같이 쉽지가 않았다. 변해 버린 말투와는 별개로 그는 늘 두려움을 주는 존재였으며 지독한 현실을 일깨워 주는 사람이었다. 반길 수 없는 사람이란 사실은 변치 않았으니 크게 겁을 먹을 필요 또한 없었다. 하지만 그럼에도 불구하고 쉽사리 극복 못할 간극은 여전히 남아 있었다.

천박하다고……?

미안하지만 승표는 솔직함과 천박함을 구별해 내는 것부터 새로 배워야 할 것 같았다.

문득 현서는 사람이 독해진다는 것이 마음을 드러내는 행위와 유사하단 생각을 가졌다. 승표의 가감 없는 비아냥거림에 현서가 할 수 있는 최소한의 대처 방법은 처음부터 정해져 있었다.

어렵사리 울음기를 지운 현서가 약간은 탁하게 잠긴 목소리로 입을 열었다.

"뭐가 잘못 됐나요? 제가 속물처럼 굴길 바랐잖아요."

"기분 나쁠 정도로 고자세군. 그래서 조금은 짜증이 나."

"반말하지 마세요. 그러라고 허락한 적 없어요."

"허락이라. 그런 게 왜 필요하지?"

규칙은 깨어졌다. 그가 쓰고 있던 가식과도 같았던 가면이 삽시간에 벗겨져 나갔다. 좀 더 직설적으로 변한 승표의 태도는 처음보다도 훨씬 공격적으로 느껴졌다. 방금 전까지 하고 있던 다짐은 온데간데없이 사라지고 공포와도 같은 감정이 저 아래에서부터 스멀스멀 피어올랐다.

"예의를 갖춰달라는 내 말이 그렇게나 힘든 부탁이었던가요?"

"사정이 바뀌었다는 걸 잘 알고 있을 거라고 생각했는데 아니었던가 보군. 겪어봤다시피 내게 있어 이젠 지현서가 별로 그러지 않아도 괜찮을 사람이란 판단이 선 뒤라서 말이지."

대외적으로 보이는 모습과 그렇지 못한 다른 이면이란 건, 결국 상대하는 대상에 따라 차이가 나게 마련이라는 게 승표의 논지였다. 이 사실을 승표의 입에서부터 전해 듣자마자 치밀어 오르는 욕지기를 이기지 못한 뜨거운 신물이 왈칵 목울대를 타고 올라왔다.

"적어도, 적어도 난 그래요. 당신한테 존중받지 못할 이유는 없어요."

"이렇게까지 화를 낼 일은 아니지 않나? 대개 갑의 경우 을을 향해 존대를 하지 않는 걸로 아는데. 내 말이 틀렸던가?"

여유롭게 계약서를 흔들어 보인 승표가 입장 차이를 분명하게 했다.

"······설마하니 더 착각하기 전에 알려줘서 고맙다는 말이 듣고 싶기라도 한 건가요? 어쩜 사람이 이렇게 뻔뻔할 수가······."

"날 자극하는 건 현명한 방법이 아닐 텐데. 불리해지는 건 늘 지현서 쪽이 될 테니까."

시간이 지날수록 담배에서 뿜어져 나오는 연기의 양이 빠른 속도로 늘어났다. 곧 좁다란 방 안은 매캐한 담배 냄새로 포화 상태를 이루었다. 어지러울 정도로 숨이 막혔다.

충혈이 된 눈자위가 따끔따끔 쓰라렸다. 평균치보다 길게 분명한 남자의 손가락 끝자락으로 현서의 시선이 옮겨갔다. 동시에 현서의 손길이 승표의 왼쪽 중지와 검지 사이에 걸려 있던, 반쯤 타다 만 담배 쪽으로 향했다. 그리곤 곧 그것을 잡아채듯 빼내왔다. 창문을 열어 환기를 시키는 것보다 더 효과적인 대처법이란 걸 이미 지난 경험을 통해 숙지한 뒤였다. 자연스레 남자의 미간 위로 뚜렷한 골이 생겨났다.

"뭐 하는 짓이지."

"잊었나 본데 여긴 엄연히 제 사적인 공간이에요. 무엇보다 난 담배 냄새가 싫어요. 그러니까 이건 제가 맡아두는 걸로 하죠."

"······명의자는 다른 사람인 걸로 알고 있는데?"

스타카토로 끊어 힘주어 말한 그의 이야기는 협박과도 크게 다르지 않았다.

"맞아요. 전 집주인 아니고 세입자예요. 그래도 저, 충분히 이 정도 권리 행사는 할 수 있어요. 한승표 씨 정확한 거 좋아하잖아요."

"거슬려. 묘할 정도로 사람 신경을 긁는 재주를 가지고 있군."

결국 입맛이 떨어진 승표가 새로 빼들던 담배를 본래의 케이스 안으로 우겨 넣듯 밀어 넣었다.

콜록콜록.

미처 가시지 않은 담배 연기 탓에 뒤늦게 현서가 작게 기침을 토해냈다. 그렇지 않아도 못마땅함에 위를 향해 있던 승표의 눈썹이 한계치까지 치켜올라갔다.

"시위를 하는 방법도 가지가지군. 웬만하면 적당히 좀 해두지 그래."

"기가 막혀서. 그 말은 제가 해야 할 말이거든요?"

"끝까지 한마디도 지지 않으려고 들지. 쥐방울만 한 게 어른 어려운 줄도 모르고 말이야."

빈말로라도 크다고는 표현하지 못할, 방 안쪽에 위치해 있던 창가로 걸음을 옮긴 승표가 아무렇지도 않게 창문을 열어젖혔다. 종전의 냉기가 뚝뚝 흐르던 말과는 상반되는 행동 변화였다. 다소 고압적이었던 태도와는 연결이 되지 않았기에 당혹스러움은 컸다. 기대치 않았던 배려에 현서의 눈이 둥그렇게 떠졌다.

"오해하지 않았으면 좋겠군. 마침 찬바람을 쐬고 싶었던 것뿐이니까."

잠깐 달리 보일 뻔했는데 그전에 본심을 알게 해줘서 다행이라고 해야 하나. 도무지 정이 가지 않는 남자였다.

"물론 그러셨을 테죠. 오해 안 해요. 아무렴 한승표 씨가 어떤 사람인데 대가 없이 남 좋은 일을 해줬겠어요.”

“처세술이 부족하군. 그런 식의 말버릇은 조금 곤란하지 않겠어?”

불편해진 심기가 그대로 반영된 듯 승표의 눈이 가늘어졌다. 이죽거림을 당하는 게 익숙하지 않은 듯 몹시도 불쾌한 표정이었다. 하지만 현서도 자신이 뱉은 말을 정정할 생각이 조금도 없었다.

“막무가내로 편하게 말을 튼 당사자가 할 말은 아니지 않나요?”

“말했을 텐데. 지현서와 난 입장부터가 다르단 말, 아직도 이해하지 못하는 건가.”

“뭐래. 흥!”

팩 소리가 날 정도로 돌아가는 현서의 고개에 승표의 얼굴이 좀 전보다 더 형편없이 구겨졌다.

살얼음판을 걷는 것처럼 아슬아슬 했던 분위기가 어느새 조금씩 잦아들고 있었다. 그러나 실제로 두 사람 사이의 논란을 야기시켰던 근본적인 불화의 씨앗은 여전히 해결되지 않은 채 미제로 남아 있었다. 단지 서로를 이해시키는 것보다 그저 엇갈리고 지나가는 편이 낫다는 판단을 둘 모두가 내렸던 것 같다.

여전히 알 수가 없었다, 그가 원하는 기대치의 정도가 어디까지인지를. 연신 불협화음을 내며 들썩여 대던 심장 박동 소리가 일상의 흐름으로 되돌아온 것과는 달리 현서의 눈은 심연 저 밑으로 가라앉고 있었다.

금기시된 것에 손을 댄 순간 죄책감은 여지없이 그림자처럼 현서의 뒤를 따라붙었다. 나약한 인간의 범주에서 벗어나지 못한다는 것은 이럴 때 고통스러웠다. 아무런 이유도 없이 승표를 만난 날이면 밤중이 되어서도 쉽게 눈을 붙일 수가 없었다. 마약에 취한 것처럼 각성상태로 기분이 붕 뜬 느낌이었다. 그러다 자정이 넘어가니 온몸이 불덩이처럼 느껴질 정도로 열이 올랐다. 열병을 앓는 사람처럼 이마 위로 솟아오른 식은땀이 곧 몸 전체로 번져 갔다.

고통을 잊으려고 억지로 잠을 청했다. 하지만 그러지 않는 게 좋을 뻔했다. 길지도 않은 시간 동안 끝도 없는 악몽이 현서를 수렁으로 내몰았다.

반짝.

부릅떠진 눈 아래로 숨겨지지 않는 두려움이 흘러나온다. 다행히 줄곧 악령처럼 자신의 귓가를 파고들던 승표의 목소리는 자취를 감춘 뒤였다. 겨우 현실로 돌아왔음을 깨닫고 나서야 안정을 되찾을 수가 있었다.

"왜 이래 정말. 내가 뭘 어쨌다고. 왜 나만⋯⋯."

무의식중에 핸드폰을 내려다본 시각은 새벽 네 시였다. 동도 터오지 않는 바깥세상은 여전히 짙은 어둠에 물들어 있었다. 인구유동이 빈번한 번화가가 아닌지라 바깥에서 들려오는 소란도 크게 번잡스럽게 느껴지지 않았다. 누워 있던 자리에서 일어나 앉은 현서가 힘없이 무릎을 세웠다.

"그래도 난 잘못하지 않았어."

둥그렇게 굽혀진 등허리가 격정을 이기지 못해 간헐적으로 떨렸다.

✱

　들고 있던 서류를 던지다시피 내려놓은 승표가 신경질적인 동작으로 흘러내린 앞 머리카락을 쓸어 넘겼다.
　"이게 답니까?"
　"이사님께서 지시한 선에서 알아본 바로는 지금 보고 계시는 내용이 전부입니다. 아니면 다른 쪽도 한번 파볼까요?"
　"아니, 됐습니다. 그보다 금전적으로 얽힌 문제가 없단 건 확실한 겁니까?"
　"그쪽으론 깨끗했습니다. 학자금조로 대출을 받은 것 말곤 문제의 소지가 될 만한 부분은 발견되지 않았습니다."
　"알겠습니다. 그만 나가서 일보세요."
　수족처럼 부리던 이 비서가 자리를 뜬 이후에도 승표의 구겨진 얼굴은 여간해선 펴질 줄을 몰랐다. 분명 뭔가가 더 있을 것 같은데, 그것이 무엇인지 쉽사리 실마리가 잡히지 않는 느낌이었다.
　아프다고 했던가. 지금처럼 반신반의할 필요 없이 이 비서를 통한다면 보다 확실한 정보를 확보해 낼 수 있을 터였다. 하지만 굳이 그럴 필요성까지는 느껴지지가 않았다. 이 비서의 권유에 거절의 의미를 덧붙임으로써 현서에게 가졌던 지극히도 개인적인 관심들이 점차로 잦아들었다. 그에게 있어 지현서 따위는 아무것도 아니어야 했다. 하지만 이상하리만치 찜찜한 기분이 가시질 않았다.

목숨을 가지고 배팅을 걸어오기에는 지현서는 어렸다. 하지만 나이의 많고 적음이 진실을 판별해 주는 잣대가 될 수 없음을 모르지 않는 승표였다. 승표가 애써 불필요한 상념을 머릿속에서 몰아냈다. 다른 이유를 모두 떠나 진료를 받지 못할 정도로까지 돈이 없진 않았을 테고 그럼 적당한 처방전 정도는 받았을 것이다. 그 나머지는 승표 자신이 상관할 바가 아니었다. 무엇보다 그간에 해온 주장처럼 입원을 할 정도가 되었다면, 지금처럼 이렇게 밖으로 나돌아 다니지도 않았을 것이다.

"대체 그 작은 머리로 무슨 생각을 하고 있는 거니."

여전히 이유를 알 수 없는 답답함이 승표를 붙들고 놔주지 않았다. 그중 가장 최악은 울던 현서의 얼굴이 자꾸만 뇌리에 남아 떠나질 않는다는 것일 테지.

그깟 지현서 따위가 뭐라고……!

그저 이용하기 편한 도구일 뿐이라며 애써 감정의 변화를 외면한 승표가 불편하기만 할 뿐인 이 낯선 감정을 가차 없이 밀어내며 부정했다. 돌연 일정한 간격으로 책상 위를 두드려대던 승표의 손놀림이 엇박자로 어긋났다.

체질적으로 쉽게 살이 붙는 편은 아니었다. 하지만 이렇게까지 급격하게 살이 빠진 것은 처음 있는 일이었다. 무심코 들여다본 거울 너머로 볼품없이 변한 몸이 눈에 들어왔다. 마음고생이 심했던 지난 얼마간 사이 눈에 띄게 수척해진 모습이었다. 외출을 준비하면서 입었던 바지는 줄어든 사이즈만큼이나 넉넉한 품을 자랑했다. 괜히 걱정을 끼치기가 싫어 일부러 상의도 넉넉한 걸로 갈아입었다. 어제, 연락이 뜸했던 것이 서운했던지 혜윤이 전화를 걸어왔다. 휴학에 장례까지 겹쳐지면서 여러 가지 일들을 겪었던 터라 보내온 문자에 답신을 해줄 정신도 없었다. 때문에 본의 아니게 연락을 피한 모양새가 됐다.

뒤늦게 미안하단 현서의 말에 혜윤이 얼굴이나 보자고 했고, 마음의 써준 혜윤이 고마워 차마 청을 거절할 수가 없었다. 사실 지금도 마음의 여유 같은 것은 조금도 남아 있지 않았다. 정신줄이 죄다 닳아 없어졌을 정도로 신경이 곤두서 있긴 했지만 이 기회에 기분 전환을 하는 것도 나쁘진 않을 것 같았다.

좋지 못한 혈색을 감추기 위해 약간이지만 화장도 했다. 늦지 않게 약속 장소였던 카페에 들어서 어렵지 않게 혜윤을 발견했을 때, 무척이나 잘한 결정이었다며 스스로를 칭찬할 수 있었다.

대학생 특유의 화사함이 묻어나는 혜윤이 현서를 발견하곤 손을 흔들었다. 하지만 예상과는 달리 혜윤은 혼자가 아니었다. 푸른색의 스포트라이트티를 입은 남자는 혜윤이 입고 있던 옷과 색상만 달랐지 같은 종류의 것이었다. 한차례 주춤했던 현서의 걸음이 곧 이들이 있던 테이블로 옮겨갔다.

"누구……?"

"남자친구. 처음 봤지? 서로 인사해."

멀뚱하게 서 있던 현서의 팔을 반대쪽으로 잡아끈 혜윤이 배시시 웃고는 쑥스럽게 입을 열었다.

"아…… 그랬구나. 안녕하세요."

"잘 부탁드립니다. 현서 씨 맞으시죠? 말씀 많이 들었습니다. 강지건입니다."

"아니에요. 저야말로 잘 부탁드려요."

이 자리가 불편하고 낯설었던 현서와는 달리 지건은 꽤나 여유롭게 인사를 건네왔다. 승표와는 반대로 시종일관 입가에 웃음을 머금고 있는 게 인상적이었다. 하지만 이런 자리에 나와서까지도 승표를 떠올리고 있는 자신의 행태가 우스워 조금 인상을 쓰고 말았다. 그걸 오해했던지 혜윤의 표정도 약간 어두워졌다.

"미리 말 안 한 거 미안. 친구 보여달라고 하도 성화여서."

"나야 상관없지. 근데 다른 애들은 어쩌고."

"걔들은 뭐. 솔직히 좀 그렇잖아."

의도치는 않았을 테지만 혜윤의 속내가 고스란히 읽혔다. 혜윤이 지건에게 소개시키기를 꺼린 이들은 무척이나 외모가 출중했다. 그에 비하지만 자신은 아주 평범한 축에 속했다. 그러나 혜윤의 행동을 이해 못해줄 정도는 아니었다. 작게 혀를 내민 혜윤이 귀엽게 눈웃음을 쳤다. 잠시 후 지건이라고 했던 남자의 휴대폰이 울리자 그가 얼마간 자리를 비웠다.

"놀랐잖니. 같이 나올 거였으면 미리 언질 좀 해주지."

"말했음 지현서가 나왔겠어. 너 이런 자리 별로 안 좋아하잖아."

"하여간. 누가 정혜윤 아니랄까 봐서 말은."

현서의 타박 아닌 타박에 혜윤이 애교조로 살갑게 맞받아 넘겼다.

"근데 네가 보기엔 어때? 나쁘진 않지?"

"내가 사람 볼 줄이나 아나. 그래도 너 좋아 보여. 그러니까 축하해, 정혜윤."

돌연 여분의 의자 쪽으로 밀어두었던 가방을 혜윤이 자연스럽게 테이블 위로 올렸다. 유명브랜드 로고가 박힌 고가의 핸드백이었다.

"사귄 지는 얼마 안 됐어. 근데 나한테 잘해줘."

"선물……?"

"응. 벌써부터 이런 걸 받아도 되나 고민도 했었는데. 내가 졌지 뭐야, 막무가내야."

행복이 묻어나는 얼굴이었다. 삶에 대한 고민이라고는 하나도 없는, 마냥 부러움만을 불러일으키는 혜윤의 말에 불현듯 갈증이 일었다. 가시방석에라도 앉아 있는 것처럼 이 자리가 불편했다. 그 순간 입안에서만 맴돌던 말이 불쑥 혜윤을 향했다.

"저기 있지, 혜윤아."

"응?"

"너 말이야……. 아니, 아니야."

"뭔데 그래?"

간신히 마음을 억눌렀던 것도 잠깐 이내 혜윤의 추임새가 기폭제가 되어 결국 하려던 질문이 입 밖으로 흘러나왔다.

"너 혹시 여유 돈 가진 것 좀 있니?"

"얘는. 내가 그런 돈이 어디 있어."

단칼에 잘라 정색하는 혜윤의 얼굴이 금세 석고상처럼 딱딱하게 굳었다. 일순 괜한 욕심으로 인해 친구 사이를 망친 것만 같아 움찔 몸이 떨렸다. 해서는 안 될 말이었단 사실을 깨달은 뒤로는 자책하는 마음뿐이었다.

"나도 참. 오랜만에 만나 너한테 무슨 얘길 하는 거니. 미안해, 못 들은 걸로 해."

"……뭐야. 너답지 않게. 깜짝 놀랐잖아."

거지반 테이블 위를 차지하고 있던 가방이 슬그머니 혜윤의 무릎 위로 사라졌다. 빈말로라도 얼마가 필요하냐고 물어주기를 바란다는 것은 지나친 사치였다. 잠시 후 자리를 비웠던 남자가 돌아왔다. 그러나 얼마 못 가 모임은 파했다. 혜윤이 잊고 있었던 일이 생각났다는 이유를 들어 생각보다 이른 헤어짐을 일별한 까닭이었다.

"시간을 끌면 끌수록 몸에 부담이 간다는 건 알고 있는 거겠죠?"

외출을 한 김에 줄곧 미뤄두기만 했었던 병원을 다시 찾았다. 얼마간의 기다림을 거쳐 간호사의 안내를 받아 진료실로 들어가자, 제대로 착석하기도 전에 의사의 잇따른 당부가 귓가로 들려왔다. 이에 현서가 무겁게 고개를 끄덕였다.

"안다면서 왜 이러고 있는 겁니까. 어서 보호자 들어오라고 하고 서둘러 입원 절차부터 밟으세요."

"죄송해요. 저, 수술 받겠다는 말씀드리려고 온 거 아니에요."

"말했잖습니까, 지현서 씨. 미룬다고 해서 능사가 아니에요. 병 앞에서 나중이란 없어요."

안쓰러울 정도로 속으로만 아픔을 삭이려 드는 현서의 반응이 탐탁지 않았던지 그가 진심 어린 충고를 덧붙여 왔다. 단단히 언질을 주었음에도 불구하고 보호자도 없이 덜렁 혼자 온 현서의 처지가 대충 짐작이 갔던 모양이었다. 그러나 미련이 생기기 전에 현서는 이번에도 고개를 가로저었다.

"지금은 그럴 수 있는 형편이 아니에요."

"좀 더 영악하게 굴란 말입니다. 시간은 지현서 씨를 기다려 주지 않아요."

"저도 그러고 싶어요. 하지만 여건이 안 되는 걸요."

흐느낌이 가미된 것보다도 처연한 목소리가 현서로부터 흘러나왔다.

"답답하군요. 물론 지현서 씨에게도 미룰 만한 사정이란 게 있을 겁니다. 그래도 너무 늦지 않게 결단을 내려줘요. 그게 본인을 위해서도, 또 앞으로 남은 시간을 위해서도 현명한 판단이 될 겁니다."

"염려해 주셔서 고마워요. 분명 그렇게 오래 걸리지는 않을 거예요. 해결되면 그땐 선생님 말씀대로 할게요."

현서의 확고한 의지에 어쩔 수 없음을 읽은 까닭일까. 담당의가 묵혀두었던 차트를 뒤적이며 주의사항을 일러주었다.

"당장에 느껴지는 큰 통증이 없다 하니 당분간은 생활에 지장이 있진 않을 겁니다. 그러나 그 기간이 언제까지 지속된다고는 말씀 못 드립니다."

"그 정도는 각오하고 있어요."

당찬 다짐 이면으로 앞으로 다가올 미래가 막연하게 두려워졌다. 그러지 말아야지 하면서도 이런 말을 들을 때마다 문득문득 비관적인 생각이 현서를 괴롭게 만들었다. 무릎 위로 가지런히 모아두었던 현서의 손등 위로 파란 핏줄이 돋아나왔다.

"참지 못할 정도로 고통스러울 때가 있을 겁니다. 그리고 그땐 지체 말고 병원으로 오셔야 합니다. 아시겠죠?"

"잊지 않고 그렇게 할게요. 꼭 그렇게 할게요."

그 정도로 미련한 바보는 아닐 거라며 스스로를 다짐시키듯 연거푸 같은 말을 되뇌었다.

환자의 상태에 대한 걱정 어린, 그러나 딱 거기까지가 맡은 소임의 전부란 듯 바쁘게 넘어가던 차트의 움직임이 때마침 들려온 현서의 대답과 맞물리면서 느릿하게 멈춰 섰다. 진통제가 든 처방전을 받아들고 나오면서 올려다본 하늘은 눈이 시릴 정도로 맑았다.

한정된 시간 안에서 승표가 원하는 것을 완성도 있게 해내려면, 좀 더 두 사람 사이에 끈끈해 보이는 친밀감이 조성될 필요성이 제기되었다. 서로가 이러한 사실을 인정한 순간 만남의 횟수는 점점 늘어나고 있었다.

계약연애.

드라마에서나 보고 듣던 일들을 이렇게 직접 해보게 되는 날이 오게 되리라곤 단 한 번도 생각해 본 적이 없었다. 하지만 인생이라는 게 꼭 원하는 방향대로만 흘러가는 것이 아니었기에, 투정은 잠시 뒤편으로 접어두어야 했다.

"얼굴을 본 적이 있나?"

"누구…… 아……."

"검색해 보지 않은 모양이로군. 어째서이지? 달리 이유라도 있는 건가?"

벽 한쪽 구석에 위치해 있던 오래된 구형의 컴퓨터는 인터넷이 연결돼 있지 않은 그야말로 문서작성용으로만 사용하던 것이었다. 누군가 재활용으로 내놓은 것을 혹시나 하는 심정으로 가져다가 연결시켜 봤던 것이, 고만고만하게 작동이 되는 바람에 그 길로 현서의 소유가 된 물건이었다. 게다가 현서가 지니고 있던 휴대폰도 스마트폰과는 거리가 먼 보급형 휴대폰이었다. 하지만 이 같은 변명들이 전부 단순한 핑계에 지나지 않음을 현서도 안다. 찾아보려고만 했다면 어떻게든지 가능했던 일이었으니까.

정임이 한신그룹의 회장인 한태정의 배우자인 이상 언론노출을 모두 막기란 어려운 일이었다. 하지만 아직은 용기가 나지 않았다. 부정당하고 내쳐진 지난날의 기억은 여전히 현서를 겁쟁이로 만들었다.

"네. 결심이 흐려질 것 같았거든요."

"그렇담 이것도 괜한 참견이 될 뻔했겠군. 하긴 벌써부터 감정 소모를 할 필요는 없을 테니까. 알겠어."

현서 쪽으로 내밀어지던 그의 휴대폰이 원래 자리를 찾아 되돌아갔다. 하지만 왜인지 현서는 오랫동안 거기에서 시선을 뗄 수가 없었다.

의외로 승표가 현서에게 가장 먼저 바란 것은 아르바이트를 관두는 일이었다. 그러나 현시점에서 아르바이트를 그만두면 당장에 생계에 문제가 생겨 버린다. 그러자 그가 이번에는 생활하는데 드는 전반적인 비용을 지불한다는 계약서를 한 장 더 보내왔다. 여러 차례 반복되는 일에 면역이라도 생긴 것인지, 어처구니가 없는 한편으로는 딱 그다운 행동이라고 여겼다.

받자마자 조금씩 읽어 내려가기 시작한 계약서상엔 당연하다는 듯 예외조항이 걸려 있었다. 가장 눈에 띄던 대목이 월세 외의 나머지 것들을 현물로 대체한다는 문구였다. 굵직한 글씨로 프린터된 내용의 거지반은 대체로 승표에 의해 다분히도 의도된 사항들이었다.

다음날이 되자 기다렸다는 듯이 대형마트의 마크를 단 갖가지 물건들이 박스째로 배달되어 왔다. 생필품은 물론이거니와 사소한 것 하나까지도 포함된 리스트였다. 그러고는 또 며칠간은 잠잠했다.

잔뜩 긴장을 했던 것과는 달리 승표는 일을 진척시키는 데 있어서 그다지 큰 애착을 두지 않은 사람처럼 여유를 두고 행동했다. 자연 쓸데없이 사색하는 시간만 늘어났다. 없는 시간을 쪼개가며 바쁘게 움직이며 생활하던 게 바로 엊그제인데, 하루아침에 뒤바뀌어 버린 생활 패턴이 여전히 낯설고 적응하기가 쉽지 않았다.

차마 화장대라고 부를 수 없는 작은 협탁 위에 놓여 있던 달력을 들어 올렸다. 거기엔 날짜의 흐름에 맞춰 펜으로 그어놓은 빗금이 쳐져 있었다. 목표했던 두 달을 전부 채우려면 아직도 더 많은 시간을 필요로 했다.

사실상 딱히 무언가를 하기 위해 움직인 것은 아무것도 없었다. 하지만 기분 상으로는 전혀 그렇지 않았다. 때문에 지금 현재 가장 경계해야 할 대상은 지치려 하는 자신의 마음이었다. 앞으로 겪게 될 일들을 막연히 떠올리자 눈앞이 암전이나 된 것처럼 암담하게 변했다. 빨리 이 시간이 지나가길……. 그리하여 마침내 평온한 안식을 되찾게 되길 현서는 그렇게 바랐다.

몇 번이나 덧그려댄 빗금은 이제 몇 시간 뒤가 되면 또 하나 늘어나게 될 것이다. 그것이 조금이나마 마음의 위안이 되어줄 테다. 그러나 현서의 이런 바람과는 달리 조용하게 흘러갈 것 같았던 하루의 마지막은 승표의 등장과 함께 물거품처럼 사라졌다.

"연락도 없이 여긴 어쩐 일이세요?"

저녁때를 한참이나 넘긴 시각에 현서의 집으로 들이닥친 승표가 그녀의 반문에 험상궂게 인상을 썼다. 약하게 풍기는 술 냄새가 몹시도 낯설었지만 눈빛이 흐릿하지 않은 걸 보면 아주 취하지는 않은 모양이었다. 그걸 증명이라도 하듯 곧이어 나온 승표의 목소리는 평상시처럼 멀쩡했다.

"참 쉽게도 말하는군."

"……?"

"장난을 하자는 건 아닐 테고, 일부러 전화길 꺼놓고 피한 건 왜지."

바닥에 놓여 있던 현서의 핸드폰을 멋대로 움켜쥔 승표가 지체 없이 전원버튼을 눌렀다. 주인의 허락을 맡을 생각은 처음부터 없었던 것처럼 아주 담담한 태도였다.

액정 아래로 빛이 들어옴과 동시에 몇 차례 화면이 깜빡였다. 그러나 그걸로 마치 제 할 일을 끝냈다는 양 다시금 새까맣게 바탕화면을 물들였다. 몰랐는데 아무래도 핸드폰 배터리가 나가 있었던 모양이다.

"확인이 끝난 것 같으니 돌려주세요."

"그래서 실수라고?"

"그래요. 봐서 아시잖아요."

"이치가 그렇잖아. 고작 한두 시간이었다면 이해를 못해줄 것도 없어. 하지만 고의가 아닌 이상 어떻게 반나절 가까이 꺼진 걸 모르고 방치할 수가 있는 거지?"

밑도 끝도 없는 승표의 벼락과도 같은 호통에 현서가 기가 질린 얼굴로 어깨를 으쓱였다. 상식적으로 말이 안 되는 일이라며 승표는 화를 냈지만 어쩌겠는가. 사실이 그랬다.

"뭐 때문에 이러는 건데요. 급한 용건이라도 있으셨어요?"

"그 이전에 이건 기본 자세 문제 아닌가? 얼마나 지났다고 벌써부터 해이해지는 거야."

"더하지 않아도 잘 알아들었어요. 불편을 끼쳤다면 미안해요. 제 잘못이니 사과할게요."

"……여하튼 내가 했던 말들 허투루 듣지 말았으면 좋겠군. 계약만료일까지 지현서의 시간은 전부 내 거야."

거칠게 몰아치던 분위기가 현서의 사과와 함께 제법 사그라졌다. 고의가 아니었다는 걸 재확인받은 이래로 불같이 일던 화가 조금은 가라앉은 모양이었다. 그러나 무슨 큰일이라도 벌어진 건가 싶어 긴장했던 현서로선 다소 맥 빠지는 결과였다.

하지만 그는 무슨 꼬투리를 더 잡고 싶은 사람처럼 한참이나 지적사항들을 얘기하며 투덜거림이나 다름없는 잔소리를 늘어놓았다. 계속 듣고 있노라면 귀가 따가울 정도였다. 겉으로는 멀쩡해 보였던 그는 현서가 생각했던 것보다 훨씬 만취한 상태인 것 같았다.

"누가 아니래요. 그러니까 얼른 할 말이나 하고 가세요. 여기 여자 혼자 사는 집이에요."

"지현서 눈엔 내가 남자로 보이는가 보지."

상대를 자극하지 않는 선에서 이야기를 꺼내봤으나 별로 효과적인 방법은 아니었다. 가볍게 팔짱을 낀 채 기분 나쁜 기운을 뿜어내고 있던 승표가 다물고 있던 입가를 실룩였다.

"그런 뜻이 아니잖아요. 내 말은……. 아뇨, 됐어요. 그냥 말을 말죠."

"내 앞에서는 한숨 쉬지 마. 그거 당하는 사람 기분 아주 별로야."

매번 화가 날 정도로 기분 나쁘게 만드는 게 누군데. 겨우 고거 가지고 사람 위협이나 하고……. 아주 못된 인간이었다. 분을 이기지 못한 현서가 파르르 몸을 떨었다. 그리곤 얼마 안 가 눈썹을 내리깐 채 새치름하게 반박했다. 술 취한 사람을 대상으로 화를 내봤자 실없는 사람만 될 뿐이었지만, 그래도 기분이 나쁜 것은 나쁜 것이었다.

"정말이지 재주도 좋아요. 어쩜 그렇게 사람 기분 나쁘게 만드는 말들만 골라서 하세요?"

"먼저 원인을 제공한 건 지현서지, 내가 아니라고."

"입은 삐뚤어져도 말은 바로 하랬다고, 일부러 꺼놓은 게 아니라 저절로 배터리가 닳아 꺼졌을 뿐이잖아요."

유치하게 그지없는 말싸움이란 걸 알면서도 서로를 탓하는 목소리는 줄어들지 않았다.

"뭘 잘했다고 꼬박꼬박 말대꾸지? 그래 봤자 제대로 간수를 하지 못한 탓이 가장 큰 것 아닌가?"

"……초딩도 한승표 씨보단 덜 유치하겠어요!"

"누가 할 소릴!"

승표와의 대화는 때때로 평범하다 자부하며 살아왔던 현서의 기준을 종종 헷갈리게 만들 때가 있었다.

분에 넘치게 무언가를 소유해 본 적이 없는 현서와는 반대로, 그는 가진 것을 적절히 이용할 줄 아는 부류의 타입이었다. 그것은 인간관계에서도 별반 다르지 않다는 듯, 현서와의 관계에 있어 상대적 우위를 점한 이래로 승표는 항상 기세등등하게 행동했다. 하긴 한신그룹의 장남인 승표에 있어 남의 이목이란, 그다지 중요치 않은 성질의 것일 수도 있겠다 싶었다.

씨근덕대던 소리는 결국 서로를 탓하는 것으로 막을 내렸다. 높아진 목소리 톤만큼이나 어느 한쪽도 양보가 없었다. 결국 먼저 대화를 포기한 현서가 콧잔등을 찡그리며 상황 정리에 나섰다. 울화가 가라앉은 것은 아니었지만 더 다퉈봤자 생산성이 있는 일도 아니었다.

"됐으니까, 하려던 말이나 하고 가세요. 대체 여기 온 진짜 용건이 뭐예요?"

"이미 늦었어. 그러니까 알 필요 없어."

거칠 것 없이 속말을 쏟아내며 현란한 입담을 자랑하던 승표가 잠시간 주춤했다. 아까도 그렇지만 이번이 두 번째 질문이 될 이 물음에 대한 승표의 반응은 의아하리만치 뜨뜻미지근했다.

뭐야 이 남자. 혹시라도 연락이 닿지 않는 상황이 걱정돼서 이렇게 다 저녁때에 달려왔다는 건가? 곧바로 고개가 가로저어졌다. 술까지 마실 정도로 여유를 부린 주제에……. 그건 아닐 거라는 것이 현서의 판단이었다.

쉽사리 이해할 수 없는 승표의 변덕을 머릿속으로 헤아리며 묘한 눈길로 그를 바라보고 있자, 대뜸 그가 어이없는 말로 현서의 이지를 흐트러뜨렸다.

"그런데 지현서는 나에 대한 궁금증 같은 건 단 하나도 없나 보지?"

"……?"

"말해봐. 내가 묻고 있잖아."

"별로. 그런 것 없어요."

확정지어 선을 긋는 현서의 말이 끝나기 무섭게 뭐라 설명이 불가능할 정도로 승표의 얼굴이 우그러졌다. 평소와는 달리 술을 마셔서인지 그 어느 때보다도 표정이 잘 드러났다. 현서의 대답에 그가 음산한 기운을 뿜어냈다.

"이상해. 아주 이상하단 말이지."

"이상한 건 한승표 씨죠. 지금 평소답지 않다는 거 알고 있긴 하나요?"

"난 멀쩡해. 하지만 당신은 시력이 나쁜 것 같군."

"풉. 뭐예요, 그게."

"됐어. 갈 거야. 그러니까 나올 필요 없어."

벗어놓았던 신발을 꿰차고 있는 남자의 등 뒤를 현서가 응시했다. 그런데 문득 어느 한순간 마음이 고요해지면서 사납게 들썩여대던 감정들이 차츰 차분히 정리되기 시작하는 것이 아닌가. 그건 무척이나 이상한 경험으로 생각지도 못했던 심경의 변화였다.

더해 변화의 바람은 현서뿐만 아니라 승표에게서도 발견되었다. 무자비하게 현서의 공간을 짓밟던 그의 구두가 언제부터인가 현서의 신발 옆에 가지런하게 자리를 잡곤 했다.

그나저나 저 남자, 대체 여긴 왜 온 거야?

겉으로는 멀쩡해 보였던 것이 사실은 아니었나 보다. 문단속을 하기 위해 승표의 뒤를 따르고 있던 현서가 고개를 갸웃거렸다. 그러나 승표의 이해하기 힘든 행동은 이것으로 끝이 난 게 아니었다.

찰칵.

걸쇠를 걸어 문을 잠근 현서가 한숨을 몰아쉰 뒤, 이번 말썽의 원인이기도 했던 휴대폰을 집어 들었다. 그리고는 방전된 배터리 단자를 분리시키지 않은 상태에서 그대로 휴대폰을 충전기에 꽂아 넣었다. 그런 뒤 버튼을 눌러 전원을 켜자 마치 기다렸다는 양 곧바로 요란하게 벨소리가 울려댔다. 액정에 뜬 발신자명은 한승표, 그의 이름이었다. 잊고 놔두고 간 물건이라도 있나 싶어 별 뜻 없이 받아들자 예의 그 까칠한 목소리가 휴대폰에서 흘러나왔다.

〈잘 들어. 첫 번째는 경고로 그쳤지만 두 번째부턴 다를 거야.

그러니까 휴대폰은 항상 켜놓도록 해.〉

뚝.

"여보세요? 여보세요? 이봐요, 한승표 씨!"

딱 잘라 자기 할 말만 하고 통화를 종료해 버린 승표의 행동에 어이없음을 넘어 허탈하기까지 했다.

못 말릴 정도로 자기중심적인 사고방식이 지극히도 그답다며 인정해야 할까 아니면 위화감이 들 정도로 그릇된 자만이 결국은 화를 부르게 될 거라며 비난부터 하는 게 옳은 일일까.

"……당신 같은 남자에게도 언젠가는 소중한 사람이 생기겠지."

지독히도 공허한 이 기분을 승표가 느껴볼 날이 조금이라도 빨리 와주었으면 좋겠다. 애써 남보다 못한 채무자와의 관계일 뿐이니 상처받지 말자며 스스로를 다독였다. 하지만 이렇게 마음을 다 잡았음에도 불구하고 못내 자신의 처지가 서글프게 느껴졌다. 한없이 마이너스적인 생각들이 정신을 좀먹어 들어왔다. 이러다 우울증 진단이라도 내려지면 어쩌나 덜컥 걱정이 될 정도였다.

답답하다.

의식도 없는 사이 현서가 자신의 가슴께를 여러 번 두드렸다.

＊

"빌어먹을."

곱씹을수록 이해 못할 어제의 일들을 떠올린 승표의 입에서 자연 거친 말이 튀어나왔다. 밀려드는 당혹감을 어찌할 수 없을 정도로 찝찝한 기분이었다. 꽤 마시긴 했으나 취할 정도로 주량을 넘겼다고는 생각지 않았었다. 그런데 하필이면 그날따라 컨디션이 별로였던 모양이었다. 머리가 깨질 것처럼 느껴지는 두통에 자연스레 승표의 눈살도 찌푸려졌다.

하지만 술기운을 빌렸다고 변명하기엔 지난밤의 일들이 고스란히 뇌리에 남아 있었다. 어떻게 되새겨 봐도 하지 않았으면 더 좋았을 행동들이었다. 대체 무슨 정신으로 현서의 집을 찾아간 건지, 일을 그르쳤다는 느낌은 드는데 왜 그랬는지에 대한 의문은 여전히 풀리질 않고 남아 있었다. 연락이 닿질 않는다고 하나 어차피 조커를 손에 쥔 쪽은 승표 자신이었다. 때문에 애가 달아 조급해할 입장도 그가 아니었다.

영악하게도 사람을 홀리는 재주라도 가지고 있었던 것일까. 아직도 성장이 덜 끝나 보일 정도로 왜소한 체구의 현서를 떠올린 승표가 작게 혀를 찼다.

"그럴 리가 없겠지."

뜻밖으로 시작된 사색은 차를 타고 회사로 출근한 뒤까지도 내내 계속 이어졌다. 그러나 속 시원하게 답이 나오기도 전에 승표의 사색은 타의에 의해 중단되었다.

비서의 안내를 받으며 이사실 문을 열고 들어온 그룹의 회장 태정이 접객용으로 마련된 소파로 몸을 내려놓았다. 승표가 독립해 혼자 나가 산 이래로 두 사람 사이의 의사소통은 대부분 이런 식으로 이루어졌다.

"일 얘기라면 이미 결재서류에 사인해 올려 보냈습니다."

“녀석, 차갑기는. 예까지 오는데 딱히 이유가 필요하다더냐.”

“하지만 이유 없이 그냥 오실 분도 아니시죠. 무슨 일입니까.”

부자지간이라곤 하나 살가움 따윈 조금도 찾아볼 수 없었다. 성큼거리는 걸음으로 태정의 반대편에 와 앉은 승표가 본론을 재촉했다.

“어제 신일건설 창립기념식에 참석했었다지? 일 외적인 것에까지 신경을 써야 했을 테니 고생이었겠구나.”

“하고 싶은 말씀이 그게 전부가 아닐 텐데요?”

태정이 말을 돌리고 있단 걸 예리한 승표가 모를 리 없었다. 그리고 승표는 그간의 경험을 통해 깨달았듯, 오늘 역시도 태정으로부터 정임에 관한 이야기를 전해 듣게 될 거란 걸 직감할 수 있었다. 그러자 기다렸다는 듯 태정이 슬며시 운을 뗐다.

“실은…… 집사람이 네 얼굴을 보고 싶어 하는 눈치더구나.”

“그 이야기라면 듣고 싶지 않습니다.”

“승표야.”

“회장님의 의중을 모르겠군요. 제가 가면 그분은 상처만 받습니다. 그런데도 이러시는 이유가 뭡니까.”

여기가 공적인 장소가 아니었더라면, 태정 또한 승표를 볼 일은 많지 않았을 테다. 더해서 정임을 상처 입히는 말이란 곧 태정을 겨냥한 말이기도 했다.

“가족이지 않느냐. 시간이 지났는데도 어찌 이리도 바뀐 게 없어.”

“제게 강요할 부분이 아니란 생각은 들지 않는 모양이로군요.”

"……네 마음도 모르진 않는다. 하지만 어쩌겠느냐. 이미 지나간 일. 이젠 잊을 때도 됐지 않았느냐."

"기억이란 건 쉽게 잊혀질 때도 있지만, 때론 각인되기도 하는 법이거든요. 쓸데없는 노력 더는 하실 필요 없습니다."

딱 자른 승표의 말에 태정이 얼굴이 급속도로 어두워졌다. 대화의 흐름은 태정의 바람과는 정반대로 흘러갔다. 어느새 차디찬 냉기류가 형성된 승표의 얼굴에선 적의나 다름없는 감정들이 피어오르기 시작했다. 태정이 알던 그 옛날의 승표가 될 수 없음을 그는 여전히 알지 못하는 듯했다.

실제적으로 승표가 평창동 본가에 들르는 날은 손에 꼽을 정도로 드물었다. 하지만 그렇게 오래되지 않은 지난날에 본가를 방문했던 기억이 뚜렷하게 남아 있던 터였다. 바로 현서를 만났던 그날이, 공교롭게도 승표가 근 팔 개월 만에 태정의 집을 찾았던 시기이기도 했다. 독단적으로 처리할 수 있는 용무였다면 걸음하지 않았을 그때의 일이 정임에겐 헛된 기대로 작용했던 모양이었다. 줄곧 승표의 시린 시선 아래 침묵하고 있던 태정이 침음을 내뱉으며 대화를 이어나갔다.

"내 욕심이 과했다는 건 인정하마. 하지만 그 사람이 언제까지 네 눈치를 보며 전전긍긍해야 만족하겠더냐."

거리를 둘 수밖에 없다는 사실은 서로가 익히 잘 알고 있던 사항이었다. 그럼에도 태정은 여전히 불필요한 일에 에너지를 쏟아붓고 있었다. 아물지 않은 지난날의 상처를 헤집어봤자 고통만 증가될 뿐이란 걸 그는 여전히 인정하려 들지 않았다. 태정의 이런 행동은 표면적으로나마 유지하고 있던 평화마저 위협하는 행위였다.

가당치도 않은 태정의 말에 폭소가 터져 나올 뻔했던 걸, 간신히 코웃음으로 마무리한 승표가 무심한 눈빛으로 태정을 내려다보았다.

"그 눈치, 제가 보라고 한 적 없습니다."

"……그렇게나 정임이 용서가 안 되는 것이더냐."

이렇게나 부질없다. 정작 정임의 용서를 구하기 전에, 앞서 태정이 먼저 스스로의 잘못을 입에 올렸어야 했다. 그것이 최초 문제를 야기했던 당사자로서 취할 수 있는 가장 제대로 된 태도였다.

"제가 용서하고 말 것이 어디 있겠습니까. 어차피 되돌릴 수도 없는 일인데."

"그런 마음이면, 정임이 그 사람도 받아들여 주면……."

"몰랐는데 회장님께 감사해야 할 일이 한 가지 더 늘었군요."

태정의 말을 중간에서 자른 승표가 냉정한 말투로 일갈했다.

"부전자전이라고, 전 아무래도 회장님을 닮은 것 같으니 말입니다. 그래서 제 성질머리가 이렇게 더럽고, 남 상처주기를 좋아하나 봅니다."

"……."

"말씀대로 조만간에 한번 찾아뵙겠습니다. 그러니 오늘은 이만 가보세요. 어차피 저 역시 소개시킬 사람도 있고 겸사겸사 한번 들르려던 참이었습니다."

"혹 만나는 아이가 있는 것이더냐?"

"비슷합니다."

"그, 그래? 그렇담 어느 집 여식인지 어디 한번 말 좀 해보거라."

뜻밖의 반가운 소식을 전해 들은 사람처럼 흐릿했던 태정의 목소리에 힘이 실렸다. 그러나 승표의 반응은 한결같이 냉담했다.

"그런 질문 우습다는 생각 안 드십니까? 그냥 대놓고 회장님 전철을 따라 밟으라고 그러지 그러십니까."

질문의 내용 자체가 하도 우스워 승표는 자기도 모르게 피식하는 웃음을 내놓았다. 집안이라? 아무리 지나간 과거가 돼버렸다곤 하지만, 태정이 이에 대한 질문을 입에 담을 거라곤 예상치 못했었다. 승표의 비아냥거림과도 같은 말대답이 끝이 나자 태정의 입에서 끙 하고 앓는 소리가 새어 나왔다. 그리곤 조금은 기운이 소진된 목소리로 입을 열었다.

"내 말은 그 뜻이 아니었다. 난 다만……."

"참견은 그쯤 해두세요. 회장님이 그랬듯 저도 제 여자는 제가 고릅니다. 그게 공평한 룰이니까요."

"이 녀석, 승표야."

삽시간에 태정의 얼굴 위로 어두운 그늘이 내려앉았다.

새벽녘에 눈을 떴을 때는 마치 물 먹은 솜마냥 온몸이 무거웠다. 우습게도 늘어져 있던 두 팔을 들어 올리는 것조차 힘에 부칠 정도였다. 가까스로 운신이 가능해졌을 때는 어느새 자그마한 창문을 통해 아침 햇살이 들어오고 있었다.

두 평 남짓한 반지하 방의 하루는 여느 날과 다를 것 없이 평범하게 시작되었다. 그러나 고질병처럼 시작된 생각의 사슬은 시간이 지날수록 끝도 없는 수렁으로 현서를 밀어 넣었다.

몰랐는데 생각이 많아진다는 것은 예상보다 몸에 부담을 주는 행위였던 모양이다. 정신을 좀먹어 들어가듯 한없이 잠식하는 부정적인 기운을 견디지 못했던지, 자리에서 일어서던 현서의 다리가 못내 휘청하며 꺾였다. 결국 다시금 바닥 위로 주저앉은 현서가 소소하게 한숨을 내쉬며 미열이 남아 있던 이마 위로 손을 가져다 댔다.

"아프지 말자. 그러기 위해 현재를 사는 거니까."

파리하게 질린 입술이 혼잣말처럼 읊조렸다. 정말이지 강하다는 건 무엇일까? 겁쟁이일 뿐인 자신은 강한 척을 하는 것만으로도 힘에 겨웠다.

그렇게 얼마쯤 더 시간이 지났을까. 현서는 해야지 하면서도 무의식적으로 미뤄두었던 할머니의 유품을 꺼내 정리하기 시작했다. 마냥 울게 될 거라고 생각했었는데 다행히도 무던하게 견뎌주었다. 그러나 애써 담담하게 마무리를 짓고 돌아서는 순간 주체할 수 없는 눈물이 하염없이 쏟아져 나왔다.

가슴께를 압박해 들어오는 서러움의 정체가 어디서부터 기인된 것인지도 알지 못한 채, 가빠진 호흡을 다스리기 위해 급하게 숨을 꺽꺽 몰아쉬었다. 참을 수 없는 오열이 시작됨과 동시에 얼굴은 곧 눈물자국으로 엉망이 되었다.

그럭저럭 잘 참고 있다고, 괜찮을 거라고 그렇게 되뇌면서 스스로를 다독여 왔던 시간들이 한순간에 물거품처럼 사라졌다. 안에서부터 시작해 걷잡을 수 없을 정도로 덩치를 키운 화염과도 같은 불길이 현서가 가진 모든 것들을 태울 것처럼 덤벼들었다. 활활 타올라 그대로 재로 변해 버렸으면 지금과 같은 고통은 느끼지 않아도 됐을까?

쉬고 싶다.

자신을 둘러싸고 있는 이 모든 현실에서부터 벗어나 도망치고 싶다는 마음만 가득했다. 그런데도 멈출 수 없다는 걸 알고 있었다. 그래야지만 살 수 있을 테니까.

어리석은 원망이 입 밖으로 터져 나오려던 것을 간신히 참아낸 현서가 엉망이 된 얼굴을 서둘러 두 손으로 감쌌다. 이내 숨죽인 울음소리가 더욱 깊어졌다.

어디서 어긋난 건지 알고 있었음에도 목적을 위해 어긋난 걸 바로잡을 생각을 하지 못했다. 어떤 변명을 댄다 해도 결국 선택을 한 건 현서 자신이었다. 때문에 마땅히 감내해야 할 몫의 고통이란 것도 모르지 않았다. 하지만 끝내 그녀는 강한 사람은 되지 못하는 것 같았다. 상처를 받지 말자던 다짐은 애당초 쓸모없는, 아무짝에도 소용이 없는 자만심에 지나지 않았다.

짧다면 짧고 또 길다고 하면 길다 할 수 있는 이 두 달 남짓한 시간이 지난 후에 자신은 어떤 모습으로 변해 있을까. 웃을 수 없더라도 최소한 지금처럼 울지는 않았으면 좋겠다. 그러나 그러질 못할 거란 걸 현서는 지금 이 순간에도 절절히 느끼고 있었다.

하지만 이 모든 것들을 떠나 그때가 되면 살아갈 수 있다는 확실한 희망이란 걸 얻을 수 있게 될 테지. 그것이 비록 스스로를 상처투성이로 만든다 하더라도, 현재의 자신에겐 거부할 권리 같은 것은 없었다.

"그거면 돼. 그거면 된 거야, 지현서."

모든 것이 혼란스러웠던 이날, 때를 맞춰 기다렸다는 듯 승표로부터 전언이나 다름없는 전화가 걸려왔다. 이번 주 토요일, 마침내 정임과 만날 약속이 정해진 것이다. 잠시 후 격정을 이기지 못한 눈썹 위로 잔 떨림이 파도처럼 너울졌다. 동시에 힘껏 말아 쥔 손 안쪽으로는 끈적끈적한 땀이 잔뜩 배어나기 시작했다.

21호의 파우더가 연신 같은 부위를 터치했다. 화장이 짙어질수록 점차로 겁에 질린 얼굴도 사라져 갔다. 가볍게 토닥이는 손길은 이후로도 제법 길게 이어졌다. 때문에 화장을 하는 시간이 평소보다 배는 더 늘어났다.

예정돼 있던 토요일의 약속에 앞서 갑작스레 새로운 스케줄이 늘어나지 않았더라면 좀 더 편안히 하루를 보낼 수 있었을 텐데. 그러나 현실은 보다 많은 것들을 요구하고 있었다.

달칵.

화장을 모두 끝낸 직후 돌연 현서가 앞에 놓여 있던 거울을 보이지 않게 아래로 뒤집어엎었다. 언제부터인지 거울을 보는 일이 낯설어졌다. 전혀 자신답지 않은 모습이 현실의 괴로움을 일깨워 온 까닭이었다. 그러나 번민하는 시간은 그리 길게 주어지지 않았다. 바깥에서 들려온 초인종 소리에 문의 렌즈 틈을 들여다보니 다름 아닌 집주인 아주머니가 방문을 알려오고 있었다.

"아유, 마침 있었네. 현서 학생 나 좀 들어가도 돼?"

"네, 들어오세요."

허락이 떨어지기 무섭게 문 안쪽으로 파고든 그녀가 좁은 원룸 안 구석구석을 매의 눈으로 훑고 지나갔다. 혹시라도 망가진 곳이 없나 살펴보려는 것이었다. 원체 낡은 집이었음에도 불구하고, 벽에 못 하나를 박는 것까지도 일일이 관여해 올 정도로 예민하게 굴었기에 덜컥 걱정이 되었다. 다행히 집주인의 눈에 거슬릴 정도의 문제점은 발견되지 않는 모양이었다. 잠시 후 벗어나 있던 집주인의 관심사가 다시금 현서에게로 옮겨왔다.

"근데 왜 이렇게 말랐어. 다이어트라도 했나 봐."

"좀 입맛이 없어서요."

"내 정신이 이렇다니까. 할머님 돌아가신 뒤로 마음고생 많았지? 내가 좀 더 신경을 써줬어야 했는데. 알고 있겠지만 나도 한가한 사람은 아니어서 말이야."

"아니에요. 마음만으로도 감사해요."

의미 없는 위로가 이어질수록 조금씩 긴장이 됐다. 이곳을 찾은 진짜 이유가 달리 있을 거라는 게 현서의 지배적인 생각이었다. 그리고 현서의 예상은 크게 빗나가지 않았다.

"현서 학생, 다름이 아니라, 집세를 좀 올려 받아야겠어."

"……월세를요?"

"아니, 보증금 말이야."

심장이 아플 정도로 쪼여들었다.

"마음 같아선 그냥 넘어가 주고 싶은데 아무래도 사정이 좀 어렵게 됐어. 여기 원래 전월세란 건 알지?"

"네."

"야박하다 말고 들어줘. 할머님 봐서 여태 참고는 있었는데, 사실 내 속도 말이 아니었어. 전세 대란이다 뭐다 하면서 주변 시세는 뛰는데 속병이 나면서도 그간엔 차마 올려 받자는 말도 못 꺼내봤어. 근데 우리 집 양반이 아주 난리야. 더는 그렇게 못하겠다고 노발대발이셔."

　이곳에 정착해 산 지 햇수로 딱 5년째였다. 지대가 높았던 까닭에 현서네가 이사 들어오기 전까진 꽤나 오랜 기간 비어 있던 방이었다. 반지하 방의 특성상 환기의 문제도 있었던 터라 방을 보러 오는 사람마다 퇴짜를 놓았던 곳을, 보증금 없이 달에 월세만 지불하기로 하고 산 것이 현재에까지 이르렀다.

　"조금이면 돼요. 조금만 더 미뤄주시면 안 되나요. 제가 지금 여유가 없어서 그래요."

　"나라고 편의 봐주고 싶지 않겠어. 하지만 우리 집 양반 뜻이 확고한 걸 난들 어떡해."

　난색을 표하며 손사래를 치는 집주인의 말에도 쉽게 알겠다는 대답이 떨어지지 않았다. 서로 간에 얼굴 붉힐 일은 만들고 싶지 않았으나, 원하는 액수만큼 선뜻 내어줄 수 있을 정도로 가진 것이 많지 않았다. 혼자라는 사실이 더없이 큰 서러움으로 다가왔다. 이곳을 떠나 당장에 갈 만한 곳이 한 군데도 생각나지 않았다.

　"부탁드릴게요. 몇 달만이라도 좋으니 시간을 줘요. 대신 월세는 좀 더 드릴게요."

　"아이 참. 안 된다고 해도 그러네."

　"아주머니."

　"사실 이번에 큰아들이 결혼을 해. 목돈이 필요한데 우리도 여유가 있는 편이 아니라서 말이야. 현서 학생 사정이 딱한 건 아는데 내 사정도 좀 봐줘."

　현서의 애원에도 집주인이 한사코 고개를 내저었다. 그러나 이대로 물러서기에는 사안 자체가 지나치게 중대했다. 그럼에도 매달려 선처를 바라는 것밖에 할 수가 없었기에 시간이 지날수록 불안함은 커져 갔다.

"많이도 아니에요. 다음 달 말까진 어떻게든 마련해 볼게요. 그때까지만 말미를 주세요."

"이것 봐, 현서 학생."

"억지를 부린다는 거 알아요. 그런데 저 여기서 나가기 싫어요."

"……정말 그 정도로 여유가 없어?"

내내 배짱을 부리던 집주인의 말투가 조금씩 잦아들었다. 사실 큰소리를 쳤던 것에 비해 집주인의 입지도 그다지 여의치가 못했다. 원룸을 싹 뜯어고쳐 리모델링하지 않는 이상에야, 당장에 현서가 나간다 하여 금방 세입자를 구할 수 있는 것도 아니었기 때문이다. 운이 좋아 날짜 안에 방이 찬다 하더라도 거기다 따른 부대비용의 문제 또한 무시할 수 없는 노릇이었다. 가까운 이유론 도배, 장판의 문제도 있었고, 상대가 집수리를 바란다면 그것 또한 골칫거리였다. 한풀 꺾인 그녀의 말이 끝이 나자 현서의 얼굴 위로 일말의 희망이 감돌았다.

"죄송해요. 폐를 끼친다는 건 아는데 정말이지 지금 당장은 무리예요."

"좋아. 나도 영 상식이 없는 사람은 아냐. 내달 말까지라고? 천만 원은 맞춰줘야 할 텐데 정말로 가능하겠어?"

한결 누그러진 목소리가 수긍의 빛을 띠었다. 그러나 영 미심쩍다는 집주인의 표정은 현서로부터 좀 더 확실한 확답을 구해오고 있었다.

삽시간에 여러 생각들이 복잡하게 뒤엉켰다. 하지만 설득이 될 만한 합당한 사유들이 쉽사리 떠오르지 않았다. 승표로부터 얻게 될 혜택을 이유로 들기에는 그녀가 믿어줄지 의문이 든 까닭이었다.

할머니가 돌아가신 지금 현서에게 일가 피붙이가 없다는 사실을 집주인이 모를 리 없었다. 때문에 누군가에게 손을 빌려 사태를 해결할 거란 이야기 또한 그다지 신빙성 있는 대답이 돼주지 못했다.

시간이 지체될수록 집주인의 심기가 불편하게 변해가는 게 느껴졌다. 그 순간 생각지도 않았던 상념 하나가 머릿속에서 떠올랐다. 곧 옥죄어온 가슴이 터질 것처럼 시끄럽게 두방망이질 쳤다. 견딜 수 없이 슬픈 기분이었다.

"보험금이 나와요."

"할머니 사망보험금 말이야?"

"네."

있지도 않은 거짓된 변명들이 술술 흘러나왔다. 이때의 자신은 제법 비참했던 것 같다.

"그런 이유라면 나도 안심이지. 알았어, 그럼 그때 봐."

심한 피로감을 이길 길이 없었다. 문이 닫히는 순간 추락하듯 현서의 몸이 바닥 위로 쓰러져 내렸다.

"……답이 없구나."

후두두둑 떨어지기 시작한 눈물이 애써 했던 화장을 지워 나갔다. 그러나 엉망이 된 건 얼굴이 아니라 마음이었다. 흘러내리는 물줄기를 닦아낼 기력조차 남아 있지 않았다.

　버스를 타기 위해선 비탈진 경사면을 따라 아래 큰길까지 걸어
나와야 했다. 예정에 없던 사건으로 말미암아 약속 시간이 지체된
터라 걷는 속도가 평상시보다 빨랐다. 그런데 종종걸음으로 대로
변의 가장자리쯤에 이르렀을 때쯤 뜻밖의 인물이 현서를 맞아주
었다.
　"기다리고 있었습니다."
　열려진 고급세단의 뒷문이 현서의 진입을 재촉했다. 얼핏 기억
에 남아 있던 남자였기에 경계심보다는 의아함이 먼저 들었다.
　"뭐예요, 이건."
　"한 이사님께서 모셔 오라 이르셨습니다. 자리에 오르시지요."
　"쓸데없는 일을 했군요. 혼자 갈 수 있어요."
　현서의 거절에 그가 잔뜩 곤혹스러운 얼굴을 해왔다.
　"이대로 가시면 제가 곤란합니다."
　"……그런가요. 하긴 그 남자는 자비란 걸 알지 못하는 사람이
니까요."
　"보통 분보다야 계산이 정확하신 편이죠. 어서 타세요."
　승표에 대한 현서의 박한 평가가 그의 마음엔 썩 들지가 않은
듯했다. 간과하고 있었지만 자신을 데리러 온 이 남자 역시도 승
표의 편에 속해 있는 사람이다. 차가 출발해 목적지에 도착할 때
까지도 내부엔 싸늘한 침묵만 내려앉아 있었다.

　사람이 느끼는 감정은 때론 매우 주관적일 때가 있었다. 그리고 그것은 대체적으로 절대적인 이유에서 기인되기보다 상대적인 이유에서 비롯될 때가 많았다. 승표의 부름을 받고 도착한 장소는 강남에 위치해 있는 유명 백화점이었다.

　"옷이 격에 맞질 않는군. 다른 걸 더 보도록 하지."

　입점된 매장 내 직원과는 별개로, 따로 전담해 옷을 골라주고 있던 명품관 소속의 스타일리스트가 잇따른 승표의 지적에 진땀을 뺐다. 그러나 그중 가장 지친 사람은 다름 아닌 현서였다. 승표의 입에서 부정 어린 대사가 나올 때마다 괴로움의 정도가 깊어졌다. 실제 옷을 입고 벗는 사람은 현서 하나로 한정돼 있어서였다.

　정말이지 피팅룸을 몇 번이나 들락거려야 저 남자는 만족이란 걸 할까. 곱지 않게 변한 현서의 따가운 눈초리가 승표를 흘겼다. 하다하다 지쳐 횟수를 세는 것조차 포기했을 정도였으니, 권해주는 이들의 곤욕스러움도 어느 정도는 이해가 갔다. 체감상으로는 이미 몇 시간은 족히 흐른 것 같았다.

　승표의 의중에 맞춰 시키는 대로 옷을 갈아입고 있자니 정신이 피폐해지는 기분마저 들었다. 더해 각기 다른 개별 의상마다 붙어 있던 가격표가 때때로 신경을 자극해 왔다. 차라리 못 보고 지나쳤더라면 정신건강에는 이로웠을 터인데 안타깝게도 그런 행운은 따라주지 않았다. 정확한 가격 파악이 어려울 정도로 줄줄이 이어진 동그라미의 행렬이 심한 어지럼증을 유발했다.

부럽다는 마음보다 너무하다는 생각이 먼저 들었던 것은 괜한 자격지심 때문이었을까. 수중에 이 옷 몇 벌 값에 해당하는 돈만 지니고 있었더라면 지금처럼 나락에 발을 담그고 있진 않아도 됐을 테다. 부질없는 가정이란 걸 알면서도 어리석은 게 사람이라고 하염없이 자기비하에 빠져들었다.

기백을 넘어 기천에 달하는 옷들을 보고 있노라면 한없이 스스로가 작게 느껴졌다. 하지만 이러한 심경 변화를 겉으로 드러낼 생각은 추호도 없었다. 그래야지만 덜 아프고 이 시간을 넘길 수 있을 테니까.

현서는 소원했다, 자신이 상처받은 만큼 그도 비슷한 크기로 고통받기를. 혼자가 아닌 둘이서 함께 시작한 게임이니 그에 따른 결과도 함께 나누어 갖는 것이 공정했다. 그러니까 지금은 심란해할 때가 아니라 이를 악물 때였다.

이미 지친 지 오래였지만 최대한 아무렇지 않은 표정을 지은 현서가 그가 만족할 때까지 담담하게 피팅룸을 오가길 반복했다. 그러나 신경전이라고 비유해도 좋을 만큼 승표의 입에서는 오랫동안 긍정의 사인이 떨어지지 않았다. 결국 그 후로도 몇 벌의 옷을 더 갈아입고 나서야 승표의 입에서 겨우 승낙 비슷한 것이 흘러나왔다.

"이걸로 하지. 그나마 겨우 봐줄 만해졌군."

"들던 중 반가운 소리네요. 언제 끝이 나나 했었는데, 정말로 끝이 있긴 했네요."

맥이 탁 풀리면서 자연 현서의 어깨가 아래로 축 늘어졌다.

“그 말은 내가 일부러 골탕을 먹였다는 소리로 들리는군.”

“보통 이렇게까지 하진 않잖아요.”

“그런가? 하지만 내가 아는 기준에선 이게 기본이군.”

태생부터 다르단 생각은 했었지만, 이쯤 되니 살짝 질리는 기분이 들었다.

“사전에 적당이란 게 없군요. 그거 별로 좋은 버릇 아니에요.”

“패배자적인 발언이군. 일이 끝난 이후에 본전 생각을 하는 건 내 취미가 아니라서 말이야.”

본의 아니게 승표의 페이스에 끌려들어 갈 때마다 늘어나는 것이라곤 깊은 상흔뿐이었다. 아는데도 늘 행동은 생각의 절반도 따라가질 못했다.

“……못되게 말하는 건 타고났다니까.”

“조그마한 게 성질은. 없는 말 지어내서 말한 것도 아닌데 뭐가 문젠지 모르겠군.”

틀린 점이 있다면 어디 한번 반박을 해보라며 승표가 뻔뻔하게 말을 마쳤다.

“세상 사람 모두가 당신처럼 직설적이지는 않아요.”

“전처럼 눈가림이라도 해주길 바란다는 거군.”

말을 끝냄과 동시에 정면을 향해 있던 승표의 시선이 현서의 얼굴선을 따라 아래로 이동하기 시작했다. 가장 먼저 코끝을 지나 차례로 가슴, 복부, 다리 그리고 발끝을 거쳐 다시금 그의 눈길이 느릿한 속도로 위를 향해 움직였다. 그런 후 최종적으로 승표의 눈길이 멈춰 선 장소는 떨리던 그녀의 시선 위였다.

멸시에 찬 승표의 코웃음.

"사람은 주제를 알아야 한다지?"

입술을 살짝 깨문 현서가 분함을 이기지 못해 잔뜩 얼굴이 상기되었다. 그럼에도 승표는 이 사실에 개의치 않고 줄곧 느긋한 웃음을 입가에 걸었다. 잔뜩 독기가 묻은 말보다 더 사람을 발끈하게 만드는 행위였다.

"사람 우습게 보지 말아요. 정말이지 가지고 노는 것도 적당히 좀 하란 말이에요."

"너무 앞서 나가는군. 피해의식이 깊어지면 서로 피곤해질 뿐 아닌가?"

"당신이 날…… 아래로 보는 건 알고 있었어요. 하지만 난…….."

삽시간에 몸 안에 내재돼 있던 피가 조금의 남김도 없이 모조리 빠져나가는 느낌이 들었다. 피해의식이란 단어가 주는 충격은 생각 이상으로 컸다. 더는 소진할 기운도 남아 있지 않았다.

"왜 말을 하다가 말지?"

"……바뀌는 게 없을 거잖아요. 제가 지금 여기서 무슨 말을 한다 해도 한승표 씨는 제 말 들어주지 않을 거잖아요."

"새삼스러운 투정이로군. 더 할 말이 없으면 이만 나가지."

뒤따르듯 아무 말이나 비꼬는 말로 대응해 올 거라고 생각했지만, 의외로 현서의 생각은 빗나갔다. 승표가 현서를 외면한 채 손가락 하나를 까닥거렸다. 그러자 멀찍이서 대기 자세로 서 있던 점원이 앞쪽으로 걸어나왔다.

"여기."

"네. 계산 도와 드리겠습니다. 포장은 어떻게 해드릴까요?"

그가 힐끔 현서를 응시했다.

"옷…… 갈아입고 나올게요."

"아니, 그럴 필요 없어. 이대로 입고 갈 곳이 있으니 태그만 제거해 주면 되겠군."

승표가 내민 블랙카드를 받아든 점원이 깍듯이 인사를 한 뒤 카운터로 되돌아갔다. 그러나 뜻밖에 들려온 승표의 말에 현서의 눈에 의문의 빛이 서렸다.

정임을 만나기로 예정된 날짜는 앞으로 이틀 후인 토요일 저녁 즈음이었다. 결국 오늘의 수고도 그날을 위해 준비된 절차상의 과정 중 하나에 지나지 않았던가? 그런데 당장에 갈 데가 있다니?

이유를 막론하고 걸치고 있기엔 지나치게 비싼 고가의 옷은 심리적인 부담감으로 작용했다. 어찌할 바를 몰라 머뭇대며 쭈뼛거리고 있는 사이, 결제를 끝낸 점원이 그의 손에 카드를 되돌려 주었다.

"너무 씀씀이가 과한 거 아닌가요?"

"내 돈이야. 지현서는 신경 꺼."

직접 눈으로 확인하고도 쉽사리 받아들이기 힘든 고가의 금액이었다. 반사적으로 현서가 승표의 소맷부리를 잡아끌자 그가 딱 자른 말로 태도를 분명히 했다. 결코 잊지 말아야 할 한 가지, 그는 자신과는 다른 세계에 속한 사람이었다.

씁쓸한 고소가 입가로 퍼져 나갔다. 그러나 승표는 이러한 현서의 표정을 다르게 해석한 모양이었다.

"그리고 미리 밝혀두겠는데 쓸데없는 생각은 하지 않는 게 좋을 거야."

"쓸데없는 생각이라뇨? 가령 어떤 것들을 말하는 건가요?"

의미를 파악하기 힘든 그의 말에 현서가 물끄러미 승표를 응시했다.

"환불할 생각도, 되팔 생각도 하지 말란 뜻이야. 네게 제공하는 것들은 작은 것 하나까지도 모두가 내 소유야. 내 말 알아들었겠지?"

"……."

"대답해, 지현서."

단박에 비위가 뒤틀렸다. 목구멍까지 치밀어 오른 열기는 쉽사리 가라앉지 않았다. 현서가 깊은 심호흡 한 번으로 뜨겁게 달궈진 숨을 몰아쉬었다.

"알겠어요. 몰랐는데 그런 방법도 있었군요. 미리 알았더라면, 아얏!"

순간 따끔할 정도로 머리 위에서 통증이 감지됐다. 깜짝 놀란 현서가 진원지를 찾아 고개를 치켜들었다. 곧이어 시야 너머로 보인 것은 검지 부분을 두드러지게 말아 쥔 승표의 오른손이었다.

"눈빛이 마음에 들지 않는군. 인내심을 시험할 생각이 아니라면 꼬박꼬박 말대답하는 것부터 줄이는 게 좋을 것 같군."

휘갈기듯 사인을 끝낸 승표가 현서의 손목을 잡아끌곤 지체 없이 걸음을 옮겼다. 결국 격차가 큰 걸음걸이의 보폭 때문에 나중엔 거의 끌려가다시피 승표의 뒤를 쫓을 수밖에 없었다. 간신히 차에 올라탔을 때는 온몸이 긴장으로 경직이 돼 있었다.

뒤이어 운전석에 자리를 잡은 승표가 곧바로 차키를 꽂으며 시동을 걸었다. 그리곤 가타부타 말없이 차를 출발시켰다. 한동안 두 사람 사이엔 침묵만 감돌았다. 때문에 편안한 승차감에도 불구하고 불편한 심정이 된 현서의 등허리가 자꾸만 곧추세워졌다. 결국 답답함을 견디다 못한 현서가 머리를 창문 쪽으로 향하게 두자, 자연스럽게 승표의 시선으로부터도 벗어났다.

바깥으로 보이는 광경은 그다지 낯설 것 없는 일상을 담고 있었다. 줄줄이 늘어선 채 움직이는 차들하며 무리지어 걸어가는 사람들……. 무의미하게 창 너머를 내다보고 있던 바로 그때, 불현듯 시야 너머로 창가에 반사돼 비친 승표의 모습이 들어왔다. 금세 놀라운 것을 보기라도 한 것처럼 현서의 눈에 이채가 서렸다.

메말라 보일 정도로 건조해진 남자의 눈은 아무것도 담겨 있지 않은 텅 빈 눈빛을 띠고 있었다. 팔을 뻗으면 손이 닿을 정도의 거리에 승표가 있었음에도 불구하고 체감으론 무척이나 멀게 느껴졌다.

닮았다.

현서가 자기도 모르게 시선을 아래로 내리깔며 눈을 감았다. 사무적으로 선을 그어놓았던 현서의 영역 안으로 원치 않았던 그의 존재가 자리를 잡으려 하고 있었다. 불필요한, 그야말로 말도 안 되는 일이라며 스스로의 감정을 일축한 현서가 고개를 내젓는 것으로써 잡념과도 같은 상념을 날려 보냈다. 그 순간 문득 이마 위로 서늘한 뭔가가 닿았다.

“표정이 왜 그래. 어디 아프기라도 한 건가?”

“……아뇨. 아무것도 아니에요.”

“제법 열이 높군. 설마 그사이 멀미라도 한 건 아니겠지?”

현서가 이번에도 고개를 가로저었다. 대화는 거기서 끝이 났다. 그러나 잔뜩 얼어붙은 현서의 몸은 뻣뻣하게 굳어진 채 잠시간 동안은 미동조차 하지 못했다.

불편함과 어색함이 한데 뒤섞인 묘한 기분. 크고 넓지만 거칠지 않은 남자의 손이 여전히 그녀의 이마 위를 점령하고 있었다. 정상 체온을 넘어 조금씩 달아오르기 시작한 이마 위가 급기야는 열병이라도 앓는 것처럼 뜨끈하게 데워졌다. 알 수 없는 열기에 잠식당해 가는 것처럼 눈앞이 아득해지는 느낌이었다.

쉽사리 손을 치워낼 생각도 하지 못하고 머뭇거리고만 있는 사이, 때마침 승표가 뻗었던 손을 거둬들이며 비어 있던 운전대 위로 나머지 손을 올려놓았다. 마치 오랜 시간 뜀박질을 한 사람처럼 엉망으로 호흡이 헝클어져 버렸다.

그렇게 얼마나 지났을까. 예상외로 한참을 달려 승표가 도착한 곳은 지나가다 언뜻 본 기억이 있던 외국자본계열 산하의 고급호텔 앞이었다. 최종 목적지를 확인한 이래로 꾹 다물어져 있던 현서의 입이 천천히 열리기 시작했다.

“저하고 룸에 들어가잔 이야기는 아닐 테니, 밥을 먹자는 이야기인 건가요?”

“보면 알지 않나. 꼭 물어봐야 직성에 차는가 보군.”

“됐어요. 관둘래요. 밥 먹다 체할 일 있어요.”

승표의 긍정에 현서가 곧바로 반대 의견을 피력했다. 단절돼 있던 현서와 승표 사이에서 비로서 대화가 재개되었다. 그러나 이야기는 그다지 유쾌한 방향으로 진행되지는 못했다.

"내가 하자는 것에 대한 지현서의 대답은 하나로밖에 정해져 있지 않다고 했을 텐데. 까불지 말고 내려."

"하지만 우리, 한가하게 둘러앉아 밥이나 먹고 있을 사이는 아니잖아요."

승표의 입꼬리가 한쪽으로 치켜올라갔다.

"착각하지 마. 이것 역시도 토요일에 있을 본편에 대한 예행연습에 지나지 않은 일이니까."

"예행연습이라뇨?"

"서민들은 모르는 상류층의 식사예절이란 것도 엄연히 존재하는 법이지. 나중에 이정임 씨 앞에서 창피를 당하고 싶지 않다면 내 말대로 하는 게 좋을 텐데?"

어떻게 하면 사람을 괴롭힐 수 있을까 진심으로 고민하는 사람 같았다. 이 순간 현서는 걷잡을 수 없이 휘몰아치는 마음속 열기를 가라앉히기 위해 부단히도 노력을 기울여야만 했다.

머저리 같은 지현서. 상대가 도발을 해올 때마다 매번 넘어가면 어쩌자는 건지. 그때마다 이렇게 따로 확인을 받고, 상처를 입고, 원망을 하고, 종국엔 포기에 이르는 이 지긋지긋한 일들을 이제는 그만할 때도 되지 않았느냐며 현서가 스스로의 무지를 탓했다.

방금 전에 가졌던 남자에 대한 연민은 어느새 그 모습을 달리해 있었다. 그리고 이즈음을 기점으로 해서 현서는 승표로부터 받게 될 금전적 대가 외에 그 어떤 기대도 바라지 않을 거라며 스스로에게 일침을 가했다.

아니지 하면서도 자신은, 은연중에 승표와 정임을 연계해 함께 받아들여야 할 새로운 가족으로 인식하고 있었나 보다. 그래서 지금까지도 한가닥 희망의 끈을 놓지 못하고 있었던 것 같다며 현서가 뒤늦게 자책했다.

복잡한 속내와는 반대로 현실을 인정하고 나니 들끓던 감정들이 차분히 정리되기 시작했다. 그러나 강해져야 한다는 마음과는 별개로 시간이 흐를수록 자꾸만 상처를 받게 되는 자신의 모습을 발견할 수 있었다.

욱신욱신.

너덜너덜하게 헤진 가슴은 지금도 이만하면 됐다고, 제발 그만두라고 비명을 질러오는 것 같았다. 그러나 이것이 시작점에 불과하다는 것을 가장 잘 알고 있는 사람 또한 현서 본인이었다.

마지막의 마지막 순간이 될 즈음이면 깨지고 부서져 엉망이 되어 있을 테지. 그래도 그때쯤엔 다시 일어설 희망이란 걸 얻은 뒤일 거라며 현서는 거기에서 작은 위안을 얻었다. 그랬음에도, 이렇게까지 변명 아닌 변명으로 스스로를 정당화시켰음에도, 여전히 스스로를 이해시키는 일이 힘이 들었다.

신경을 모조리 태울 듯 거세게 밀려드는 사나운 생각이 좀먹듯이 정신세계를 파고들어 갔다. 그렇게 가늘게 이어져 오던 이성의 끈이 끊어지려는 찰나 다행히도 현서는 현실세계로 돌아올 수가 있었다.

부쩍 생각이 많아진 것은 아마도 정임을 만날 날이 가까워져서일 것이다. 돌이킬 수 없는 이 잔인한 시간이 어서 빨리 지나가 버렸으면 좋겠다. 그렇게 현서는 소망했다.

"불만이 있으면 말로 하지."

"그런 거 없어요."

"없다면서 먹는 게 왜 그 모양이야. 내키지 않은 자리라고 시위라도 하는 건가."

눈살을 찌푸린 승표가 반대편에 앉아 있던 현서를 무감각하게 내려다보았다. 그러자 멈춰져 있던 현서의 손이 다시금 차려져 있던 음식 쪽을 향해 의례적으로 움직이기 시작했다. 그러나 얼마 못 가 느려진 손길은 또다시 음식 위를 지분거리만 했다.

"……적당히 하라고 했을 텐데."

익숙지 않은 자리였을 텐데도 식사가 시작된 이후론, 곧잘 따라 하기에 어느 정도는 기특하단 생각이 들던 차였다. 눈에 찰 정도로 능숙한 건 아니었으나 그래도 해내려는 노력이 가상해 종종 이런 자리를 갖는 것도 나쁘지 않겠다 싶기도 했었다.

처음으로 마음에 드는 행동을 한다며 고개를 까닥였던 게 바로 좀 전의 일이었는데, 시간이 갈수록 시원찮게 깨작거리고 있는 걸 보니 왠지 모르게 화기가 치밀기 시작했다. 비루먹은 망아지처럼 바싹 말라 있는 꼴이란.

심기가 불편해진 승표가 들고 있던 포크를 이용해 큼지막하게

잘린 고깃덩이를 집어 올렸다. 그러자 다음 순간 변명과도 같은
이야기가 현서의 입에서 흘러나왔다.

"일부러 그런 건 아니에요. 그냥, 속이 좀 좋지 않아서 그래요."

"물론 그랬을 테지. 하지만 실전에서도 이런 식의 변명이 통하
리란 생각은 일찌감치 버리는 게 좋을 거야."

정면에서 약간 벗어나 있던 승표의 눈길이 얼마간 이동해 그녀
의 앞쪽에 놓여져 있던 접시로 향했다. 기껏 주문한 메인디시가
줄어든 기미조차 보이지 않은 채 원형 그대로의 모습을 유지하고
있었다.

"노력할게요."

"말로 하는 건 누구나가 할 수 있는 일이지. 됐으니까 더 먹기나
해."

못마땅함에 승표가 몇 번이고 눈썹을 치켜뜨며 인상을 구겼음
에도, 여전히 음식을 먹는 건지 마는 건지 판단이 되지 않을 만큼
마냥 눈앞에 놓인 걸 깨작이고만 있었다.

"지현서 너."

"읍!"

갑작스레 두 손으로 입가를 틀어막은 현서가 헛구역질을 했다.
하던 말을 중간에서 차단당한 승표가 쉽사리 뒷말을 잇지 못한 채
로 굳어버렸다.

삽시간에 현서의 얼굴 위로 작은 땀방울이 촘촘하게 솟아올랐
다. 당장에 토해낸다 하더라도 하등 이상할 것이 없었을 정도로
들썩이는 등의 움직임이 심해져 갔다. 시간이 지날수록 사정은 더

할 나위 없이 악화되었다.

다행히 속에 든 걸 게워내기 직전에서야 가까스로 멈춰 선 현서가 잠시 후 홧홧한 숨을 몰아쉬었다. 바들거림이 느껴질 정도로 떨리고 있는 찬 손, 승표가 쯧 하고 혀를 찼다.

"그만 일어서지. 이렇게까지 될 정도였으면 더 확실하게 거절을 했어야지."

"저…… 거부권 행사할 자격 없다면서요."

간신히 진정국면으로 접어든 현서가 힘없이 중얼거렸다. 재미없게도 그녀의 고백은 일의 당사자였던 승표의 마음 한구석을 찜찜하게 만드는 계기로 작용했다. 그제야 쓴소리를 아끼지 않았던 조금 전의 행동이 조금은 지나쳤단 생각이 들었다.

입을 걸어 잠근 승표가 한동안 현서의 움직임을 눈으로 좇았다. 그러나 곧 예상치 못한 현서의 행동으로 말미암아 낮아졌던 승표의 목소리 톤이 한껏 높아졌다.

"그만둬."

속이 진정됐다고 판단했던지, 남은 음식 위로 재차 손을 뻗는 걸 본 승표가 다짜고짜 현서를 일으켜 세웠다.

비틀.

"미치겠군."

한차례 머리카락을 위로 쓸어 올린 승표가 두드러지게 뼈마디가 드러난 현서의 손목을 붙들었다. 그러자 힘없이 고개를 흔든 현서가 단호히 승표의 손을 떼어냈다.

"난, 괜찮아요."

현서가 옅게 웃었다. 진실이라곤 하나도 들어 있지 않은 거짓 웃음에 기분이 나빠진 승표가 거친 손동작으로 넥타이를 풀어 헤쳤다. 이렇게 해서라도 답답해진 마음을 해소시키고 싶어서였다. 하지만 이미 마음 한구석은 묵직한 바위덩어리를 얹어놓은 것처럼 불편하게 변해 있었다.

돌연 시간은 승표를 과거의 어느 지점으로 되돌려 놓았다. 현서와의 첫 만남을 떠올린 승표가 잠깐 동안 숨을 골랐다. 시간이 지날수록 형언키 힘든 성급한 조급함이 몰려들자, 스스로에게 되묻듯 질문 하나를 입에 올렸다.

"지현서, 왜 하필 그 타이밍에서 네가 눈에 띈 걸까."

"네?"

"……빌어먹을. 아냐, 아무것도."

이런 거지 같은 감정을 느끼고 있는 건 다 지현서가 이정임의 딸이기 때문일 테다. 왜인지 출구가 보이지 않는 터널 안으로 무작정 걸어 들어가고 있는 것 같은 착각이 승표를 붙들고 놓아주지 않았다.

제기랄!

이상하리만치 모든 것이 엉망인 하루였다. 그중 최악은 여전히 지현서에게서 눈을 떼지 못하고 있는 승표 자신일 테다.

✳

토요일.

영원히 오지 않을 것 같았던 시간은 더디게, 혹은 빠르게 현서에게로 다가왔다.

해야 할 일이 생각난 하루, 승표와 만나기로 했던 약속 시간보다 좀 더 일찍 집을 나선 현서가 전자제품 매장에 들렀다.

하릴없이 무언가를 구경하기 위해 이곳에 온 것이 아니었기에, 해당 물건이 진열돼 있던 장소까지 일직선을 따라 곧바로 걸음을 옮겼다. 그러나 사야 할 물건을 발견했음에도 선택은 쉽지 않았다. 결국 곁으로 다가온 점원의 도움을 받고 나서야 목적했던 바를 이룰 수가 있었다. 매장을 나올 때 현서의 손에 쥐어져 있던 것은 감색의 소형녹음기가 든 작은 박스 하나였다.

건물을 빠져나와 무의식적으로 올려다본 하늘은 좀체 구름을 찾아 볼 수도 없을 만큼 맑았다. 그러나 밝게 쏟아지는 햇살에 비해 현서의 얼굴은 짙은 음영이 져 있었다. 늦봄 햇살의 따가움과는 달리 몸살이라도 난 것처럼 몸속으로 시린 한기가 파고들었다.

잠시 후 어두웠던 현서의 얼굴 위로 굳은 각오가 떠올랐다. 이렇게까지 할 필요가 있을까 하는 질문은 누구에게도 하지 않을 생각이었다. 독해지는 것이 결국은 스스로를 지켜주는 가장 든든한 방어벽이 되어줄 테니까.

자구책이라 일컬었던 소형녹음기에게로 현서의 시선이 이동했다. 사실 적지 않은 가격대였기에 무척이나 부담이 되는 금액이었다. 그렇다 하여 수중에 할부가 되는 신용카드를 가지고 있던 것도 아니었다. 허투루 쓸 만큼 생활에 여유가 없는데도 스스로를 위한다는 명목하에 그녀를 비참하게 만들었던 그 돈을 사용했다.

해당 비용은 언젠가 승표로부터 받아두었던 수고비 명목의 수표 두 장이었다.

쓰고 싶지도, 써서도 안 되는 돈이었다. 그런데도 굳이 전자제품 매장에 들러 녹음기를 구입했던 것은 보다 확실하게 상황을 정리해 둘 필요성이 제기됐기 때문이었다. 남자가 적어준 계약서 하나에만 덜렁 의지한 채, 그가 원하는 방향대로 움직이고 있는 지금의 상황이 과연 현명한 방법일까 하는 뒤늦은 후회……. 돌이켜 생각해 보면 지나치게 무지했다 싶었다.

태반이 눈에는 보이지 않는다 하더라도 어떤 관계든지 상하는 분명 존재했다. 그리고 현재 승표와의 경우를 빗대어볼 때 완벽하다 싶을 정도로 현서는 약자의 입장에 서 있었다. 쓸모를 다한 뒤 아무것도 얻지 못한 채 비참하게 돌아서는 것만큼은 끔찍하리만치 사양하고 싶었다.

목숨줄이나 된 듯 꼭 그러안은 녹음기 박스의 귀퉁이가 압력을 이기지 못한 채 우그러졌다. 잠시 후 현서가 불필요한 부속물들을 모두 쓰레기통에 버린 뒤 녹음기만 빼내어 가방 안으로 밀어 넣었다.

달칵.

잊은 듯 다시금 가방으로 향했던 현서의 손이 움직임과 동시에 녹음기가 제 기능을 발휘하기 시작했다.

목적지를 목전에 둔 상태에서 승표의 차가 멈춰 섰다. 어쩌면 나타나지 않을 거라고 막연히 추측하기도 했었는데, 의외로 먼저 와 기다리고 있는 강단 어린 현서의 모습에 승표의 얼굴이 묘하게 일그러졌다.

"어쩔 작정인 거지, 응? 지현서."

걸치고 있던 검정 계열의 옷이 현서의 하얀 얼굴을 더욱 부각시켰다. 다름 아닌 며칠 전 승표가 직접 골라주었던 린넨 소재로 된 원피스였다. 하지만 지나치게 창백한 얼굴은 어딘지 모르게 아파 보이기까지 해, 왠지 모를 위화감을 형성하고 있었다.

멀리서 바라본 현서의 몸집은 작은 키 때문인지 무척이나 왜소하게 보였다. 185㎝에 육박하는 승표 자신의 턱밑에 간신히 와 닿기나 할까?

집요하다 싶을 정도로 끈질긴 승표의 눈길이 현서에게 달라붙어 떨어질 생각을 하지 않았다. 작은 손짓 하나에, 깜빡임이나 다름없는 눈짓 하나에도 연신 현서의 동선을 좇아 움직이기 바빴다. 일순 승표의 눈가가 찌푸려짐과 동시에 이번에는 유독 여린 현서의 목덜미로 시선이 이동했다. 왜인지 허전하게 비어 있는 그녀의 목 언저리가 이유 없이 승표의 마음을 불편하게 만들었다.

"빌어먹을. 어이가 없군."

개운치 못한 표정으로 돌변한 승표가 짜증스럽게 스스로의 작태를 질타했다. 기계적으로 움직거리던 손끝의 움직임이 조금 더 빨라졌다. 그러나 얼마 못 가 승표의 눈길이 다시금 한 사람의 그림자를 뒤쫓기 시작했다. 이때의 현서는 마냥 정지된 시선으로 평창동 저택을 올려다보고 있었다.

불현듯 알 수 없는 답답함이 승표를 옥죄어왔다. 꽤나 재미있는 시간이 될 거란 최초의 가정을 부정이라도 하는 것처럼 이내 승표의 기분은 저 아래 밑바닥까지 곤두박질쳤다. 분명 가볍게 시작한 게임이었을 뿐인데, 단지 그뿐이었음에도 불구하고 때마침 고개를 내리려던 현서와 시선이 교차된 이후론 왜인지 모르게 가슴 한 구석이 뜨끔해졌다. 금세 흐트러져 있던 현서의 얼굴이 딱딱하게 굳었다. 그제야 올라타고 있던 차에서 내린 승표가 현서 쪽을 향해 걸음을 옮겼다.

"왔어요?"

일정거리를 두고 지켜봤을 때는 당장에라도 주저앉을 것처럼 엉망으로 보였었는데, 생각했던 것보다 현서의 목소리는 담담함을 유지하고 있었다. 그러나 아주 가깝게 느껴질 정도로 근접했을 때 역시나 자신의 생각이 틀리지 않았음을 확인할 수 있었다. 한 눈에 보기에도 눈에 띌 정도로 현서의 어깨가 떨리고 있었다.

"왜지? 먼저 와 이러고 있을 거라면 함께 움직이는 편이 나았을 텐데?"

"거기까지 폐를 끼치고 싶진 않았어요."

속을 헤집어오는 현서의 답변에 순간 원인 모를 짜증이 확 솟구쳤다. 기껏 헤아려 준 배려가 이런 식의 거절로 돌아오니 사람인 이상 승표도 감정적으로 좋지 못할 수밖에 없었다.

"착하다는 거? 나쁘지 않지. 하지만 그래 봤자 알아주는 사람도 없지 않나?"

"그래도 각자 오는 게 맞는 거라고 생각했어요. 제 판단이 틀렸다 해도 그건 한승표 씨가 상관할 바가 아니에요."

"하긴. 이렇게 나와야 지현서답지."

곱씹듯 현서의 말을 되짚어본 승표가 혼잣말처럼 나직하게 중얼거렸다. 애써 한 배려가 불필요했던 것이었다면, 승표도 굳이 더 이상 권할 생각은 없었다.

괴로움과 번민이 함께 뒤섞인 현서의 얼굴은 연일 침체일로를 걷고 있었다. 정임과의 재회가 필요 이상의 긴장으로 작용한 탓이었다. 이미 감정적으로 많은 갈등을 겪고 난 뒤였을 텐데도, 여전히 감당하기가 쉽지 않은 모양이었다.

한 번 시큰둥해졌던 마음이 언제 그랬냐는 듯 승표의 관심사가 온통 현서에게로 쏠리기 시작했다. 실상 이번 계획의 주동자가 승표 자신이란 사실을 부정할 생각은 없었지만, 왜인지 지금 이 순간 이런 스스로가 마뜩잖게 느껴졌다. 아마도 염려가 되는 것이 무엇인지를 가장 잘 알고 있던 사람이 그였기 때문일 것이다.

대개 사람의 정신이란 것은 그다지 강하지가 못해서 작은 충격에도 붕괴되기가 쉬웠다. 심적으로 성숙되지 못한 상태에서라면 더욱 그러할 테다. 한데 지현서가 과연 이 모든 과정들을 별 무리 없이 혼자서 거뜬히 소화해 낼 수 있을 만큼 강한 아이였던가.

돌연 이 순간 너무 이른 결정이 아니었나 하는 생각이 승표의 뇌리를 스치고 지나갔다. 좀 더 시간을 두고 진행했어도 늦지 않았을 텐데, 지나치게 성급한 추진력이 외려 나중에 문제의 소지로 부각되는 건 아닐까 하는, 그런 불필요한 생각들이 승표의 머릿속을 지배해 갈 때쯤 닫혀 있던 현서의 말문이 스르륵 열렸다.

"그것보다 먼저 확인해 둘 게 있어요. 저, 확실히 두 달 뒤엔 그 돈 받을 수 있는 건가요?"

"……이미 끝낸 이야기를 새삼 끄집어내는 이유가 뭐야."

느긋한 태도로 되받아친 것과는 반대로 단박에 승표의 기세가 흉포하게 바뀌었다. 찰나지간 승표는 인정하지 않으려 했었던 죄책감과도 닮았던 감정이 온데간데없이 사라졌다.

"다시 한 번 물을게요. 늦지 않게 줄 수 있는 거 확실하나요?"

"말했을 텐데. 그 건은 대한 대답이라면 지난번 교환했던 계약서만으로도 이미 충분하지 않았나? 이 자리에서 나올 답변보다야 그게 더 확실한 증거일 거라고 생각하는데, 지현서 생각은 다른가 보지?"

공공연한 승표의 어깃장과도 같은 경고에 현서가 덧붙이듯 이야기를 이어나갔다.

"한승표 씨 돈 많다는 거, 저도 알아요. 아는데도 그냥 한 번 다짐을 받고 싶었어요."

"지현서의 눈에 비친 내가 어떤 모습일지 대충은 알 거 같군. 하지만 불필요한 걱정일 뿐이야."

"세상이 그렇게 만만하지 않다는 거, 저도 이제는 모르지 않아요."

"그 말은 내가 떼먹기라도 할까 봐서 걱정이라도 된다는 투군. 틀려?"

다소 공격적이었던 승표의 발언이 잇따라 현서를 향했지만 현서의 태도는 대화가 진행되는 내내 확고했다.

"말하자면, 그래요."

전부터 느꼈던 거지만 지현서는 종종 쓸데없는 일로 제 의견을 세워올 때가 있었다. 하지만 언제까지고 말싸움이나 다름없는 입씨름을 벌이고 있기에는 그다지 장소가 적합지 못했다.

윽박질러 상대의 입을 다물게 하는 방법도 분명 있긴 했지만, 어차피 줄 돈, 승표로선 거리낄 것이 아무것도 없었다. 물론 당장에 지불할 생각이 없는 건 여전히 변함이 없었지만.

"이런 논쟁 재미없군."

"내겐 중요한 일이에요."

약속 이행에 앞서 정당한 권리를 행사하는 것뿐이라며 현서가 단호히 그녀의 뜻을 주지시켰다.

“괜한 고집이군.”

“어려울 것 없잖아요.”

“좋아. 그렇게 불안하다면 피차간에 뒤끝 없이 계약서에 공증을 해주지. 그거면 되는 거 아닌가?”

말투는 다소 가벼웠지만 안에 담긴 의미는 결코 그렇지 않았다. 사람의 눈은 진실을 투영한다고 했던가. 이 순간 승표의 눈은 투명하리만치 깨끗했다. 하지만 되돌아온 반응은 다소 싱거울 정도로 미진했다.

미처 예상치 못했던 뜻밖의 이야기를 들은 사람처럼, 조금은 놀란 눈빛으로 현서가 승표를 바라봤다. 그러나 답답한 것은 꼭 승표 자신만이라는 듯, 어째서인지 현서는 한동안 말없이 침묵을 고수했다. 적극적으로 대답을 구해올 때와는 천지차이였다.

비꼬는 게 아니라 이쯤 되니 순수한 의미로 현서의 의도가 궁금해졌다. 매끈하게 면도된 턱 끝을 약간 기울인 승표가 차갑게 일갈했다.

“알 수가 없군. 이걸로도 부족하단 거면 여기서 뭘 더 어떻게 해달란 이야기지? 네가 제시한 요구 조건보다야 이쪽이 더 확실한 거 아닌가?”

“……아뇨, 차고 넘쳐요. 그거면 충분해요.”

“그런데 왜 지현서의 눈은 다른 말을 하고 있는 걸까.”

예상치를 밑도는 회의적인 반응에 승표의 굵은 눈썹이 꿈틀거렸다. 드물게 잘못 봤다고 하기엔 말끝마다 정체를 알 수 없는 머뭇거림이 묻어 나오고 있었다. 연신 달싹이는 현서의 입술이 묘하게 신경을 자극해 왔다. 그런데 바로 이 순간 잔뜩 억눌린 현서의 음성이 나직이 흘러나왔다.

"사실은 거기까지 해줄 거라곤 생각지 않았어요. 그래서 좀 놀랐나 봐요."

한 템포 늦게 나온 긍정의 말. 그러나 덧붙이듯 뒤따라 나온 현서의 사족은 승표의 심기를 잔뜩 불편하게 만들었다.

"무슨 뜻으로 하는 말이지?"

"큰 의미는 없어요. 단지, 난 여전히 한승표 씨를 믿지 못하겠단 말을 한 것뿐이니까요."

"당혹스럽군. 이렇게까지 해줬는데도 여전히 내가 중간에서 장난질이라도 칠 것 같단 소리로 들리는군."

"근본적인 취지에서 보자면, 한승표 씨 말이 맞아요."

흥분할 일이 전혀 아니란 판단이 들었음에도, 왜인지 냉정을 찾기가 쉽지 않았다. 날카롭게 변한 눈빛만큼이나 예리하게 벼려진 승표의 날 선 말이 정확히 현서를 겨냥했다.

"딴말 필요 없이, 지현서는 날 이 정도로까지 밑바닥으로 본 거로군. 좋아. 다 좋은데 좀 화가 나는군. 아니, 그걸 떠나 싸구려가 된 것 같은 기분이야."

"그렇게까지 비약할 거 없어요. 단순히 제 입장에서 사실관계를 정리한 것뿐이니까요."

흔들렸던 처음과는 다르게 단정하게 두 손을 앞쪽으로 포개 모은 현서가 일체의 동요도 없이 말을 끝마쳤다. 승표 혼자서만 애가 달아 있는 것 같은 형국에 돌연 정신이 확 깨는 느낌이 들었다.

그러나 휘둘리고 있단 걸 인정하기엔 승표의 자존심이 허락지 않았다.

깊이를 알 수 없는 혼란함은 곧 불쾌감으로 변해 승표의 정신을 곤두세우게 만드는 기폭제로 작용했다. 곧바로 확인 사살을 하듯 승표가 일침을 놓았다.

"날 지현서와 같은 수준으로 보는 건 곤란하지. 누가 뭐래도 내게 있어 돈이란 건 부차적인 문제일 뿐이야."

"하지만 그걸 확인할 방법이 제겐 없었어요. 이렇게 재확인을 받는 것 외에는 말이에요."

본격적으로 일을 시작해 보기도 전에, 전초전에 지나지 않은 이번 대화에서 가진 힘의 대부분이 소진되고 있는 것 같은 착각에 빠져든 건 과연 승표 혼자만이었을까. 현서는 시종일관 에둘러 목적을 포장하는 것 대신 정면 돌파를 선택했다.

"투정도 정도껏 해. 난 공증을 해준다는 제안을 지현서한테 했고, 그것으로 내 할 도리는 다 한 거라고 봐."

"맞아요. 그건 당신 말이 옳아요."

쉽사리 간격을 좁히지 못했던 이견 차이가 쌍방의 의견수렴을 거쳐 마침내 결론에 도달했다. 그러나 찜찜하게 변한 승표의 마음 한구석은 끝내 제자리로 되돌아오지 않았다. 그렇게 왜 자꾸만 이 사실을 들먹거려 안 좋은 소리를 하게 만드는 건지, 진실로 이제는 화가 날 정도였다. 그러나 신뢰를 따지기엔 둘은 시작점부터 어긋나 있었다. 하지만 이런 일이 반복될 때마다 묘한 속쓰림을 느끼게 되는 건 왜일까?

팽팽했던 분위기는 여전히 그대로였지만, 한차례 달궈졌던 주변 온도는 어느새 싸하게 식어 있었다. 잊을 만하면 악착같이 물고 늘어지는 저 돈 타령……. 현실적으로 금전적인 어려움을 겪어 본 적이 없던 승표로선 쉽사리 이해가 되지 않는 대목이었다.

답답한 마음에 담배를 찾다가 슬쩍 현서를 쳐다본 승표가, 들어 올렸던 손을 제자리로 가져다 놨다. 하지만 이러한 행동은 승표 자신도 인지하지 못하는 사이에 일어난 일상의 변화 중 하나였다.

둘 사이에서 알 수 없는 기묘한 공기층이 형성되었다. 그때서야 이곳에 온 본질적인 목적을 떠올린 승표가 입술을 비틀며 본격적인 행보를 위한 첫걸음을 내딛었다.

"명심해. 여기로 발을 내딛는 순간 너와 난 다정한 연인 사이가 되어 있어야 한다는 걸, 잊은 건 아니겠지?"

"잊지, 않았어요."

"아마 많이 웃어야 될 거야. 그러려면 울상인 네 얼굴 표정부터 바꾸는 게 먼저일 것 같군."

미미하게 피어나는 미소, 속쓰림의 깊이가 더해졌다.

'지현서, 대체 내게 무슨 짓을 한 거야?'

현서의 행동 하나하나에 일희일비하는 현실이 도저히 용납이 되지 않았다.

제기랄!

"물론 자신은 있는 거겠지?"

까마득해지는 기분을 숨기려고 승표는 일부러 더 차갑게 냉소했다. 듣는 이에 따라 조금은 성말라 보이는 승표의 물음이 끝맺음을 맺자 반사적으로 현서의 몸이 흠칫 떨렸다.

"말해봐. 대답 여하에 따라 나도 뭔가 따로 대비를 해야 할 거 아냐."

"솔직히 말해도 되나요?"

"지현서가 언제는 솔직하지 않은 적이 있었나? 무슨 말을 하려고 이렇게 뜸을 들여."

날카롭게 변한 그의 목소리가 경고조로 현서의 말을 되받아쳤다.

"사실은 조금도 괜찮지 않아요. 무섭고 두려워요."

고조되었던 기분이 단박에 곤두박질쳤다. 그사이 평창동 저택 쪽을 잠시 잠깐 응시했던 현서가 두 손을 꼭 말아 쥐며 다 하지 못했던 말을 덧붙였다.

"그래도 해낼 거예요. 유일하게 이 길이 한승표 씨로부터 대가를 얻어낼 수 방법이라면, 전 꼭 그렇게 할 거예요."

현서가 먼저 승표로부터 등을 보이며 돌아섰다. 좁은 현서의 어깨가 아플 듯이 승표의 눈을 찔러왔다. 위태로운 걸음걸이에 넋을 빼놓고 있길 잠깐, 승표가 자기도 모르게 앞을 향해 손을 뻗었다.

"지현서."

강한 어조의 외침과 동시에 승표가 현서의 어깨를 그의 쪽으로 돌려세웠다. 갑작스럽게 당한 일에 놀란 표정을 지은 현서가 반강제로 몸을 뒤쪽으로 빼자, 곧 실수를 했다는 표정을 지은 승표가 천천히 손을 놓았다. 어쩐지 화가 조절이 되지 않는 기분이었다.

"더 할 말이 남은 건가요?"

남자의 거센 완력을 견디지 못했던지, 말하는 중간에 작은 목소리로 아픔을 호소한 현서가 충격이 있었던 어깨 부위를 감쌌다.

돌아버리겠군. 정신 차려, 한승표.

살점이라곤 조금도 남아 있지 않은 그야말로 뼈마디밖에 느껴지지 않았던 좀 전의 감촉을 떠올린 순간 다물어져 있던 잇새 사이로 거친 말이 튀어나올 뻔했다. 속된 말로 머저리가 된 것 같은 착각이 들었을 정도였다. 그러나 어째서인지 머릿속을 어지럽히며 떠돌아다니던 상념들은 쉽사리 떨쳐 내지지가 않았다.

때문에 막연히 떠올려 보기만 했던 말이 막을 새도 없이 입술 사이를 비집고 나온 것은 그야말로 찰나지간에 벌어진 일이었다.

"……다음으로 미뤄도 돼. 네가 원한다면 그래도 돼."

낮게 가라앉은 허스키 보이스. 조금 갈라진 음색을 띤 승표의 예상 밖 권유에 현서의 눈가로 놀라움이 스쳐 지나갔다. 다소 의외성 짙은 그의 발언에 잠시간 말을 잊고 있던 현서가 물끄러미 그를 응시했다. 그러다 곧 고개를 가로저었다.

"오늘 아프나 내일 아프나, 아픈 건 변하지 않을 테죠. 그런 거라면 전 먼저 아프고 말래요. 그게 지금 제가 할 수 있는 최선의 선택이라고 믿어요."

감정기복이 없는 평탄한 말투였지만 흔들리던 눈빛까지 숨겨지지는 않았다. 가슴 한구석이 꽉 막힌 것처럼 답답해졌다. 그래서 평소라면 절대로 하지 않았을 두 번째 기회를 앞세워 승표가 현서를 향해 손을 내밀었다.

"급할 건 없으니까, 다시 한 번 생각해 봐."

"싫어요. 계획을 늦추는 일은 없어요. 절대로 그런 일은 없어요."

"왜 이래. 진정해, 지현서."

비명과도 닮은 하이 톤의 목소리가 따가울 정도로 승표의 귓가를 강타했다.

"나는! 나는 그래요. 내겐 당신처럼 시간이 많지 않아요. 그러니까 날 이용하고 또 이용해 종래는 이용가치가 없어질 때까지 써먹다가 빨리 버려줘요. 그게 당신이 해야 할 일이에요."

"너무 과민한 반응이군. 난 그저……."

달칵.

작은 마찰음과 함께 청아하게 울려 퍼지는 음악 소리를 들으며 현서가 도전적으로 승표를 바라봐 왔다. 다른 누구도 아닌 현서가 자진해 초인종버튼을 누른 것이다. 이로써 본게임의 서막을 알리는 신호탄이 쏘아 올려졌다. 더는 물러날 곳도 없고 이제는 전진만 남은 셈이었다.

예상치 못한 현서의 반격에 할 말을 찾지 못한 승표가 얼마간 침묵했다. 그러나 평상시의 그답게 곧 평정심을 되찾았다.

"……쓸데없는 배려였던 거라면 잊어."

"걱정 말아요. 벌써, 기억에서 지워 버렸으니까요."

차가운 대답을 끝으로 승표의 가까이로 몸을 밀착시켜 거리를 좁힌 현서가 다정하게 팔짱을 껴왔다. 승표가 원했던 웃는 얼굴이 어느새 그렇게 빛을 발하고 있었다.

쿵!

맞닿은 팔뚝의 단면으로 느껴지는 상대의 체온은 감당할 수 없을 정도로 뜨거운 열기를 품고 있었다. 흔히 맡던 향수 냄새가 아닌 옅은 살 냄새가 훅 하고 승표의 코끝을 찔러왔다. 어쩌지, 지현서……. 후회란 걸 떠올린 순간 승표의 얼굴이 다시없이 무섭게 일그러졌다.

장난처럼 시작됐던 일종의 유희가 가져다준 결과는 상상 이상의 파급력을 자랑했다. 미칠 듯 더럽게 변한 이 기분을 어떻게 풀어야 될지 모르겠다.

답지 않은 짓이라며 승표가 마음을 다잡던 순간, 그의 얼굴에서도 종적을 감췄던 웃음기가 감돌기 시작했다. 대문 너머 바로 눈앞으로 정임이 마중을 나오고 있었다.

핏기가 가신 건조한 입술, 오한이 들린 것처럼 등허리를 타고 흐르는 식은땀, 사슬처럼 옭아매고 있는 이 모든 악조건 속에서도 행복한 듯 가식적인 웃음을 짓고 있는 자신의 모습이 마치 피에로가 된 것 같았다.

괴로움이 성난 파도처럼 거세게 밀려들었다. 마치 벼랑 끝에 내몰려 있는 상황처럼 양 무릎이 후들거리며 달달 떨렸다. 그러다 문득 자신도 모르게 뒷걸음질을 치려던 것을 간신히 참아낸 현서가, 곧 맞이하게 될 지옥의 문이 열리길 기다렸다. 이제 겨우 시작점에 선 것에 불과했는데도 끝을 향해 치닫고 있는 것 같은 이 아득함은 무엇이란 말인가.

두렵던 감정이 점차 실체화된 끔찍한 공포심으로 전환되었다.

이번 일에 대한 당위성을 거듭 설명하고 재차 납득시켰음에도 불구하고 또다시 무른 두부처럼 마음이 약해지려고 하고 있었다. 다잡던 마음이 일시에 무너진 이후론 평정심을 되찾기가 어려웠다. 콕 찍어 어디가 정상이 아니라고 일컬을 수 없을 정도로 모든 게 엉망이었다.

무심결에 의지할 곳을 찾아 헤매던 현서의 손이 바로 옆쪽에 자리해 있던 승표의 소맷부리 위로 안착했다. 매달리듯 잡아끄는 행위에 승표의 시선이 잠시 잠깐 현서에게로 향했다. 삽시간에 옷감에 구김이 생겼을 정도로 강한 악력에 스스로도 놀란 현서가 서둘러 손바닥을 펼쳤다. 그사이 거리를 좁힌 정임이 바로 눈앞으로까지 근접해 왔다. 누가 말해주지는 않았지만 승표의 표정 변화만으로도 그녀가 누군지 충분히 짐작할 수 있었다.

터질 것같이 요란하게 울려대는 심장의 고동소리가 귓가를 어지럽혔다. 와들거리는 몸을 제대로 가누지도 못한 현서가 간헐적으로나마 짧은 숨을 토해냈다. 정말은 지금이라도 뒤돌아 도망치고 싶었다. 꽉 막힌 가슴 언저리가 간신히 내쉬고 있던 호흡마저 정지시킬 듯이 압박해 들어오더니, 급기야는 시간이 멈춰 버린 것처럼 시야가 희뿌옇게 변해갔다.

쿵쾅쿵쾅.

고문과도 같았던 시기를 지나 두근거림의 속도가 최고점을 찍던 순간, 마침내 태어나 처음으로 정임의 목소리를 들을 수 있는 기회가 현서를 찾아왔다.

"어서 오렴, 승표야."

다감한 목소리로 알은체를 해오는 정임의 음성에 견디다 못한 현서의 눈이 삽시간에 맞물리며 질끈 감겼다. 반가움이 스며든 정임의 미소를 아무렇지 않게 바라보고 있을 자신이 없었다. 여느 부모들처럼 아들의 방문에 기뻐 어쩔 줄 몰라 하며, 연신 승표의 어깨를 쓸어내리던 정임의 손길에 담겨 있던 것은 현서가 그토록 바라마지 않았던 사랑이었으며 애정이었다. 현서의 세계를 구성하고 있던 중요한 무언가가 와르르 무너져 내렸다. 줄곧 승표에게로 고정돼 있던 정임의 시선이 현서를 향한 것은 바로 이 순간이었다. 감고 있던 눈을 뜬 것과 거의 동시에 일어난 일이었다.

"누구? 아…… 혹시 전에 그이, 아니, 회장님께 말했다던 그 아가씨니?"

슬쩍 승표의 눈치를 보며 중간에서 호칭을 바꿔 부른 정임이 기대에 찬 얼굴로 되물었다. 그러자 승표가 긍정을 담아 짧게 고개를 끄덕였다.

"인사 나누세요. 짐작하신 대로 제가 마음에 두고 있는 사람입니다."

"……세상에. 만나서 반가워요. 난 승표 엄마, 그래요, 이 아이 엄마 되는 사람이에요."

현서가 아닌 승표를 바라보며 하는 이야기였다. 승표가 부정하지 않고 가만히 듣고만 있자 감격에 겨운 정임이 환한 웃음을 지었다. 곱씹을수록 다정한 목소리다 싶었다. 흐물흐물 녹아 없어질 정도로 말랑말랑한 정임의 음색에 시선을 아래로 내리깐 현서가 긴장된 목소리로 화답했다.

"처음 뵙겠습니다. 지…… 현서라고 해요."

"그래요. 잘 왔어요."

크지도 작지도 않은 딱 적당한 성량의 점잖고 교양 넘치는 목소리가 현서의 가슴을 두방망이질 치게 만들었다. 혼란스러움에 이러지도 저러지도 못하고 서 있는 사이 정임이 현서를 살뜰하게 맞아주었다. 그러나 승표를 반길 때 보여주던 진심 어린 모습과는 분명 극명한 차이를 보였다.

정해둔 기준선 밖의 사람.

"저기……!"

"계속 이러고 서 계실 겁니까?"

두서없는 질문들이 잇새를 비집고 튀어나가려던 때에 맞춰 경고를 띤 승표의 목소리가 세 사람 사이의 공간을 갈랐다. 묵혀두었던 많은 말들은 결국 입 밖으로 꺼내보지도 못한 채 그대로 사장되었다.

지현서, 현서.

인사를 가장해 고의라고 해도 좋을 정도로 마음먹고 읊조린 이름에도 정임에게선 별다른 반응을 찾아볼 수가 없었다. 대신에 불벼락과도 같은 승표의 따끔한 질책이 뒤를 이었다. 그가 묵인해줄 수 있는 범위는 딱 거기까지라는 듯, 그 이상은 안 된다며 승표의 시린 눈빛이 현서의 행동을 막아섰다.

사실 이 순간엔 무슨 용기가 났던 것인지 그녀 스스로도 이해하기가 어려웠다. 승표와 했던 다짐과도 같았던 약속을 뒤로한 채, 이어 모든 걸 다 밝혀 버리자고 마음먹은 것은 아주 찰나지간에 벌어진 일이었었다.

　불현듯 가슴속으로 스산한 바람이 불어오는 것 같았다. 겨울의 시린 공기를 닮은 이 차디찬 냉기는 점진적으로 현서의 모든 것을 얼어붙게 만들 것처럼 위협해 왔다. 발버둥을 치면 칠수록 바닥도 모르는 깊은 늪 속으로 가라앉는 느낌이었다.

　"어머나 내 정신 좀 봐. 여태 손님을 이러고 세워두고만 있었네요. 어서 들어와요."

　앞장서 안내를 하고 있는 정임의 뒷모습에 신경이 끝도 없이 곤두섰다. 심장 부근이 시큰거리고 저릿저릿했다.

　"정신 차려."

　툭 밀치듯 어깨를 건드리고 지나친 승표의 뒤를 따라 현서도 걸음을 옮겼다. 그러나 해이해진 마음을 추스르기도 전에 맞닥뜨린 낯선 환경이 현서의 아린 마음을 들쑤셔 놓았다.

　기가 질릴 정도로 넓게 펼쳐진 공간 안에는 고풍스런 앤티크풍의 가구들이 적재적소에 배치돼 있었다. 승표의 눈에 비춰졌을 자신의 집이 어떠했을지 굳이 묻지 않아도 알 수 있을 것 같았다. 좁은 원룸의 사정과는 완전히 상반된 이곳에서 줄곧 정임이 머물렀을 거라고 생각하니 새삼 기분이 저조해졌다. 자신이 부정당했을 때만큼이나 상처를 받은 기분이었다.

　멈칫.

　접견실처럼 꾸며져 있던 거실의 소파 정중앙에 앉아 있던 인물의 얼굴이 시야로 들어오는 순간 현서의 걸음이 멎었다. 다름 아닌 한신그룹 한태정 회장이 아들을 기다리고 있었다. 삽시간이 머리털이 쭈뼛 서며 피부 위로 소름이 돋았다.

일찍이 승표의 부친이자 정임의 재혼 상대라 했던 그를 한 번쯤은 만나보게 될지도 모른단 생각을 한 적은 있었다. 그러나 그날이 오늘이 되리라곤 미처 예상치 못했던 일이었다. 승표로부터 따로 언질을 받은 기억도 없었기에 이런 식의 대면은 현서가 원했던 방향과는 거리가 멀었다.

대한민국 경제를 쥐고 흔든다고 해도 과언이 아니라 할 수 있는 한신그룹의 한태정 회장과의 조우는 현서를 교착상태로 내몰기 충분했다. 살고 싶어 택한 일이었는데, 이제는 이것조차 잘된 선택이었는지 의심스러웠다. 생각했던 것 이상의 큰일에 휘말린 느낌이었다. 방심하고 있다가 당한 일격에, 굳어버린 입매는 시간이 지나도 좀처럼 누그러질 줄을 몰랐다.

그사이 무심히 빈자리를 찾아들어 간 승표가 아무렇지 않게 자리를 잡고 착석했다. 혼란함이 좀 전보다 배 이상은 가중되었다. 하지만 그는 그저 짜인 각본 중 하나일 뿐이라는 양 무척이나 의연한 태도를 고수했다. 현서의 혼란함 따윈 재고할 가치도 없다는 듯이 태연한 자세로 앉아 있던 승표를 현서가 흔들리는 눈으로 바라봤다. 그러나 언제까지고 시름에 잠겨 있을 수만은 없었다. 머뭇대고 있는 그녀가 마뜩잖다는 듯 승표가 명령과도 같은 부름을 쏟아냈다.

"뭐 하고 있어. 이리 와서 앉지 않고."

일신의 자유마저 박탈당한 현서가 승표의 말 한마디에 바스라질 것처럼 메마른 웃음을 입가에 머금었다. 그제야 겨우 자신이

해야 할 일이 무엇인지를 떠올린 까닭이었다. 그러나 본능적으로 거부감이 일었을 정도로 현서의 얼굴 위를 점령하고 있던 것은 전형적인 거짓웃음이었다.

"말이 없는 아이 같구나."

"편한 자리가 아니지 않습니까, 회장님도 알다시피."

"흐음……."

현서를 가운데다 두고 나누는 이야기였으나, 정작 현서 본인은 대회에서 배제된 채 꿀 먹은 벙어리마냥 입을 다물고 있는 게 전부였다. 그사이 정임이 분주하게 키친룸을 오가며 손님대접에 필요한 음식을 준비하기 시작했다. 따로 집안일을 봐주는 분이 여럿 있었기에 직접 수고를 들이지 않아도 됐지만, 그러지 않고 굳이 부산을 떨어가며 일일이 정성을 쏟는 까닭은 현서가 아닌 모두 다 승표를 위한 것이리라.

정임의 아들 승표.

뜨겁게 달아올랐던 열기가 조금씩 가라앉았다. 그리고 그때서야 늦춰두었던 인사말도 건넬 수 있을 정도의 아주 작은 여유도 생겨났다. 살피는 기색으로 그녀를 지켜보고 있던 태정을 향해 시선을 맞춘 현서가 최대한 웃음기 서린 목소리로 말을 붙였다.

"안녕하세요. 인사가 늦어서 죄송해요. 지현서라고 해요."

"별말을 다하는구나. 그래, 네가 승표가 마음에 두고 있는 아이라고?"

괜찮을 거라고 생각했다. 그리고 실제로도 괜찮아야 했다. 자기

주문과도 같은 다짐 끝에 현서가 어김없이 웃는 낯으로 말문을 열었다.

"네. 이 사람은, 승표 씨는 제게 아주 특별한 사람이에요."

다소 의미심장한 현서의 발언은 받아들이기에 따라서 다양하게 해석될 수 있는 말이었다. 겉으로 듣기엔 무난한 답변이었으나 어딘가 모르게 위화감을 주는 현서의 대답에 태정의 눈빛이 날카롭게 번뜩였다.

"특별한 사람이라. 승표 네 생각도 같은 것이더냐."

"다르지 않습니다."

"그러니까 진심이라 이거지?"

"여기까지만 해두세요. 둘만 있는 자리가 아니지 않습니까."

슬쩍 현서를 돌아본 승표가 단호하게 태정의 말을 가로막았다.

"늙은이의 잔소리라고 해도 어쩔 수 없겠지만 그래도 한 번은 짚고 넘어가야겠구나. 잊진 않았겠지? 뭐든 장난이 지나치면 화가 되는 법이란다."

"그간의 경험에서 나온 충고인 모양이군요."

"달리 들을 생각은 말아. 난 다만 네가 걱정이 되어 하는 말이다."

끄응 앓는 소리와 함께 태정의 이마 위로 굵직한 주름이 잡혔다. 그러나 맞물린 태정의 목소리 끝엔 지워내지 못한 부정의 따뜻함이 묻어나고 있었다. 지키고 앉아 있던 자리가 급격하게 불편해졌다. 그러나 자신의 의지대로 박차고 나갈 수 있을 정도로 녹록한 자리가 아니란 건 변치 않을 사실이었다.

"느긋하게 생각하세요. 이쪽도 앞서 나갈 생각은 조금도 없습니다.”

“이 녀석아.”

“그것보다 누굴 닮았다는 생각은 안 드십니까?”

불시에 최대치로 몸을 낮춘 승표가 목소리를 아래로 내리깔며 무척이나 의미심장하게 이야기를 꺼냈다. 핵심 요지를 뺀 뜬구름 잡는 식의 내용이었지만 현서만은 알아들을 수 있는 이야기였다. 승표의 말은 정임을 염두에 두고 있었다.

정임과 현서의 관계를 주요 골자로 한, 그러나 누구도 반기지 않을 지난 일들이 회자되어 나오자 바짝 긴장이 되었다. 삽시간에 시간은 현재를 거슬러 과거로 역행했다. 죽음을 앞둔 할머니, 경숙으로부터 정임의 소식을 전해 들었을 때 자신의 심경은 어떠했던가. 밉다 하면서도 내심 추억할 기억이 생겨났음을 반기지 않았던가. 더는 속으로 삭이지 않아도 된다고, 드러내 놓고 슬픔을 나눌 대상이 생겼다는 사실 하나에 구원을 얻은 느낌이었다. 분명 그렇게 기뻐하던 때도 있었을 텐데……. 그게 언제였는지 벌써부터 까마득하게 멀어진 기분이었다.

시간을 갖고 천천히 생각해 보면 답은 이미 나와 있었다. 지레 겁부터 집어먹지는 말자며 스스로를 독려해 봤으나 그것 역시도 임시방편에 지나지 않았다.

곧 이런 승표의 의도를 알 리 없는 태정의 의문 어린 목소리가 그의 의중의 되물어왔다.

“뜬금없이 그게 무슨 소리더냐?”

“별건 아니지만, 제 취향도 회장님과 그다지 다르지 않단 생각이 문득 들더군요.”

옆에 앉은 현서를 한 번, 뒷모습을 보이며 멀찍이 서 있던 정임을 또 한차례 번갈아 보며 한 말이었다. 낮췄던 자세를 원위치 시킨 후, 나란하게 두고 있던 다리를 비틀어 꼰 승표가 자연스런 동작으로 현서의 어깨를 그러안았다.

차가운 남자의 손길이 목덜미를 스쳐 오자 온몸의 털이 삐쭉 곤두섰다. 익숙하지 않은 일에 자연 목이 자라목처럼 움츠려들자, 뭔가 재미난 것을 발견한 사람처럼 승표의 손길이 현서의 여린 살결 여기저기를 느릿하게 쓸고 지나갔다. 가볍게 터치가 이뤄질 때마다 수명이 절반쯤 깎여 나가는 느낌이었다.

“알 수가 없구나. 네 의도가 뭔지, 네 말뜻이 무엇을 의미하는지 난 조금도 이해가 가질 않는구나.”

“모른다면 그것으로 됐습니다. 굳이 지금 알 필요까진 없는 일이니까요.”

“이거야 원.”

여지를 남겨둔 승표의 애매모호한 뒷마무리에 태정이 난감한 태도로 고개를 내저었다. 그리곤 더는 건질 것이 없다는 판단을 해서인지 이번엔 현서에게로 관심을 돌려왔다.

“그런데 현서 양이라고 했던가?”

“네.”

“그래, 현서 양. 정재계 모임에선 본 적이 없는 것 같은데, 혹시 부친이 무슨 일을 하는지 물어봐도 실례가 되진 않겠나?”

의도한 건 아니었을 테지만 예고도 없이 아픈 부분이 후벼 파여진 기분이었다. 트라우마나 다름없던 가족이야기에, 아무런 대답도 해줄 수 없는 자신의 처지가 너무나도 초라하게 느껴졌다. 글쎄, 그녀의 부친이 무엇을 하고 있는지 어떻게 살아가고 있는지 가장 알고 싶은 사람은 바로 현서 자신일 테다. 무척이나 작아지는 기분이었다. 다행히 부연설명을 바라는 태정의 질문에 대한 답변은 승표가 대신해 주었다.

"회장님이 할 수 있는 질문이 아니란 말 또다시 이 자리에서 반복해야 합니까. 매번 번거롭군요."

"그렇지만, 승표야."

"이곳에 오지 않을 수도 있었습니다. 그 사실은 지금도 변함이 없습니다."

상대의 마음을 다치게 만드는 뾰족한 승표의 말에 태정이 입을 다물었다. 그러나 이 와중에도 현서의 목덜미에 닿아 있던 승표의 손은 여전히 장난스럽게 움직거리고 있었다. 잔뜩 가라앉았던 분위기는 다행히 정임의 등장에 의해 전환되었다.

"다들 저녁 들어요. 늦지 않게 차린다고 했는데, 시간이 벌써 이렇게나 됐네요."

소화를 시킬 수 있을지 의문이 들 정도로 속이 좋지 못한 상태였다. 그런데도 욕심이 났다. 정임이 차렸을, 승표를 위해 차렸을 저 밥상이.

내키지 않은 표정을 지은 태정이 가장 먼저 자리를 털고 일어서자, 뒤이어 현서도 앉은자리에서 일어났다. 아니, 일어나려고 했었다.

현서가 움직이는 타이밍에 맞춰 동시에 그녀의 어깨에 걸쳐져 있던 승표의 팔에도 힘이 들어갔다. 작정하고 아래로 내리누리는 행동거지에 결국 옴짝달싹도 할 수 없는 상태가 된 현서가 승표에게 해명을 구했다.

"왜요. 따로 할 말이 남은 건가요?"

"그런 건 아냐."

"그럼 당장 내 어깨에 있는 손이나 치워요."

"까다롭게 굴긴."

현서의 거듭된 당부에도 아랑곳없이 그는 뻗대는 태도를 고수했다. 혹시라도 태정이나 정임이 이상하게 여기기라도 하면 곤란해지는 건 이쪽이었다. 한발 빠르게 현서가 자신의 어깨 위를 점령하고 있던 승표의 손을 있는 힘껏 밀쳐 내며 소리가 날 정도로 찰싹 쳐냈다. 그제야 그가 꼰 다리를 풀며 일어섰다. 그런데 이 순간 뜻밖의 질문 하나가 승표로부터 들려왔다.

"너는, 이런 내가 밉지 않아?"

진위를 파악하기 어려운 승표의 말이 섣부른 경각심을 불러일으켰다.

"몰라서 묻는 거라곤 생각지 않을래요. 먼저 들어갈게요."

"대답해, 지현서."

"적어도 여기서 주고받을 대화는 아닌 것 같아요. 그래도 듣고 싶다면 말해줄게요."

앞뒤 가릴 것 없이 도전적인 어투였으나, 이완 반대로 나지막하게 잦아들기 시작한 목소리는 여러모로 주변의 이목을 신경 쓰고 있었다.

밉지 않느냐고? 승표보다 현서 자신이 더 미워지려 하는 것 같다고 대꾸한다면 그는 이 말을 곧이곧대로 받아들여 줄까? 자꾸만 자신을 부정하게 만드는 승표의 아무것도 아닌 말들이 이제는 넌덜머리가 날 정도도 끔찍했다. 직간접적인 화법이 적절하게 섞인, 그래서 더 현서를 아프게 만드는 그의 말에 현서의 얼굴이 금세 어두워졌다.

그 순간 얼굴께로 가만히 와 닿는 뜨거운 손길.

"왜지."

"……뭐가요?"

"말해봐. 어째서 넌 내가 입만 열면 아픈 얼굴을 하는 걸까."

"……."

"이럴 거라면 내 눈에 띄지나 말지."

이 말을 끝으로 승표의 손이 현서의 얼굴에서 떨어져 나갔다. 그러나 승표의 뜻 모를 이번 발언들은 천천히 시간을 두고 헤아려 봐도 좀처럼 이해하기가 어려웠다.

한동안은 등을 보이며 걷기 시작한 승표의 뒷모습에서 시선을 떼지 못했다. 그러다 마침내 현서의 다리도 그가 지나간 방향을 따라 움직이기 시작했다. 정임과 태정이 있고 승표가 함께할 최초이자 혹은 최후가 될 만찬이 그렇게 그녀를 기다리고 있었다.

"입맛에 맞았으면 좋겠네요. 많이 들어요."

따뜻하게 김이 서린 갓 지은 밥과 정갈하게 차려진 반찬들을 바라보며 현서가 느릿하게 젓가락을 들어 올렸다. 그러나 막상 무엇을 먹어야 좋을지 선택하기가 난감했던지라 바보처럼 찡그린 웃음만 짓고 말았다. 사실 지난번 예행연습 때처럼 메뉴가 양식이 아니란 것에 적잖이 당황한 이유도 없잖아 있었다.

하지만 모두의 이목이 그녀에게로 집중되어 있었기에, 현서는 이 이상 지체하지 않고 가장 가까이에 있던 반찬 하나를 집어 입안으로 밀어 넣었다.

"맛있어요. 잘 먹을게요."

"다행이네요. 실은 좀 걱정을 했지 뭐예요."

"아뇨. 빈말이 아니라 정말로 제 입에 맞아요."

칭찬 어린 말과는 달리 입안으로 들어간 음식물은 좀처럼 하나로 섞이지 못한 채 한참을 겉돌기만 했다. 사실 먹음직스런 외양에 비해 미안할 정도로 현서의 입맛은 단맛도, 짠맛도 느끼지 못할 정도로 쓴 상태였다. 그러나 산재된 이 모든 일들이 무릇 현서에게만 국한된 일이라는 듯, 함께 자리해 있던 태정과 승표는 아무렇지 않게 식사를 계속해 나가고 있었다.

문제는 음식이 아니라 현서에게 있었다. 사실 식탁 의자에 앉아 냄새를 맡았을 무렵부터 심상치 않은 토기가 느껴졌을 정도로 위장의 상태가 좋지 못했다. 지금 이 컨디션이라면 어떤 걸 먹는다 하더라도 소화를 시키기 어려울 게 뻔했다. 사실대로 고백하자면 가장 먼저 맛보았던 부드럽기 그지없었던 버섯조차 목 안쪽으로 넘기는 것이 수월치 않았을 정도였다.

역해진 기분을 지울 수가 없었다. 그러나 누가 뭐래도 정임이 만들어준 음식이었다. 그것이 현서에겐 거부할 수 없는 절대적인 유혹으로 다가왔다. 깔깔해진 입안은 한사코 음식물의 투입을 거부했으나, 기어코 현서는 정임이 만든 반찬들을 차례대로 밀어 넣으며 맛을 보기 시작했다. 괴로운 속사정과는 달리 어김없이 현서의 얼굴은 생글거리고 있었다.

달그락.

승표의 앞쪽에 위치해 있던 반찬 하나를 치워낸 정임이, 비워진 그 자리에 그의 손이 자주 닿았던 음식접시를 새로이 밀어주었다. 사소한 배려 하나에도 진심이 깃들어 있었다. 그 장면을 집요할 정도로 물끄러미 바라보고 있자, 뒤늦게 현서의 시선을 알아차린 정임이 다소 쑥스럽게 말문을 열었다.

"손님을 앞에다 두고 내가 좀 주책이었죠? 그래도 이해해 줘요. 세상 모든 부모의 마음은 다 같을 거예요."

행복해 보이는 정임의 모습에 왜인지 현서는 목이 메어왔다.

"신경 쓰지 않으셔도 돼요. 저는, 아무렇지도 않아요."

구태의연한 자기 합리화.

사실은 그렇지 않으면서, 이 순간에도 개미지옥에 빠져 허우적거리는 것처럼 참담하면서, 얼간이처럼 괜찮다고 하는 현실……. 쇠약해진 신경줄이 어디까지 버텨줄 수 있을지 시험이라도 당하는 기분이었다. 가슴이 찢어질 것같이 저며왔다.

"그렇게 생각해 주니 고마워요. 자, 조금 더 들어요. 현서 양은 너무 말라서 걱정이 될 정도예요."

"네, 그렇지 않아도 많이 먹고 있어요."

"평소에도 제때 끼니를 챙겨 먹지 않고 있죠? 그럼 못써요."

"이제부터라도 잘 챙겨 먹을게요. 그보다…… 말씀 낮추세요. 제가 불편해서 그래요."

"때가 되면 그러지 말라고 해도 그럴 거예요. 그러니까 그때까지 현서 양도 자주 얼굴 보여줘야 해요. 알겠죠?"

하마터면 자제력을 잃고 울음을 터뜨릴 뻔했다. 일정 선을 그으며 손쉽게 곁을 내어주지 않는 정임의 태도를 야속하다 여길 수 없음을 아는 현서였다. 끝내 그녀를 알아보지 못하는 정임과 많은 사실을 숨긴 채 접근한 현서 자신. 둘 중 나쁜 것은 누구일까. 아니, 나쁘지 않은 사람이 있기는 한 것일까.

격식을 따져 대하는 정임을 향해 현서가 무겁게 고개를 끄덕였다. 어느새 호언했던 것과는 달리 현서의 젓가락질 속도가 처음보다 현저하게 느려져 있었다.

툭.

불현듯 현서의 밥그릇 위로 알맞게 잘 구워진 갈비 한 점이 올라왔다.

"전에 먹었던 것보다는 입맛에 맞을 거야."

"……설마 당신."

"나 볼 필요 없어. 지난번과 같은 경우가 아니라면 어서 먹기나 해."

"……네, 그럴게요."

현서는 지금 자신이 어떤 표정을 짓고 있는지조차 알 수가 없었다. 이번 식사에 있어 전적으로 메뉴가 바뀌게 된 주요 계기가 그였음을 확인한 후론 잠시간 넋이 나간 것 같았다.

당장에 쓴물이 올라올 것 같았지만 현서는 군말 없이 그것을 들어 올려 입안으로 넣고는 아무렇지 않게 오물오물 씹어 넘겼다. 그러자 그가 이번엔 다른 반찬을 현서의 밥그릇 위로 올려놓았다. 그리고는 현서가 모두 먹을 때까지 이 모습을 지켜봤다. 이에 태정이 기묘한 얼굴로 바라보고 있다 기어코 한마디를 보탰다.

"허허. 아니라 하면서도 어지간히도 챙기는구나."

"신경 쓰실 일이 아니라고 했을 텐데요."

식사는 뒷전인 채 아예 돌아앉다시피 해가며 현서의 밥그릇 채워주기에 열을 올리고 있던 승표가 태정의 지적에 인상을 찌푸리며 말을 받았다. 그러나 태정의 입장에선 여태 한 번도 겪어보지 못했던 종류의 장면인지라 몹시도 놀라워했다.

탁.

나쁘지 않은 태정의 웃음소리에 기분이 상한 승표가 이내 들고 있던 젓가락을 식탁 위로 내려놓았다.

"녀석 성질은. 그래도 오래간만에 현서 양 덕분에 집안 분위기가 좋아졌어. 원체 성정이 찬 녀석인지라 평상시에도 냉기가 풀풀 날리거든. 그래서 우리도 눈치를 봐. 자랑은 아니지만 그래."

"회장님!"

"이이는. 왜 가만히 있는 승표를 건드리고 그래요."

살짝 흘기는 동작으로 한차례 태정과 시선을 교환한 정임이 인자한 미소를 지으며 승표를 바라보았다. 따뜻함이 뼛속 깊이 스며든 온정의 빛은 승표를 향한 정임의 마음을 그대로 대변하고 있었다. 그에 반해 현서의 몸은 찬 서리를 맞은 것처럼 가느다랗게 떨리고 있었다.

벌을 받고 있는 것이라면 이것이야말로 최고의 형벌일 테다. 현서의 가슴을 난도질하게 만든 것은 가족 간의 아깝지 않은 애정의 발로였다. 혼자만 남남인 상태로 승표가 계획한 이 모든 상황을 지켜보고 있자니 정말이지 못할 짓을 하고 있는 것만 같았다. 당장에 어떻게 반응을 해야 좋을지조차 몰라, 멀뚱히 앉아만 있어야 하는 현실이 너무나도 잔인하게 느껴졌다. 애초에 자신이 끼어들여지 같은 건 없었던 것인지도 모르겠다. 곧 체념과도 닮은 절망이 현서를 덮쳐 왔다. 그러나 그녀가 감내해야 할 몫은 여기가 끝이 아니었다.

"그래서 당신은 싫단 거요?"

"누가 그렇대요. 실은 저도 현서 양한테 감사한 마음이 들어요. 이렇게 승표 얼굴도 보고……. 또 같이 마주 앉아서 저녁도 먹고. 저 오늘 무척이나 행복해요."

가슴이 먹먹하게 변했다. 세상에 존재하는 그 어떤 것으로도 막지 못할 커다란 구멍이 생긴 것 같았다.

"……승표 씨는 좋겠어요. 이렇게 생각해 주는 분들이 지척에 계시니까요."

"별말을 다 하는군요. 부모란 원래 그런 존재인걸요."

"그런가요?"

"그럼요. 장성했다 해도 자식이란 품 안에 품은 소중한 아이인걸요. 승표가 내가 그런 존재이듯 현서 양 부모님도 분명 우리와 같은 생각하고 있을 거예요.”

쐐기를 박는 정임의 대답에 현서가 아프게 웃었다. 정임과 태정 사이에 녹아들 수 있는 사람은 누가 뭐래도 승표 한 사람뿐이었다. 이곳에서 현서는 불청객 그 이상도 이하도 아니었다.

쨍그랑.

“어머. 이를 어째.”

잠시 딴생각을 하느라 부주의해진 현서의 손길이 지척에 놓여 있던 물컵을 건드리고 지나갔다. 곧 테이블 아래로 떨어진 컵이 시끄러운 파열음을 내며 여러 조각으로 깨졌다. 그러자 가장 먼저 정임이 자리에서 일어나 현서의 곁으로 다가왔다. 악몽은 여기서 끝난 게 아니었다.

위험스럽게 널려 있던 파편들을 향해 정임이 손을 뻗는 순간, 벼락과도 같은 승표의 날카로운 목소리가 날아들었다.

“물러서세요!”

“승표야?”

“사람 불러 치우게 하세요. 괜히 이런 일에까지 직접 나서실 필요 없습니다.”

“그, 그럴까 그럼.

단호한 어조로 정임의 접근을 제지시킨 승표가 곧 그녀를 원래의 자리로 돌려보냈다. 삽시간에 현서의 머릿속으로 크고 작은 물음표가 둥둥 떠올랐다. 분명 방금 전에 보인 승표의 태도는 정임이 다칠까 염려하는 모습이었다. 믿기 힘들었지만 때론 무의식이 의식을 대변하기도 하는 법이었다.

　실은 예상과는 달리 정임을 미워하고 있는 것이 아니었던 걸까? 속내를 알 수 없는 승표의 행동은 여러 가지 생각을 하게 만들었다. 그러나 혼자 상념에 젖어 있기에는 모두가 함께 모인 자리였다. 곧 고용인의 손에 의해 엉망이 된 잔해물들이 정리되자 식탁 너머로 평화가 찾아들었다.

　"놀랐죠? 어디 다친 곳은 없나요?"

　"죄송해요. 저 때문에 그만……."

　"괜찮아요. 사람이 실수도 하고 그러는 거죠."

　"이 사람 말이 맞아. 방금 일은 신경 쓸 필요가 없다네."

　감정이 컨트롤이 되지 않았다. 분에 넘치는 배려를 받고 있는 이 순간에도 울음을 참느라 혼이 날 지경이었다. 번갈아가며 다독거리는 말을 건네오는 정임과 태정의 말에 자꾸만 고개가 아래로 숙여졌다.

　"그런데 현서 양은 아니지만 당신은 혼이 좀 나야겠더군. 다치면 어찌하려고 그걸 맨손으로 만지려 들어."

　"어머. 두 부자가 함께 걱정해 주니 기분은 좋네요. 다음부턴 조심할게요."

　멈춰 있던 현서의 젓가락이 다시금 움직이기 시작했다. 배가 꽉 들어차 더 이상 들어갈 공간이 없었는데도 왜인지 허기가 졌다. 비단 배고픔의 문제가 아니었음에도 현서의 손은 연신 젓가락질을 해가며 주리지도 않은 배를 채우고 또 채웠다. 결국, 물 한 모금 넘기지 못할 상태가 되어서야 식사가 끝이 났다.

용케 생글거리며 잘 버틴다 싶더니 아니나 다를까, 현관문을 나서는 순간부터 현서의 얼굴이 파랗게 질리기 시작했다. 분명 여기엔 과했던 저녁 식사도 한몫 단단히 했을 게 뻔했다. 식탐도 없던 아이가 제법 살뜰히 집어 먹는 게 보기 좋아 몇 번 더 권했더니, 저 바보 같은 게 적당히도 모르고 주는 대로 받아먹은 모양이었다. 하긴 미련스럽지 않으면 지현서가 아니지.

생각보다 단단히 탈이 난 듯 쉽사리 현서의 얼굴색이 원래대로 돌아오지 않았다. 이번 사단에 톡톡히 일조를 한 승표로서는 꽤나 속이 타는 심정이었다.

"……정말이지 가지가지 하는군."

스스로가 하고 있는 양이 퍽이나 못마땅한 승표가, 현서에게 들리지 않을 정도로 목소리를 낮춰가며 투덜대듯 중얼거렸다. 그럼에도 이유 모를 갈증은 쉽사리 해갈되지 않았다. 결국 목마름을 견디다 못한 승표가 몇 번이고 마른침을 집어삼켰다.

그사이 현서는 뭐가 그리 급한지 계속해 걷는 속도를 올리고 있었다. 마치 이곳을 벗어나 도망치고 싶어 하는 사람처럼 걸음걸이에서부터 조급함이 묻어 나왔다. 태연히 앉아 수다를 떨며 대화를 나눌 때와는 사뭇 상반된 모습이었다.

그러게 시기를 조율하자 할 때 버티지나 않았으면 좋았을 것을, 꼴좋다 싶다가도 왜인지 축 늘어진 현서의 좁은 어깨를 바라보고 있노라면 불현듯 새로운 마음이 싹트기 시작했다.

쿵, 쿵, 쿵쿵쿵쿵…….

필요 이상으로 가까워져서는 안 될 사이란 걸 모르고 있진 않았다. 그런데 정신을 차리고 보면 어느새 신경이 온통 현서에게로 쏠려 있었다. 심박동수가 빨라지는가 싶더니, 곧 말도 안 되는 사념들이 승표의 이곳저곳을 들쑤셔 댔다. 대체 그가 보지 못하는 곳에다가 무슨 짓을 해놓은 걸까.

인상을 쓴 승표가 큰 보폭을 이용해 현서의 곁으로 바짝 따라붙었다. 그리고는 망설임 없이 그녀의 손목을 붙들었다.

"어디까지 갈 셈이지. 태워다 줄 테니까 타고 가."

정원을 가로지르며 대문을 향해 걷고 있던 현서의 발걸음이 승표의 만류에 의해 멎었다. 그러자 한껏 방어적으로 변한 현서의 눈빛이 승표에게로 와 닿았다. 하지만 이대로 가다간 차고 쪽에 파킹을 해놨었던 승표와는 가는 방향이 어긋나게 된다. 어쨌든 연인의 입장으로 인사를 시켰는데, 따로따로 제 갈 길 찾아가는 모습을 보이는 건 썩 모양새가 좋지 못했다. 그런데 요 맹랑한 게 이런 사정은 생각지도 않은 채 반사적으로 고개를 흔드는 게 아닌가.

"됐어요. 혼자 갈 수 있어요."

"고집은 상황을 봐가면서 적당히 피우라고 했을 텐데. 저길 좀 보지 그래."

승표가 가리키는 방향을 따라 뒤쪽을 힐끔거린 현서의 몸이 살짝 굳어졌다. 현관 앞까지 배웅을 나왔던 정임과 태정이 여전히 둘의 가는 모습을 지켜보고 있었다. 결국 고집을 한풀 꺾은 현서가 나지막하게 읊조렸다.

"알아들었으니까 손이나 놔줘요. 참고 있던 건 아까만으로도 충분했어요."

"불편했다면 자제하도록 해보지. 잘될지는 나도 모르겠지만."

"이것 봐요, 한승표 씨!"

까칠한 현서의 목소리가 승표의 귓전을 따갑게 때렸다. 시정하겠다던 말과는 달리 승표의 손은 여전히 현서의 손목을 붙들고 있었다. 그러나 놀리려던 의도는 조금도 없었다. 단지 손을 놓고 난 이후에 벌어질 일들을 생각하기 싫어서였다.

금방이라도 탈진해 쓰러질 것 같은 현서를 찡그린 눈으로 흘깃거린 승표가 들으란 듯 혀를 찼다. 그리곤 가시 돋친 현서의 말을 대수롭지 않게 받아쳤다.

"화를 내는 것도 힘이 있을 때나 할 수 있는 거 아닌가. 너, 지금 네가 어떤 얼굴을 하고 있는지도 모르지? 금방이라도 쓰러질 것 같아."

"제 문제예요. 당신이 신경 쓰지 않아도 될 내 문제란 말이에요."

"말하는 것 하고는. 빚을 지우자는 게 아니니까 그냥 내 말대로 해."

못된 말 잘하는 지현서. 힘들어도 기댈 줄 모르는 바보 같은 지현서. 이럴 때 보면 정임과 닮은 점이 하나도 없는 것 같았다.

연이은 현서의 의견을 묵과한 승표가 논점을 흐리지 않는 선에서 말을 마쳤다. 이에 현서가 가만히 한숨을 내쉬곤 작은 소리로 속삭였다.

"……그래도 고맙다는 말은 하지 않을 거예요."

대체 영악한 건지 순진한 건지 영 가늠이 되지 않았다. 붙들고 있던 손목을 가볍게 잡아당기며 그의 쪽으로 이끌자, 큰 저항 없이 현서가 승표의 옆으로 바짝 다가왔다. 그런데 어째서인지 맞닿은 팔 부근에서 미세한 떨림이 감지되는 게 아닌가.

"추워……?"

"아뇨. 계절이 어떤 때인데 추위 타령이에요."

"근데 왜 이렇게 떨고 있어?"

열거하자면 끝도 없이 많은 이유들을 놔두고선, 현서는 입을 걸어 잠그는 쪽을 선택했다. 여러모로 마음에 들지가 않는다. 결국 차 안에 탑승할 때까지도 현서는 침묵을 고수했다. 괴롭힌 것과 같은 찜찜함에 먼저 화제를 돌린 쪽은 답답한 승표였다.

"그나저나 소감이 어때."

"……어땠을 것 같나요?"

"모든 게 다 좋지는 않았을 테지. 가시방석에 앉아 있는 느낌도 들었을 테고."

"알면서 묻긴 왜 묻나요. 얼마나 절 더 비참하게 만들고 싶어 이러는 건가요."

말다툼을 벌이자는 게 아니었으나, 당사자인 현서가 받아들이기에는 단순한 질문이 아닌 그보다 훨씬 복잡한 성질의 물음이었던 것 같았다.

반발심 어린 원망이 승표를 향했다. 그제야 상대에 대한 배려심이 부족했던 것 같은 생각에 아차 싶은 그가 변명 아닌 변명을 늘어놓았다.

"묻지 않아도 좋았을 말들이라면 대답하지 않아도 돼. 나도 굳이 들을 생각은 없었어."

숨소리조차 들리지 않을 정도로 차 안의 공기가 급격하게 냉각되었다. 가볍게 어깨를 으쓱인 승표가 백미러를 힐끗 쳐다본 뒤 천천히 차를 출발시켰다. 그렇게 평창동 자택을 완전히 벗어나고 난 뒤에야 불현듯 듣기를 포기했던 늦은 대답이 현서의 입에서 흘러나왔다.

"난…… 눈물을 참고 있느라 혼이 날 지경이었는데, 그 사람은 웃고 있더군요. 아주 예쁘게요."

"진실을 아는 것과 그렇지 못한 사람 사이엔 분명 뚜렷한 입장 차가 있을 수밖에 없을 테니까."

승표가 고개를 끄덕이며 현서의 말에 긍정을 덧붙였다. 그러자 현서가 계속해 이야기를 이어나갔다.

"날 버린 존재, 그런데도 늘 그리워했던 사람. 하지만 그 사람이 행복해하는 모습까지 나쁘게 보진 않을래요. 그래야 저도 제 선택에 대해 조금 더 당당해질 수 있을 테니까요."

"많은 생각이 들었겠군."

"네. 그래서 사실은 지금도 머리가 복잡해요."

이야기가 진행될수록 현서의 목소리가 낮게 잦아들었다. 경우의 수를 따지는 것조차 그녀에겐 힘겨워 보였다. 그렇게 얼마쯤 시간이 흘렀을까, 곁눈질로 승표를 한 번 힐끗 쳐다본 현서가 앞을 향해 시선을 고정해 둔 채 뜻밖의 이야기를 풀어놓았다.

"예전에 한승표 씨가 본인에 대해 궁금한 게 없느냐고 저한테 물은 적 있죠?"

"그래, 기억나. 그때의 네 대답 또한 잊지 않았지."

무미건조한, 그래서 듣는 이로 하여금 긴장감을 불러일으키게 만드는 현서의 목소리에 승표가 짤막하게나마 대답을 덧붙였다. 그러자 현서의 눈동자가 출렁이듯 일렁였다.

"나 있죠. 나 아직까지도 한승표 씨에 대해 별로 아는 게 없어요."

"……."

"기껏해야 이름하고 나이 정도뿐이에요."

예상 밖의 카운터펀치를 먹은 기분이었다. 곧 이유를 알 수 없는 불쾌감이 승표를 덮쳐 왔다. 그러나 현서의 이야기는 이제부터가 시작이었다. 무릎 위에 놓아두고 있던 가방을 목숨줄처럼 꼭 그러쥔 현서가 결연한 목소리로 대화를 주도해 나갔다.

"그런데도 묻지 않을 거예요. 오늘도 내일도 그리고 쭉 앞으로도 그럴 거예요."

"어째서?"

얼마나 대단한 이야기를 꺼내려고 이렇게나 서두가 긴 건지 어디 한번 그 이유나 들어보자 싶은 승표가 이어질 현서의 말들을 기다렸다. 그러나 지극히 짧은 이 기다림 동안 초조함은 극에 달했다. 한 템포 여유를 둔 현서가 느릿하게 입술을 움직거렸다. 애당초 승표를 설득할 의사는 없다는 듯 아주 담담한 어투였다.

"특별할 건 없어요. 단지 한승표 씨는 날 상처 주는 사람이고 앞으로도 날 아프게 할 사람이란 건 변하지 않을 테죠."

"그래서? 하고 싶은 말이 정확하게 뭐야."

조금 미소를 띤 현서. 그러나 뒤이어 나온 목소리는 축축하게 젖어 있었다.

"있잖아요. 괜찮을 줄 알았어요. 그런데 아니었어요. 심장이 통째로 뜯겨 나가는 것 같은 느낌이에요."

잘 유지하고 있던 가면이 반쯤 벗겨져 나간 현서의 얼굴 위엔 숱한 감정의 회오리가 휘몰아치고 있었다. 언뜻 봐서도 읽어 내릴 수 있었던 괴로움, 슬픔, 그리고 자기 연민…….

쿵.

현서의 감정에 감응이라도 된 것처럼 대번에 승표의 마음도 불편하게 변했다.

가만히 바라보고 있자면 한없이 어린아이, 그래서 더욱 안성맞춤이라고 생각했었던 놀이 상대. 그런데도 매 순간 자책감과도 같은 빌어먹을 감정들이 꼬리표처럼 승표를 따라다녔다. 분명 아무 것도 아닌 관계일진대 언제 이렇게나 진심이 돼버린 것인지 스스로도 기가 막힐 지경이었다. 그러나 유감스럽게도 이러한 잠재적 변화는 꽤나 유쾌하지 못한 경험으로 승표가 반길 수 있을 만한 범주의 것들이 아니었다.

운전대를 잡고 있던 그의 손아귀로 삽시간에 강한 힘이 들어갔다.

"다 각오하고 시작한 것 아니었나. 그게 아니었으면 애초에 고집을 피우지 말았어야지."

"……이러는 제가 한승표 씨 눈엔 바보 같아 보이겠죠?"

"지현서."

“알아요. 헛된 투정이었단걸요.”

아픈 현서의 눈이 치우듯 아래를 향했다. 그리고 때에 맞춰 악
문 입술 사이가 발간 속살을 보이며 벌어졌다. 기다렸다는 듯 선
홍색의 핏방울이 맺히기 시작했다.

“너 왜 그래……?”

“스스로를 너무 믿었나 봐요. 꼴좋죠? 자만했던 결과가 겨우 이
거라니…….”

“왜 그래. 이 정도로 상처받아서는 안 되잖아. 넌…… 그러니까
넌…….”

“알고 있어요. 하지만 안다고 해서 모두가 피해갈 수 있는 건 아
니잖아요. 저도 다르지 않았을 뿐이에요.”

무너지는 모습을 보이기 싫었던지 현서가 피 나는 입술을 짓이
기듯 손등으로 거칠게 문질러 닦아냈다. 그럴수록 상처 부위는 점
점 더 심하게 벌어졌다. 곧 보기 흉할 정도로 입술 위가 엉망으로
변했다.

“그만둬!”

한 손으로 운전대를 잡은 승표가 여유로워진 다른 팔을 이용해
현서의 행동을 저지하고 나섰다. 그러나 되돌아온 것은 격한 거부
반응뿐이었다.

“놔요! 혼자 추스를 수 있어요.”

“젠장. 그럼 그런 얼굴을 하지 말던가. 뭐야, 지금 동정심이라
도 유발하겠단 거야?”

“난!”

"아니라면! 그럴 의도가 아니었다면 약한 소릴 하질 말았어야지. 대체 이 빈약한 몸뚱이로 할 수 있는 게 뭐야."

신랄한 비판과 함께 승표가 현서의 가슴을 억세게 움켜잡았다.

"아얏!"

거친 남자의 악력에 견디다 못한 현서가 높다랗게 비명을 질렀다. 생각지도 못한 정신적인 충격에 몸도 함께 발작적으로 뒤틀렸다. 그사이 진로를 벗어난 차가 중앙선을 넘었다 간신히 차선 안으로 되돌아왔다.

승표의 차량 주변에서 운전을 하고 있던 차들이 약속이나 한 것처럼 서행하기 시작했다. 그만큼 불안함을 느꼈으리라. 발버둥치는 현서의 움직임에도 승표는 부득불 뻗었던 손을 거둬들이지 않았다. 결국 뒤늦게 정신을 차린 현서가 승표의 손등을 물어뜯는 것으로써 사건은 일단락되었다.

잇자국이 선명하게 새겨진 팔을 앞쪽으로 잡아당긴 승표가 짜증스레 운전대 위로 상처 입은 손을 올려놓았다. 얼마나 악세게 깨물었던지 피멍이 들 게 뻔했지만 당장에 중요한 건 그게 아니었다. 정말이지 한순간 화를 주체할 수가 없었었다.

짝.

사시나무 떨듯이 몸을 바들대던 현서가 뒤늦게 승표의 뺨을 올려다 붙였다. 방금 전에 당했던 모욕적인 행위가 좀처럼 받아들여지지 않는 모양이었다. 뒤이은 목소리도 잔뜩 억눌려 있었다.

"한승표 씨가 그렇게 잘났나요. 왜 계속 사람을 가지고 놀려고 하는 건가요. 대체 제게 이러는 이유가 뭐예요. 하고 있잖아요. 한

승표 씨가 원하는 대로 모두 다 그렇게 해주고 있는데, 저더러 이 이상 뭘 더 어떻게 하란 말인가요."

승표를 바라보고 한 말이었지만 정작 그녀의 눈엔 승표는 들어 있지 않았다. 짜증을 넘어선 화기에 승표가 히스테릭하게 현서의 말을 받아쳤다.

"먼저 사람 성질을 돋우건 지현서, 너야."

"가까이 오지 말아요. 끔찍하고 역겨워요."

악다구니에 가까운 외침과 함께 잔뜩 방어적으로 변한 현서가 최대한 몸을 문 쪽 가까이로 붙이며 몸을 사렸다. 대번에 매고 있던 안전띠가 팽팽하게 당겨지면서 현서의 상체를 조여들었다. 승표로선 익숙지 않은 거부였다. 그러나 단지 이것만이 승표를 혼란케 만든 이유의 전부는 아니었다.

끼익.

급브레이크 밟는 것과 동시에 도로 위로 차가 정차했다. 그 순간 승표의 두 손이 운전대를 거세게 내려쳤다. 갑작스럽게 멈춰선 승표의 차량으로 인해 주변의 교통 상황은 곧 정체 현상을 빚었다. 뒤따라오던 차가 사납게 클랙슨을 울리며 빵빵거려 봤지만 승표의 차는 좀처럼 움직일 생각을 하지 않았다.

주변의 소란스러움에도 불구하고 승표의 눈은 줄곧 현서에게 머물러 있었다. 마치 그가 머무는 세상에 현서 한 사람밖에 존재하지 않는다는 듯 지겹도록 현서의 시선을 좇았다. 때늦게 비열했다는 걸 인정하는 순간 묵직한 둔통이 뒤를 따랐다.

"…… 넌, 내가 변하길 원해?"

“하지만 변하지 않을 거잖아요.”

“그래. 맞아.”

그런데도, 현서가 괴로워하는 걸 보고 있자니 문득 다른 길이 있지 않을까 하는 생각이 들었다. 뭐라 지껄여도 이런 자신이 제 멋대로인 걸 테다.

상처를 주고 싶었다. 그런데도 정작 생채기가 나 아파하고 있는 현서를 보고 있노라면 까맣게 속이 타들어가는 심정이 되었다. 바보 같지만 이 사실을 깨달았을 때는 이미 현서는 회복하기 힘들 정도로 심적 타격을 받은 뒤였다.

“지현서.”

“……네.”

“현서야.”

“…….”

서로 다른 언어를 사용하고 있는 것처럼 원활치 못한 의사소통에 갑갑함이 중첩되었다. 실상 후회란 단어를 떠올린 것은 이번이 처음이 아니었다. 그러나 아닐 거라고, 잘못 알았을 거라고, 부정하며 넘겨 버린 지난 시간들을 되짚어본다 한들 처음으로 돌이킬 수 있는 방법 같은 건 존재하지 않았다.

최소한 평창동 자택에 들어가기 전 단계에서 멈추었더라면, 이 자리에서 조금은 떳떳할 수 있었을까? 마음이 무거워졌다. 멋대로 계획한 일에 보기 좋게 발목을 붙잡혀 버린 형국이었다. 흘깃거려 확인한 현서의 상태는 여전히 경계 어린 시선으로 방어기제를 펴고 있었다. 기껏 가라앉혀 놓았던 흉포한 마음이 들썩이기 시작한 것도 바로 이때였다.

삽시간에 승표의 무게 중심이 사선으로 기울어졌다. 곧 승표의 상체가 현서 쪽으로 근접했다. 서서히 가까워지는 얼굴, 금세라도 닿을 것처럼 마주한 입술, 찰나와도 같은 짤막한 시간 흐름이 둘 사이의 거리를 급격히 좁혔다.

"읍?!"

축축한 습기를 머금은 승표의 혀가 상처 입은 현서의 입술 위를 스쳐 지나갔다. 이내 진득한 피맛을 즐기기라도 하는 양 승표가 연신 그곳을 핥아 먹듯 흡착했다. 곧 약간의 빈틈도 없이 올곧게 포개진 두 개의 입술 사이에서 질척한 소리가 새어 나왔다.

설마 이런 일을 당할 거라고는 조금도 예상하지 못했던 터라, 현서가 당장에 몸서리치며 두 팔로 승표의 몸을 뒤로 밀어냈다. 그러나 건장한 남자의 힘을 감당하기에는 여러모로 역부족이었다. 운동으로 다져진 게 분명한 승표의 단단한 근육이 현서를 옴 짝달싹 못하게 옭아맸다. 승표는 얼굴을 뒤흔드는 현서를 집요하게 뒤쫓으며 입술 여기저기를 건드리기 시작했다. 쪼는 듯이 가볍게 뽀뽀를 하다가도 혀를 사용해 거침없이 안을 헤집기도 했다. 이에 파드득 놀란 현서가 가늘게 몸을 떨었지만 그는 쉽사리 하던 행위를 멈추지 않았다.

겉 표면이 반질거릴 정도로 현서의 입술을 핥고 있던 승표가 이 번엔 각도를 바꾸어 그녀의 뺨 위로 베이비키스를 퍼부었다. 이번 엔 성적인 느낌보다는 아이를 어르고 달래는 것과 같은 토닥임이 담겨져 있었다. 바깥 너머로 창문을 두들겨 가며 거칠게 항의를 해오는 사람이 없었더라면 승표는 더 오래 현서를 붙잡고 놓아주지 않았을 테다. 성인 남성의 한 뼘 정도 될 만한 크기의 틈이 생기자 현서의 손이 이번에도 어김없이 승표의 뺨을 향해 날아들었다.

짝.

오늘로서 벌써 두 번째였다. 충격이 컸던지 현서의 몸은 처음보다도 훨씬 격하게 떨리고 있었다.

"어디 한번 변명이라도 해봐요."

"나도 모르겠어. 그냥, 그냥 마음이 움직였어."

현서를 가슴에 담은 건 아니라고 생각했다. 그러기엔 알고 지낸 시간이 지극히도 짧았으니까. 그런데도 이상하리만치 현서의 행동은 매회 그를 충동질했다.

시답지 않은 승표의 답변에 거칠게 입술을 닦아낸 현서가 도전적인 어투로 승표의 말을 되받아쳤다.

"그건 제가 이정임 씨의 딸이기 때문이겠죠."

"현서야."

"말, 해요. 지금 듣고 있어요."

"……내가 틀렸던 거라고 인정하면 우리 사이에 변하는 게 있을까."

불신을 지우지 못한 현서의 눈빛이 그를 향했다.

"그전에 그럼 우리가 했던 계약은 어떻게 되나요."

"원점으로 돌아가겠지. 아마도 그렇겠지."

쉽게 돌이킬 수 없는 일이란 걸 알았기에 승표의 대답은 그다지 확고하지 못했다.

"그 말은 지금 저더러 아무것도 얻지 못한 채 물러나란 말인가
요?"

사정없이 들썩여 대는 어깨의 움직임,

"난, 그럴 수 없어요."

"역시 그런가."

"뭐라 해도 난 이미 많은 대가를 지불했어요. 그리고 내겐 한승
표 씨가 제안했던 돈이 무엇보다 절실해요."

대화가 부족했음을 절감한 승표가 현서의 안전띠를 벗겨내며
곧장 품으로 그녀를 이끌었다. 그리곤 토닥이는 손길로 그녀의 머
리카락을 아래로 쓸어내렸다.

"울지 마. 내가 너무 지나쳤어. 인정할 테니까 그만 그쳐."

"저 안 울어요. 잘못한 건 한승표 씨인데 내가 왜 울어야 하나
요."

마치 말도 안 되는 이야길 들은 사람처럼 현서의 목소리가 격앙
되었다. 그런 현서를 더욱 꼭 그러안은 승표가 혼잣말처럼 중얼거
렸다.

"그런데 왜 내 눈엔 네가 울고 있는 것처럼 보일까. 왜 그럴까."

이에 반응하듯, 삽시간에 승표의 가슴께가 젖어들었다. 아니라
부정했지만 아이 또한 알고 있었다. 울지 않은 게 아니라 그저 참
고 억누르고 있었을 뿐이란 걸.

✳

현서를 태운 승표의 차가 대문을 온전히 벗어난 뒤에야 집 안으로 들어온 태정이 그제야 한 숨을 돌리며 소파 위로 몸을 내려놓았다. 내내 태평했던 얼굴과는 반대로 지친 기색이 역력했다. 이러한 것은 정임 또한 크게 다르지 않았는데, 혈색이 나쁘다 할 정도로 핏기가 가셔 있었다. 티는 내지 않았지만 두 사람 모두 잔뜩 긴장하고 있었던 것이다.

많은 것을 생각하게 하는 시간이었다. 태정이 은근한 손길로 정임을 곁으로 이끌자 그녀가 못 이긴 척 그의 옆자리에 자리를 잡고 앉았다. 어느 사이엔가 정임의 얼굴 위로 고운 미소 하나가 번져 나가고 있었다. 보고 있노라면 번잡했던 생각이 가시며 마음이 한결 가벼워졌다.

"오늘 수고 많았네."

"그런 말씀 마세요. 다른 사람도 아니고 승표일인걸요."

친자식이 아님에도 그에 못지않게 마음을 써준 것에 대해 고마움을 표하자, 정임이 손사래를 치며 오히려 감사하다는 표정을 지었다. 어느 때보다 밝게 웃고 있는 정임의 얼굴이 태정의 기분을 한껏 고양시켰다.

슬하에 자식이라곤 승표 하나뿐이었던 태정에게도 오늘 이 자리는 특별했지만, 누구보다 기꺼워하고 기뻐했던 이는 아마도 정임이었으리라. 오랜 시간에 걸쳐 곪아온 감정의 골이 조금 좁혀진 것만으로도 정임은 누구보다 행복해했다.

"언젠가는 자네 고생을 알아줄 날도 분명 올 걸세. 그러니 너무 서운타 생각 말게."

단박에 정임이 고개를 저었다.

"저 그런 생각 한 번도 해본 적 없어요. 만약에라도 그랬다면 저 벌받아 마땅해요."

"그동안 할 만큼 했지 않은가. 그러니 이제는 그 짐을 내려놓을 때도 되었어. 그럴 자격도 충분하고."

"그렇지 않아도 상처가 많았던 아이가 저 때문에 마음의 문을 걸어 잠갔어요. 그게 늘 마음에 쓰이고 죄스러웠었는데, 당신 말대로 오늘만큼은 마음 편히 웃을 수 있을 것 같아요."

말과는 다르게 곧이라도 울음을 터뜨릴 것같이 정임의 눈동자가 늪처럼 습하게 젖어들었다. 그리고 이 순간 정임의 얼굴 위로 현서의 모습이 덧그려졌다. 때마침 승표가 언질했던 수수께끼와도 같았던 말 한마디가 태정의 뇌리를 스치고 지나갔다. 누군가를 닮지 않았느냐며 의중을 떠오던 승표의 말.

그때서야 승표가 했던 질문에 대한 답이 정임을 염두에 두고 한 말이란 걸 깨달았다. 허투루 들어 넘기기에는 다분히 도발적인 언성이었던지라, 얼마간 시간이 지난 지금도 생생하게 기억이 났다. 그러나 무슨 의도로 가지고 승표가 이런 뜻 모를 이야길 꺼냈던 것인지는 여전히 알 수가 없었다.

사고가 깊어질수록 가슴 부위가 답답해져 오자, 좋은 게 좋은 거라고 단순하게 해석하자며 태정이 결론을 지었다. 승표처럼 주관이 뚜렷한 아이가 굳이 싫어하는 대상과 닮은 사람을 곁에 둘 리 없었다. 내심 화해까진 아니더라도 승표도 나름대로 노력을 하고 있는 것이라고 그렇게 믿고 싶었다.

그래서였을까. 불현듯 살얼음판과도 같았던 지난 하루하루가 주마등처럼 눈앞을 스치고 지나갔다. 모두가 태정의 그릇된 욕심에서 비롯된 일이었기에 지켜보는 것밖에 할 수 없었던 그간의 세월과는 달리 오늘 이 시간은 참으로 고맙기까지 했다.

지나와 보니 어린아이가 겪기엔 지나치게 모질었단 생각이 들었다. 보지 말아야 할 것들을 보고, 겪지 않았어도 좋았을 일들을 겪으면서 승표는 차츰 냉소적인 성격으로 변해갔다. 그러나 그건 승표의 탓이 아니라 환경적인 요인이 컸다. 그랬기에 태정은 늘 승표 앞에서 작아지는 기분이 들었다.

태정의 생각이 한층 더 깊어졌다. 나이가 들어갈수록 머리가 굳는다더니, 옛말 그른 게 하나도 없다며 태정이 자조했다. 구태여 남이 보태주지 않더라도 태정은 이미 많은 것을 가지고 있었다. 이제 와 현서의 주변 상황이 무에 그리 중하겠는가. 부질없다는 걸 알면서도 곁에 집착하는 스스로의 모습이 아직은 많이 부족하다 여겼다. 당사자들끼리만 좋다면야 태정도 굳이 말릴 생각은 하지 않을 작정이었다. 하지만……. 찜찜한 사실여부 하나를 떠올린 태정이 침음을 삼켰다.

승표는 부정했을지 모르겠으나 태정이 보기엔 그 안에 잠자고 있던 것은 쉽사리 꺼지지 않을 열기였다. 더해서 태정이 걱정하는 바도 바로 이것이었다.

"그 아이 눈빛이 승표와 같지 않더란 말이지."

단순히 긴장한 것과는 확연히 구별되는 그래서 경각심을 불러일으켰던 현서의 눈빛이 여전히 정의할 수 없는 껄끄러움으로 남아 있었다.

딴에는 숨긴다고 숨겼을 테지만 수십 년 넘게 회사를 경영해 온 태정의 날카로운 눈까진 피해가지 못했다. 그러나 기민한 승표가 이러한 사실을 모르고 지나칠 리 없었다. 모두 다 각자의 사정이 있는 법이라며 애써 태정이 불필요한 걱정들을 뒤로 젖혀 놓으며 그때의 잔상을 지워냈다. 그러나 불신의 씨앗은 다른 쪽에서도 연신 싹을 틔우고 있었다.

"저기 그런데, 마음에 걸리는 게 하나 있어요."

잠시 잠깐 생각에 잠겨 있던 태정을 향해 정임이 머뭇거리는 투로 말을 붙여왔다.

"무엇이 말인가?"

"그게……. 아니, 아니에요. 분명 쓸데없는 기우일 거예요. 제가 이렇다니까요."

쉽게 꺼낸 이야기가 아니란 건 고심한 흔적이 깃든 어조에서도 충분히 찾아볼 수 있었다. 정임의 망설임이 길어질수록 태정의 궁금증은 더해갔다.

"허허. 아직도 우리 사이에 못할 말이 남아 있는 겐가."

주저하며 머뭇대던 정임이 태정의 말에 힘입어 비로소 본론을 꺼내놓았다.

"사실은 말이에요. 얼마 전에 어린 학생 하나가 절 찾아왔다기에 장 씨 아주머니가 돌려보낸 적이 있었어요."

"한데?"

"그런데 오늘 장 씨 아주머니가 넌지시 와서 하는 말이 현서 양이 그때 왔던 그 학생이라고 하더군요."

"흐음."

"대체 무슨 일로 찾아왔던 걸까요. 승표가 아니라 분명 절 찾는다고 들었거든요."

정임의 고백은 이야기를 듣던 태정에게도 무척이나 뜻밖의 사안이었다. 그러나 사서 걱정부터 하는 정임의 예민한 성격을 모르지 않았기에 애초에 일을 크게 키울 생각은 없었다. 더욱이 섣부른 예단도 금물이었지만, 당초에 작정하고 행동에 옮긴 거였다면 이처럼 티 나게 경거망동하지는 않았을 거란 게 태정의 입장이었다.

"글쎄, 모르긴 몰라도 분명 승표한테 건너 들었을 테지. 미리 인사를 하고 싶어 그랬을 수도 있고. 너무 복잡하게 생각하진 말게나."

"그렇겠죠?"

"승표의 안목을 한번 믿어보게나. 그것도 나쁘지 않은 일 아닌가."

그러나 딱 자른 대답과는 달리 금세 태정의 머릿속은 번잡하게 변했다. 정임의 이야기를 들은 이후로 해서 여러 가지 생각들이 중첩되었다. 그러나 태정은 이내 흐트러진 속내를 다스리며 좋게 생각하자 마음먹었다. 긴 세월 동안 단절돼 있었던 관계가 비로소 소통의 길로 들어서려고 했다. 태정이 생각하기에 그것은 혼자가 아닌 둘이었기에 가능한 일이었다.

지현서라고 했던가. 누가 뭐래도 승표가 이끌린 아이었다. 분명 다른 사람은 발견하지 못했던 특별한 무엇인가를 가지고 있을 게 틀림없었다.

지현서, 지현서……. 지…… 현서? 지……!

문득 읊듯이 나열한 현서의 이름에서 이상한 기시감이 들었다. 그리고 뒤늦게 한 가지 사실관계에까지 생각이 미치자 태정이 벌떡 자리에서 일어났다. 그야말로 말도 안 되는 상상에 아닐 거라며 태정이 연신 부정에 힘을 실어봤으나, 어느새 부릅떠진 두 눈은 불신에 물들어가고 있었다.

놓치고 지나쳤던 작은 단서 하나가 삽시간에 그의 목을 옥죄듯이 죄어왔다. 아무렇지 않게 지나쳐도 좋았을 별것 아닌 일이었음에도, 돌연 떠올라 버린 묻어두었던 과거의 잔재가 태정을 혼란스럽게 만들었다. 당장에 중심을 잡지 못한 태정의 몸이 휘청거리자 놀란 정임이 눈을 동그랗게 뜨며 그를 바라보았다.

"괜찮으세요? 갑자기 왜."

"아니, 아무것도 아니네."

괜찮다는 태정의 말에 정임이 소소하게 한숨을 내쉬었다. 그러나 날카롭게 변한 그의 눈동자는 밤바다의 파도보다도 사납게 일렁였다. 편히 앉으라고 채근하는 정임의 권유도 지금은 들리지가 않았다.

승표가 현서를 자신에게 소개를 시키는 시점에서 태정이 그녀의 뒷조사를 하리란 걸 승표도 알았을 것이다. 무엇보다 그 정도로 태정이 무른 사람이 아니란 걸 잘 아는 사람 또한 바로 승표였지 않은가. 그러니까 지금 태정이 하고 있는 이 조악한 상상은 그야말로 아무짝에도 쓸모없는 망상에 지나지 않을 게 분명했다.

'지…… 현서…….'

자기최면을 걸면서까지 태정은, 지금 하고 있는 사이한 생각을 떨쳐 버리기 위해 부단히도 노력을 기울였다. 그럼에도 의미심장했던 승표의 눈빛이 왜인지 자꾸만 태정을 두렵게 만들었다.

✳

불도 켜지 않은 어두컴컴한 좁은 욕실 안, 세면대를 지지대 삼은 현서가 다리가 아닌 두 손으로 자리를 버티고 서 있었다. 분명 손을 놔버리는 순간 볼썽사납게 바닥으로 곤두박질칠 게 뻔했다. 그러나 그녀에게는 강해져야 하는 이유가 있었다. 세상 그 어디에도 그녀를 지켜줄 사람이 자신 외에는 아무도 없다는 유일무이한 명제가 그나마 현서를 버티게 해주었다.

거울에 비친 스스로의 모습을 한동안 뚫어져라 바라보았다. 그리 오래되지도 않았는데 예전과 비교해 보면 나날이 수척해져 가는 얼굴에 덜컥 겁이 나기 시작했다. 며칠 사이 더욱 살이 내린 것 같았다. 더는 이런 자신의 모습을 보고 있기가 힘이 든 현서가 눈을 지그시 감았다. 그러자 마치 때를 기다린 것처럼 승표와 정임의 얼굴이 번갈아가며 떠올랐다. 곧 여느 때와 마찬가지로 출처를 알 수 없는 두통이 현서를 괴롭혔다.

대체 그날 승표는 왜 자신에게 그런 말도 안 되는 이상한 행동을 했던 것일까. 그리고 어째서 자신은 그 순간을 이겨내지 못하고 매달리듯 그에게 투정을 부렸던 것일까.

약한 모습을 보여주고 싶지 않은 상대였기에 늘상 조심하고 컨트롤한다고 했음에도 불구하고, 다짐과는 상반되게 또다시 승표의 눈앞에서 눈물을 흘리고 있는 자신의 모습을 발견했었다. 그러나 봇물 터지듯이 흘러나온 눈물에 가장 놀란 사람은 바로 현서 자신이었다.

나직한 그의 말 한마디에 자극을 받은 눈물샘이 기어코 말썽을 부렸다. 볼을 적시는 습한 물기는 승표와 헤어지고 나서도 내내 현서를 따라다녔다. 자조를 넘어 자괴감이 들었을 정도로 스스로에 대해 실망감이 넘쳐흘렀다. 하염없이 쏟아지는 눈물을 감추기 위해 더욱 남자의 품으로 파고들던 바보 같던 자신의 행위는 회상하는 것만으로도 숨이 막힐 지경이었다.

균열이 생긴 마음. 벌어진 틈을 혼자 메우기가 어려웠다. 그러나 비겁한 변명이었다는 것 또한 부정치 못할 진실이다. 생각건대 정신이 무너진다는 것은 사소한 계기 하나로도 충분히 실현가능한 일 같았다. 연거푸 찬물을 뒤집어쓴 현서가 물기를 닦아낼 생각도 없이 그날의 일을 차근히 곱씹었다.

발작적으로 그를 밀어냈을 만큼 갑작스러웠던 승표의 키스는 그녀를 경악케 했다. 나아가 기어코 그의 입술이 자신의 입술 위를 점령해 왔을 땐 기절하지 않은 게 이상할 정도로 패닉 상태로 내몰렸었다. 승표의 속셈이 무엇인지를 파악하는 것조차 어려울 정도로 당시엔 머릿속이 온통 아수라장이었다.

답답함에 타는 것처럼 목이 말라왔다. 물어뜯을 것처럼 거칠게 덤벼들던 그의 키스는 시간이 지날수록 점점 끈질기고 집요해졌다. 간질이듯 그녀의 입술 위를 핥고 지나가던 축축한 혀의 감촉이 여전히 생생한 기억으로 남아 있었다.

사나웠던 승표의 눈빛 아래에서 꼼짝없이 속박돼 있던 시간은 무척이나 느리고 길었다. 되돌려 생각해 보면 모든 게 이상할 정도로 의문투성이였다. 허락을 구하고 시작된 키스가 아니었음에도 마지막에 가서는 마치 연인의 키스처럼 부드럽고 헌신적이었다.

"말도 안 돼."

무의식중에 한쪽 팔을 들어 올린 현서가 손끝으로 자신의 입술 위를 살짝 건드렸다. 평소보다 조금 부어 있던 입술이 그때의 일이 가상의 꿈이 아님을 여실히 말해주었다. 단순히 자신을 조롱할 목적으로 이런 저급한 방법을 선택한 거였다면 그의 작전은 훌륭하게 맞아떨어졌다. 속에서 생겨난 거친 파문은 쉽사리 가라앉지 않았다.

스물둘의 자신은 아직 어른이 되지 못한 어린아이와 다르지 않다고 생각했다. 그래서 열 일을 제쳐 두고 하나만 보고 걷자 했다. 살아갈 날, 살아서 행복해지는 미래만을 그리며 시작한 일인데 상처 입고 아파하는 자신의 모습만 되돌아보게 된다. 정임을 만난 것 하나만으로도 현서는 충분히 혼란스러웠다. 그래서 더욱 승표가 미웠다. 누군가를 원망하지 않고서는 이대로 미쳐 버릴 것만 같았다.

의식하지 못한 사이 승표의 모든 것이 현서의 영역 여기저기를 점령해 들어오고 있었다. 그러나 그에게 휘둘리고 있단 걸 깨달았을 때는 이미 많은 것이 변해 버린 뒤였다.

나흘 동안 일절 소식을 끊은 채 잠적하다시피 했던 승표가 이른 아침부터 현서를 찾아왔다. 아마도 출근 전에 잠시 시간을 내 들른 것 같았다.

열린 문을 가운데다 둔 승표가 얼마간 말없이 침묵을 즐겼다. 어쩌면 그가 사과를 해올지도 모른다고 생각했다. 그러나 웬일인지 그는 평소와는 달리 현서의 얼굴을 본 것만으로 이곳에 온 볼일을 모두 마쳤다. 그녀가 용서란 단어를 떠올리기도 전이었다. 불현듯 알 수 없는 답답함이 현서를 사로잡았다.

그의 본질이 변하지 않을 거란 걸 현서는 알고 있었다. 그런데 어째서 차갑게만 느껴졌던 그의 눈빛에서 따뜻한 온기를 발견해 내고야 말았을까. 나아가 별것 아닌 행동거지에도 이처럼 마음이 들쑤셔지는 것은 왜일까. 현서의 혼란스런 눈동자가 등을 보이고 걷는 그의 뒤를 응시했다.

"이러지 말아요."

승표에게는 닿지 않을 혼잣말이 공허하게 퍼져 나갔다. 말할 수 없이 모든 게 고단했다. 그가 웃을 때 현서는 울어야 했었다. 그의 아무렇지 않은 말 한마디에 상처 입고 가슴 아파했다. 이토록 초라한 관계가 개선될 여지가 있을까?

허울 좋게 인사를 주고받는 것조차도 제대로 못하는 주제에 관계의 재정립이라니 그야말로 가당치도 않은 일이었다. 현서의 표정이 더욱 어두워졌다.

"이 이상 휘둘리는 거 나 두려워요."

그는 악의를 가지고 접근한 사람이었다. 때문에 현서에게 있어서 승표는 언제나 경계해야 할 대상 중 하나였다. 그래서 현서는 미묘하게 바뀐 승표의 태도에 더럭 겁이 났다. 그와의 거리가 좁혀질수록 상처받게 되는 사람은 현서 혼자가 될 게 뻔했으니까. 따끔거리던 가슴께의 둔통이 자꾸만 커져 갔다.

날이 갈수록 깨어 있는 시간이 늘어났다. 괴로움을 잊기 위해 잠을 청했다가도 밀려드는 악몽에 자다 깨기를 반복해서였다. 그런데 드물게 오늘은 편안하게 잠을 이룰 수가 있었다. 원치 않게 꾸던 꿈도 않았다. 오랜만에 접어든 숙면에 현서의 가슴이 고르게 오르락내리락했다. 그러나 평온했던 시간은 그리 길게 주어지지 않았다.

흠칫.

급작스럽게 유발된 통증이 무의식에 들어 있던 현서의 정신을 사정없이 두드려 깨웠다. 마치 날카롭게 날을 세운 송곳 끝자락이 아무렇게나 내부 여기저기를 쑤셔대는 듯한 섬뜩한 느낌이었다. 지난 시간의 고단함을 씻어내려 줄 휴식과도 다름없던 시간을 보내던 중이었는데, 언제 그랬냐는 듯 일시에 잠이 달아났다. 마음을 추스를 여유도 주어지지 않은 채 금세 모난 고통이 몸 전체로 퍼져 갔다.

당장에 허리가 반쯤 접혀지면서 쌕쌕거리는 숨소리가 거칠어졌다. 쉽사리 견뎌내기 힘들 정도의 지독한 격통이었다. 간신히 병원에서 처방을 받아온 약에까지 생각이 미쳤을 땐 제 의지대로 몸을 가누는 것조차 힘들 정도가 돼 있었다. 여느 때처럼 악문 잇새로 여전히 듣기 싫게 갈라진 쇳소리가 흘러나오고 있었다. 이마 부근을 시작으로 얼굴 전반부로 자리 잡기 시작한 땀방울이 삽시간에 바닥 아래로 뚝뚝 떨어져 내렸다. 내리 뻗은 손 어귀로는 좀체 진정이 되지 않은 떨림이 그대로 머물러 있었다.

사정이 이렇다 보니 다양한 약봉지들 속에서 진통제가 어떤 것인지 따로 가려낼 만한 처지도 되지 못했다. 때문에 막무가내로 아무 봉지나 찢어 캡슐을 입안으로 털어 넣는 것이 고작이었다. 그러나 메마른 입안은 쉽사리 딱딱한 고형물의 침입을 허용하지 않았다. 부득불 목 안 쪽으로 밀어 넣으려고 해봐도 몇 번이고 목울대를 따라 도로 넘어오기 일쑤였다. 결국 입안 가득 쓴맛이 돈 뒤에야 차츰 약 알갱이를 씹어 삼킬 수가 있었다.

다행히 시간이 지날수록 통증은 잦아들었다. 그러나 심한 두려움에 물든 현서의 눈가는 어느새 마르지 않는 눈물을 쏟아내고 있었다. 웅크려 누운 현서의 몸이 좀 전보다 크게 들썩거렸다.

✳

"아가씨가 참 간도 커?"

"……역시 안 되는 거겠죠?"

빤한 눈길로 현서를 바라보고 있던 사채업자가 곤란함이 묻어난 현서의 되물음에도 태평하게 어깨를 으쓱였다. 맨 처음 이곳에 들어설 때 맞이해 주었던 정중함과는 달리 무척이나 설렁설렁한 태도였다.

"안 될 것까지야 없겠지만 결과가 훤히 보이는 진창에 굳이 발을 담글 생각이 없다고나 할까. 내가 보기엔 아가씨한테 돈을 빌려주면 백이면 백 돈으로는 돌려받지 못할 것 같단 말이지? 그럼 그 후에 남은 절차가 매우 복잡해지거든? 그런 건 나도 좀 별로라서 말이야."

일시에 무기력한 탈력감이 현서를 덮쳤다. 그러다 문득 강 실장이라고 했던 눈앞의 남자가 던진 말의 의미를 차근히 되짚어보았다. 돈으로는 돌려받지 못할 것 같다던 강 실장의 이야기는 단순히 포기를 지칭하는 것이 아니라, 반드시 그 외적인 것으로써 보상을 받고야 말겠다는 확고한 의지를 대변하고 있었다.

현서의 눈동자가 세차게 흔들렸다.

가망이 없다는 걸 모르고 있던 건 아니었지만 지푸라기라도 붙잡는 심정으로 어제도 은행 여기저기를 알아보며 백방으로 뛰어다녔었다. 이전에 거절당했던 지점부터 시작해, 이름만 들어봤을 뿐 통장 한 번 개설해 본 적이 없었던 기타 금융권까지 가리지 않고 찾아가 매달리듯 상담을 받았다. 그러나 결과는 바뀌지 않았다. 담보 및 보증인 없음. 신용거래 전무. 결론적으로 대출 불가.

헤어날 수 없는 비참한 나락에 떨어져 허우적대고 있는 느낌이었다. 시간이 흐를수록 점점 더 몸과 마음이 초조해졌다. 단순히 승표 하나만 믿고 앉아서 기다리고 있기에는 여전히 불확실한 요소들이 산재해 있었다. 결국 고민 끝에 사채를 빌려 쓰는 것에까지 생각이 미쳤고, 그 결과 지금 이 자리에 앉아 있는 것이었다.

드러난 바와는 달리 사실 녹록지 않기로 치자면 이쪽 바닥도 제1금융권 못지않게 대출 기준이 깐깐했다. 게다가 지금의 현서에게 남아 있는 것이라곤 아무짝에도 쓸모없는 알량한 제 몸 하나뿐이었다. 병들고 시든 그녀의 가치가 과연 얼마쯤이나 될까. 모르긴 몰라도 수술에 필요한 돈을 융통할 수 있을 정도로 값비싼 금액은 아닐 테다.

현서의 입가로 의미 없는 웃음이 옅게 배어들었다. 창피나 당하지 않으면 다행일 거라는 생각은 하고 왔지만, 막상 강경하게 거절의 말을 듣고 나니 오기가 생겼다. 그래서 어렴풋이나마 짐작만 하고 있던 일들을 기어코 입에다 담으며 하지 않아도 좋았을 의견을 구했다.

"방금 한 말, 무슨 뜻으로 하신 말씀인가요?"

"간단히 말해 어떤 식으로든지 후회를 하게 될 거란 이야기를 하고 있는 거지."

"더 쉽게 풀어 설명하면요?"

"생긴 것과는 다르게 제법 당찬 구석이 있군. 좋아. 아가씨 말대로 적당히 풀어 설명해 주지."

여유롭게 다리를 비틀어 꼰 남자가 심술궂은 투로 대화를 이어 나갔다.

"위암이라. 건질 게 별로 없겠군."

사선으로 현서의 몸을 훑으며 지나간 남자가 비웃음과도 같은 표정으로 코웃음을 쳤다.

꼴깍.

긴장감에 마른침이 목울대를 타고 넘어갔다.

"알다시피 내가 해줄 수 있는 말은 별것 없어. 병든 부위 외에 그나마 멀쩡히 남아 있는 장기란 장기는 모조리 적출당한 후, 쥐도 새도 모르게 바다 밑바닥에 수장되고 싶지 않으려면 당장 여기서 썩 꺼지란 소리만 해주면 되니까."

의식하지 못한 사이에 팔뚝 위로 소름이 쫙 돋았다. 이에 강 실장이 냉정한 말투로 일갈했다.

"대충이라도 짐작하고 온 것 같으니 한마디만 더 해주지. 마땅히 변제할 능력이 없다면 그냥 그 시간을 즐기다 죽어. 나 같은 사람 돈 써봤자 나중엔 곱게 죽지도 못해."

"……."

"이런 내가 너무 겁을 줬나? 크게 오해는 하지 말고 들어줬으면 좋겠지만 그게 아니더라도 그다지 상관은 없어. 사후처리 과정이야 어차피 거기서 거기일 테니까."

뱀눈을 닮은 남자의 눈빛은 얼음장보다도 더 차가웠고, 얘기를 더해갈수록 자꾸만 현서를 움츠려들게 만들었다. 불시에 거북하리만치 속이 미식거리기 시작했다.

"사실 아가씨가 이 돈을 빌려서 수술을 받은 후 말끔히 병을 고치기만 한다면 해결 방법은 여러 갈래로 다양하게 열릴지도 몰라. 하지만!"

막힘없이 이야기를 줄줄 늘어놓던 그가 일부러 한 템포 늦추어 쉬며 숨을 골랐다. 그리고는 정면에서 비켜나 있던 시선을 끌어올려 현서와 눈을 맞췄다. 그 상태에서 끊었던 대화를 다시금 이어 나갔다.

"그사이 이자는 터무니없이 불어나 있겠지. 처음 빌린 원금의 액수 따위는 기억도 나지 않을 만큼 많이. 시간이 경과될수록 아가씨가 할 수 있는 일의 범위는 서서히 좁혀지게 될 거야. 잘해봤자 기껏 몸이나 팔며 평생을 저당 잡힌 채 살아가게 되겠지. 이건 내가 장담하지."

담담한 강 실장의 말은 듣기에 따라 지독히도 비현실적이어서 선뜻 실감이 나지 않았다. 그러나 그는 빈말을 모르는 사람처럼 여전히 눈빛을 매섭게 빛내고 있었다.

"돈을 빌리는 순간부터 이 돈이 제 미래를 묶을 족쇄가 된다는 거로군요."

"뭐든 선택은 아가씨가 하는 거야. 물론 그 책임도 아가씨가 지는 것이고."

감당하기 힘든 무거운 현실 앞에 현서는 자신도 모르게 두 눈을 꼭 감고 말았다.

"……왜 제게 이런 이야기를 들려주시는 건가요?"

"간단해. 이 상태에서 열심히 계산기를 두드려 봤자 아가씨를 통해 얻을 수 있는 수익이 그다지 크지 않다는 판단이 들었을 뿐, 다른 건 없어. 머리가 아픈 건 지금으로도 충분하거든."

"그렇군요."

강 실장의 일침에 그제야 복잡했던 머릿속이 약간이나마 정리가 되었다. 나아가 자신이 지닌 값어치가 얼마나 형편없는지도 절절히 깨닫게 되었다. 그러니까 더 이상 호기를 부린다는 것은 쓸데없는 시간 낭비일 뿐이었다.

"어때. 그래도 내게 돈을 빌리겠나?"

현서의 고개가 좌우로 천천히 흔들렸다. 그다지 현명한 선택이 아니란 걸 이미 앞선 대화를 통해 충분히 숙지하지 않았던가. 앉은 자리를 박차듯 현서가 몸을 일으켰다.

"……고마워요."

"별말씀을. 어차피 결정은 아가씨가 내리는 건데."

하얀 이를 드러낸 강 실장이 태평하게 말을 받았다. 문고리를 잡아 돌리는 현서의 손이 주체할 수 없을 정도로 바들바들 떨렸다. 지옥이나 다름없는 진창에서 간신히 한 발을 뺀 기분이었다.

"산다는 거 진짜로 어렵다. 어려워서 미치겠다."

원치 않았던 눈물이 나올 것만 같아 밖으로 나오자마자 쓰고 있던 모자를 푹 눌러썼다. 초조한 마음만큼이나 시간은 빠르게 흘러가고 있었다.

✳

　마지막으로 현서의 얼굴을 보고 돌아섰던 당시의 일을 회상하던 승표가 차키를 들고 회사를 빠져나갔다. 막 점심시간이 지나던 차였고 아직 업무를 끝내기도 전이었다. 결재할 서류더미가 켜켜이 층을 이룬 채로 책상 위에 쌓여 있었음에도 이 순간엔 조금의 망설임도 없었다. 지극히 그답지 않은 선택이었다.

　차를 타고 가는 동안에도 평상시의 승표와는 사뭇 거리가 멀었다. 정신을 다른 곳에 빼놓고 온 사람처럼 줄곧 주의력이 흐트러진 채였다. 그리고 예정이라도 돼 있던 것처럼 사고가 일어났다.

　콰아앙!

　비보호좌회전 구역을 통과 중이던 승표의 차가 앞쪽에서부터 직진해 들어오던 차를 미처 발견하지 못해 들이박고 섰다. 순식간에 에어백이 터지면서 흉부 쪽으로 심한 압박감이 밀려들었다. 큰 사고가 아니란 것에 안도하기도 전에 짜증부터 치밀어 올랐다. 그리고 깨달음은 찰나의 순간에 승표에게로 찾아들었다.

　"……빌어먹을."

　인정하기 싫었지만 승표의 감정은 처음과는 많이 달라져 있었다. 늘상 이성적이었던 다른 때와는 다르게 주체할 수 없이 짜증이 난 이유가 현서에게 있음을 인지한 뒤론 모든 게 엉망이었다. 승표의 화를 돋운 건 예정과는 다르게 지연된 현서와의 만남 때문이었다.

“어딜 다녀오는 길이지?”

“언제…… 왔어요?”

거의 동시에 흘러나온 말이었다. 그러나 서로의 입에서 나온 질문들은 각기 다른 뜻을 품고 있었다.

“먼저 대답해.”

“난…… 그러니까 난.”

재촉 어린 승표의 말에 현서가 말을 잇지 못했다. 사실대로 말을 한다면 그가 화부터 낼 거란 걸 알고 있어서였다. 현서가 한 행동은 분명 승표를 믿지 못하는 것에서부터 기인된 일이었다.

“아직도 잘 모르나 보지. 지현서에게 마음대로 행동할 수 있는 자유란 건 없어. 그건 외출할 때도 마찬가지야.”

“바쁠 거라 생각했어요. 최근엔 연락이 없어서……. 미안해요.”

현서의 사과에 승표의 표정이 딱딱하게 굳어졌다.

“……화를 내는 게 아니야. 화를 내는 게 아니라 난 단지…… 제길. 그만두자.”

“……?”

“아무 일 없었다면 됐어. 힘들어 보인다. 들어가 쉬어.”

이전 말없이 돌아선 이후로 승표의 얼굴을 본 것은 오랜만이었다. 그러나 그때도 그리고 지금도 승표의 행동을 이해하기란 어려운 일이었다. 그가 하는 이야기도, 의미를 알 수 없는 눈빛도 모든 게 낯설기만 했다. 불현듯 뒤돌아서서 걷던 승표의 뒷모습으로 시선이 갔다. 전과 달리 걸음걸이가 불편해 보였다. 이제 와 생각해 보면 정작 안색이 나빠 보였던 것은 현서보다도 승표가 더했다.

"깊게 생각하지 말자. 난 내가 할 수 있는 일만 하면 되는 거
야."

보통 이상의 원치 않은 감정이 생기는 것은 바라지 않았다. 이
대로 그냥 시간이 흘러 승표와 했던 약속의 날이 지나가길 그렇게
빌었다.

언제 발길을 끊었나 싶게 날이 갈수록 승표의 방문이 잦아지
고 있었다. 하루에 한 번도 많다 싶었던 횟수가 급기야는 두 번
으로 늘어나더니 이따금은 세 번을 채울 때도 있었다. 그야말로
안하무인격으로 들이닥치는 통에 드물게 외출을 했다가도 여지
없이 울려대는 재촉 전화로 인하여 다급히 집으로 되돌아오는
일도 다반사였다. 그렇지 않아도 좁았던 동선이 집 안으로 한정
됐다.

간단한 소일거리라도 찾아 나서려던 시도도 자연히 무산되었
다. 아마도 이런 현서의 계획을 사전에 승표가 미리 알았더라면
모르긴 몰라도 그 자리에서 길길이 날뛰며 계약 위반이라고 화를
냈을 테지.

사실 정임을 만난 날을 기점으로 해서 하루에도 수십 번씩 마음
이 뒤바뀌고 있었다. 모든 게 잘될 거란 희망 어린 다짐 아래로,
때때로 불쑥불쑥 고개를 치켜드는 정체 모를 불안감 때문에 제대
로 된 잠조차 이룰 수가 없었다. 과연 자신이 자행하고 있는 일련
의 이 과정들이 지나가고 나면 그 자리에 남아 있는 게 있을까 하
는 회의감이 점차로 현서를 압박해 왔다.

"그래도 해야겠지. 그래야 살 수 있으니까."

힘없이 중얼거린 현서가 지난번 평창동에서 겪은 일들을 하나하나 쓸쓸히 되새겼다. 주체할 수 없을 정도로 몸을 떨어가며 정임에게 인사를 건넸던 그 순간이 지금도 여전히 생생하게 뇌리에 박혀 있었다. 아마 오랜 시간이 지난다 해도 쉽사리 기억에서 지워지지 않을 것 같았다. 머리가 복잡하고 마음이 심란했다. 소소한 한숨이 뒤따르듯 현서의 입술 사이를 비집고 새어 나왔다.

딩동.

때맞춰 현서의 시선이 벽에 걸려 있던 시계 너머로 향했다. 긴가민가하며 고민할 필요도 없이, 이 밤에 예고도 없이 초인종을 눌러가며 들이닥칠 만한 인물이 누구인지 쉽사리 짐작이 되었다.

오늘도 그는 언제나처럼 무례했다. 저녁 아홉 시가 넘어가는 시각에 들려온 초인종 소리에 어깨를 움찔 떤 현서가 입술을 잘근거렸다. 그러나 평소와는 달리 그녀는 움직일 생각을 하지 않은 채 가만히 자리를 지키고 앉아 있었다.

딱히 나눌 만한 대화가 준비돼 있던 것도 아니면서 왜인지 승표는 그녀를 만나러 오는 일을 거르지 않았다. 그러나 가급적이면 밤늦은 시간대엔 찾아오지 말라고 했던 당부는 여전히 지켜지지 않고 있었다.

승표는 잊고 있는 것 같지만 여긴 현서 혼자만의 사적인 공간이었다. 무엇보다 승표처럼 뻔뻔하지 못해서 누가 밤늦게 이곳에 찾아오는 게 무척이나 부담이 되었다. 신경쇠약에 걸리라고 면전에서 주문을 외워대도 이보다는 스트레스가 덜할 것이다. 이전의 일도 있고 해서 하자는 대로 말없이 따라줬더니 숫제 호구로 보는 모양이었다.

이번만큼은 무슨 수를 써서라도 돌려보낼 목적으로 묵묵부답하고 있기를 수십 초, 아니나 다를까, 휴대폰이 요란하게 울려대기 시작했다. 순간 아차 하는 마음에 서둘러 소리를 줄여봤지만 이미 때는 늦어 있었다.

쾅쾅쾅!

익숙한 울림의 벨소리가 안쪽에서부터 흘러나오자 이내 돌아가는 상황을 파악한 승표가 지체 없이 문을 두드려대기 시작했다. 어느 정도 눈치가 있는 사람이라면 이러한 현서의 의도를 어렵지 않게 읽어냈을 것이다. 그런데도 승표의 난폭한 행동은 쉬이 그치지 않았다. 배려라는 단어 자체를 알지 못하는 사람처럼 막무가내였다.

대체 어디까지 하나 도끼눈을 뜨고 지켜보고 있는데, 웬걸? 시간이 지날수록 소리가 잦아들기는커녕 자꾸만 잡음이 커지는 게 아닌가.

아니, 근데 이 남자가!

결국 당초의 다짐을 깬 현서가 심호흡을 내쉬며 잠금장치를 푼 뒤 문을 열어젖혔다.

찌릿.

삐죽 고개를 내민 현서의 시선이 흘기듯 승표를 향했다. 반대로 심드렁한 표정으로 팔짱을 낀 채 줄곧 문 뒤쪽을 노려보고 있던 승표의 얼굴엔 승자의 미소가 떠올랐다. 그뿐만 아니라 행여 그사이 어렵사리 열린 문이 닫히기라도 할까 봐서, 재빨리 발부터 밀어 넣어 자리를 확보하는 치밀함을 보이는 게 아닌가.

기가 막히는 승표의 행태에 가늘어져 있던 현서의 눈이 화등잔처럼 커졌다. 그사이 석 달 전쯤 건너편 방으로 새로 이사를 들어왔다던 젊은 남자의 방문이 슬그머니 열렸다. 그리곤 의미심장한 눈길로 이쪽을 살펴보더니 곧 아무렇지 않게 열었던 문을 걸어 잠갔다. 무슨 상상을 하고 있을지 상대의 표정만 봐도 짐작이 갔다. 이에 현서가 이를 악물었다. 의도치 않게 오해를 산 것이 수치스러운 게 아니었다. 오해를 풀 마음도 없을 정도로 지쳐 버린 자신의 모습을 보는 것이 괴로웠기 때문이었다.

생리적인 피로감이 그녀를 사로잡았다. 그러나 적어도 승표 앞에서 만큼은 나약한 모습을 보일 수가 없었다. 승표가 방 안으로 들어가고 난 뒤로, 혼자 덩그러니 남겨져 있던 현서가 애써 흐트러진 마음을 추슬렀다. 잠시 후 아무렇지 않게 반쯤 열려 있던 문을 열어젖힌 현서가 곧장 승표를 찾았다.

"이봐요. 사람 피 말려 죽이려고 작정한 사람처럼 왜 이래요, 정말."

- 쉿.

"아뇨, 아무것도 아닙니다. 계속 말씀해 보세요."

현서의 큰 소리에 그사이 전화를 받고 있던 승표가 검지를 들어 올리며 조용히 목소리를 낮추라는 제스처를 취했다. 그리곤 자연스런 손길로 들고 온 서류가방을 향해 손을 뻗었다. 곧 그가 전화상으로 업무 내용을 조율해 나가기 시작했다.

"······웃겨. 자기가 이 집 주인이야 뭐야?"

현서가 옆에서 불평을 늘어놓으며 투덜거리거나 말거나 크게 상관하지 않은 승표가, 제 할 일에 몰두하며 시간을 보냈다. 조목조목 따지려던 계획이 삽시간에 수포로 돌아갔다. 달싹이던 현서의 입술이 어쩔 수 없이 합죽이마냥 다물어졌다.

알고서 일부러 이러한 상황을 연출한 게 아니냐는 의심이 들었을 정도로, 시기적절한 타이밍에 시간이 지날수록 현서의 입술이 새치름하게 변했다. 그러나 승표는 약이 바짝 오른 현서의 사정과는 무관하게 거지반 이십여 분을 할애해 가며 전화통화에 집중했다.

일을 가지고 올 정도로 업무가 밀렸던 거라면 회사에 남아 깨끗하게 마무리를 짓는 편이 낫지 않았을까. 굳이 이런 불편을 감수하면서까지 부득불 이곳을 찾는 까닭을 모르겠다.

모르는 것투성이. 그를 온전히 이해하게 될 날은 아마도 영원히 오지 않을 게 분명했다.

생각 이상으로 꽤나 중요한 일 처리였던 듯 승표는 통화를 하는 내내 잠시도 서류에서 눈을 떼지 않았다. 고도의 집중력을 보이던 그의 눈빛에선 조금의 흔들림도 찾아볼 수가 없었다. 그 때문일까. 통화가 끝날 때 즈음이 되어서는 사나웠던 현서의 마음도 어느 정도는 가라앉아 있었다.

꾹.

간신히 전화통화를 끝낸 승표가 제법 강한 힘으로 관자놀이 부분을 지그시 눌렀다. 그리곤 곧추세우고 있던 등허리를 나른하게 펴며 천천히 현서를 뒤돌아보았다.

"피곤하군."

"그러게 퇴근했으면 집으로나 가지, 이쪽엔 웬일이에요? 반기는 사람이 누가 있다고."

"잔소리는 접어두고. 지현서, 나 커피 한잔만 타주라."

불쑥 이 남자의 정신상태가 궁금해졌다. 무슨 말이 나올까 기다리고 있던 현서로서는 꼭 한순간에 바보가 돼버린 것만 같았다.

"참 그전에 내가 말한 커피는 구매해 놓았을 테지?"

"세상에……. 당신 뻔뻔하단 건 알고 있나요?"

"있다는 건가, 아님 없다는 건가."

"한승표 씨 눈엔 제가 그걸 챙길 정신이 있었을 거라고 봐요?"

설령 그럴 여유가 있었다 하더라도 이런 상황에서 아무렇지도 않게 그걸 타다가 바칠 정도로 현서 자신은 착하지 못했다.

"없다는 말이로군. 그럼 커피는 사양하지."

답답할 정도로 조여 매고 있던 넥타이를 느슨하게 풀어 헤친 승표가 고개를 좌우로 까닥거리며 심술궂게 대꾸했다. 그러나 어이없기로 치자면 현서만 할까.

일언반구도 없이 무작정 쳐들어온 게 누군데!

엄밀히 말해 그는 손님이 아니라 초대받지 못한 불청객이나 다름이 없었다. 당연지사 현서의 입에서 고운 말이 나갈 턱이 없었다.

"한승표 씨!"

"귀 따가워 죽겠군. 작게 말해도 알아들으니까 소리 좀 그만 빽빽 지르지 그래. 지현서는 다른 사람한텐 안 그러면서 꼭 나한테만 언성을 높이더군.”

“기가 막혀서. 나 지금 장난하자는 거 아니에요.”

“누가 장난이라고 그랬지? 나도 장난 아냐.”

적반하장이 따로 없었다.

“지금 이게 장난이 아니면 뭔가요?”

“뭘 거 같아? 지현서가 눈엔 이게 뭐 하는 걸로 보이지?”

언뜻 웃음기가 섞여든 말투였지만 올려다본 그의 눈빛은 고요하게 가라앉아 있었다. 때문에 어디까지가 진심이고 또 얼마만큼이 농담인지를 선뜻 구별해 내지 못했다. 여전히 알 수 없는 사람이라고, 현서는 생각했다.

돌연 명치끝이 아릴 정도로 쿡쿡 쑤셔왔다. 진실로 말해 현서는 현재 그녀의 앞으로 당면해 있는 문제만으로도 버겁고 지쳤다. 그랬기 때문에 때때로 표출되는 승표의 이런 돌발 행동들이 달갑지 않은 부담감으로 다가왔다. 그가 무엇을 바라고 이런 불필요한 일들을 벌이고 있는지에 대해 제대로 된 설명을 듣지 못했기 때문에 두려운 마음이 더욱더 커졌을는지도 모르겠다.

“정말이지 유치하게. 자꾸 이러기예요?”

“그거야 지현서 태도에 달린 문제 아닌가? 아니, 다르게 대답하지. 다음에도 이런 식이라면 아주 재미없는 일이 발생할 거야.”

주의를 주는 그의 음성은 자신만만했다. 그 순간 스치듯 예전에 승표가 언급했던 말 한마디가 떠올랐다. 아니꼬우면 계약서상의 을이 아닌 갑이 되라 했던가. 조금 기운이 빠지는 느낌이었다.

“비겁하고 질 낮은 협박이로군요.”

　"명색이 사업가라면 이 정도 협상력은 기본 아닌가? 그 말 칭찬으로 받아두지."

　답지 않게 기분 좋은 웃음을 건 승표가 톡 쏘는 현서의 말에도 크게 개의치 않은 모습으로 유들유들하게 비난의 말을 받아넘겼다. 이완 반대로 현서의 눈가로 어둠이 찾아들었다. 사람과 사람 사이에 있어서 동등하지 못한 관계란 건 언제나 한쪽의 희생을 강요하게 마련인 모양이었다. 그와 말을 섞을 때마다 현서는 늘 지는 기분이 들었다.

　승표를 향해 있던 현서의 눈빛이 더욱 어두워졌다. 밉고 싫은 사람이었지만 어떻게든 그에게 매달려 안달복달해야 하는 자신의 처지가 무척이나 기구하다고 생각되었다. 두 사람과의 관계에서 늘 비참해지는 쪽은 현서였다. 그럼에도 이런 처참한 심경을 승표가 알아줄 날은 결코 오지 않을 것이 분명했다.

　누가 뭐래도 그는 남들보다 많은 것들을 소유하고 있었다. 넘치는 부와 명예, 그리고 권력까지도 뭐 하나 부족한 것이 없었다. 쉽게 내뱉는 승표의 가벼운 말 하나에도 그냥 지나치지 못해 전전긍긍대고 있는 자신과는 분명 출발선부터가 달랐다.

　시간이 지날수록 생각이 많아졌다. 결과를 알고 시작한 일이었기에 상처를 받게 되는 건 어쩔 수 없는 일이라고 생각했다. 나아가 목숨 값이라고 생각하면 그걸로 족하단 생각도 해본 적이 있었다. 그러나 갖은 이유를 가져다 대며 스스로를 위안해 봐도 가슴 속으로 불어닥친 스산한 바람을 막을 길이 없었다.

　앞쪽으로 그러모아져 있던 현서의 두 손이 예고도 없이 동그랗게 말리며 작게 주먹이 쥐어졌다. 곧 손등 위로 하얀 뼈가 도드라졌다.

"부러워요. 처음 만난 그날부터 시작해 현재까지도 늘 그랬어요."

"가끔은 궁금하단 생각이 들기도 해. 네가 웃고 있는지 울고 있는지 때때로 알지 못할 때가 있거든. 바로 지금처럼."

승표의 의도가 아니었다 한들 이 순간엔 마치 정곡을 찔린 기분이었다. 때문에 어떤 표정으로 그를 바라보고 있는지조차 헷갈릴 지경이었다. 그러나 다행히 들키지 않는 선에서 감정을 정리할 수가 있었다.

"그게 왜 궁금한가요. 궁금할 필요가 없는 문제 아닌가요."

"어째서?"

"한승표 씨를 만나고 난 이후로 난 늘 불행하기만 했어요. 웃고 있을 때도 또 울고 있을 때도. 그러니까 굳이 구별하려고 애쓰지 않아도 돼요."

"……내가 어떤 말을 한다 해도 네 귀엔 아프게만 들리는 모양이지."

"사실이 그렇잖아요. 지금처럼 이렇게 한승표 씨와 같은 공간에 있을 때면 늘 죄인이 된 기분에서 벗어날 수가 없어요. 당신처럼 많은 걸 가졌더라면 아마도 상황은 달라졌을 테죠."

이번엔 그가 잠시간 침묵했다. 얼마 뒤 닫혀 있던 그의 말문이 열렸다.

"……그럼 가지면 되잖아. 못 가질 이유도 없지 않나."

"뭐라고요?"

이해하지 못할 그의 말에 현서의 얼굴이 일그러졌다.

"못 들었다면 다시 말해주지. 지현서가 바라는 게 있다면 모두 가져. 그게 어떤 것이든 원한다면 그렇게 만들어줄 수도 있어."

"방금 한 말 우습지도 않다는 생각은 안 해봤나요? 제가 어떻게요? 말처럼 쉽게 가질 수 있는 거라면 저도 벌써했어요. 그런데 아니잖아요. 불가능한 일이란 것 나 모르지 않아요."

시니컬한 말투로 현서가 이야기를 매듭짓자, 곧이어 승표가 입을 열었다.

"나는 어때?"

"무슨…… 의미인가요?"

"말 그대로 네 눈엔 남자로서의 한승표가 어떻게 보이느냐는 질문이야."

까닭 없이 이 말을 들은 직후에 가슴 근처가 간질간질해졌다. 말도 안 되는 가정일 테지만, 마치 이 순간엔 고백을 받은 것처럼 여상치 않은 기분마저 들었다. 개연성이라곤 조금도 없는 헛된 착각이 분명할진대, 제어할 틈도 없이 머릿속이 터져 나갈 것처럼 혼란스럽게 변했다. 현서의 눈동자가 하염없이 흔들렸다.

"대답이 늦어지는군. 급할 건 없으니까 시간이 더 필요한 거라면 천천히 생각해도 좋아."

"틀렸어요. 대답할 가치가 없기 때문에 하지 않는 것뿐이에요."

지금 자신이 하고 있는 이 상상들은 결코 현실에서는 일어날 수 없는 종류의 것들이었다. 때문에 대수롭지 않은 일로 치부하며 아무렇지 않게 넘겨 버리면 그만인 일이었다. 그러나 이상하리만치 곧은 승표의 눈길이 자꾸만 현서의 마음을 불편하게 만들었다.

평상시처럼 독설을 담아 비꼬는 투가 아니었기에 그의 말이 다르게 받아들여졌던 것일까. 어느새 찾아든 적막감이 현서의 숨을 막아왔다. 다행히 대화는 곧 재개되었다.

"따지고 보면 우리가 계약이란 걸 한 지가 한 달은 된 것 같군."

"정확히는 한 달하고도 열흘이 더 지났어요."

벌써 그렇게 시간이 흘러갔냐는 듯 미간을 찌푸린 승표가 잠시간 날짜세기에 골몰했다. 그러더니 이내 좁혀진 이마 위의 주름을 펴며 말을 이어나갔다.

"알다시피 애초에 말을 돌리는 재주 같은 건 나한테 없어. 그러니까 그냥 직설적으로 말하지."

"그만둬요. 듣고 싶지 않아요."

"아니, 해야겠어. 아닐 거라고 생각했는데 나한테 지현서가 조금 특별해진 것 같아."

듣지 않겠다고 했던 현서의 거절 어린 말에도 그는 뜻을 굽히지 않았다.

"솔직히 말해 나도 이런 내가 이해가 되지 않아. 그런데도 시간이 지날수록 자꾸만 네가 눈에 밟혀."

설명을 돕기 위해 승표가 차용했던 특별함이란 단어는, 언젠가 현서가 그의 부친인 태정의 앞에서 한차례 언급했던 바가 있는 말이었다. 그러나 단어의 선택만 같았을 뿐 근본적인 맥락은 완전히 그 뜻을 달리하고 있었다.

한꺼번에 허용치를 넘어서는 이야기를 들어서였을까. 과부하가 걸리기라도 한 것처럼 작동을 멈춰 버린 뇌기능으로 인해 머릿속이 엉망으로 변했다. 그러나 깊게 생각할 것도 없이 자신이 취해야 하는 태도는 언제나 한 가지로 정해져 있었다.

까맣게 물든 현서의 동공이 차츰 영역을 확장했다. 이지를 흐트러뜨리게 만들고 있는 많은 생각들을 뒤로한 채, 간신히 두어 번 속눈썹을 깜빡인 현서가 최대한 담담하게 말을 덧붙여 나갔다.

"거기까지 신경을 써줘야 하는 줄은 미처 몰랐군요. 하지만 제가 해줄 수 있는 대답은 바뀌지 않을 거예요. 방금 전 이야기는 못 들은 걸로 할게요."

"부정해서 될 일은 아니라고 생각되는군. 지금 내 눈앞으로 보이는 사람은 분명 지현서 당신이니까."

"사람 괴롭히는 방법도 가지가지군요. 이젠 더 들어주고 싶은 마음도 생기지 않아요. 그러니까 여기서 나가세요."

"미안하지만 그렇게는 못해줘."

속이 따끔따끔하게 아려왔다.

"왜인가요. 왜 말도 안 되는 트집을 잡아가며 불필요하게 언성을 높이는지 한승표 씨 진짜 의도를 모르겠어요."

"아니, 틀렸어. 넌 이미 알고 있어."

"아뇨, 몰라요. 알고 싶지도 않고요."

단정과도 같은 그의 확언에 현서가 아니라며 도리질을 치는 것으로써 맞대응했다. 양측의 팽팽한 기 싸움으로 인해 집 안엔 또

다시 싸늘한 침묵이 내려앉았다. 그러나 침묵은 곧 날카로운 파열음을 내며 삽시간에 깨어졌다.

쾅!

구석에 방치돼 있던 낡아빠진 앉은뱅이 의자가 큰 소리를 내며 뒤로 넘어갔다.

"빌어먹을! 나라고 해서 그러고 싶지 않은 줄 알아? 그런데 안 되는걸. 눈을 감고 있어도 지현서 얼굴만 자꾸 떠오르는 걸 날더러 어떻게 하라는 거야!"

"대체 나한테 왜 이래요. 아직도 부족해요? 내가 얼마나 더 상처받고 모욕을 받아야 한승표 씨가 제안한 그 돈 얻어낼 수 있는 건가요?"

다른 곳을 향해 눈을 돌릴 여유 같은 것은 애초부터 없었다. 불필요한 감정 소모를 하고 싶은 마음이 없었던 현서가 뜻밖의 전개에 잔뜩 경계하며 가라앉은 말투로 항변했다. 이 모습을 지켜보고 있던 승표가 흘러내린 앞머리를 거칠게 뒤로 쓸어 넘겼다. 그리곤 토해내듯 이야기를 중절거렸다.

"나도 모르겠어. 최악이겠지만 정말로 그래."

"나, 당신이 가지고 노는 장난감 아니었나요? 그래요. 나처럼 아무짝에도 쓸모없는 애는 처음이라 얼마간은 신기해서 그럴 수도 있다고 생각할게요. 질리는 데까지 시간이 필요한 거라면 당분간은 보고도 못 본 척 눈감아줄게요. 하지만 내가 해줄 수 있는 건 딱 거기까지예요."

얄팍하게 벌어진 잇새를 통해 막힘없이 술술 흘러나오는 현서의 속살거림에 승표가 이를 악물었다.

"아니라면? 내가 느끼고 있는 이 엿 같은 감정이 일시적인 충동에서 파생된 게 아니라면 어떻게 되는 걸까? 응? 잘난 지현서가 대답 좀 해봐."

"고집 피우지 말아요. 애초에 말이 안 되는 이야기예요."

"왜 말이 안 돼? 나 돈 많아. 네가 바랐던 것과는 상상도 되지 않을 만큼 많이. 그거면 된 거 아닌가? 너, 돈 좋아하잖아."

어쩐지 지금하고 있는 말싸움조차 우습게 느껴졌다. 가슴 언저리가 꽉 막혀 제대로 된 숨조차 쉬어지지가 않았다. 서로의 입장 차이는 그다지 길지 않게 주고받은 이번 대화를 통해서도 여실히 드러나고 있었다.

이때만큼은 진실로 그녀가 자신만 위할 줄 아는 이기적이고 속물적인 인간이었길 바랐다. 그랬다면 승표의 이 말이 뼈아픈 상처로 다가오진 않았을 텐데, 기분이 더없이 가라앉았다.

직선적인 그의 말은 듣기에 따라 충분히 매력적인 제안이 될 수도 있었다. 그러나 적어도 현서한테만큼은 끔찍한 악몽에 지나지 않았다.

"그거 아나요? 당신은 정말이지 나를 너무 초라하게 만들어요."

"제멋대로란 것 나도 알아. 시작이 좋지 못했단 것도 인정해. 하지만 당장에 널 어떻게 하겠다는 게 아니야. 난 그저, 내 안에서 지현서가 차지하고 있는 자리가 처음보다 커졌단 말을 하고 싶었을 뿐이야. 실은 네가 울었을 때 여기가 따끔거렸거든."

스스로의 심장 부근은 가리킨 승표가 고소를 지었다. 그러나 그의 말이 진실로 다가오지 않았던 것은, 그의 눈빛이 얼마만큼이나 싸늘하게 변할 수 있는지 몇 번이고 겪어보았기 때문일 것이다.

어려운 길로 돌아가지 말자며 이쯤에서 현서는 자신의 태도를 분명히 하기로 마음먹었다. 얼음처럼 딱딱하게 굳어진 얼굴을 풀지 않은 채 그 표정을 그대로 유지한 현서가 인위적으로 입꼬리를 끌어올렸다.

"그래서 당신은 어떻게 하고 싶단 건가요?"

"처음으로 되돌아가 다시 시작하잔 말 같은 건 더 이상 나도 안 해. 어차피 그건 불가능한 일일 테니까."

"어렵네요. 내겐 뭐 하나 쉽게 넘어가는 게 없는 것 같아요."

일관되게 모른 척하고 있기에는 상황이 너무 멀리까지 왔다. 그러나 이 이상 내적 갈등이 심화되는 것은 정말이지 사양하고 싶었다.

"관계를 재정립하기엔 적기가 아니란 건 알아. 하지만 변화가 필요한 시점이라는 생각이 들었어."

"그 말은 한승표 씨하고 저하고 진짜로 사귀기라도 하잔 말인가요?"

한사코 부정하기 바빴던 본질적 문제에 한층 가깝게 접근했다.

"비슷해. 아니, 정확히 봤어."

"싫어요. 당신과 나 사이에 그런 일이 가능할 리 없잖아요."

현서가 조금의 고민도 없이 단칼에 잘라 즉각적으로 거절의 말을 내뱉었다. 좁혀져 있던 승표의 미간 사이의 골이 조금 더 깊어졌다. 답변이 마음이 차지 않았던지 승표의 눈가가 실룩거렸다.

"편협한 지현서, 고슴도치처럼 가시를 세운 지현서, 네가 생각하는 가장 큰 문제가 뭐야?"

"전부요. 어느 거라고 따질 것도 없이 모두 다 한승표 씨와 저는 맞지 않아요. 나만큼이나 이 사실을 잘 알고 있는 사람 또한 한승표 씨 아니었나요."

"내 마음대로 멈출 수 있는 감정이었다면 나도 이런 방식으로는 하지 않았어."

파열된 브레이크가 말을 듣지 않았다. 제동이 걸리지 않은 마음이 제멋대로 춤을 추고 있었다.

"가까이로 다가오지 말아요! 정말이지 어디까지 절 기만해야 당신 성에 차겠어요!"

앞을 향해 방어적으로 양손을 내리 뻗은 현서가 근처로 다가오려던 승표의 행동을 막아섰다. 거부와도 같은 단호한 감정의 표명이었다.

사소한 입장 차이를 감안하더라도 그와의 관계에 있어 가장 큰 걸림돌은, 바로 현서 자신이 심적으로 누군가를 받아들일 만큼 여유를 가지고 있지 않다는 것에 있었다. 그것도 승표와 같이 감정 소모가 큰 사람을 옆자리에 둔다는 것은 생각만으로도 숨이 턱턱 막히는 일이었다. 한없이 배타적인 자신의 탓일지는 모르겠지만, 방금 전에 들었던 그의 고백조차 마냥 현서를 두렵게 만들었다.

더욱이 승표는 정임과 깊숙이 관계가 된 사람이었다. 그것도 다름 아닌 가족이라는 허울로 묶인, 그래서 현서로서는 무작정 피하고 싶은 대상일 수밖에 없는 인물이었다. 원하는 바가 없었더라면 한시도 얽히고 싶지 않았던 승표와 이제 와 사적인 만남을 이어나간다는 것은 현서로선 결단코 지양해야 할 일이었다.

"말장난하는 거 싫다고 분명히 말했던 걸로 기억하는데요."

"아직도 내 말이 장난처럼 들려? 그런 건 좀 싫은데."

불쾌감이 서린 목소리로 정색을 하며 승표가 말을 잘랐다.

"그거 알아요? 한승표 씨 진짜로 나쁜 사람이에요."

최대로 쥐어짜낸 현서의 목소리는 건조하게 메말라 있었다. 겉으로는 평온해 보였지만 내면은 극도의 흥분에 휩싸여 있었다. 이런 분위기를 읽어서일까, 대찬 변명을 쏟아낼 것 같았던 승표가 의외로 한 발자국 뒤로 물러섰다.

"나아가지 않아도 좋아. 머무르고 싶은 거라면 그 자리에 있어. 다가서는 건 나 혼자서 해도 되는 일이니까."

"있잖아요, 나는 지금보다 더 아프고 싶지 않아요. 이런 내가 당신을 가까이 둘 리 없잖아요."

"이상하지. 마치 내가 판 함정에 내가 빠진 기분이군. 방금 전에 네가 한 이야기, 듣고 있기가 쉽지 않았어."

마음이 바뀌었다는 상투적인 말로 이 모든 변화를 대변하기에는 둘 사이에는 건널 수 없는 깊은 강이 자리를 차지하고 있었다.

"난, 한승표 씨가 안일한 사람이라곤 생각지 않아요. 그래서 더욱 당신이 내민 손을 잡을 수가 없어요. 내게 불신을 심어준 사람이 다름 아닌 당신이니까요."

"……그래. 분명 그랬었지."

쓸쓸하게 과거형으로 종결지어진 그의 대답을 끝으로 현서가 가만히 그를 올려다보았다. 현시점에서 승표가 아무런 이유도 없이 이런 일을 행하고 있다고는 생각지 않았다. 그러나 그의 의도가 무엇인지를 알아맞히려는 노력은 지금으로써는 하지 않을 생각이었다. 모든 걸 떠나 승표의 진심을 믿기에는 자신은 지나치게 겁이 많았다.

"나 한승표 씨한테 크게 바라는 거 없어요. 그냥 이렇게 시간이 흘러 예정된 두 달이 지난 다음에 약속했던 돈만 받아내면 그만이에요. 그거면 충분해요."

"간단해서 좋네. 하지만 난 그렇게 못해줄 것 같은데 어떻게 하지, 지현서."

"한승표 씨가 보태주지 않아도 저 충분히 복잡하고 심란해요. 당신 눈에는 그저 하찮은 어린애의 투정 정도로만 비춰질지 모르겠지만, 사실은 힘들어서 미칠 것 같단 말이에요."

악을 쓰진 않았지만 지친 기운이 역력했다.

"넌 어린 게 뭐가 그렇게 복잡해."

"저도 단순해지고 싶어요. 그러니까 이런 말 두 번 다시 내게 하지 말아요."

물끄러미 그녀를 응시하고 있던 승표의 눈빛이 허탈하게 변했다. 갑갑한 상황을 타개코자 무의식중으로 담배를 찾아 포켓을 뒤지던 승표의 손이 순간 멈칫하며 굳어졌다. 이 모습을 바라보고 있던 현서의 입안이 왜인지 바짝 타들어갔다. 결국 담배를 포기한 승표가 손 위치를 제자리로 돌려놓으며 중단했던 대화를 재개해나갔다.

"그러면 내가…… 내가 어떻게 해줬으면 좋겠어?"

허스키하게 들릴 정도로 목소리의 고저가 낮아졌다. 무엇보다 되묻는 음성 자체가 무척이나 조심스러웠다. 평상시의 그와는 동일인물이라고 생각되지 않을 정도로 다정한 물음에 현서의 심장이 다시금 널뛰듯 쿵쾅대기 시작했다. 열이 오르듯 얼굴색이 조금씩 상기되기 시작했다. 켜켜이 쌓아두었던 견고한 마음의 벽이 어째서인지 조금씩 금이 가고 있었다.

"말해봐, 지현서. 어떻게 하면 지금보다 네가 편해질 수 있어?"

현서의 입술이 말없이 달싹였다. 사실은 누구라도 좋았다. 혼자서는 감당하기 힘든 이 일을 조금이라도 나눌 수만 있다면 어느 사람이든 마다하고 싶지 않았다. 그만큼 현서는 지쳐 있었다.

'하지만 그래선 안 되는 거잖아. 적어도 이 사람만큼은 해당이 되지 않잖아.'

진심을 담은 고백조차 비웃음으로 답한 사람이 아니었던가. 아프다 토로하던 절박한 현서의 애원 어린 목소리마저도 무시로 일관하던 그때의 모습이 현재의 승표와 오버랩됐다.

애당초 서로에 대한 믿음이라곤 티끌만치도 가지고 있지 않은 두 사람이었다. 그런 현서와 승표가 만나 일반적인 남녀 사이로까지 관계가 발전된다는 게 가당키나 한 상황일까. 과연 그런 여지가 남아 있는지조차 현서는 회의적이었다.

첫 단추부터가 잘못 채워졌다. 그에게 있어 현서가 가지고 놀기 쉬운 장난감과도 다르지 않았다면, 현서에게 있어 승표는 결국은 사라져 버릴 신기루와 같은 존재였다. 그런데도 지금 그가 보여주고 있는 일면의 이 모습만 보고 약해진 마음이 바보처럼 승표를 의지하게 될까 봐서 무서웠다.

정임을 중간에 낀 승표와의 모종의 계약관계는 여전히 현재 진행 중에 있었다. 비록 그날 이후로 다시 정임을 만날 일은 생기지 않았지만, 언제든 승표가 원하기만 한다면 그의 말 한마디에 그때와 같은 상황을 또다시 재연될 것이다. 그리고 그것은 모두 다 현서가 감내해야 할 몫으로 남을 터였다. 이것이야말로 승표로부터 돈을 받기로 한 데에 따른 유일한 전제조건이나 다름이 없었으니까.

현서가 승표에게 지불하기로 한 대가는 온전한 그녀의 아픔이었다. 두려움이 물밀듯이 밀려들었다. 그래서 더욱 그를 밀어내려고 안간힘을 써봤지만 생각대로 잘 되지가 않았다.

무너지지 말자.

이렇게까지 약해진 자신의 모습을 바라보는 건 정말이지 끔찍한 일이었다. 결과가 뻔히 보이는 일이었기에 끝까지 휘말려 들고 싶지 않았는데, 어느새 풍랑을 맞은 것처럼 마음이 이리저리로 요동치고 있었다.

어리석은 지현서.

고민을 한다는 것 자체가 흔들리고 있다는 증거였다. 외면하고 있던 진실을 깨닫고 나니 뒷목이 서늘해지는 것을 느꼈다. 현서는 이러한 사실을 숨기려고 더욱더 자신을 필사적으로 몰아붙였다. 거지 같은 이 감정을 홀가분하게 툭툭 털어낼 수만 있다면 무엇이든지 할 생각이었다.

아무것도 들어 있지 않은 깨끗한 현서의 눈이 승표를 향해 움직이자 때마침 승표의 눈도 현서 쪽을 바라보았다. 공중에서 맞부딪힌 두 쌍의 눈동자가 많은 이야기를 주고받았을 때쯤 마침내 현서의 닫혀 있던 도톰한 입술도 상하로 벌어졌다.

"그냥, 그냥 당신이 차가웠으면 좋겠어요. 처음 만났던 그때처럼 날 홀대하고, 별거 아닌 어린애 취급하고, 그저 아무렇게나 길바닥에 굴러다니는 돌멩이라도 된 것처럼 무의미하게 그렇게 대해주면 차라리 마음이 편할 것 같아요."

뭐가 그렇게 어렵고 힘든 말이라고, 이야기가 끝이 났을 무렵엔 탁하게 목이 잠겨 있었다. 눈 안쪽으론 보기 싫게 발간 핏줄도 불거져 있었다.

"미안하다. 이렇게나 내가 나쁜 놈이어서 미안해."

눈가를 짓누르는 가볍지 않은 터치. 현서의 몸이 부르르 떨렸다. 기다렸다는 듯 격하게 들썩이기 시작한 어깨 너머의 작은 진동이 점차 온몸으로 퍼져 나갔다. 재빠르게 양팔로 두 어깨로 감싸 안은 현서가 방어적으로 몸을 움츠렸다. 그리곤 웅얼거리는 투로 속살거렸다.

"당신이 싫어요."

"알아. 아니까 제발 그런 얼굴 하지 마."

꿈을 꾸고 있는 게 분명했다. 그러지 않고선 설명이 불가능한 일들이 지금 현서의 눈앞에서 벌어지고 있었다.

어린아이에게나 할 법한 베이비키스가 현서의 이마 위로 날아들었다. 성적인 것과는 무관하게 그저 단순히 입술을 찍어 누르는 동작에 지나지 않았다. 이것이 승표 나름의 위로였다는 것을 깨달

앉을 때는 적잖이 당황해 울음기 가득한 말을 떠듬거리기 바빴다.

"지, 지금 이게, 이게 대체 무슨……."

"기분이 나빴다면 미안해. 하지만 지금이라면 확실히 알 수 있을 것 같아."

"잠깐, 잠깐만 기다려 줘요. 무슨 말을 꺼내려는 건지는 모르겠지만 그만 됐어요. 말하지 말아요. 나 조금도 궁금하지 않아요."

승표의 시야에서 벗어나기 위해 필사적으로 고개를 틀던 현서의 움직임을 한 템포 빠르게 승표가 저지했다. 이내 곧게 뻗은 승표의 시선이 현서라는 단 하나의 표적을 향해 고정되기 시작했다.

"여태까지처럼 옆에서 관찰하면서 이죽대는 것 더는 하지 않아."

"듣기 싫다고 했잖아요! 당신은 여전히 자기 생각을 강요하는 것밖에 할 줄 모르는군요."

사람을 질리게 만드는 방법도 가지가지라며 현서가 비난과도 닮은 질책을 토해냈다. 잘 억눌러 왔던 그간에 반감 어린 감정들이 일시에 폭발하면서 무장해제 되어 있던 승표의 심장을 사납게 공격해 들어갔다. 참담함이 승표의 내부를 할퀴고 지나갔다. 예상 이상으로 거센 거부반응에 태어나 처음으로 그의 심장이 먹먹하게 변했다.

"어떻게 말해도 상관없어. 하지만 오늘 이 시간부로 네 곁에서 주변인으로 머무는 짓은 더 이상 안 해. 네가 싫다고 해도 이젠 어쩔 수 없어."

"멋대로 지껄이지 말아요. 이런 일 말 안 돼요."

"네가 틀렸어. 그간엔 몰랐지만 말이 되더라."

강제할 수 없는 부분이란 걸 열심히 피력해 봤지만 효과는 극히 미미했다. 승표는 초지일관 그의 의견을 굽히지 않았다.

"아뇨. 한승표 씨가 뭘 잘못 알고 있는 걸 거예요."

"닿고 싶단 생각이 들었어. 네 살결을 지나 네 입술에까지도 그랬고 나중에는 가리지 않고 어디랄 것도 없이 전부 다. 언제부터인지는 모르겠지만 때때로 그런 충동이 들었어."

권태로운 일상처럼 무덤덤한 고백이었다. 때에 맞춰 이유 모를 불안감이 그녀의 내부를 휘젓고 지나갔다. 곧 경각심 어린 현서의 눈동자가 승표를 견제했다. 그러나 현서의 혼란한 사정과는 무관하게 기어코 승표의 입에서는 마지막에 마지막까지 미뤄두었던 결정적인 한마디가 뜨거운 숨결에 섞여 흘러나왔다.

"지현서, 내 눈에 네가 여자로 보이는 것 같아. 아니, 여자로 보여."

"맙소사."

"너무 늦게 깨달았지만 확실히 지금은 그래."

삽시간에 마음이 쑥대밭으로 변했다. 이쯤 되자 모든 걸 관둬버리고 싶단 마음이 지배적으로 들었다. 한껏 방어적으로 변한 현서가 좀 전에 했던 자신의 주장을 또 한 번 되풀이했다.

"당신 미쳤군요. 정말이지 제대로 미쳤어요."

"진심으로 하는 말이야. 가짜가 아닌 진짜. 그래서 지금처럼 네가 날 부정하는 말을 들을 때면 괴롭단 생각이 들어."

듣지 않았으면 좋았을 승표의 고백으로 인해 현서의 머릿속은 금세 엉망진창으로 변했다. 더군다나 승표는 한 번 내뱉은 말을 주워 담을 생각은 없는지, 이 말을 끝으로 굳게 입을 걸어 잠그는 쪽을 택했다.

원치 않게 받게 된 승표의 관심은 현서에게 극심한 피로감을 가져다주었다. 타인이 자신을 좋게 봐준다는 게 이처럼 괴로운 일이 될 거란 건 예전엔 미처 생각지 못했던 사항들이었다. 무너지지 않게 스스로를 지킨다는 것이 무척이나 어렵게 느껴졌다.

주눅을 들게 만드는 그의 거침없는 행보에 벌겋게 눈가를 물들인 현서가 상대를 날카롭게 쏘아보았다. 상반된 서로의 주장은 쉽사리 닿지 않을 평행선을 그렸다.

어떻게 하면 현서 자신이 편해질 수 있겠느냐고?

달콤한 제안과는 달리 지금도 이렇게 제멋대로 굴고 있으면서! 그렇게 원한다면 망설이지 않고 말해주리라, 그렇게 생각을 바꿨다. 독기를 품은 현서의 얼굴이 보기 싫게 일그러졌다.

"그럼 그전에 내게 약속했던 돈부터 줘요. 그럴 수 있나요?"

"……생각해 볼게."

"나중에 말고 지금 답해줘요. 어렵지 않잖아요."

"네 말이 맞아. 지금은 무리야."

뜻밖으로 받은 질문에 얼마간 고민을 하던 승표가 끝내 고개를 가로저었다. 그것 보라며 현서가 아랫입술을 베어 물었다.

"그럴 줄 알았어요. 당신이 말하는 진심이란 건 고작 이 정도밖에 안 되는 거였군요.”

“폄하하지 마. 차라리 왜냐고 이유를 따져 물어. 그게 훨씬 지현서다우니까.”

“그럼 한승표 씨 말처럼 다시 물을게요. 왜죠? 그 정도 돈쯤 당신한텐 아쉬울 것 없는 금액이 아니었던가요?”

울지 않으려고 부단히도 노력한 덕분에 눈물이 질금거리며 흘러나오지는 않았다. 그러나 발갛게 변한 눈 주변부는 그사이 더욱더 색채가 짙어져 있었다.

“현서야.”

“내 이름 부르지 말아요. 그런 식으로 다정하게 입에 담지 말란 말이야!”

“빌어먹을. 변명처럼 들릴 테지만 네가 아니라 내가 문제여서 그래.”

도대체 어느 선까지 어물어물 눈가림으로 넘어가 줘야지만 그는 만족이란 걸 할까. 본질을 흐리게 만드는 두서없는 생각들이 마치 때를 기다리고 있었다는 듯이 활개를 치기 시작했다. 그사이 설명이 부족했다고 여긴 승표로부터 부연설명이 계속되고 있었다.

“명분을 남겨두고 싶어서야. 널 붙잡아둘 수 있는 유일한 명분.”

“……한승표 씨는 늘 그래요. 늘 무언가를 손에 쥐고 흔들어야지만 관계를 이어나갈 수 있는 사람 같아요.”

“그래. 이게 내가 지금껏 살아온 방식이야. 쉽게 고칠 수도 없고, 고쳐지지도 않는 버릇과도 같은 거지. 그래서 포기가 안 되는 부분이지."

무슨 말로 어떻게 포장한다 하더라도 결론은 한 가지로 귀결되었다. 승표는 그가 소유하고 있는 알량하기만 한 주도권을 내어놓고 싶지 않은 것뿐이었다. 그러나 해묵은 논쟁을 다시 시작하자는 게 아니었기에 현서는 곧바로 본론을 꺼내놓았다.

"내 생각은 그래요. 아무것도 믿지 못하는 사람은 사랑을 해서도 안 된다고 봐요."

"……."

"지금의 나도, 그리고 한승표 씨도. 분명 서로에게 상처만 줄 뿐이니까요."

시간이 지날수록 정상적인 사고가 불가능해졌다. 서둘러 대화를 종결지으려고 하는 현서의 의중을 읽어서일까. 다급한 승표의 변명이 빗살처럼 빠르게 터져 나왔다.

"하지만 배우지 못했는걸. 믿음, 그거 가르쳐 준 사람이 내 곁엔 아무도 없었어."

불시에 원인 모를 이명 현상이 일어나며 달팽이관을 타고 들어오던 숱한 단어들이 하나둘 뭉그러지기 시작했다. 이내 의미 모를 말들이 귓가에서 웅성대며 가학적일 만큼 현서를 괴롭혀댔다.

얌전히 내리깐 현서의 눈썹 끝이 너울지듯 파르르 떨렸다.

"증오, 시기, 질투. 내 눈으로 보고 배운 것이라곤 이딴 것들밖에 없어. 사랑? 행복? 그게 책으로만 배워지는 거였으면 나도 했어. 하지만 아니었어. 그건 가능하지 않는 일이었어."

말할 수 없이 모든 게 피곤했다.

"무슨 말인지는 알겠어요. 하지만……."

"아니, 몰라. 지금도 넌 전혀 알려고 들지 않잖아."

발밑에 낭떠러지를 두고 서 있는 것처럼 눈앞으로 불똥이 튀었다.

"자신 없어요. 나 아닌 다른 사람을 찾아봐요."

떼를 쓰는 것처럼 비춰지는 게 싫어 최대한 감정을 억눌렀다. 그러나 여전히 승표에겐 현서의 말들이 핀잔 정도로밖에 들리지 않는 모양이었다.

"내 대답은 변함없어. 네가 겪어봤다시피 나란 놈 착하지 못해서 네 부탁 못 들어줘."

"제발 한승표 씨……."

"이러지 마. 애원을 해야 하는 사람은 네가 아니라 바로 나야."

"하지만, 하지만……."

"그럴수록 더 욕심이 생겨. 태생부터가 이기적인 놈이라서 나 뒤로 못 물러나."

승표가 똑똑한 사람이란 걸 현서 또한 모르지 않았다. 그렇기에 그는 지금 현서가 흔들리고 있다는 사실 역시도 어렵지 않게 캐치해 내고 있을 게 분명했다. 변함없이 확고한 그의 의지를 재확인한 뒤로는 멀미를 느끼는 것처럼 속이 울렁거렸다. 스스로를 추스르는 것조차도 벅차서 숨이 막힐 지경인데……. 두려움이 엄습했다.

"내 손을 잡아."

끝까지 붙들고 있어주지도 않을 거면서.

"내 눈 안에서 머물러. 내 시야가 닿는 곳이라면 어디라도 상관

안 해.”

때때로 맞닥뜨리게 될 당신의 차가운 눈길을 피해 숨어들 수 있는 유일한 장소조차 빼앗아가 버리면 도대체 남은 지옥을 어떻게 견뎌내라는 걸까. 오픈된 공간 속에서 살라는 그의 말이 현서의 숨통을 조여들었다.

“……망가지고 말 거예요.”

“그렇게 되도록 내가 놔두지 않아.”

“틀렸어요. 나는 당신처럼 강하지 못해요. 결국 울게 되는 것도 나 한 사람만이 될 테죠.”

숙여져 있던 그녀의 턱을 승표가 다소 거친 동작으로 위로 치켜 올렸다.

“어떻게 할까. 현서 네가 아무리 날 그런 말로 어르고 협박한들 포기가 되지 않는걸.”

진심이란 언제나 상대를 두렵게 만드는 힘을 가지고 있었다. 나란히 걷자는 승표, 그게 지옥이든 어디든 상관치 않겠다며 연신 현서를 향해 손짓했다. 가까스로 그의 페이스에 이끌리던 발길을 간신히 정지해 돌려세운 현서가 부정의 감정을 담아 머리를 뒤흔들었다.

“저요, 이정임 씨 딸이에요. 그거 잊고 잊는 거 아니에요?”

“알아. 하지만 지금 내 눈 안에는 겁쟁이 울보 지현서밖에 들어 있지 않아.”

말없이 가만히 와 닿는 남자의 손길에 지친 눈꺼풀이 스르륵 닫혔다. 무뎌질 만큼 무뎌졌다고 여긴 가슴 한쪽으로 아직도 더 아플 여력이 남아 있었던 모양이다. 먹먹함에 말도 못할 정도로 심장 부근이 저릿했다.

차가워진 현서의 볼을 감싸기 시작한 남자의 두 손은 따뜻한 온기를 품고 있었다. 휘말리지 말자며 단단히 중심을 잡고 서 있었는데도, 정신을 차려보니 어느 순간 그의 소용돌이 안에 갇혀 이리저리 흔들리고 있었다.

무너지는 모습을 보여주지 않으려고 갖은 애를 써봤지만, 생각 이상으로 자신은 많이 지쳐 있었던 모양이다. 끌어당기듯 현서의 얼굴을 승표가 그의 품으로 이끌었다. 믿기지 않을 정도로 순순히 승표의 손길에 이끌린 현서가 그의 가슴에 얼굴을 묻었다. 곧 머릿속이 하얗게 변하면서 어느 순간 눈앞이 까맣게 암전되었다. 간헐적으로 떨리던 몸의 움직임이 일시에 잦아들었다.

중심을 잃은 현서의 몸이 나아갈 방향을 찾지 못한 채 곧장 바닥으로 허물어져 내렸다. 축 늘어지기 시작한 현서의 몸을 다급히 받아드는 승표가 뒤늦게 안도의 한숨을 내몰아쉬었다. 짧은 시간 동안에 그답지 않게 얼마나 당황을 했던지 등줄기로 식은땀이 주르륵 흘러내렸다. 심장이 요란할 정도로 덜컹댔다. 살아오면서 이렇게 놀랐던 때가 몇 번이나 있었을까 싶었다.

변질되기 시작한 감정의 색채를 눈치챘을 무렵에는 그것을 드러내 놓고 인정을 하는 것이 어려웠다. 그래서 이에 대한 반발력으로 더 상대에게 상처를 주는 말을 했고, 그것으로 모든 것이 해결이 될 줄로만 알았다. 줄곧 그래 왔던 것처럼 손쉬운 처방전이라 자신했기에 가능했던 일이었다.

그런데 어째서인지 시간이 지날수록 개운해지기는커녕 마음 한 켠이 불편해지고 신경이 쓰였다. 문득문득 시시때때로 떠올리게 되는 현서의 얼굴이 자연스레 그를 헤어날 수 없는 늪으로 이끌었다. 때문에 한동안은 발길까지 끊어가며 현서에게 치중돼 있던 관심을 돌리려고 노력해 보기도 했었다. 하지만 그게 마음처럼 되지가 않았다. 떨어져 있으니 더 생각이 나고 자꾸만 동향이 궁금해졌다.

사소한 손짓 하나에, 의미 없이 던졌을 평범한 말 한마디에도 그의 몸이 반응했다. 사실 오늘처럼 별것 아닌 일에 기어코 감정이 절정에 달해 폭발하게 된 것도, 어찌 보면 앞서 일어났던 마음의 변이와 무관하지 않은 일이었다.

그날, 정임을 만나고 나온 직후 차 안에서 강제로 그녀의 몸을 속박한 뒤 탐하듯 농락했다. 일부러 모욕감을 주기 위해 아직 다 자라지도 못한 여체의 가슴을 주무르고 희롱했음에도 불구하고, 이 모든 게 아무 일도 아니라는 듯 담담하게 행동하는 현서로 인해 외려 초조해진 사람은 승표였다.

"꼴 한번 좋게 됐군."

이정임의 딸 지현서.

변함없는 명제임에도 불구하고 왜인지 자꾸만 승표의 눈엔 현서가 다르게 비춰지고 있었다. 정임의 딸이 아닌 오롯이 지현서로서의 그녀가 그의 딱딱한 마음을 파고들었다. 일찍이 그의 주변부를 휘감고 있던 방어기제는 어느새 자취를 감춘 뒤였다.

그의 품 안에 얌전히 안겨 있는 현서에게서 시선을 떼지 못한 승표가 곱씹듯 앞으로의 상황을 그려봤다. 이내 승표의 눈썹이 두드러지게 꿈틀거렸다.

"지금 사랑이라는 말이 하고 싶어 이러는 건가. 대답해 봐, 한승표."

혼잣말처럼 중얼거린 스스로에 대한 질문 하나에 승표가 허허로운 헛웃음을 쏟아냈다. 하지만 단순히 호기심이라는 단어 정도로는 그가 품고 있는 뜻 모를 이 감정들을 모두 설명해 내기가 어려웠다. 그래서 더 지금 이 상황이 어렵게 느껴지는 걸지도. 그럼에도 말이란 게 참 우습단 생각이 들었다. 일단 입 밖으로 내놓고 나니 그나마 꽉 막혀 있던 속이 조금쯤은 풀어진 것 같았다.

현서의 표현을 그대로 빌려 쓰자면 이제 겨우 한 달하고도 열흘 남짓한 시간이 흘렀을 뿐이었다. 기준으로 삼기에도 마뜩지 않은, 이 짧지도 길지도 않은 기간 동안에 주변 상황은 그가 생각했던 것보다 훨씬 더 많은 변화를 일으키고 있었다. 그 대상엔 절대로 변하지 않을 거라고 누누이 과신했던 승표 자신조차 예외 없이 포함돼 있었다.

의식치 못했던 사이 어느새 그의 손바닥 위로도 축축한 땀방울이 흥건하게 배어 나왔다. 거친 동작으로 손에 묻은 땀을 문질러 닦은 그가 조심스레 현서의 얼굴을 쓸었다. 살점이라곤 찾아볼 수도 없이 말라비틀어진 몸은, 자칫 잘못해 힘 조절에 실패하기라도 한다면 그 자리에서 바스러지지나 않을까 하는 걱정이 들었을 정도로 가느다랬다. 뼈밖에 만져지지 않는 이 몸이 지독한 갈증을 유발했다.

"어디까지 날 들었다 놔야 직성에 풀리겠니?"

정임으로부터 파생된 반감이 예상 밖의 감정으로 고착화되었다. 쉽사리 정의치 못할 이 감정의 정체가 정확하게 무엇인지를 파악하게 될 때까지, 승표는 현서를 떠나보내지 않을 계획을 세웠다. 이러한 이유로 그는 여전히 현서가 원했던 소정의 돈을 약속했던 날짜 이전에 지불할 생각은 조금도 하고 있지 않았다. 한차례 언급했었던 바와 같이 금액의 크고 작음의 문제가 아니라, 딱히 힘을 들이지 않고서도 지금처럼 현서를 붙잡아둘 수 있는 손쉬운 이유가 되어줄 거란 걸 익히 알고 있었기 때문이었다.

누구보다 많은 것을 소유했다 자부했기에 가능했던 이 어리석은 생각이, 사실은 해서는 안 되었을 자만과도 다르지 않았음을 이 순간의 승표는 알지 못했다. 결국 직접 현서를 병원으로 데려가는 것을 포기한 승표가 이내 휴대폰을 들어 올려 버튼을 눌렀다. 그리고 얼마 지나지 않아 승표의 주치의가 현서의 집 앞에 당도했다.

앙상한 현서의 팔에 긴 주사바늘이 침투했다. 그러나 이번 역시도 제대로 된 혈관을 찾지 못했던지 난처해질 대로 난처해진 간호사가 승표의 눈치를 살피고선 슬그머니 주사바늘을 빼냈다.

"죄송합니다. 다시 시술하겠습니다."

"대답 한번 간단해서 좋군. 덕분에 내 기분은 아주 바닥이지만."

눈살을 찌푸리게 만드는 연이은 실수에 승표의 눈썹이 사납게 꿈틀거렸다. 가뜩이나 살벌했던 기운 위로 곧 차가운 냉기류까지 덧씌워졌다. 그러자 옆에서 현서의 상태를 살펴보고 있던 한신그룹 산하재단 소속인 한신종합병원의 원장 김석중이 냉랭해진 분위기를 중재하고 나섰다.

"늙은이 숨 막히게 왜들 이러나. 이 간호사가 실수를 하고 싶어 한 것은 아닐 터이니, 이쯤 해두고 넘어가게나."

사적인 자리에선 승표의 부친인 태정을 형님이라고 부를 정도로 막역한 사이인 김 원장이 그를 바라보며 짐짓 너스레를 떨었다. 그러나 유야무야 넘기기에는 방금 전에 보여준 석중의 태도는 그다지 썩 바람직한 방향과는 거리가 멀었다. 달래는 듯한 석중의 은근한 말투 끝엔 시시비비를 따져온 승표의 의중을 헤아리려 하기보다는 실책을 저지른 간호사의 입장을 두둔하는 쪽에 더 큰 비중을 두고 있었다.

무릇 아랫사람의 허물이란 때때로 윗사람의 책임소재가 되기도 하는 법이었기에, 이 같은 석중의 대처 방안도 이해하자면 못해줄 것도 없었다. 하지만 승표의 눈에는 여전히 별 시답지 않은 변명거리로만 비춰졌다.

"미처 몰랐던 사실이군요. 아마추어가 아닌 프로페셔널을 기대하는 게 김 원장님 입장에서는 무리한 요구였다니. 앞으로의 일에 관해서는 재고를 해봐야 할 것 같습니다."

"이보게나, 한 이사!"

가면을 뒤집어쓴 것처럼 무표정하게 변한 승표가 석중을 향해 쓴소리를 아끼지 않았다.

"김 원장님께서 뭔가 크게 착각을 하고 계시는가 보군요. 제가 구태여 김 원장님을 이곳으로까지 불러들인 건 이에 걸맞은 의료 서비스를 받기 위함이지, 기껏 혈관 하나도 제대로 찾지 못해 쩔쩔매는 이류 간호사 따위의 연습 상대가 돼주려고 어려운 발걸음을 하게 한 게 아니란 말입니다."

"이거야 원. 아무리 사실이 그렇다 한들, 자네 정말이지 말이 심하지 않은가."

"무엇이 심하단 말입니까?"

"경우가 그렇지 않나. 설마하니 이 간호사가 일부러 그러기야 했을까. 사람 무안하게 면전에다 대고 이러는 건 예의가 아니지 않느냔 말일세."

말꼬리를 붙들고 늘어지는 승표의 대화법을 억지라고 규정지은 석중이 역정이 난 내색을 숨기지 않았다. 이에 크게 개의치 않은 승표가 입가로 차가운 비웃음이 걸었다. 이 순간 때맞춰 김 원장이 어린 이 간호사 앞을 보호하듯 가로막으며 전면으로 나섰다. 사나운 승표의 시선이 한층 기세를 북돋웠다.

평소답지 않게 왜 이렇게나 싸고도는가 싶더니만……. 외래진료 시 으레 함께 대동하곤 했던 수간호사 자리를 대신 꿰차고 앉은 이 간호사의 모습 위로, 갖가지 추측들이 오버랩되면서 승표의 머릿속이 재빠르게 회전했다. 온기를 잃은 눈빛은 어느새 싸늘하게 식어 있었다.

"실망이 크군요. 무례로 비춰질 만큼 부당한 요구를 했던 기억

같은 건 제게는 없습니다."

"계속 이럴 건가. 사람이 왜 이렇게 둥글지가 못해."

"분명히 해둘 것이 있군요. 해선 안 될 말을 하고 있는 건 제 쪽이 아닙니다."

승표가 보여준 행동은 단지 정당한 권리 행사의 일환일 뿐이었다. 그러니 경우를 따져야 하는 것도 김 원장이 아니라 그가 해야 할 일이었다.

"지금 말 다했는가?"

"아님 제가 기어이 사람을 가려 쓰라는 말까지 드려야 하는 겁니까?"

"어허! 그래도 이 사람이!"

"두말 않겠습니다. 앞으로도 계속 이런 식이라면 저 원장님 믿고 일 못 맡깁니다."

한 해 한신그룹 본사로부터 지원을 받는 예산이 얼마인지를 익히 알고 있던 석중이 놀라 흠칫 몸을 떨었다. 일신의 안위를 넘어 오랜 세월 맡아 해오던 주치의 자리까지 들먹이는 것은 미처 예상치 못했던 범위의 일이었다. 그리고 그제야 일이 잘못 돌아가고 있음을 석중은 깨달았다. 장소며 주변 환경 등을 고려해 볼 때 그다지 대수로울 것 없는 상대라 자체판단을 내렸던 석중에게는 그야말로 청천벽력과도 같은 소리였다.

"……따지고 보면 별일도 아닌 일에 둘 다 너무 흥분을 한 것 같군. 그러니 한 이사도 진심으로 한 말은 아닐 거라 믿겠네."

"그건 앞으로 두고 보면 차차 알게 될 겁니다."

　　방금 전에 했던 말이 빈말이 아니었음을 확인시키려는 듯 승표
의 다물어진 입매는 한껏 비틀어져 있었다. 뒤늦게 승표의 얼굴
위에 자리해 있는 감정이 진심이라는 걸 읽은 뒤론 석중의 안색이
더없이 검게 변했다. 삽시간에 석중의 내부에서 현서의 위치가 상
향조정되었다. 무엇보다 승표의 입장에선 사사로이 석중을 불러
들여 치료를 받게 했을 정도로 주요시 생각했던 사안이었다. 너무
안일하게 대처했음을 뒤늦게 통감한 석중이 침음과 함께 개선의
지를 내비쳤다.

　　"한 이사 말도 일리가 없진 않았단 걸 내 인정하지. 오해할 소지
를 제공한 건 분명 나니 말일세. 내심 자네나 한 회장님 내외분 진
료가 아니어서 그만 방심을 했던 모양이야. 늙은이 주책이지 뭔
가. 내 생각이 짧았던 것 같으니 그만 마음 풀게나."

　　공과 사를 혼돈했음을 시인한 석중이 이어 멀찍이 물러서 있던
이 간호사를 향해 서둘러 눈짓했다. 이에 싸늘하게 식은 승표의
시선도 덩달아 석중이 가리키는 경로를 따라 이동했다.

　　야차와도 같은 살벌한 승표의 눈빛에 잔뜩 긴장한 이 간호사가
떨림을 머금은 손길로 다시금 현서의 팔뚝을 움켜잡았다. 다행히
이번엔 제대로 된 혈관을 찾아 정확한 위치에 주사바늘을 꽂아 넣
음으로써 우려했던 최악의 상황에선 벗어날 수가 있었다. 누가 먼
저랄 것도 없이 안도의 한숨이 입 밖으로 흘러나왔다. 링거 수액
이 한 방울씩 현서의 몸 안으로 들어가기 시작하자 지대했던 승표
의 관심도 차츰 이 간호사로부터 멀어졌다. 그사이 귀에서 청진기
를 떼어낸 석중이 승표를 향해 진료결과를 설명해 나갔다.

“맥박도 고르지 못하고 전체적으로 몸 상태의 밸런스가 무너져 있네. 날 잡고 종합검진을 받아보게 하는 편이 나을 것 같으니, 언제 한번 시간 내 함께 들르도록 하게나.”

“스트레스가 심했을 겁니다. 최근 마음 쓸 일이 잦았거든요.”

핏기라곤 조금도 없이 하얗게 질려 있는 현서의 얼굴을 욕심껏 쓰다듬은 승표가 읊조리듯 대꾸했다. 뜻밖으로 목격하게 된 승표의 다정한 모습에 놀란 석중이 작게 헛기침을 하고는 미처 다하지 못한 보충설명을 덧붙였다.

“그리고 개인적인 소견으론 영양실조가 의심되는 상황이네. 영양제가 든 수액도 함께 맞혀야 하니 시간이 조금 더 걸릴 걸세.”

“영양실조……? 대체 그게 무슨 말씀입니까?”

믿기지 않은 이야기를 전해 들은 승표가 날카로운 목소리로 되물었다.

“얼굴색도 좋지 못하고 결정적으로 너무 말랐어. 육안으로 보기에도 위험할 정도야. 무리해 다이어트를 하고 있는 거라면 당장에라도 관두게 하게나.”

그러고 보면 확실히 처음 만났을 때보다 현저하게 살이 내려 있었다. 놀란 기색을 지우지 못한 승표를 뒤로한 채 석중이 대화를 이어나갔다.

“여길 보게나. 손톱 끝이 불투명하게 변해 있고 군데군데 깨져 있질 않은가.”

그 흔한 매니큐어조차 발려 있지 않은 밋밋한 현서의 손끝은 석중의 말처럼 정돈되지 않은 상태로 방치돼 있었다.

"선천적으로 소화기관이 약할 수도 있으니까 내 말대로 근간 꼭 한번 들르게나."

석중의 당부가 이어질수록 승표의 내부는 흡사 폭격이라도 받은 것처럼 폐허로 변해갔다. 때에 맞춰 원인을 알 수 없는 통증이 승표의 심장부로 날아들었다. 미묘할 정도로 신경을 거스르게 만드는 지지부진한 둔통이었다.

고만고만한 얼굴.

딱히 예쁘다고도 못할 평범한 축에 속하는 현서의 얼굴이 승표로부터 지독한 갈증을 유발해 냈다. 그러다 쉽게 떨쳐 내지지 않는 답답함에 울컥 기분이 상했다. 제 몸 하나도 제대로 간수하지 못해 바보처럼 앓아눕기나 하고, 애를 태우게 만들 작정이 아니라면 당장에라도 눈을 뜨라고 윽박지르며 소리라도 치고 싶은 심정이었다. 어느새 그의 눈동자가 무저갱처럼 깊이를 알 수 없이 검게 변했다.

답답한 마음에 담배 생각이 가득해졌지만, 원하는 걸 얻기 위해 직접 행동으로 옮기지는 않았다. 시간이 흐를수록 공연하게 마음이 들썩였다. 그러다 스스로가 하고 있는 꼴이 퍽이나 우스워진 승표가 튕기듯 가볍게 현서의 이마를 두드리고는 작게 피식거렸다.

아프지 마.

주문과도 같았던 말 한마디가 끝내 입 밖으로 나오지 못한 채 그의 목 언저리에서 걸려 안으로 사그라졌다. 그런데 그 순간 미동도 없이 얌전히 자리해 있던 현서의 몸이 들썩였다.

“으응.”

누운 자리가 불편했던 것인지, 아니면 방금 전에 장난 삼아 했던 승표의 행동이 문제였던 건지, 몸을 뒤척이며 돌아눕던 현서의 입에서 앓는 소리가 흘러나왔다. 동시에 고정돼 있던 링거 줄이 출렁이며 팽팽하게 당겨졌다.

“젠장.”

이 간호사가 따로 조치를 취하기도 전에 서둘러 현서의 몸을 바로 돌려세운 승표가 자세를 고쳐 앉으며 그녀의 머리를 그의 무릎께로 올려놓았다. 그리곤 불편함이 길어질세라 링거 줄을 길게 늘어뜨리기 시작했다. 한결같이 입 모아 승표는 차가운 냉혈한이라고 수군대던 이들이 이 모습을 보았더라면 놀라 까무러치고도 남았을 장면이었다. 일례로 옆에 있던 석중만 하더라도 안색을 달리하지 않았던가.

무릎 위로 느껴지는 지독히도 무게감 없는 현서의 존재에, 깨어나기만 하면 몸에 좋다고 하는 것들이라면 뭐든지 거둬 먹일 작정을 한 승표가 그녀의 얼굴을 가만히 응시했다. 그러다 문득 단순히 체력이 저하돼 앓아누운 것치곤 병색이 짙다는 사실을 깨달았다. 그제야 과거 껄끄러웠던 대화 속에서 잊고 지나쳤던 단어 하나가 머릿속으로 떠올랐다.

마치 때를 기다리고 있기라도 했던 것처럼 불안감이 빠른 속도로 상승곡선을 그렸다. 그저 필요할 때 꺼내 쓰기 좋은 허울 좋은 변명 정도로만 치부했던 현서의 말 한마디가 어째서인지 지금 이 순간 그의 간담을 서늘하게 만드는 촉매제 역할을 해왔다. 급기야는 당시에 주고받았던 대화 내용들이 하나도 빠짐없이 눈앞으로 둥둥 떠다니기 시작하더니 이내 불안 심리를 양껏 부추겼다.

초조해지는 것을 느끼자 입술 끝이 건조하게 메말라 갔다. 지나친 억측이 낳은 사념일 뿐일 거라며 애써 부인하면서도, 반대로 머릿속으론 이러한 생각들에 대해 쉼 없이 반문하기 바빴다. 그럴수록 내재된 불안은 자꾸만 덩치를 키워 나갔다. 그제야 승표는 놓쳐서는 안 될 가장 기본적인 사실을 망각하고 있었다는 걸 깨달았다.

"빌어먹을. 어처구니가 없군."

줄곧 외면하고만 있던 진실에 한 발자국 가깝게 다가섰다. 그럴수록 알려들지 않았던 그동안의 진실들이 모습을 드러내 왔다.

돈이 필요한 이유를 아픔에 결부시켜 설득을 구해오던 현서의 애원을 믿은 것도, 그렇다고 하여 믿지 않은 것도 아니었다. 그저 반반의 가능성만을 열어둔 채 두고 보았을 뿐이었다. 아무런 조치 없이 마냥 손을 놓고 있었던 이유는 이 일이 자신과는 무관한 사안이라 여겼기 때문이다. 분명 그때는 그랬다. 그러나 이제 와 변한 마음은 당시 보여주었던 승표의 행동을 사납게 질타해 왔다.

그제야 그는 지난 한 달여의 시간 동안에 꼭 거쳤어야 했을 확인들을 미뤄두고 있었음을 깨달았다. 아니, 그 이전에 정임과 연관된 정보뿐만 아니라 현서 개인에 대한 좀 더 포괄적인 조사가 이루어졌어야 했다. 겉보기엔 보통 사람들과 별반 다르지 않게 행동했었기에 쉽게 간과하고 넘어갔던 이번 일이, 뒤늦게 거대한 태풍으로 발전해 정신없이 승표의 주위를 휘몰아쳤다.

잊고 있었지만 사람의 속이 모두 같을 수는 없는 법이었다. 때문에 같은 말을 해왔다고 하여 그 의도 또한 같을 리가 없었다. 성급한 일반화의 오류는 승표에게 하지 않아도 됐을 실수를 하게 만들었다.

예상 밖의 심경 변화가 가져다준 것은 원치 않은 갈등의 양상이었다. 지금 이 순간 말할 수 없이 승표를 괴롭게 만든 것은 쓰러지기 직전에 했던 현서의 애타는 말 한마디였다. 먼저 약속했던 돈을 달라했던 현서. 실수를 만회할 기회는 분명 그때도 있었다. 그러나 그 기회는 이미 제 손으로 날려 버린 지 오래였다. 이런 상황에서 만약 이 모든 것들이 사실로 밝혀지기라도 한다면……? 빛바랜 사진처럼 본래의 색을 잃어버린 승표의 눈동자가 암울한 기운을 띠었다.

"김 원장님, 김 원장님이 해주셔야 할 일이 있습니다."

책상 위에 흐트러진 채로 놓여 있던 펜과 메모지 대용으로 사용 가능한 연습장 반절을 다급히 집어든 승표가, 그가 외고 있던 현서의 주민등록번호 열세 자리와 함께 이름 석 자를 휘갈겨 쓰고는 곧 그 쪽지를 석중에게로 건넸다. 가타부타 말없이 받아든 석중의 안색이 급격히 흐려졌다. 말하지 않아도 승표의 뜻이 무엇인지 알 수 있어서였다.

"묻겠네만, 혹 우리 병원에 다니던 환자였던가?"

"거기까진 모르겠습니다. 그러니 다방면으로 알아봐 주셔야 할 겁니다."

"허허. 지금 나더러 타 병원 환자 기록을 빼내오라는 건가? 의

료법상 환자의 개인정보는 중대한 비밀로 다뤄지고 있단 거 한 이
사도 잘 알고 있지 않은가.”

“고지식하게 이거 왜 이러십니까. 앓는 소릴 할 만큼 힘든 일 아
니란 것 압니다. 제가 잘못 생각하고 있는 거라면 다른 루트를 통
해 알아보겠습니다.”

필요에 따라서는 차선의 방법을 택할 수도 있음을 대놓고 암시
하는 대목이었다. 현재 차기 한신그룹을 이끌 후계자가 승표란 것
에 이의를 제기를 할 사람은 아무도 없었다. 척을 지고 앙금을 쌓
아봤자 결코 좋을 것이 없단 걸 모를 리 없는 석중이었다.

법에 저촉되는 불법의 유무를 떠나 꼭 알아내고야 말겠다는 승
표의 의지를 재확인한 석중이 잠시간 침묵을 지켰다. 그러나 승표
는 자신이 내건 이번 제안에 석중이 흔쾌히 응해올 거란 모종의
확신이 있는 상태였다.

양심? 히포크라테스선서?

좀체 결단을 내리지 못하고 있는 석중을 향한 승표의 눈길은 한
치의 흔들림도 없었다. 어차피 승표가 한 요구가 다른 환자의 목
숨과 직결되는 위험사항도 아니거니와, 무리하게 타인의 피해를
요하고 있는 일도 아니었기에 석중으로서도 크게 손해날 것은 없
다는 게 승표의 판단이었다.

종합병원 원장 자리란 것이 그저 그런 운만으로 얻어지는 자리
였던가? 애초에 야심과 야망이 없었다면 바라볼 수조차 없는 자리
였다. 이를테면 승표는 처음부터 석중의 의중을 떠보기보단 언제
쯤 긍정의 답변이 나올까 시간을 재고 있던 셈이었다. 이 비서를

시켰어도 되었을 일에 굳이 석중을 끌어들인 데에는, 이 비서보다 석중이 이 일에 대해 적임자라는 판단을 내렸기 때문이었다.

오만한 제왕처럼 꼿꼿하게 고개를 치켜들고 있던 승표의 얼굴은 흔들림 없이 굳건했다. 달아날 퇴로는 이미 막혀 있었던 것인지도 모르겠다며 마침내 석중이 걸어 잠그고 있던 입을 열었다.

"원 사람도. 말이 그렇다는 게지. 알겠네. 내 근시일 내로 알아봐 줌세."

석중이 말속에 긍정을 담아 고개를 주억거렸다. 거기엔 이참에 빚 하나쯤은 지워놔도 나쁘지 않을 거란 계산속이 은연중에 깔려 있었다. 대화는 이것으로 종결되었고, 얼마 후 할 일을 마친 김 원장이 자리를 떴다.

지끈.

무의식중에 승표가 스스로의 심장으로 손을 가져다 댔다. 왜 이렇게나 심장에 무리가 가는지 승표 자신조차 이유를 찾지 못했기에 답답함은 커져만 갔다.

눈을 떴을 때 가장 먼저 시야 너머로 잡힌 건 일그러진 표정을 짓고 있던 승표의 얼굴이었다. 무거워진 눈꺼풀을 들어 올려 서너 번 위아래로 여닫자, 흐릿했던 시야가 점차 선명하게 밝아졌다.

"드디어 깼군."

예기치 못했던 낯선 상황에 현서의 눈살이 반사적으로 찌푸려졌다. 이에 아랑곳없이 승표가 그녀의 이마 위에 올려져 있던 물수건을 치워냈다. 차가웠던 물수건이 어느샌가 뜨뜻미지근하게 변해 있었다.

도무지 이해가 가지 않은 상황에 멍하니 이 광경을 지켜보고 있던 현서가, 그제야 대화 막바지에서 달할 때쯤 정신을 잃었던 사실을 머릿속으로 기억해 냈다.

“혹시 저 기절이라도 했었던 건가요?”

“그래.”

“……본의 아니게 폐를 끼쳤네요.”

“그런 말이라면 됐으니까 앞으론 걱정시킬 일이나 만들지 마. 말도 없이 쓰러지는 바람에 놀란 걸 생각하면……. 그러니 입맛이 없더라도 잘 좀 챙겨 먹어.”

염려인지 협박인지 좀체 알 수 없는 승표의 말을 끝으로 뒤늦게 돌아가는 사태를 대강이나마 파악한 현서가 힘겹게 상체를 일으켰다. 하지만 너무 갑작스럽게 거동을 해서인지 일순 눈앞이 이지러지면서 심한 현기증이 느껴졌다. 이에 승표가 단호히 고개를 내저으며 강제나 다름없이 재차 현서를 바닥에 눕혔다.

“움직이기엔 아직 이르니까 그대로 누워 있어. 그리고 필요한 게 있으면 직접 할 생각 말고 날 부르도록 해.”

“당신을요……?”

“환자를 부려먹을 만큼 나쁜 놈 아냐. 그러니까 그렇게 놀랍다는 눈으로 바라볼 거 없어.”

발치께로 밀려나 있던 이불을 현서의 목 부근까지 끌어올린 승표가 곧 얌전히 있으라며 아프지 않은 가벼운 손길로 토닥여 왔다. 호의라고도 부를 수 있는 익숙지 않은 낯선 배려에, 어떻게 반응해야 좋을지 판단이 서지 않은 현서가 이불 속에서 눈만 좌우로 굴리고 있자 곧 승표가 아무렇지 않게 대화를 이끌어 나갔다.

“아프진 않지?”

“……?”

“생각보다 둔하군. 팔 말이야. 실력도 없는 간호사 하나가 혈관
도 제대로 못 찾아서 네댓 번쯤 바늘로 푹푹 찔러댔거든.”

툴툴대는 승표의 말을 듣고서야 핏줄이 훤히 비치는 팔뚝 부근
에서 평소와는 다른 위화감이 느껴졌다. 그리고 언제부터 꽂혀 있
었던 것인지는 모르겠지만 뾰족한 주사바늘을 통해 링거 수액이
자신의 몸 안으로 들어가고 있었다. 몰랐는데 이런 예민한 일조차
감지해 내지 못할 정도로 정신이 페이드아웃 되었던 모양이다.

거추장스럽게 매달린 링거 줄에서 시선을 뗀 현서가 승표를 바
라보았다.

“이것 좀 빼주면 안 되나요.”

“응. 안 돼.”

“필요한 일이 있으면 언제든 부르라면서요? 치사하게 남자가
두말하기예요?”

“모든 일에는 예외가 있게 마련이지. 그리고 이번이 바로 그런
경우지.”

물러설 여지를 남겨두지 않음으로써 승표가 현서의 요청에 대
한 답변을 갈음했다.

“그러지 말고 그냥 내 말대로 해줘요. 거추장스럽단 말이에요.”

“안 된다면 안 되는 건 줄이나 알아. 다 맞을 때까진 어림도 없
어.”

“하지만……”

“그보다 이렇게 마음 놓고 있을 때가 아닌 것 같은데? 설마 내
가 했던 말 까맣게 잊고 있는 건 아닐 테지?”

언뜻 투정을 부리듯 건네온 그의 말투 속엔 심술궂은 장난기가 숨어 있었다. 승표의 말을 어떤 식으로 해석해야 좋을지 몰라 꼭 난관에 봉착한 기분이었다. 가라앉았던 미열이 또다시 홧홧한 열기를 발산했다.

일순 지난 과거의 일들이 파노라마처럼 눈앞으로 스쳐 지나갔다. 서먹서먹하기 그지없었던 만남에서부터 시작해 현재에 이르기까지, 승표와 함께한 시간들 중에서 마음이 편했던 때라곤 단 한차례도 없었다. 그런데 왜 어리석게도 지금에 와 헛된 기대를 품고 마는 것일까.

폭풍처럼 정신없이 휘몰아치던 시간은 한차례 많은 것을 휩쓸고 물러난 뒤였다. 그러나 태풍의 핵에 들어온 지금부터가 오히려 본격적인 시작임을 모르지 않은 현서였다.

차라리 승표의 악취미에 놀아나는 중이라면 그러려니 하겠지만, 애석하게도 현서의 가정이 설득력을 얻기에는 마주 대하고 있던 승표의 눈빛이 지나치게 다정한 색을 띠고 있었다.

"……어떻게 그럴 수가 있나요?"

"뭐가?"

"당신 눈 말이에요. 세상에서 가장 소중한 것을 바라보듯 그렇게 절 바라보고 있잖아요. 이게 어떻게 현실에서 가능한 일이에요?"

이 상황이 무섭지 않다는 것은 새빨간 거짓말일 뿐이었다. 처음 만났을 때 자신을 향했던 그때의 차갑고 냉혹한 눈빛보다 지금이 훨씬 더 현서를 두렵게 만들었다. 끊임없이 지치지도 않고 마치 반복적으로 인내심을 시험당하는 것 같았다. 차라리 과민한 착각이었음 좋았을 뻔했단 생각을 가졌을 정도로 낯설기만 한 그의 눈길이 현서를 헷갈리게 했다.

숨길 수 없는 동요가 현서의 얼굴에서 묻어 나왔다. 천천히 일어나 앉던 그녀의 머리카락을 쓰다듬던 그의 손길이 일순 소명을 다하기라도 한 것처럼 움직임이 멎었다.

"넌 내가 바뀌지 않을 거라고 했지."

"저뿐만 아니라 한승표 씨 역시 인정한 부분이었어요."

현서의 반박에 그가 수긍을 담아 짧게 고개를 까닥였다. 하지만 정작 승표의 입을 통해 이어져 나온 말들은 다른 이야기를 하고 있었다.

"하지만 세상에 절대적인 건 아무것도 없더군. 늦게 깨달았지만 그렇더군."

"한승표 씨가 뭘 말하고자 하는지 저는 지금도 잘 모르겠어요."

"간단해. 사실은 너도, 나도 두 사람 모두가 다 틀렸던 거였어."

대화의 흐름을 방해하지 않는 선에서 잠시간 숨을 고른 승표가 이야기를 계속해 나갔다.

"바뀌지 않을 거라 자신했던 나는 실제로 변했고, 이런 나를 변화시킨 건 다름 아닌 지현서 너였으니까. 인정하기 싫겠지만 네가 있음으로 인해 내가 변했어."

"그런……. 그건 궤변이에요!"

"내 눈빛이 처음과 다르게 느껴진다고 했지? 그건 내가 변했기 때문일 수도 있지만 반대로 네가 바뀌었기 때문에 생긴 현상이란 생각은 안 해봤어?"

오답에 가까운 정답에 현서의 몸이 흠칫 떨렸다. 아니라 부정했지만 낌새는 이미 여러 곳에서 나타나고 있었다. 승표에 말에 귀를 기울이기 시작했을 때, 똑바로 바라보았던 그의 눈길을 피하기 시작했을 때 등 이미 확률의 어느 정도는 승표의 의도에 맞춰 기울어지고 있었다. 그러나 변화를 인정하기 어려운 현서는 이번에도 이를 악물었다.

"설득하려 들지 말아요."

"설득 같은 게 아냐. 내 마음을 알아달란 고백이란 거 정말로 모르겠어?"

"제가 알아야 할 필요가 없는 거니까요."

"이 입은 늘 나한테 못된 말만 하는구나."

재차로 현서의 뺨을 어루만지던 승표의 손길에서 그득 조심스러움이 묻어 나왔다. 피하듯 현서가 고개를 흔들었다.

일부러는 아니었다지만, 정신을 잃고 쓰러지기까지 했던 보람도 없이 또다시 쟁점에 불이 붙어버렸다. 진전이라곤 조금도 없는 질리지도 않는 논쟁의 연속이었다. 여전히 두 사람 모두 물러설 생각은 하지 않은 채로 서로의 입장만 고수하고 있었다.

도돌이표를 따라 무작정 걷고 있는 것 같은 아득한 기분이 들었다. 그러나 알게 모르게 말을 섞으면 섞을수록 일정 부분 그의 페이스로 이끌려 가고 있다는 느낌 또한 지울 수가 없었다.

"당신이란 사람 변덕이 심하다는 거 알아요. 그러니까 이런 헛된 감정도 오래가지 못하고 곧 끝을 드러내고 말 거예요."

"끝을 아는 건 오직 신만이 가능한 일이지. 그러니까 난 아니란 말도 하지 않을 거야. 하지만 네가 한 말에 대한 긍정 또한 해주지 못해.”

“그렇지만…… 날 사랑하는 것도 아니잖아요.”

결국 스스로가 정한 지침을 지키기 위해 현서가 마음속 금기로 지정해 두었던 한마디를 입에다 담았다. 당연하게도 이 말은 곧장 승표의 반발을 샀다.

“그럼 이번엔 내가 묻지. 지현서가 생각하는 사람의 감정이란 건 특정 단어 하나만으로 설명되어지는 종류의 것이었던가? 맞아. 네가 말한 것처럼 이 감정이 사랑이라든지 하는 확신은 아직 없어. 하지만 이거 하나는 알아.”

“……?”

“내 속에서 우선순위가 바뀌었다는 것. 그리고 그중 최상위를 차지하고 있는 게 너라는 건 자신할 수 있지.”

새롭게 싹을 틔우기 시작한 감정을 억누를 자신이 없어졌다. 약해질 대로 약해져 있는 지금이라면 서툰 유혹에도 거절하지 못하고 곧바로 넘어가 버릴지도 몰랐다. 걷잡을 수 없이 자란 마음이 거추장스러웠다. 새삼 현서의 눈빛이 세차게 흔들렸다.

“지현서 때문이라면 내가 소중히 여기고 있는 것들이 망가져도 화가 나지 않을 거 같고, 그 이상의 일을 겪게 되더라도 나쁘지 않을 거란 말도 안 되는 생각을 해봤어. 이 정도면 중증 아냐?”

들썩이기 시작한 마음을 애써 타일러 봐도 말을 듣지가 않는다. 승표를 단념시켜야 한다는 의지보다 이제는 스스로를 다잡고 있는 것조차 어려울 지경이었다.

"우리 지금 이러는 거 정상 아니에요. 제발 부탁인데 그런 이상적인 말로 난 납득시키려 들지 마세요."

"말리기엔 내 감정이 너무 멀리 와 있더군. 그래서 네 말 못 들어줘."

"안 들려요. 아니, 더 이상 듣지 않을래요."

까슬까슬하게 말라 있는 입술 위로 가만히 와 닿는 남자의 손길. 매만지듯 문지르는 그의 행위가 초조함을 증폭시켰다. 이번에도 어김없이 도리질을 치려던 현서의 행동을 한발 빠르게 막아낸 승표가 시선을 맞춰왔다. 더는 물러날 곳이 아무 데도 없었다.

"다, 당장 이 손 떼지 못해요!"

"싫어."

"한승표 씨!"

넘어가지 말고 버텨야 한다는 필사적인 다짐만이 간신히 현서를 지탱해 줬다. 하지만 격랑에 휩싸인 현서의 사정과는 다르게, 수면 아래로 가라앉은 그의 눈동자는 한없이 고요하기만 했다. 일순 약하게 문지르던 승표의 손가락에 아플 정도로 힘이 들어가면서 입술을 부비는 행위가 한껏 농염하게 변했다. 선정적으로 여겨질 만큼 야한 느낌이었다. 전혀 예상치 못했던 애가 단 발언이 들려온 건 이때였다.

"키스하고 싶어."

"맙소사! 당신, 제정신이 아니로군요!"

"제대로 잘 봤군. 지현서 말이 맞아."

"하지 말아요. 하면 저 화낼 거예요!"

단호한 현서의 거절이 이어졌지만 승표 또한 쉽게 포기하지 않았다. 곧 승표의 얼굴이 현서의 얼굴 쪽을 향해 기울어지기 시작했다.

"허락하지 않아도 어쩔 수 없어. 미안하지만 뽀뽀같이 풋내 나는 걸로는 못 참아줘."

읍!

축축한 남자의 혀가 살짝 벌어져 있던 잇새를 억지로 비집으며 밀려들어 왔다. 곧 흉기로 변한 그의 뭉텅한 혀가 점막으로 감싸여 있는 현서의 입안 이곳저곳을, 고르게 정렬돼 있는 치열 여기저기를 건드리며 더듬기 시작했다. 마치 흉포한 침입자에 의해 차근차근 점령당해지는 기분이었다.

"제발 이러지 말아요."

작은 울먹임.

간신히 고개를 돌려 끈적거리는 입술을 피해낸 현서가 애원이나 다름없는 말로 설득에 나섰다. 동그랗게 떠진 눈동자 안엔 정리되지 않은 혼란함이 가득 들어차 있었다. 그러나 앞서 벌어진 일들은 전초전에 지나지 않았다는 듯 이후로도 승표의 행보는 거침이 없었다.

그의 영역 밖으로 벗어나기 위해 연신 발버둥을 치던 현서의 양쪽 어깨를 승표가 단단하게 붙들었다. 곧 작정하고 막아서는 남자의 강인한 악력에 의해 반항 어린 움직임이 원천 봉쇄되었다.

시간이 지날수록 붙들린 어깨가 뻣뻣하게 굳어갔다. 장난으로 치부하며 넘길 수 있는 성질의 것이 아니란 건 달구어진 그의 시선으로부터 충분히 미뤄 유추해 낼 수 있었다. 게다가 지난번처럼 상대의 뺨을 후려칠 틈 같을 걸 줄 정도로 승표는 무르게 나오지 않았다. 흡사 먹이를 눈앞에 둔 맹수처럼 승표의 눈동자가 사납게 일렁였다.

“가져야겠어. 아니, 가지고야 말겠어.”

“저질 같으니라고. 정말이지 지옥에나 떨어져 버려!”

“그것도 나쁘진 않지. 지현서를 얻는 데 드는 기회비용이라고 치면 해볼 만한 일이겠어.”

“말이면 단 줄…… 읍!”

그사이 나쁜 습관을 들이기라도 한 것처럼, 여지없이 이번에도 승표가 막무가내로 제 뜻한 바를 밀어붙였다. 요령껏 현서의 아랫입술을 베어 문 승표가 곧장 입안을 공략해 들어갔다. 혀뿌리를 잡아 뜯을 것처럼 엉켜오는 역동적인 움직임이 곧 현서의 정신을 쏙 빼놓기에 이르렀다. 움찔거리는 어깨를 한결 더 단단히 부여잡은 승표가 얼굴을 양 방향으로 번갈아 기울여 가며 마음껏 욕심을 채웠다.

행위의 속도는 미처 현서가 따라가지 못할 정도로 급진적이었다. 너무 힘들고 지쳐 이제 그만두고 싶은 마음뿐이었지만, 쉽사리 틈을 주지 않는 승표로 인해 내내 가쁜 숨만 헐떡여야 했다. 울상이 된 현서가 이러지도 저러지도 못하고 있는 사이 곧 야할 정도로 질척한 소리가 귓가로 울려 퍼졌다.

츠읍, 츠읍.

“으읏!”

불현듯 그간엔 한 번도 경험해 보지 못했던 이상야릇한 기운이 몸 한쪽 구석에서 서서히 피어오르기 시작했다. 원칙대로라면 승표와의 키스가 몸서리쳐지게 싫어져야 맞는 건데, 왜인지 정반대로 온몸이 녹진녹진하고 흐물흐물하게 녹아내리고 있었다. 정신이 딴 곳에 팔려 있는 사람처럼 당장엔 아무런 생각도 할 수가 없었다.

사실상 테크닉을 논하기엔 현서의 경험은 지나치게 일천했다. 그럼에도 그가 해오는 키스가 무척이나 능숙한 거란 것 정도는 본능적으로 알 수가 있었다. 입술 위를 겉돌기만 하던 풋풋한 뽀뽀와는 질적으로 다른 농밀한 키스였다.

자연스레 엉키듯 부딪혀 온 승표의 혀가 요리조리 피하기만 하던 현서의 혀를 능수능란하게 휘감고 돌았다. 작정하고 강하게 빨아대는 통에 흡사 혀뿌리가 통째로 뽑혀져 나가는 것과도 같은 통증이 유발되었다. 그러다가도 일정 시간 뒤엔 달래듯 혀와 혀 사이를 비벼오는 등의 유연한 강약조절로 능숙하게 행위를 지속시켰다.

제 의지로는 가누어지지 않는 현서의 몸이 연신 움찔거렸다. 언제부터인지 그의 품에서 벗어나야 한다는 사명감도 잊어버린 채 익숙지 않은 열기에 잠식당해 허우적거리고만 있었다.

주르륵.

한참 만에야 포개져 있던 두 개의 입술이 틈을 만들며 거리를 벌리자, 때를 기다렸다는 듯이 미처 삼키지 못했던 타액이 입가로 흘러내렸다. 그사이 거리낌이라곤 전혀 없는 승표가 그의 혀를 이용해 현서의 턱 위쪽을 쭉 핥아 올리며 남은 키스의 흔적을 지워냈다. 그렇지 않아도 상기돼 있던 얼굴이 새빨갛게 달아올랐다. 그리고 그제야 겨우 승표의 속박에서부터 벗어날 수가 있었다.

늘 시리게만 보였던 그의 눈동자가 온정 어린 온기를 품은 채 현서를 응시해 왔다. 이에 비례해 점점 알 수 없는 감정들이 내부에서 덩치를 키워갔다. 승표의 말처럼 영원히 변하지 않을 것 같았던 두 사람 사이의 관계는 의식하지 못했던 사이에 많은 변화를 겪고 있었다. 만남을 이어온 그간의 시간들이 헛되지 않았음을 증명이라도 해 보이고 싶었던 것일까. 못내 불편해진 마음이 비명을 질러왔다.

폭탄을 맞은 것처럼 엉망이 된 정신을 추스르고 난 후 가장 먼저 든 생각은 자기혐오였다. 선택권도 없이 시작된 키스였지만 시간이 지날수록 승표의 팔을 붙들고 늘어진 사람은 그가 아닌 바로 현서 자신이었다. 강제로 시작된 키스가 끝이 났음에도 전처럼 뺨을 올려붙이지 못한 까닭도 바로 여기에 있었다.

엉망이 돼버린 머릿속, 정상적인 사고조차 할 수 없을 정도로 모든 게 혼란스러웠다. 가만히 와 닿는 승표의 눈길이 말할 수 없는 부담감으로 작용했다. 바로 그때 뒤로 물러나 한껏 몸을 빼고 서 있던 현서를 바라보며 한 발자국 앞으로 걸음을 내딛은 승표가 입을 열었다.

"이래도 내가 장난치는 걸로 보여?"

"……아뇨. 그래서 더 이해가 안 가요. 우리 이럴 만한 사이 아니잖아요. 우린 그냥…… 그냥 단지……."

“단지, 뭐.”

“서로의 편의에 의해 계약으로 묶여 있는 관계일 뿐이잖아요. 게다가 전 지금이 딱 좋아요. 굳이 여기서 관계를 진전시켜야 하는 이유도 찾지 못하겠고요.”

고르고 골라 간신히 대답을 끝낸 현서에 비해 그는 비교적 간단하게 결론을 내렸다.

“인정해. 넌 그저 두려운 거야. 어떻게 흘러갈지 모르는 불투명한 미래와 불확실한 관계에 대해 미리 겁부터 내고 있는 것뿐이잖아.”

“제가 겁쟁이란 말을 하고 싶은 거로군요.”

현서의 반문에 한 치의 망설임도 없이 승표가 고개를 끄덕였다.

“피하고 싶은 마음은 이해해. 하지만 아니라고 했지만 너 내 말에 흔들렸어. 분명히 그랬어. 내 말이 틀려?”

속속들이 숨겨두었던 진실들을 하나둘씩 파헤치며 헤집어 올 때마다 아무렇지 않게 대화에 임하고 있기가 어려워졌다. 금세 준비해 둔 대답도 바닥을 드러냈다. 막다른 골목에 내몰린 것도 아닌데 이상하게 물러설 곳이 남아 있지 않은 기분이 들었다.

정리하자면 승표의 말도 어느 정도는 일리가 있었다. 설령 다른 모두를 속일 수 있다 할지라도 끝내 스스로를 속일 수는 없는 법이니까. 승표의 말처럼 그의 말에 마음이 흔들렸던 건 부정할 수 없는 사실이었다. 실은 지금도 여전히 갈피를 잡지 못한 마음이 이리저리 줏대 없이 왔다 갔다 하고 있었다. 하지만 그럼에도 달라지는 건 없어야 했다. 반드시 그래야만 했다.

꼭 말아 쥔 살점 없는 현서의 손등 위로 파란 핏줄이 돋았다. 이 이상 마음의 짐을 늘리고 싶지 않았다. 추리고 추려 될 수 있는 한 단순해지고 싶었다. 매섭게 변한 현서의 눈동자가 승표를 노려보았다.

"그게 나쁜 건가요. 뻔히 결과가 안 좋을 걸 아는데, 그래서 한 발자국 먼저 물러나 피해가려고 하는데 그게 왜 나빠요? 말했잖아요. 난 상처받고 싶지 않아요. 아프고 싶지도 않단 말이에요."

"지현서의 눈에 내가 어떻게 보이는지는 나도 잘 알아. 너무 잘 알아서 네가 이럴 때마다 나 자신한테 화가 나."

누군가에게 거절당해 본 적이 없던 승표로선 분명 익숙지 않은 경험일 터였다. 반복되는 실랑이 속에 이젠 어느 쪽이 오기를 부리는 것인지 현서 자신도 헷갈릴 지경이 되었다.

"분명한 건 하나예요. 한승표 씨와 가까워지면 가까워질수록 깨지고 너덜해지는 건 제가 될 거란 사실이에요. 근데 그걸 알면서도 왜 내가 한승표 씨가 내민 손을 잡아야 하나요? 나 그런 바보 같은 짓 안 할 거예요."

"미안하지만 난 지는 내기는 하지 않아. 앞으로도 또 그 앞으로도. 그러니까 이번에도 포기하는 일 같은 건 없을 거야."

"……어째서 한승표 씨는 뭐든지 이렇게 쉽나요. 같은 일이라도 난 매번 어렵고 죽을 것같이 힘이 드는데."

답답하다. 왜 처음처럼 무관심하게 그를 대할 수 없는 것인지, 제발이지 그 사유라도 알려줬으면 좋을 것 같았다. 말은 단호하게 아니라 하면서도 현서의 눈빛은 위태롭게 흔들렸다.

정신 차려, 지현서.

매번 승표가 입을 열 때마다 날카로운 가시에 찔리기라도 한 것처럼 상처를 받아야 했었던 과거의 기억이 지금도 머릿속에 뚜렷하게 각인돼 있었다. 하지만 그럼에도 불구하고 들썩이기 시작한 마음을 온전히 붙들고 있기가 어려웠다. 까닭 없이 한쪽으로 편중되기 시작한 감정을 다스리려 노력해 봤지만 생각처럼 잘 되지가 않았다. 마치 종잡을 수 없는 방향을 향해 내달리고 있는 느낌이었다.

"내가 쉬웠을 거라고? 천만에. 나 하나도 쉽지 않았어. 쉬웠다면 지금 이 자리에 있지도 않았을 테지."

"……도망치고 싶어요. 나를 둘러싸고 있는 이 모든 현실에서부터 벗어나고 싶어요."

하지만 그럴 수 없다는 걸 누구보다 잘 알고 있었기에 괴로움은 배가되었다. 삶의 끄트머리에서 살기 위해 필사적으로 발버둥을 치고 있는 기분이었다.

"덜 괴롭고 싶은 건 누구나 같아. 그러니 똑바로 봐. 현실을 벗어날 수 있는 방법 같은 건 애초에 존재하지 않아."

"……그거 알아요? 처음부터 끝까지 당신이란 사람 제멋대로예요."

"노력하고 있어. 모르지 않아서 나도…… 힘들어."

누가 가르쳐 주지 않았음에도 어느 순간부터 상대의 입을 통해 나오는 말들이 하나같이 진심이 담긴 진실이란 걸 읽어낼 수 있었다.

핏줄이 툭 불거질 정도로 주먹을 거머쥔 승표가 답답함을 호소했다. 시간을 두고 노력한다 해도 쉽사리 메워지지 않을 간극이 두 사람 사이의 관계 진전을 방해했다.

"우리 사이에 존재하는 건 전부 파괴적인 감정뿐이로군요. 당신이 말하는 주장도 내가 하는 거절도 결국은 융화되지 못한 채 서로를 힘들게 할 뿐이니까요."

"몰랐는데, 남을 설득하는 일이 이렇게나 힘든 일이었군. 아주 무능력한 사람이 된 기분이야."

따가울 정도로 강렬한 눈빛이 따끔따끔 살갗을 파고들었다. 다소 가라앉은 분위기 속에서도 승표는 여전히 우위를 선점한 채 현서를 몰아붙이고 있었다. 스스로를 추스를 여력조차 남아 있지 않았기에 이 시간이 너무나도 길게 느껴졌다.

"자신이 없어요. 상처받지 않고 행복해질 수 있는 자신, 그게 저한테는 없어요."

"세상에 불행을 바라고 사는 사람은 없어. 하지만 때때로 불행해지도 해. 그게 사람이니까."

"아프기만 하면 어떻게 하죠. 이렇게 끝까지 아프기만 한다면…… 스스로가 너무 불쌍하잖아요."

"속상하면 화를 내. 그게 아니라면 차라리 울기라도 하라고. 그렇게 이를 악물어봤자 상처를 입는 건 너 하나야."

승표가 진심을 다해 부딪혀 오면 올수록, 속은 까맣게 타들어가다 못해 새하얗게 재로 변해갔다. 사리분별을 할 줄 모르는 어린아이도 아닌데, 불현듯 승표가 내민 저 손이 잡고 싶어졌다. 일그러진 현서의 얼굴 위로 괴로움이 스쳐 지나갔다.

"아주, 아주 웃긴 여자가 된 것 같아요. 거절해야 한다는 걸 아는데도 왜 자꾸 내 마음이 바스락거리는 걸까요."

"그거면 됐어. 시작할 마음이 아예 없지만 않으면 된 거야."

긴말 필요 없이 다소간 안도의 숨을 쏟아낸 승표가 강하게 현서를 껴안았다. 무슨 조화라도 부린 것인지 승표의 이런 행동이 처음처럼 마냥 꺼림칙하게 느껴지지가 않았다. 시간이 흘러갈수록 혼란스러운 머릿속과는 별개로 멋모를 새로운 감정들이 자리를 잡아가고 있었다. 그러나 이렇게 쉽게 감정을 인정하고 이끌려가기엔 감내해야 할 것들이 너무나도 컸다.

"하지만 우린 너무 달라요. 애초에 맞지 않은 두 사람이 만났으니까요."

"이건 끝이 정해져 있는 게임 따위가 아니야. 맞춰가면 돼. 누구든 그렇게 살아가."

스스로에게 하는 현서의 다짐에 승표가 고개를 흔드는 것으로써 반대 의견을 피력했다. 단숨에 큰 원을 그리며 마음속에서 거센 파문이 일어났다. 주변을 돌아볼 여력이 없던 사람은 오직 그녀 혼자뿐인 것 같았다. 스스로의 의지대로 일을 관철시키는 승표의 행동은 일체의 막힘도 없었다.

생각이 깊어질수록 모든 게 혼란스러웠다. 그러다 불현듯 어느 한 기점을 시작으로 해서 그간 놓치고 지나쳤던 질문 하나가 머릿속에 떠올랐다. 따지고 보면 애초 줄기차게 고민해 왔던 본질적인 문제라 함은 단 두 가지가 아니었던가. 하나는 수술동의서에 사인을 해줄 보호자의 존재였으며 나머지 다른 하나는 이에 따른 비용의 문제였다.

이즈음 현서는 좀 더 현실적인 문제해결 방안을 착안하게 되었다. 그러다 차츰 왜 정임은 되는데 승표가 내민 손을 마주 잡는 건 안 되는 것인지에 대한 의문에까지 생각이 이르게 되었다. 생각이 이쯤 진행되고 나니 보호자의 서명란에 날인을 해줄 사람이 구태여 정임일 필요가 있을까 하는 그런 안일한 생각이 그녀의 정신을 좀먹어왔다.

기실 안 된다 안 된다 하면서도 이미 머릿속으로는 여러 가지 상황들을 이리저리 재고 있었다. 몰랐는데 냉소에 차고 이기적이기만 했던 남자에게 어느새 의지란 걸 하고 있었던 모양이다.

혼자 차갑게 내팽개쳐진 시간 속에서 그나마 버티고 서 있을 수 있었던 것은, 어쩌면 승표를 이기고야 말겠다는 오기 때문이었을는지도 모르겠단 생각을 뒤늦게 가졌다. 아이러니하게도 승표가 있음으로써 해서 희망을 품을 수 있었다.

정임을 찾아 평창동 저택에 갔을 때 문전박대를 당하던 순간이 돌연 눈앞을 스쳐 지나갔다. 당시 거친 사내의 손아귀에 붙들린 채 막무가내로 끌려 나오던 길에 승표를 만나지 못했더라면 분명 지금보다 못한 지옥 같은 시간을 살아가고 있었을 테다. 한 번 거절을 당한 후에 다시 용기를 낸다는 건 누구에게나 그렇듯 쉽지 않은 일이었다.

되직한 웃음이 현서의 입에서 새어 나왔다. 어떻게든 스스로를 납득시키려 드는 꼴이 무척이나 우습게 여겨졌기 때문이다. 당연한 결과일 테지만 밑도 끝도 없는 자기 위안이 이어질수록 꽁꽁 얼어붙어 있던 마음의 경계가 서서히 무너져 갔다. 그러지 말아야지 하면서도 중심을 잡고 있기가 힘이 들었다.

눈을 깜빡거리는 속도가 조금씩 줄어들었다. 승표의 말처럼 세상 모든 사람들이 이기적인 선택을 해왔던 거라면 그녀도 더는 주저하지 않을 거라고 생각을 고쳐먹었다. 현재를 살아가야 하는 현서에게 있어서 결국 정임과의 관계도 또한 승표와의 관계도 부차적인 문제에 지나지 않을 뿐이었다. 그러니까 후에 정임이 모든 속사정을 다 알게 돼 큰 충격을 받게 된다 하더라도 그 사정은 고려해 주지 않을 거라고 다짐했다.

나쁘다고 욕해도 좋았다. 그럼 왜 제 손으로 키우지 않고 외롭게 내버려 뒀냐며 못된 말로 반박해 주면 되니까. 물론 상처는 더 깊어지고 도려내야 할 환부는 늘어나게 될 테지만, 모든 일에는 희생이 따르는 법이었다.

편하게 살 수 있는 길을 두고 돌아가는 바보는 없었다. 죽는다는 건…… 상상만으로도 두려운 일이었다. 삶을 이어가는 데 있어 가장 쉽고 가장 빠른 길이 승표의 손을 잡는 거라면 못할 것도 없지 않을까. 간신히 제대로 된 이유를 들어 생각을 바로잡아 봤으나, 여전히 머릿속은 뭐 하나 정리가 된 것이 없이 엉망이었다.

메스꺼워진 속은 금방이라도 토할 것처럼 울렁거렸다. 알 수 없는 무언가가 안에서 무너져 내리는 것 같은 이상한 기분이었다. 신랄한 자기 비판보다 더러운 속내를 인정하는 과정이 훨씬 더 고통스러운 일이었다.

"……있죠. 전 언제 또 그분을 뵈어야 하나요."

“보고 싶어?”

“……모르겠어요. 내 마음이 어떤지 나도 잘 분간이 안 돼요.”

“모르겠으면 알게 될 때까지 기다려. 급할 것 없으니까 천천히 하나씩 해나가면 되는 거야.”

논리적인 한계를 드러낸 현서의 대답이 승표로부터 의견을 구하자, 곧 답변이 들려왔다. 그러나 쉽게 수긍하기는 무척이나 어려운 해결책이었다. 승표의 말과는 달리 현서에게 남겨진 시간은 그다지 넉넉지가 않았다. 무거운 장탄식이 새어 나올 것 같아 서둘러 위아래 입술을 여닫았다.

비틀.

“지현서!”

“괜찮아요. 아무것도 아니에요. 잠깐 현기증이 일어났을 뿐인걸요.”

“정말이지? 그 말 곧이곧대로 받아들여도 되는 거지?”

이마를 짚어오는 승표의 손바닥은 무척이나 찼다. 반면에 적정 온도를 넘어선 현서의 몸은 미열 이상의 열기를 품고 있었다. 과부하에 걸리기라도 한 것처럼 몸도 마음도 지쳐 버린 뒤였다.

“생각을 정리할 시간이 필요해요. 길지 않을 거예요. 그러니까 오늘은 이만 돌아가 줘요.”

“마음에 들진 않지만 네가 바라는 게 그거라면 네 말대로 해주지. 그래도 힘들면 미련하게 참지 말고 전화해. 꼭 내가 아니더라도 너한테 도움을 줄 수 있는 곳에다 말이야.”

말을 끝내놓고도 한참을 꿈지럭대던 승표가 돌아가기 싫다는 티를 내가며 간신히 자리에서 일어섰다. 그제야 참고 있던 숨이 터지듯 흘러나왔다.

소유한 것이 없기에 불행하다고 믿었다. 그러다 어느 한순간 생각이 꼭 한쪽 방향으로만 치우쳐 흐르고 있던 것은 아니란 사실을 깨우쳤다. 돌이켜보건대 아무것도 가지고 있지 않다는 것은 반대로 모든 걸 얻을 수 있는 여지를 남겨둔 것과도 다르지 않다 싶었다. 벌어진 간격이 넓으면 넓을수록 돌아올 반사이익은 커지게 마련이었다.

지금은 이렇게 스스로를 돌아볼 여력조차 남아 있질 않아 이대로 그를 보내지만, 좀 더 생각이 정리가 되면 그땐 승표를 불러 함께 제대로 된 대화를 나누자고 생각했다. 그가 믿어주지 않았던, 그러나 거짓이 아니었던 그때의 이야기를.

어쩌면 지난번처럼 지지부진한 결론에 이를 수도 있었다. 그래서 또 한 번 실망감에 빠져들지도 모를 일이었다. 그러나 책임을 전가하자는 게 아니었기에 어떤 결과가 나오든지 간에 크게 마음을 쓰진 않을 생각이었다.

"더 아파야 하는 거겠죠? 그래야 당신이 내밀어준 손을 잡을 수 있을 테니까요."

격류에 휩쓸린 후에는 뭐든지 늦게 마련이었다. 끈 떨어진 부표처럼 정처 없이 방황하며 떠돌기 전에 하루라도 빨리 결론이라는 게 내려졌으면 좋겠다.

승표의 인내심이 그다지 길지 않다는 건 이미 알고 있었다. 하지만 이처럼 때 이르게 이곳을 다시 찾을 거라곤 생각지 않았었다. 얼마간 시간을 달라고 했던 그녀의 뜻을 이해해 주었다고 생각했었는데 사실은 달랐던 모양이다. 다음날 아침, 동이 터오기 무섭게 들이닥친 승표로 인해 현서가 지끈 골머리를 앓았다.

"천천히 가자고 했던 건 한승표 씨면서 벌써부터 뛸 준비를 하고 있군요. 난 여전히 같은 자리를 벗어나지 못하고 있는데 말이에요."

"딴 뜻이 있어서 온 거 아냐. 싫은 티를 내지 않아도 금방 갈 거니까 이거나 받아."

타박이나 다름없던 현서의 잔소리에 뜻밖으로 승표가 쇼핑백 하나를 앞으로 내밀었다.

"뭐예요?"

"아무것도 못 먹었을 거 아냐. 기운 차리려면 뭐라도 먹어야지."

현서가 받아들기도 전에 성질 급한 승표가, 포장해서 들고 온 죽을 상 위에 펼쳐 놓기 시작했다. 예상치 못했던 승표의 세심한 배려에 놀란 얼굴을 한 현서가 그를 올려다봤다.

속눈꺼풀이 반쯤 접힐 정도로 피식거리는 눈웃음.

경계가 느슨해진 틈을 타 제멋대로 활개를 치고 있던 가슴의 쿵쾅거림이 쉽사리 진정되지 않았다.

"이거…… 저 먹으라고 사온 거예요?"

"이곳에 환자가 지현서 말고 또 있었나? 전혀 몰랐던 사실이군. 쓸데없는 말로 기운 빼지 말고 얌전히 입이나 벌려."

머뭇대고 있던 현서를 대신해 일회용 숟가락을 직접 손에 든 승표가, 잘 쑤어진 전복죽을 한술 떠 곧장 그녀에게로 내밀었다. 설마하니 지금 자신더러 이걸 입으로 받아먹으란 건가? 진심임이 분명한 그의 행동에 콧잔등을 찡그린 현서가 서둘러 그의 행동을 만류했다.

“놔둬요. 제가 먹을 수 있어요.”

“말 그만하고 입이나 벌리라니까. 컨디션도 별로인 것 같은데 사양할 거 없어.”

“됐으니까 이리 줘요. 왜 안 하던 짓을 하고 그, 앗!”

공중에서 엇갈린 두 개의 손이 잡고 있던 그릇용기를 놓치자 삽시간에 내용물이 출렁거렸다. 뜻하지 않게 발생한 사태에 놀란 현서가 단말마 외침을 토해냈지만, 불행히도 예정된 참사는 막아내지 못했다.

퍽.

물기 없이 되직하게 쑤어진 죽이 실랑이를 벌이던 승표의 앞섶을 지저분하게 더럽혔다. 보온용기에 담겨 있던 터라 식지 않은 죽은 여전히 뜨끈한 열기를 품고 있었다. 사색이 된 현서가 화급히 그의 바지 쪽을 향해 손을 뻗었다.

“괜찮아요? 뜨겁진 않나요? 휴지, 휴지가 어디 있더라.”

“윽!”

“어디 봐요. 어디 많이 데였어요?”

“돼, 됐으니까 저리 가.”

말과는 달리 느껴지는 아픔이 적지 않은 듯 승표가 잔뜩 하체를 웅크렸다. 엄살이라기엔 그의 낯빛이 너무 어두워 현서의 걱정도 깊어졌다.

"이게 고집 피울 일이에요? 어디 좀 보자니까요."

"너!"

"어린애도 아니고 말 좀 들어요. 어딜 얼마나 다쳤는데 이래요. 대체…… 으으응?"

현서가 환부를 살피면 살필수록 승표의 얼굴이 붉으락푸르락해졌다. 곧 입술을 짓이긴 승표가 앓는 소리를 냈다. 그런데 이상하게도 시간이 지날수록 무언가 이상한 점이 눈에 띄기 시작했다. 언제부터였는지 문지르듯 닦아내고 있던 부위의 부피가 점점 커지고 있었다. 그때서야 손이 위치해 있는 장소가 어디였는지를 가늠한 현서가 무심코 승표의 얼굴을 올려다봤다.

"뭐 하고 있어! 당장 그 손 떼지 못해!"

"그, 그럼 이게……!"

"그만두라고 했던 말을 대체 어디로 들은 거야. 겁도 없이 어딜 만지고 있어."

때늦게 돌아가고 있는 상황을 파악한 현서가 자기도 모르게 뒷걸음질을 쳤다. 그러나 이미 승표의 눈빛은 흉흉하게 바뀌어져 있었다. 곧 바짝 얼어붙어 있던 현서의 귓전으로 사나운 경고음이 날아들었다.

"젠장, 진짜로 쥐방울만 한 게 남자 무서운 줄도 모르고. 거기가 어디라고 손을 대."

"아니, 난…… 그냥 한승표 씨 흉 질까 봐 걱정이 돼서……. 그러게 달라고 할 때 주면 좋았잖아요. 게다가 한승표 씨 벼, 변태예요. 왜 거길…… 세우고 그래요."

"겁도 없이 뭘 잘했다고 잔소리야."

시간이 경과할수록 부풀어 오르는 남자의 앞섶에 현서의 표정이 시시각각 변했다. 흡사 지퍼로 여며놓은 앞부분이 부푼 크기를 감당하지 못해 양옆으로 벌어지지나 않을까 걱정이 될 정도였다. 그제야 덜컥 무서운 마음이 들었다. 하는 수 없이 눈치만 보고 앉아 있는데 어째서인지 계속해 눈길이 한쪽 방면으로만 쏠렸다.

"뭘…… 그렇게 보고 있는 거지?"

"제가 보고 싶어서 보고 있는 게 아니라, 내 말은 그러니까 그거…… 어떻게 좀 못 하나요?"

난감함이 깃든 현서의 말에 승표가 세상에 다시없을 한숨을 내쉬며 고개를 저었다.

"가만히 내버려 두면 언젠가는 가라앉겠지. 보시다시피 내 의지로는 어떻게 할 수 있는 게 아니라서."

"그럼 손으로라도 좀 가리던가요. 보고 있기 난처하단 말이에요."

"제기랄. 그러게 누가 원인 제공을 하래? 해결해 줄 것도 아니라면 그쯤 해둬."

"짐승!"

"아무것도 모르는 유치원생처럼 굴기는. 계속 그러면 재미없을 줄 알아."

엄밀히 따져 먼저 시작을 한 건 승표 쪽이었지만, 이 이상 이 주제로 논쟁을 펼친다는 건 양쪽 모두에게 있어 그다지 좋은 선택 방안은 아니었다. 어색한 침묵이 둘 사이로 찾아들었다. 애꿎게 사온 죽만 내다 버리는 상황이 돼버렸지만, 소득이 아예 없던 것도 아니었다. 생각보다 빠르게 하나의 결론에 도달할 수 있었다.

어수선했던 주변이 정리되고 곧 승표가 갈 준비를 마쳤다. 출근을 하기 위해선 더럽혀진 옷을 갈아입어야 했기에 지금부터라도 서둘러야 했다. 다행히 엎질러진 죽 외에도 여분의 것이 더 남아 있어 현서의 먹을거리 걱정은 하지 않아도 됐다. 곧 그가 시선을 맞춰왔다.

"가볼 테니까 좀 더 쉬어. 귀찮다고 끼니 거르지 말고."

당부를 끝낸 승표가 등을 돌렸다. 이 순간 승표의 뒤로 현서의 목소리가 날아들었다.

"모레쯤 시간 좀 내줘요."

"데이트 신청은 아닐 테고, 무슨 일이지?"

몸을 비튼 상태에서 구두를 꿰차고 있던 그가 뜻밖의 이야기에 고개를 갸웃거리며 되물어왔다. 그러나 선뜻 이야기를 꺼낸 것과는 달리 대화를 이어나가기가 힘에 부치는 느낌이었다. 용기를 낸다는 것은 언제나처럼 쉽지 않은 일이었다.

주저하고 머뭇대기를 한참, 간신히 현서가 닫고 있던 말문을 열었다.

"별건 아니고 저하고 같이 가줄 데가 있어요."

"어딜?"

"가보면 알아요."

"······어딘데 그래?"

"그때 가서 말씀드릴게요. 그러니까 꼭 시간을 내줘야 해요."

말끝을 흐린 현서가 완강한 손짓으로 승표의 등을 바깥으로 떠민 후 현관문을 닫았다.

철컥.

걸쇠를 걸어 잠금장치를 채운 현서가 잠시 후 바닥으로 주저앉았다. 모레 승표와 가기로 마음을 먹은 곳은 다름 아닌 병원이었다. 어쩌면 가지 않았으면 더 좋았을지도 모를 길, 그 길을 승표와 함께 가려 한다.

문득 나아가야 할 앞으로의 미래란, 정체된 삶이 가져다주는 안락함만도 못한 시련을 제공해 올지도 모르겠단 생각을 가졌다. 하지만 뒤집어 생각해 보면 미래라는 건 어느 누구도 예측할 수 없는 것이기에, 사람인 이상 늘 선택의 기로에서 고민이란 걸 하게 되는 것이 아닐까 싶었다.

미리부터 겁내지 말자. 병원에 가서 다시 진료를 받고 좀 더 정확하게 자신을 상태를 안 다음 승표에게도 현 상태에 대해 알리고자 마음먹었다. 그런 후에도 그가 변함없이 자신을 원한다고 해주면 이번엔 그가 내밀어온 손을 피하지 않고 기꺼이 잡아주리라 다짐했다.

무거워진 눈꺼풀이 졸음의 기운을 이기지 못하고 곧 맞물리듯 아래로 눈이 감겼다. 광풍처럼 휘몰아치던 시간이 마침내 지나가 버렸다. 기절하듯 잠을 청하자 이내 이유를 알 수 없는 눈물이 하염없이 흘러나왔다.

그제야 비로소 제 뜻과는 무관하게 이미 마음의 대부분을 그에게 내주어 버린 뒤라는 걸 깨닫게 되었다. 뒤늦게 학습능력이 없는 자신의 모습을 되돌아보자 부쩍 심한 괴리감이 느껴졌다. 인생이라는 게 꼭 계획한 대로만 흘러가지는 않는다는 사실을 이런 식으로 또 한 번 배우게 되었다.

✳

데이터에 생긴 오류를 발견하게 되는 건 왜 언제나 일이 끝난 다음에서일까. 감아두었던 태엽이 제 할 일을 다해 기력을 잃은 것처럼 몸 전체에 심한 무기력증이 느껴졌다. 말할 수 없이 피곤해진 터라 까닥 잘못하다간 사고로 이어질 수도 있겠다 싶은 승표가 이맛살을 구겼다. 곧 운전대를 잡고 있던 승표의 손에 불필요한 힘이 잔뜩 들어갔다.

"바로잡으면 돼. 아주 늦지만 않았으면 된 거야."

진부하기만 했던 지금까지의 낡아빠진 변명들로부터 벗어나 앞으로는 현실을 바로 직시할 생각이었다. 비유하자면 그가 품게 된 감정이 사랑을 제외한 그 어떤 단어로도 설명되어질 수 없음을 깨달았을 때 이미 게임은 끝이 나 있었다.

사랑의 정의에 대해 묻던 현서의 말에, 사랑이란 게 특정 단어 하나로 표현할 수 있는 거냐고 되물었던 지난 일들이 그저 한갓 말장난에 지나지 않았음을 이제는 안다. 습성의 차이를 제외하고서도 비틀려 있던 건 분명 승표 자신이었다. 이처럼 지극히도 단순한 결론에 도달하고 나서야 마침내 승표는 스스로가 지닌 감정의 정체를 이해하고 받아들였다.

초점을 잃은 승표의 눈동자가 한참이나 일렁였다. 보기 좋게 격침당한 뒤란 걸 인정한 후론 내내 현서 생각뿐이었다. 순간 사색을 방해하는 휴대폰의 벨소리가 차 안에 울려 퍼졌다. 발신자는 한 회장, 승표의 부친인 태정으로부터의 전화였다.

승표의 눈동자가 차 내부에 장착돼 있던 시계를 흘깃거렸다. 아직 출근 시간 전이었기에 의아함이 묻어난 손길로 통화버튼을 눌렀다. 순간 휴대폰 너머로 불벼락 같은 노성이 터져 나왔다. 평소와는 다르게 역정을 내며 어디냐 따져 묻는 태정의 목소리가 심상치 않은 기운을 뿜어냈다. 그러나 대화는 길게 이어지지 않았다. 운전 중이라는 승표의 말에, 회사에 도착하면 곧장 회장실로 올라오라는 다그침을 끝으로 통화는 끝이 났다.

승표의 얼굴이 석고상보다 더 딱딱하게 굳어졌다. 새삼 출처를 알 수 없는 긴장감이 그를 압박해 왔다. 곧이어 액셀러레이터를 밟는 다리 쪽으로 좀 더 무게중심이 실렸다.

임원 전용의 엘리베이터를 타고 47층에서 내린 승표가 곧장 태정의 집무실로 걸음을 옮겼다. 왜인지 태정이 머무르고 있는 공간과 가까워져 갈수록 두통의 강도가 조금 더 심해지는 느낌이었다. 마치 누군가가 머릿속을 요란하게 두들겨대고 있는 것처럼 정신이 사납기 그지없었다. 반면에 회장실 바깥은 전운이 감돌 정도로 고요했다.

달칵.

비서의 안내를 받으며 회장실로 들어서는 승표의 모습에, 등을 기댄 채로 앉아 사색에 잠겨 있던 태정이 번쩍 눈을 떴다.

"네 이놈!"

순식간에 수십 장의 서류뭉치가 일제히 승표에게로 날아들었다. 날아든 서류뭉치는 정확히 승표의 안면을 강타한 뒤 곧이어 발치께로 떨어져 내렸다. 막을 새도 없이 벌어진 일에 승표의 얼굴 위로 작은 생채기가 생겼다. 종이의 거친 단면이 긁고 지나간 흔적이었다. 덩달아 곁에 있다 봉변을 당한 비서가 어찌할 줄을 몰라 허둥지둥대다 뒤늦게 뒷걸음치는 걸음으로 장내를 벗어났다.

잠시 후 가려져 있던 시야가 확보됨과 동시에 승표가 태정을 향해 차갑게 일갈했다.

"경우 없게 이게 뭐 하는 겁니까?"

"경우를 안다는 놈이! 그런 놈이 이런 일을 벌여? 가당치도 않게 지금 누굴 만나고 다니는 게냐!"

"다짜고짜 그게 무슨 말씀입니까?"

"몰라 이러는 게냐. 그럼 내 물으마. 지현서 그 아이가 정녕 누구인지 몰랐다 할 참이더냐?"

앞뒤 서두를 모두 생략한 태정이 곧바로 본론부터 꺼내왔다. 순식간에 허를 찔린 표정이 된 승표가 침음을 삼켰다. 그사이에도 태정의 얼굴 위로 드리워져 있던 화는 좀처럼 가실 줄을 몰랐다. 일부러 태정의 의심을 사도록 허술하게 방비했던 지난날의 행각이 뼈아픈 실책으로 돌아온 순간이었다. 그러나 지금은 속 편하게 후회나 하고 있을 때가 아니었다. 태정이 모든 사실을 알게 됐다면 이젠 협상테이블에 앉을 때였다.

"흥분한다 해서 해결될 일이 아니니 진정하세요."

"알량하기만 한 네 녀석 걱정 따윈 필요 없으니 숨겨둔 진심이나 말해보거라. 정말이지 내가 생각하고 있는 것이 맞는 것이더냐?"

추궁 섞인 태정의 목소리에서 조급함이 묻어 나왔다. 그러나 원하는 것을 들어줄 만큼 충분한 역량을 갖추고 있지 못했던 승표로선 태정의 바람을 외면하는 것밖에 할 수가 없었다.

"듣고 싶은 대답이 무엇일지 압니다. 하지만 제가 들려 드릴 수 없는 답변일 겁니다."

"무어라?"

"그 아이 잘못이 아닙니다. 그러니 건드릴 생각 마세요."

"하면 모든 사실을 알면서도 내게, 그리고 정임에게 지현서 그 아일 소개시켰단 얘기로군. 맞으면 맞다, 아니면 아니다 어디 입이 있으면 말이라도 한번 해보란 말이다."

한 치의 양보도 없이 서로의 입장만을 되풀이할수록 분위기는 점점 더 험악하게 변해갔다.

"제 욕심으로 인해 생긴 일입니다. 제가 정리하겠습니다."

"어떤 식으로 말이더냐? 아니, 두말하지 않겠다. 여태까지의 일은 덮어둘 터이니, 오늘부로 그 아이를 만나는 일은 없도록 해라."

"그럴 수는 없습니다."

"네가 그럴 수 없다면, 내가 그렇게 되도록 만들어야지 별수가 없겠구나.”

“힘을 가진 건 회장님 혼자만이 아닙니다. 쉽지 않을 겁니다.”

태정의 엄책이 끝나기 무섭게 승표의 경고가 뒤를 따랐다. 그러자 태정의 얼굴색이 단번에 거무튀튀하게 어두워졌다.

“설마하니…… 승표 네가 일부러 그 아이를 찾아낸 것은 아니겠지?”

“어땠을 것 같습니까?”

“……대체 어쩌자는 게냐. 이전의 일로 네가 마음을 다쳤다는 걸 모르진 않는다만, 이런 식의 대처는 모두에게 상처만 줄 뿐이지 않겠느냐. 어디 이참에 속 시원하게 네 생각이란 걸 들어보자꾸나. 단순히 복수심에서 이런 짓을 벌인 거라면…….”

“마음에 두고 있습니다. 제가 현서 그 아이를 여자로 보고 있습니다.”

태정의 말을 중간에서 끊은 승표가 못 박듯 두 사람의 관계를 확정지었다.

“장난이 지나치구나.”

“지금은 진심입니다. 그렇게 돼버렸습니다.”

쨍그랑.

승표의 대답이 끝나기 무섭게 책상 위에 놓여 있던 직함 패를 집어든 태정이 그것을 내던지듯 손에서 떠나보냈다. 일순간에 간담을 서늘케 만들 정도로 아슬아슬하게 승표의 얼굴을 스치고 지나친 직함 패가 곧 벽 한쪽에 부딪힌 뒤 산산조각 났다.

“들어오지 말고 나가 있어!”

으레 있을 법한 생활소음과는 현격하게 차이가 나는 파열음에 태정의 수석보좌관이었던 공 비서가 놀라 문을 열어젖히자, 태정이 큰 소리로 공 비서의 입장을 막았다. 화가 머리끝까지 치솟아 올라 당장엔 속 안에서 이는 화를 다스리는 것조차 버거워 보였다. 하지만 그 무엇보다 태정을 분노케 한 건 승표의 무심한 태도였다.

까딱 잘못해 조금이라도 조준이 어긋났더라면 큰 사고로 이어질 뻔했던 이번 사건에도, 피하기는커녕 태연하게 버티고 선 채로 꿋꿋하게 태정과의 기 싸움에 응해오고 있었다.

"네놈이 정녕 실성을 한 게로군. 그렇지 않고서야 제정신으로 이런 일을 벌일 순 없는 게야."

"그럴지도 모르겠군요."

"말도 안 되는 이야기로 날 기만하는 것은 지금도 충분하지 않았느냐. 혹시라도 정임에 대한 반발심 때문에 그러는 거라면 이쯤에서 그만두거라. 정임에 관해서 네가 모르는 속사정이 있어. 사실을 알면 너도 마음이 바뀔 게야. 그러니 이번 일이 그 사람 귀에 들어가기 전에 여기서 그만 멈춰. 그렇지 않으면 현서 그 아이도 무사하지 못할 게야."

힐난이 섞여든 태정의 말에도 잠자코 듣고만 있던 승표가, 화를 부추기는 태정의 마지막 발언에 번뜩 두 눈에 쌍심지를 켰다.

"부탁이 아니라 경고합니다. 현서를 건드리면 제가 나설 겁니다. 가만히 지켜보고 있지만은 않을 겁니다."

"이놈! 가만히 있지 않으면 뭘 더 어쩌겠단 말이더냐."

"제 약점을 건드리면 저도 회장님 약점을 건드릴 수밖에요."

태정이 설득을 한다 하여 마음을 바꾸기에는 승표의 감정은 지나치게 깊어져 있었다. 태정의 쓴소리에도 승표는 여전히 제 의견을 굽힐 생각을 하지 않았다. 충격적 사실을 전해 들은 사람처럼 태정의 얼굴이 보기 싫게 일그러졌다.

"네가 지금 정임이 그 사람을 상대로 무슨 헛된 생각을 품고 있는 게냐. 네놈이 인정을 했든 안 했든 그래도 그이가 네 새어머니란 사실은 변치 않아. 설마 이 사실을 잊고 있는 건 아니겠지?"

"글쎄요. 그거야 회장님 태도에 달려 있지 않겠습니까?"

"내게 지금 협박이라도 할 참이더냐!"

"틀렸습니다. 전 지금 협박이 아니라 타협을 하자는 겁니다. 물론 협상테이블에 앉을지 말지는 회장님의 선택에 따라 달라지겠지만요."

한 치의 물러섬도 없는 팽팽한 기 싸움이 둘 사이에서 전개되었다. 부자지간에 나누는 대화라고 보기에는 지나치게 삭막한 단어들도 수어 차례 오갔다. 그중 먼저 선기를 잡은 쪽은 태정이 아닌 승표 쪽이었다. 소싯적 기업 M&A의 대가로 불리며 재개의 호랑이로 군림했던 태정으로서도 꼼짝없이 물러설 수밖에 없는 상황이 연출되었다. 감정이라고는 조금도 섞여 있지 않은, 마치 마네킹처럼 무심한 승표의 눈길에 시간이 지날수록 태정의 속이 새카맣게 타들어갔다.

"무슨 말인지 이해는 된다만, 그전에 네가 먼저 그 아이를 끊어내는 게 우선시되어야 할 게다. 목적이 뭐였던지 간에 승표 네가 나와 정임의 아들로 호적에 올라와 있는 이상 그건 안 될 일이야."

"버림받으실까 봐 두려우십니까?"

"네 녀석이 뭘 알아!"

쌓여 있던 노여움이 일시에 분출이라도 되는 것마냥 태정의 성난 음성이 거세게 승표를 질타해 들어갔다.

"그분, 이정임 씨. 현서의 이름을 말했는데도 전혀 반응을 보이지 않더군요.

"……."

"아이가 살아 있다는 걸 모르시던 눈치였습니다. 이 일이 회장님과 무관하지 않은 이상 이번 일에서도 자유로우실 수 없을 겁니다."

확인사살에 가까운 승표의 확답에 신음성을 터뜨린 태정이 곧 입을 다물었다.

"세상에서 단 한 사람, 그분 혼자만이 회장님을 무른 사람이라고 생각하지 않습니까. 사실관계야 어찌 됐든 진실을 알게 된 후에도 지금처럼 이렇게 회장님을 믿고 따를 수 있을지 한편으론 궁금해지기도 하는군요."

혹자는 지킬 게 있는 사람은 버릴 게 없는 사람보다 강하다고 했다. 이런 측면에서 봤을 때 승표와 태정은 둘 모두가 같은 출발선상에 서 있던 셈이라 할 수 있었다. 어느 쪽의 절실함이 더 큰지에 따라서 판가름이 나게 될 이번 결과에 대해 곧 두 사람의 귀추가 주목되었다. 그러나 승표는 이번 싸움에서 질 생각도 또한 져 줄 생각도 추호도 가지고 있지 않았다. 생에 처음으로 싹 틔우기 시작한 이 애틋한 감정을 놓치고 싶은 마음이 없기 때문이었다.

"……정히 네 손으로는 정리를 못하겠단 말이로군."

"회장님이 말씀하시는 정리가 관계의 끝을 의미하는 거라면, 전 하지 않을 겁니다."

"기어코 고집을 꺾지 않겠다는 말이로구나."

"다치지 않고 끝낼 수 없는 일이란 것 압니다. 하지만 그래도 가져야겠습니다."

진실된 승표의 눈이 태정을 응시했다.

"그래서 조금쯤은 회장님 마음도 이해가 갑니다. 그때의 선택에 대해서도."

"승표야."

"처음부터 그분을 미워했더라면 오늘 같은 일은 일어나지 않았을 겁니다. 아니, 미워할 수 있는 분이었다면 제 선택도 달라졌을 겁니다. 하지만 그렇지 못했기에 회장님 부탁 들어드리지 못합니다. 실례하겠습니다."

좀 더 이해득실을 저울질해 본 후 다시금 협상테이블에 앉자며, 승표가 인사도 없이 회장실을 나섰다. 순간 태정의 얼굴이 심하다 할 정도로 일그러졌다. 그러나 잠잠했던 태풍의 실체가 모습을 드러낸 건 의외의 장소에서였다.

*

최근 들어 심란해진 마음을 감출 길이 없었던 정임이 오랜만에 태정의 서재로 발을 들여놓았다. 사실 지난번 승표가 현서를 소개시킨 이래로 이유를 알 수 없는 초조함이 몰려들어 신경쇠약에라도 걸린 사람처럼 잔뜩 신경이 예민해져 있었다. 그 때문인지 밤에는 가벼운 불면증까지 겪고 있는 중이었다.

복잡해진 머릿속도 다스릴 겸 어렵지 않은 내용으로 구성된 책 한 권을 빼든 정임이 곧 서재 바깥으로 발길을 돌렸다. 그러다 문득 평소와는 다르게 어지럽혀진 채로 방치돼 있던 서안書案 위로 시선을 두게 되었다.

주로 이곳은 회사 일을 끝내고 집으로 돌아온 태정이 개인적으로 업무를 보던 곳이었다. 현대식의 개방적인 구조로 꾸며진 다른 곳들과는 다르게 이곳만은 폐쇄형으로 설계가 되어 있었는데, 때문에 극히 제한적인 사람들만 출입할 수 있는 장소이기도 했다.

특히나 마호가니 원목으로 만들어진 서안만큼은 남의 도움을 빌리지 않고 거지반 태정이 직접 정리를 하곤 했던 터라, 이렇게 어질러져 있는 모습을 보는 것은 정임이 기억하기론 처음 있는 일이었다. 여간 의아스럽지 않는 일에 고개를 갸우뚱거린 정임이 골라두었던 책을 한쪽에 얌전히 놓아두곤, 어지럽게 너부러져 있던 서류더미들을 하나둘씩 정돈하기 시작했다.

사실 이미 아침나절에 집안일을 돌봐주시는 아주머니 한 분이 서재 청소를 끝낸 터였다. 그런데도 책상 위 상태가 엉망인 것은 평소에도 암묵적인 룰에 의해 이곳이 손을 대면 안 될 금지장소로 인식이 돼 있기 때문이었다.

하지만 보안상의 문제 때문이라면 정임 자신은 특별하게 문제가 될 것이 없다고 여겼다. 회사에서 기밀로 취급될 정도의 중요

문서들이라면 분명 태정이 금고 안에 넣어 잘 보관해 두고 있을 테고, 설령 그렇지 않다 하더라도 가정에서 평범하게 살림만 하며 살아온 그녀가 전문적인 지식들도 점철된 내용들을 이해할 수 있을 리도 만무했다.

스스로가 하는 모양새가 퍽이나 우스운 정임이 입가에 잔잔한 미소를 머금고는 재차 하던 정리정돈을 해 나가기 시작했다. 그러나 숱한 서류더미들 속에서 뜻밖의 이름을 발견해 낸 뒤론, 정임의 얼굴에서 삽시간에 웃음기가 흔적도 없이 지워졌다.

"지현서……? 현서 양 이름이 왜 여기에……."

한동안 손에 들린 서류에서 시선을 떼지 못하고 있던 정임이 차츰 안에 적힌 내용을 읽어 내려가기 시작했다. 첫머리에 쓰인 이름에서부터 시작해 주민등록번호에 이르기까지 지극히도 개인적인 정보가 담긴 신상명세서였다. 별거 아닌 걸로 치부하며 가볍게 넘기지 못했던 이유이기도 했다.

어째서 이러한 것이 남편인 태정의 서재에서 나왔는지 궁금증이 증폭되었다. 갈등은 시간이 지날수록 깊어만 갔다. 결국 정임이 스테이플러로 처리가 돼 있던 서류 중 첫 번째 장을 뒤로 넘겼다.

태정의 허락 없이는 봐선 안 될 내용이란 건 알고 있었지만, 정식으로 인사를 하러 오기도 전에 답사라도 하듯 이곳을 찾았던 현서의 전적이라든지 묘하게 걸리는 것이 많았던 정임은 결국 거센 유혹의 손길을 이기지 못했다.

마른침을 꼴깍 삼켜 목울대로 넘긴 정임이 이내 서류의 내용을 한 자 한 자 천천히 짚어갔다. 그러다 언제부터인지 글자를 읽어 내리는 정임의 눈동자가 더없이 빠르게 움직이기 시작했다. 시간이 경과함에 따라 탈색이라도 된 것처럼 정임의 얼굴색이 하얗게 변했다.

비틀.

중심을 잡지 못해 몸을 휘청거린 정임이 뒤늦게 서안의 끄트머리를 붙잡고 섰다. 그사이에도 정임의 시선은 줄곧 종이 위를 떠나지 못했다. 더 이상 보면 안 된다는 마음속 깊은 내부의 강한 말림에도 불구하고, 곧 정임은 계속해 읽던 속도를 높여 나갔다. 그럴수록 평온했던 눈동자 위론 더없이 커다란 경악이 스며들고 있었다.

부들부들 떨리던 손이 주체할 수 없이 덜덜거리기 시작했다. 결국 이 이상의 충격을 감당할 힘이 없던 정임이 쥐고 있던 종이를 와그작거리며 구겼다.

순간 비명과도 같은 외침이 터져 나왔다.

"……아니야. 이건 정말이지 말도 안 돼!"

영혼을 파괴하는 울림, 절규와도 같은 울부짖음이었다.

별반 먹은 것도 없이 내리 두 끼를 굶은 상황에서도 사단이 나려고 했던지, 새벽녘이 지나가기 무섭게 신물이 올라와 결국 안에 든 걸 양껏 토해내고야 말았다. 그제야 더부룩했던 속도 좀 진정이 된 것 같았지만, 가뜩이나 물 한 잔 마실 생각도 없이 입맛이 뚝 떨어져 버렸다.

승표와 함께 병원에 가기로 예정돼 있던 전날 밤은 내내 잠을 설쳐야만 했었다. 어째서인지 쉬이 눈이 감기지가 않았었다. 결국 뜬눈으로 밤을 지새우다시피 한 현서가 이른 시간에 거울 앞으로 가 자리를 잡고 앉았다.

"긴장할 필요 없어. 어떤 일이든 결국은 지나가게 돼 있으니까."

다른 때보다 더 정성을 들여 화장을 할 생각이었다. 하지만 수

중에 지니고 있는 화장품이라고 해봤자 흔한 색조도구도 하나 없이 덜렁 비비크림 하나에 반쯤 쓰다만 누드베이지 톤의 21호 파우더팩트가 전부였다. 간소하다고 말하기에도 낯 뜨거운 단출한 화장도구를 한참 동안 바라보고 있던 현서가 곧 스킨로션을 덜어 얼굴에 바르기 시작했다. 최대한 성의 있는 모습으로 그의 앞에 설 생각이었다. 그러나 애써 단장을 한 보람도 없이 잠시 후 걸려온 승표의 전화는 한껏 부풀었던 현서의 기대를 푸시시 꺼뜨려 버렸다.

〈미안. 조금 늦어질 것 같아.〉

일이 좀 번거롭게 꼬였다며 승표가 예정돼 있었던 약속을 뒤로 미뤘다. 맥이 탁 풀리면서 잠시간 말을 잊고 있자 절대 고의는 아니었다며 나름의 변명을 되돌려 왔다. 쉽사리 어쩌지 못할 사정이란 게 생긴 거라면 별 도리 없지 싶으면서도, 서운한 기분이 물씬 든 것은 차마 인력으로도 어쩌지 못한 마음의 흐름 때문이었다.

양쪽 어깨를 짓눌러 오는 극심한 피로감을 이기지 못해 한쪽 손으로 관자놀이 부근을 지그시 누르자, 때맞춰 번잡했던 머릿속이 조금씩 깨는 것 같았다. 그러나 훈풍처럼 불어온 감정 이면으로는 여전히 불안한 마음이 산재돼 있었다.

"바뀐 우선순위에도 난 여전히 일 다음이로군요."

〈……보고 싶다. 방금 네가 해온 말이 꼭 이렇게 들려서 기분이 이상해.〉

진심으로 부딪쳐 오는 상대와 대화를 이어나간다는 것은 무척이나 어려운 일이었다. 정확하게 정곡을 찔러오는 승표의 말에 참을 수 없는 목마름을 느꼈다. 누군가에게 사랑을 받는다는 것은 이토록이나 설레고 가슴이 벅찬 일이었다. 목마른 사슴이 우물을 찾듯 자그마한 자극 하나에도 잔뜩 예민해진 오감이 일제히 반응을 해왔다.

불현듯 가슴께로 근질근질한 느낌이 찾아들었다. 연정과도 크게 다르지 않은 속 깊은 두근거림이었다. 이처럼 내면에서 일어난 감정 변화는 때때로 감당하기 힘들 정도로 거세게 현서를 몰아붙였다. 그를 만난 이후 처음으로 자의에 의해 그의 얼굴을 보고 싶다는 생각을 하게 되었다. 그리움이 느껴질 정도로 오래 떨어져 있던 것도 아니었고, 따지고 보면 겨우 하루가 조금 넘는 시간이었다. 그런데도 목소리를 듣는 순간 참을 수 없이 그가 그리워졌다.

"얼마나 걸려요. 그러니까 언제쯤 저랑 한 약속 지키러 올 수 있나요?"

〈곧 갈게.〉

"……너무 늦지 않게 와요. 기다리고 있을게요."

종료버튼을 누른 현서가 깊은 시름에 잠겼다. 다잡았던 결심이 헤실헤실 풀어지기 전에 한시라도 빨리 승표가 돌아오길 간절히 빌었다. 그러나 짧은 바람이 끝나기도 전에 내부의 작은 움직임 하나가 생각의 맥을 끊어왔다.

콜록콜록.

갑작스럽게 터져 나온 마른기침에 얼른 손을 들어 올린 현서가 재빠르게 입을 가리며 괴로움을 참아냈다. 그러나 필사적인 노력에 비해 기침은 쉽사리 잦아들지 않았다. 곧 호흡을 관장하는 폐뿐만 아니라 덩달아 몸 전체가 들썩이기 시작했다. 안 되겠다 싶어 상체를 구부리며 몸을 둥그렇게 마는데, 갑자기 목울대에서 뜨거운 기운이 느껴졌다. 순간 비릿한 맛과 함께 입안에서 불쾌한 냄새가 확 풍겼다.

새벽녘에 그토록 웩웩대며 토해내고도 부족했나 싶어, 못 말리겠단 표정을 지은 현서가 머리를 흔들었다. 그러나 안일하게 내렸던 일련의 결론을 비웃기라도 하듯 현실은 현서의 뜻과는 무관하게 흘러가고 있었다. 맞물린 손가락 사이를 비집고 흘러나온 것은 허여멀건 한 위액이 아니라 벌건 빛깔을 띠고 있었다.

"……피?"

격하게 터져 나오는 기침은 여전했고, 닦아내지 못한 혈흔의 흔적은 지워지지 않는 낙인처럼 남아 현서의 정신을 좀먹어 들어갔다. 오슬오슬 몸이 떨렸다. 지독히도 어리석은 착각이었다. 무서워 죽을 것같이 두려워져 차라리 지난번처럼 기절이라도 했으면 좋았으련만 불행히도 그런 행운은 따라주지 않았다.

시간이 지날수록 떨림의 크기가 커져 갔다. 히스테리가 극에 달한 사람처럼 제 몸인데도 어디 하나 마음대로 제어가 되는 곳이 없었다. 없는 솜씨를 발휘해 가며 치장했던 화장은 이미 얼룩이 진 채 엉망이 돼 있었다.

처음으로 토혈을 하고 난 직후 얼마간은 숨죽여 우는 것조차 하지 못했다. 끼니를 거르지 말고 챙기라 했던 승표의 당부도 지켜지지 않았다. 나날이 야위어가는 얼굴 위론 이십대 특유의 생기마저 사라져 버린 지 오래였다.

혼자 있는 시간이 길어질수록 생각은 점점 더 나쁜 방향을 향해 치닫고 있었다. 긍정적인 것과는 거리가 먼 한없이 부정정인 기운들에게 잠식당해 갈 때쯤, 익숙한 벨소리가 귓가로 들려왔다. 마치 기다리고 있던 구원의 손길을 발견이라도 한 것처럼 현서가 서둘러 휴대폰을 집어 올렸다.

경숙이 하늘나라로 떠나고 난 이후 현서의 휴대폰에 가장 많이 전화를 걸어준 사람은 다름 아닌 승표였다. 발신자가 누구인지 확인도 해보지 않은 상태에서 현서는 무작정 통화버튼을 눌렀다. 그리곤 확신에 찬 목소리로 한 사람의 이름을 입에다 올렸다.

"한승표 씨!"

〈……나, 이정임이에요.〉

생각지 않았던 목소리가 전파를 타고 흘러나오자 휴대폰을 거머쥔 현서의 손으로 잔뜩 힘이 들어갔다. 지긋지긋하게 현서를 괴롭혀대던 헛구역질도 이 순간엔 신기하리만치 활동을 멈추었다. 슬로우비디오를 보는 것처럼 정지된 시야가 이지러질 때쯤 간신히 정임의 말에 대답이란 걸 덧붙일 수 있었다.

"어, 어쩐 일로 전화를 다 주셨나요?"

〈바쁘지 않은 거라면 내게 시간을 좀 내줘요. 할 얘기…… 그래요, 해줄 얘기가 있는 것 같아요.〉

"전 괜찮아요. 편하신 곳을 알려주시면 제가 그쪽으로 갈게요."

평창동이 아닌 제3의 장소에서 만남을 기약한 것은 불편해할 현서를 생각한 정임 나름의 배려였을 것이다. 그러나 이처럼 급작스러운 방식으로 정임과 단둘이 대면하게 되리라곤 미처 예상치 못했던 범주의 일이었다. 이내 정의할 수 없는 혼란함과 함께 여러 삿된 생각들이 그녀를 괴롭혀 왔다. 그렇지 않아도 야위었던 몸이 며칠 사이에 가죽만 남을 정도로 형편없이 살이 내렸다. 약해진 것은 마음이라고 해서 다르지 않았다.

쇠약해질 대로 쇠약해져 있는 지금 이 시점에서 정임을 만나 대체 무슨 주제로 어떤 얘기를 나눌 수 있을까. 아무것도 모른다는 얼굴로 앉아 하하 호호 웃으며 떠들 재간이 과연 남아 있기는 한 것일까. 하지만 애당초 정임이 청해온 만남을 거절하기란 현서로선 요원한 일이었다.

정임과 약속했던 시간까지는 앞으로 겨우 두어 시간가량 남아 있을 뿐이었다. 지금부터 챙겨도 결코 이른 건 아니었다.

맑았던 것이 언제였나 싶게 창밖으로 추적추적 장대비가 쏟아져 내렸다. 환했던 거리도 어느새 몰려든 먹구름 떼에 뒤덮여 어두침침한 적막에 휩싸여 있었다. 변덕스러운 날씨 탓일까. 언뜻언뜻 드는 불길한 생각을 지워낼 수가 없었다. 마치 이 모든 전조 현상들이 앞날의 불행을 예고하는 것만 같아 멋모를 두려움까지 들었다. 과민한 걱정일 뿐이라며 스스로를 다독여 봤지만 효과는 극히 미비했다.

늦지 않게 도착하려면 지금부터라도 바삐 움직여야 한다는 사실을 잘 알고 있었다. 그러나 정체된 마음은 쉽사리 움직이길 거부하고 있었다.

정임과의 첫 만남은 떨림으로밖에 기억하지 못하고 있었다. 인사를 나누는 것조차 어려웠던 상대였기에 개인적으로 연락처를 교환한다던가 하는 일은 일절 불가능한 상황이었었다. 그러나 정임은 알려주지도 않은 현서의 개인전화로 연락을 취해왔다. 이내 현서는 정임의 숨겨진 의도를 어렵지 않게 찾을 수 있었다.

승표를 통하지 않고 직접 현서에게 연락을 취해온 것에는 승표는 몰랐으면 하는 정임의 바람이 내포돼 있었다.

카페 슈가론.

청담동 E호텔 1층에 자리해 있던 약속 장소에 도착했을 때는 삼십 분 남짓한 여유를 남겨둔 시점이었다. 홀을 따라 안쪽으로 돌아들어 가던 현서가 잠시간 걸음을 멈추었다. 예상치 못하게도 정임이 먼저 와 기다리고 있었다.

약속 시간에 늦진 않았으나 뒤이어 도착했던 터라 불쑥 조급한 마음이 생기기 시작했다. 다행히 먼저 음료 주문을 끝냈던지 정임의 앞으론 자그마한 커피 잔 하나가 놓여 있었다. 그러나 정작 내용물은 조금도 줄어들지 않은 채 차갑게 식어 있었다. 짧은 심호흡을 연거푸 두 번 정도 내뱉은 현서가 지그시 눈을 감았다 떴다. 그리곤 천천히 정임이 있던 곳을 향해 걸음을 옮겼다.

"안녕하셨어요."

얼굴을 숙인 채 하릴없이 커피 잔만 만지작거리고 있던 정임이 현서의 부름에 고개를 번쩍 들어 올렸다. 곧 공중에서 마주친 두 쌍의 눈동자가 탐색하듯 서로를 살폈다. 순간 예상치 못했던 정임의 반응에 현서의 어깨가 움찔 떨렸다.

흔들리는 눈길로 한참 동안이나 현서를 바라보던 정임의 눈가에서 어째서인지 의미 불명의 눈물이 차곡차곡 차오르기 시작했다. 금방이라도 물줄기를 쏟아낼 것처럼 애수에 젖은 정임의 눈물에 누구보다 당황한 건 현서였다.

"왜…… 이러세요."

"미안해요. 정말이지 미안해요."

뜻밖의 상황에 어찌할 바를 몰라 허둥지둥 대고 있는 사이, 기어코 정임이 소리 없는 처연한 울음을 흘려보냈다. 내내 이어지는 중년여성의 서글픈 눈물에 곧 카페 안의 이목이 현서 쪽으로 집중되었다. 주문을 받으러 다가오던 카페의 종업원도 결국 오던 길을 돌려 되돌아가야만 했다.

"갑자기 왜……."

"미안해요, 알아보지 못해서. 어리석게도 누구인지 몰라봐서, 그래서 미안해요. 미안해요, 현서 양."

일순 감전이라도 된 것처럼 현서의 눈이 홉떠졌다. 정임은 지금 현서가 누구인지를 알고 이 자리에 나온 것이었다. 확신과도 같은 깨달음을 얻은 뒤론 현서의 표정도 차츰 흉하게 일그러지기 시작했다.

"아아!"

깊은 장탄식과 함께 곱게 늙은 정임의 얼굴이 또다시 눈물범벅이 됐다. 울고 싶은 건 정작 현서 자신이었는데, 어째서인지 신경 체계에 문제라도 생긴 것처럼 아무런 반응도 할 수가 없었다. 그리움이란 단어를 알게 되면서부터 하나둘씩 억눌러 왔던 그 많던 서러움이 여전히 가슴의 절반을 차지한 채 들어앉아 있는데, 왜인지 정임의 앞에서 눈물을 보인다는 행위가 겁이 났다.

처음 카페에 들어설 때와는 달리, 현서가 맞은편 소파에 앉은 뒤론 줄곧 서로가 시선을 피하고 있었다. 그사이 흘러나오는 눈물의 양을 감당하지 못한 정임이 몸에 지니고 있던 손수건을 꺼내 눈가를 찍어 누르고 있었다.

"……현서 양이, 현서 양이 그 아이일 거라곤 생각지 못했어요. 죽은 줄로만 알았던 내 아이일 거라곤, 흑."

번번이 이름을 밝혔음에도 매번 모르는 사람 취급을 해왔던 이유가 바로 지금 이 자리에서 낱낱이 밝혀졌다. 그러나 이런 어처구니없는 오해를 사게 된 결정적인 과정이 중간에서 생략돼 있었기 때문에, 여전히 현서로선 자세한 내막을 알 길이 없었다. 그래도 알면서도 일부러 외면을 한 게 아니란 걸 알고 난 후론 약간이나마 마음이 가벼워진 것 같았다.

"버려진 거라고 생각했어요. 내 말을 들으려고도 해주지 않았으니까요."

"그럼 그때 혼자서 평창동에 왔었던 일이……! 그때 이미 알고 있었군요. 내가…… 내가……!"

발작적으로 정임이 소리쳤다.

"구걸을 하러 갔다가 쫓겨 나가는 기분이었어요. 아주 많이 비참했던 것도 같아요."

끝도 없이 길게 이어진 담벼락, 견고한 성처럼 높게 서 있던 저택, 무자비하게 팔을 잡아 이끄는 경호원의 존재까지 뭐 하나 두렵지 않은 것이 없었다. 진실에서 조금의 보탬도 뺌도 없는 솔직한 현서의 고백이 이어질수록 정임의 울먹거림은 깊어져 갔다.

"내 잘못이에요. 내가 아무것도 모르는 천치 같은 사람이어서 그래서 더 마음고생을 하게 만들었군요."

아래로 고개를 떨어뜨린 정임이 연신 스스로의 바보스러움을 탓했다. 그러나 양심의 가책을 받으라고 던진 말도, 자책하라고 부추긴 뼈 있는 질책도 아니었다. 그저 이렇게 이 자리에 오기까지 쉽지 않은 결정이었단 걸 알아달라는 소소한 투정에 지나지 않았다.

서러웠던 기억들을 하나둘씩 풀어놓을수록 응어리진 가슴속 한이 조금씩 크기를 줄여 나갔다.

"줄곧 궁금하단 생각은 하고 있었어요. 말하지 않아도 알 것 같지만 대답해 줘요. 나, 원해서 가진 아이가 아니었나요?"

"현서 양."

"거짓말 말고 가짜도 말고 진짜 이유를 알고 싶어요."

달그락거리는 소리가 귓가로 들려왔을 정도로 잡고 있던 정임의 커피 잔이 격하게 떨리기 시작했다. 쉽사리 입을 열지 못하는 정임을 바라보던 현서가 지그시 눈을 감았다. 대답이 늦어진다는 건 그 자체만으로도 설명이 되는 부분이었다. 결국 얼마 안 가 정임의 입에서 긍정을 의미하는 답변을 들을 수가 있었다.

"……그래요. 내 죄가 이리 커요. 설명하자면 길겠지만 모든 게 변명일 테지요."

"포기하지 않으셨잖아요. 그래도 저 끝까지 낳아주긴 한 거잖아요."

"한때, 안 좋은 마음을 먹었어요. 그래서 그 충격으로 내 아일 잃은 줄로만 알았어요. 정신을 차리고 일어났을 땐 이미 출산을 마친 상태였고, 낳은 아이는 사산된 뒤라고 들었거든요."

연이은 정임의 주장대로라면 그녀는 거짓된 정보에 속아 처음부터 끝까지 현서의 생사여부를 사실과는 다른 정반대의 방향으로 알고 있었다는 뜻이 된다. 하지만 말이 안 되는 게, 그렇다면 현서의 할머니인 경숙은 어떻게 정임의 이름과 주소가 적힌 종이를 자신에게 건네줄 수 있었을까. 누가 먼저랄 것도 없이 이 순간 현서와 정임이 한 사람의 얼굴을 머릿속에 떠올렸다.

"그 사람이로군요."

"……나쁜 분은 아니에요. 그저 부족한 것이 많은 나란 여자 때문에 저지른 한때의 잘못이라 그리 생각해 줘요."

쉴 없이 퍼내는 눈물과는 별개로 태정에 대한 정임의 믿음은 무척이나 굳건했다. 모녀를 생이별시킨 장본인임을 알았음에도 정임은 끝끝내 그 탓을 그녀 스스로의 몫으로 돌렸다. 나락으로 한 발자국 가깝게 다가선 기분이 들었다. 이 순간의 현서는 자신이 사랑해서 생긴 아이가 아니었단 사실을 또 한 번 뼛속에 깊이 새겨야만 했다.

메말라 쩍쩍 갈라진 논바닥처럼 간신히 이어붙인 마음에 가느다랗게 실금이 가고 있었다. 때에 맞춰 흉부 아랫부분에서 극심한 복통이 느껴졌다. 삽시간에 이마 위로 식은땀이 내려앉았다. 금방이라도 안에 든 걸 게워낼 것처럼 극심한 토기가 입안에서 치밀었을 무렵, 정임이 눈앞으로 의외의 것을 내밀었다.

"……이게 뭔가요?"

"평생 현서 양에게 사죄하며 살게요. 그러니까…… 승표랑은 이쯤에서 정리해 줘요."

봉투를 움켜잡은 정임의 손이 형편없이 떨리기 시작했다. 한눈에 보기에도 안쓰러울 정도로 온몸이 바들거리고 있었다. 선뜻 대답을 돌려주는 대신에 현서가 빤한 시선으로 정임을 응시하고만 있자, 달달거리는 입술로 정임이 다시금 이야기를 이어나갔다.

"어리석지만 나요, 회장님이 있고 승표가 있어서 살았어요. 뱃속의 아이를 잃었다는 걸 알았을 때, 다시 한 번 여자로 살고 싶었어요. 한 남자의 아내로, 사랑하는 사람의 여자로 그렇게 살아가고 싶었어요."

살점이 조금씩 뜯겨 나가는 느낌. 아픔이 무뎌지고 있었다.

"미안해요."

"이런 일을 겪을 거라곤 생각지 않았는데……. 이거 적선인 건가요?"

"현서 양……."

"많은 걸 가졌잖아요. 모든 걸 가진 건 당신이면서 왜 내가 원하는 단 하나를 포기하라고 하나요. 이건 공평치 못하잖아요."

"내 죄예요. 내 죄가 커서 정말이지 미안해요."

이성적으로 대해야 한다는 걸 알고 있었지만, 대화가 진행될수록 목소리는 점차 격앙되어 갔다.

"그러니까 그날 당신이 나와보기라도 했으면 좋았잖아요. 두려움에 떨며 이정임 씨를 찾는 날, 그런 날 인터폰 너머로 내쫓지 말고, 나와서 무슨 일이냐며 이야기라도 들어줬으면, 내가…… 내가 승표 씨를 만날 일도 없었을 테고……. 이렇게 마음을 주는 일도 없었을 거 아니에요."

"내가 뭘 몰라서, 정말이지 뭘 몰라서 실수를 했어요."

봇물 터지듯 흘러나온 현서의 쓴소리에 정임의 얼굴 위로 핏기가 가셨다. 그러나 실수라 이야기하는 정임의 말에 누구보다 충격을 받은 건 현서였다.

"이렇게까지 야박하게 굴 필요가 있는 건가요. 결혼을 하겠다고 한 것도 아니잖아요. 그냥 옆에 머무르기만 하겠다는 건데, 그마저도 거슬려서 이렇게 돈 봉투를 던져 주면 대체 나는 뭐가 되나요."

차라리 손을 마주 잡고 설득을 구해왔더라면 지금 느끼고 있는 감정이 덜 참혹했을 것이다. 누구를 걱정해서 이런 결정을 내렸고, 또 이렇게 행동으로까지 옮기게 됐는지는 모르겠지만, 대가성이 담긴 돈 봉투를 정임이 내밀어온 시점에서부터 모욕을 당한 기분이었다.

"난, 그저 난……."

"여자로 살고 싶었다고 하셨죠? 저도, 그랬어요."

선언하듯 포문을 여는 현서의 말에 정임이 잔뜩 긴장을 했다. 아픈 현서의 눈빛이 내내 슬픔을 호소했다.

"당신이 그랬듯 저도 한 가족의 사랑받는 아이로, 부족함 없는 엄마의 자랑스러운 딸로, 그렇게 살고 싶었어요. 하지만 불가능하단 걸 이젠, 알았어요."

"흑."

"이만 가볼게요."

기대듯 소파 위로 쓰러져 있던 정임이 현서가 자리를 뜨려 하자 다급히 뒤따라 일어섰다. 곧 안타까운 시선을 한 정임이 무의식중에 현서를 향해 손을 뻗어왔다.

"한 번만, 한 번만 안아볼 수 있을까요?"

"아뇨. 그렇게 하지 않는 게 좋을 것 같아요."

찰나의 망설임도 없이 현서가 고개를 내젓자, 오갈 데 없는 정임이 손이 공중에서 멈추어 섰다.

"무리한 부탁이란 거 알아요. 그래도…… 단 한 번만 이런 내 부탁을 들어주면 안 되나요."

"세상은 그걸 욕심이라고 부르더군요."

"그런……."

"태어나게 해줘서 고마워요. 그러니까 미워한다는 말 같은 건 하지 않을 거예요. 그리고 주신 거니까 이 돈은 잘 받을게요."

담담하게 끝낸 말과는 다르게 가슴은 거센 폭격을 맞은 것처럼 만신창이가 돼 있었다. 하나둘 내려놓았던 미움의 무게가 어느 사이엔가 저만치 높은 돌탑을 쌓고 있었다. 걷던 발걸음이 점점 빨라지기 시작했다. 회전문을 통과할 쯤이 되어선 거의 뛰다시피 장내를 벗어나고 있었다. 정임이 뒤쪽에서 부르는 것을 알았지만 다시 얼굴을 마주하고 있을 용기가 나지 않았다.

"어머!"

"죄송해요."

정신을 빼놓고 있던 터라 미처 앞쪽에서 다가오던 사람을 발견하지 못한 현서가 기계적으로 고개를 숙여 사과를 끝내곤 곧장 바깥으로 빠져나왔다. 그리고 그때서야 가지고 왔던 우산도 내버려둔 채 빈손으로 나온 걸 깨달았다.

차라리 잘됐다는 생각이 들었다. 몸 전체에 들끓고 있는 화마와도 같은 열기를 식히기 위해선 뭐든지 해야만 했다. 모여들기 시작하는 사람들의 시선에도 아랑곳없이 굵직한 빗줄기를 헤치며 현서는 걷고 또 걸었다. 이 와중에도 젖지 않게 정임이 준 돈을 품 안에 넣고 있는 자신의 모습이 무척이나 서글프게 느껴졌다.

거절하지 못하고 받아 챙긴 이유야 뭐가 됐든, 딴에는 목숨과도 같은 돈이었다. 헤지고 닳은 자존심 같은 것보다 소중하지 않을 리 없었다. 그럼에도, 이렇게 스스로의 행동을 정당화했음에도 불구하고 저민 가슴속은 쓰리고 아프기만 했다. 얼굴을 타고 내리는 빗물의 양이 점점 늘어났다. 왜인지 지독히도 짜게 느껴졌다.

"이를 어째. 전화번호라도 받아가면 좋으련만. 어머, 정임 씨?"

황급히 현서를 뒤쫓아가던 정임이 가까이에서 아는 얼굴을 발견하곤 제자리에 멈춰 섰다. 급하다고 스쳐 지나쳐도 됐을 인연이었지만, 왜인지 딱하다는 듯 현서의 뒷모습을 바라보고 있던 유지인의 눈빛이 마음에 걸렸기 때문이었다.

"오랜만이네요."

"정임 씨 얼굴이 왜 그래요? 안색이 많이 나빠 보여요."

"아무것도 아니에요. 그보다 방금 지나간 아가씨…… 앞면이 있는 눈치 같던데. 실례란 걸 알지만 어떻게 알고 지낸 사이인지 내게 얘기해 줄 수 있나요?"

지인의 지적에 고개를 비스듬히 숙여 엉망이 된 얼굴을 숨긴 정임이 초초한 내색으로 되물었다.

"누구……? 아, 정임 씨도 아는 아가씨였던가 보네요. 미리 알았더라면 이렇게 마음 쓸 일도 없었을 텐데, 그래도 다행이네요."

"그게 무슨 말인가요……?"

형식적인 인사를 뒤로하고 애가 단 목소리로 정임이 연유를 다그쳐 묻자 이유를 몰라 머리를 갸웃거린 지인이 잠시 후 성의껏 답변을 돌려주었다.

"안됐지 뭐예요. 혹시 지지난 달에 이쪽에 갤러리 하나 낸다고 초대장 보낸 거 기억하시려나 모르겠네요."

"알고 있어요. 그래서요."

"이쪽 지리에 익숙지가 않은 바람에 작게 접촉사고가 있었어요. 그리고 그때 피해자가 바로 저 아가씨예요. 혹시 몰라 검진을 받게 했는데……. 어휴, 그게 좀 그렇더라고요."

"마, 많이 다쳤었나요. 어디가 얼마나 안 좋대요?"

다그침이나 다름없는 정임의 성마른 재촉에 지인이 동그랗게 눈을 뜨며 말을 이어나갔다.

"진정해요, 정임 씨. 일단 사고랑은 상관이 없어요."

"그럼……?"

아무렇게나 발설하기에는 꺼림칙한 남의 개인사인지라 후에 뒤탈이 생기지나 않을까 잠시 잠깐 고민에 빠진 지인이 망설이다 고개를 끄덕였다. 함부로 이야기를 떠벌릴 만큼 정임이 경우가 없는 사람도 아니었고, 평소 사리분별이 정확했기에 괜찮겠다 싶어 이야기를 풀어내기로 마음먹은 것이었다.

"위암이래요. 아직 어린데 너무 안됐더라고요. 뒤늦게 이 이야기 들었을 땐 어찌나 마음이 쓰이던지, 그때 알았더라면 작게나마 도움이라도 줬을 텐데 곧장 해외에 나갈 일정이 잡혀 있던 터라……. 정임 씨?"

사색이 된 정임이 지인의 부름에도 응답하지 않은 채 서둘러 현서의 뒤를 쫓았다. 그러나 이미 수많은 거리의 인파에 섞여 사라진 지 오래였다. 초조한 마음에 저장된 발신번호로 바삐 전화를 걸어봤지만 애먼 신호만 갈뿐 끝내 통화는 성사되지 않았다. 망연자실한 정임이 오도 가도 못한 채 제자리에 서서 끅끅 울음을 집어삼켰다. 모든 게 온통 뒤죽박죽이었다.

걷고 또 걸어서 집 앞에 도착했을 때는 이미 길바닥으로 땅거미가 길게 내려앉은 뒤였다. 미련스럽게도 택시나 버스를 이용할 생각은 하지도 못했다. 그사이 장대비처럼 쏟아지던 비는 그쳐 있었다. 그러나 어둑발이 든 바깥 풍경은 도심의 거리답지 않게 을씨년스러운 분위기를 자아냈다. 곧 멎었던 빗방울이 다시금 위세를 드러내며 투두둑 물 떨어지는 소리를 내왔다.

이제 와 처음 가졌던 설렘은 끔찍한 악몽으로 바뀐 지 오래였다. 가진 것이 없다는 것이 이렇게나 사람을 초라하게 만들었다. 억장이 무너져 내린 것처럼 가슴 곳곳에 빈 구멍이 여러 개나 생겨 버렸다. 비에 젖은 몸이 천근만근이나 된 것처럼 무거웠다. 조금이라도 빨리 집 안으로 들어가 안정을 취하고 싶은 마음만 간절하게 들었다. 그러나 불행히도 현서의 소원은 이루어질 수 없는 헛된 바람으로 끝이 났다.

　다 낡아빠진 허름한 다세대 주택가에 정차돼 있던 벤츠의 차 문이 현서의 등장에 맞춰 열렸다. 재빨리 앞좌석에서 돌아 나온 정복 차림의 남자가 이내 우산을 펼쳐 들며 뒷좌석에서 내릴 이를 에스코트했다. 놀랍게도 곧 모습을 드러낸 사람은 정임의 남편이자 승표의 아버지인 태정이었다. 비명이 나올 것만 같아 재빨리 현서가 입술을 배어 물었다. 사전에 미리 언질이 있었던 듯 곧장 태정에게 우산을 넘겨준 기사가 차 안으로 들어가 모습을 감췄다. 악재란 건 언제나 그랬던 것처럼 겹쳐서 오는 모양이었다.

　붙박이처럼 얼어붙어 움직일 생각을 못하고 있던 현서를 대신해, 뚜벅뚜벅 큰 보폭으로 걸음을 옮긴 태정이 금세 현서와의 거리 차이를 좁혔다. 온통 비에 젖어 물에 빠진 생쥐 꼴을 하고 있는 그녀와는 달리, 빈틈없이 차려입은 태정의 모습은 각기 다른 현실에 속한 두 사람 사이의 격차를 낱낱이 일깨워 주었다. 고집스럽게 다물어져 있던 태정의 말문이 열린 건 바로 그때였다.

　"다른 말이 필요할까 싶네만."

　묘한 기시감.

　오늘 정임이 그랬던 것처럼 이번에는 태정이 입구를 봉한 두툼한 두께의 봉투 하나를 내밀었다. 허탈한 웃음을 막을 길이 없던 현서가 버석하게 마른 미소를 입가에 걸고 말았다. 마치 삼류 신파 영화의 여주인공이라도 된 것만 같았다.

　먹먹해지다 못해 피멍이 든 가슴이 헐떡이듯 두방망이질치기 시작했다. 그러나 흐트러진 호흡을 채 고르기도 전에 태정이 덧붙이는 말을 늘어놓았다.

"말도 안 되는 이번 일에 현서 양이 동참한 것, 내 나름대로는 이 때문이라 결론을 지었다네."

"……산다는 건 이렇게 더럽고 구차한 거로군요. 전 왜 이렇게…… 불행한 걸까요."

잔뜩 억눌린 현서의 목소리가 가느다랗게 떨렸다. 원하던 것이었고 필요했던 돈이었지만 이제는 그렇지 않았다. 정임에게 받은 것만으로도 충분히 마음의 짐을 지워두었다. 더 이상 그 짐을 늘리고 싶지 않았다.

속물처럼 비치리란 걸 모르고 시작한 일은 아니었다. 그러나 알고 시작한 일이라고 해서 상처받지 않을 리 없었다. 갈기갈기 찢겨져 나간 자존심과 바닥을 치는 자존감에도 살고자 하는 염원이 강했다. 그런데도 정임의 앞에서, 태정의 앞에서, 왠지 모르게 작아지는 기분이 들었다. 단지 현서 자신은 가장 기본적인 본능에 충실했을 뿐인데 돌아온 대가는 깊은 상흔이 전부였다.

절망이 서린 현서의 얼굴 위로 눅눅한 빗물이 녹아들었다. 그 순간 태정이 쯧 혀를 차며 기사에게서 건네받아 쓰고 있던 우산을 현서에게로 내밀었다. 그러나 이미 자신은 젖을 대로 젖어 있던 터라 그다지 쓸모가 있을 것 같지가 않았다. 그럴 바에야 태정이 쓰고 있는 게 여러모로 옳았다.

한 발자국 뒤로 물러나는 것으로써 현서가 거부의 의사를 전달했다. 이채를 띤 태정의 눈빛이 의아스럽게 현서를 주시했다.

"달리 내가 오해를 한 거라면 미안하네."

"맞아요. 회장님 말씀 틀리지 않았어요. 처음 시작하게 된 계기
는 분명 돈 때문이었으니까요."

"쉽지 않은 질문이었을 텐데 있는 그대로 얘기해 줘서 고맙네.
덕분에 마음이 한결 가벼워졌어."

시니컬한 현서의 대답에 그나마 다행이라는 듯 태정이 솔직한
심경을 토로해 왔다. 순간 현서가 쏘아보듯 태정의 손아귀에 들려
있던 돈 봉투를 노려보았다. 한 편의 희극을 관람했다 한들 이보
다 우스울 수 있을까. 일이 이 지경에까지 왔는데 어느 한 사람 물
어봐 주는 이가 없었다. 대체 무엇을 위해 그 돈이 필요했느냐고,
다정하게 한마디씩만 거들어주었더라도 더없이 행복했을 것 같았
다.

가끔씩 거울을 들여다볼 때면 스스로도 깜짝깜짝 놀랄 정도로
얼굴색이 형편없었다. 단출하게 꾸며진 외양만큼이나 현서는 사
치나 허영과는 거리가 멀었다. 단지 그녀가 돈으로 사고 싶은 것
은 삶의 연장이었다.

직접 해명할 기회를 얻기도 전에 타의에 의해 진창에 발을 담그
게 되었다. 그러나 다하지 못한 이야기가 남았기에 현서는 힘을
냈다.

"그런데 지금은 아니에요."

"……어떻게 다르다는 게냐."

"난 그러고 싶지 않았는데, 그렇게 되지 않도록 노력도 했는데
중간에서 마음이 바뀌었어요. 내가 어쩌지 못하는 사이에 그렇게
돼버렸어요."

“승표의 생각과 별반 다르지 않다는 말이로구나.”

고개를 끄덕이진 않았지만 태정은 현서의 침묵을 긍정으로 받아들였다.

“이를 어찌하나. 난 현서 양이 다치는 걸 원치 않네. 자네 쪽에서 먼저 승표를 정리해 준다면야 원하는 것이 뭐든 내 들어줌세.”

“마음을 죽인다는 거…… 그거 쉽지 않아요. 난, 자신이 없어요.”

“그래도 해야 하네. 후일을 위해서라도 반드시 옳은 선택이 될 걸세.”

전적으로 현서의 희생만을 강요하는 태정의 태도에 묘한 반발심이 들었다.

“회장님 논리대로라면 어차피 하나가 돌아서면 꺾일 감정이 아니던가요? 제게 와서 이러지 말고 한승표 씨를 찾아가세요. 가서 그쪽을 붙들고 설득하는 게 더 빠를 테니까요.”

“안 해본 줄 아는가. 그것이 불가능했기에 이렇게 현서 양을 만나러 온 게 아닌가.”

막무가내로 밀어붙인다 하여 제 마음대로 할 수 없는 유일한 이가 자식이란 존재임을 알아달라며, 태정이 부득불 현서에게 마음을 돌려줄 것을 종용했다. 문득 이 순간 다행이라는 생각이 먼저 들었다. 이렇게 비를 맞고 있어서, 붉게 달아오른 눈시울도 아무렇지 않게 가려주는 빗물의 존재가 무척이나 고마워지는 순간이었다.

“……조금만 일찍 찾아오시지 그랬어요.”

진심이 움직이기 전이었다면 현서도 어렵지 않게 태정이 원하는 대답을 해주었을 것이다. 그러나 지금에 와 번복하기에는 이미 지나치게 넓은 면적의 넓이만큼이나 제 마음을 승표에게 내준 뒤였다. 누구의 불찰도 아니었지만 결과론적으로 이 일에 얽힌 이해 당사자들 모두를 괴롭게 만드는 일이 됐다.

"이리 부탁해도 안 되는 일인가. 원하는 게 부족함 없는 재물이라면 내 그리 해줄 수도 있네. 그게 아니라 회사의 지분을 요구한다 하더라도 적정선까지는 고려해 보겠네."

"그만. 그만해 두세요, 정말이지 지긋지긋해요. 난 적선을 원하는 거지 따위가 아니란 말이에요."

"현서 양."

"사람 우습게 보지 마세요. 회장님 말대로 저 가진 것 없어요. 그런데 왜 저더러만 더 버리라고 하나요. 제가 바란 적도 없는 대가 따위를 내밀면서 대체 왜, 다들…… 왜 제게만 이러는 건가요."

왜 멋대로 사람을 불쌍한 취급하고, 동정하고, 제 뜻과는 무관하게 움직이려고 드는 건지. 남 앞에 자랑스럽게 내보일 수 있을 만큼 많은 것을 가지고 있지 못하다 하여 이런 대접을 받을 이유는 없었다. 자꾸만 능력 이상의 것을 요구해 오는 태정의 행동이 점점 현서를 코너로 몰아갔다.

"과한 말이었다는 거 모르는 바 아니네. 하지만 그래도 해야겠어. 현서 양 생각과는 달리 승표 그 녀석은 지금 오기를 부리고 있는 것뿐이라네."

"회장님 뜻을 저에게까지 억지로 관철시키려 들지 마세요. 제 생각은 회장님과는 달라요."

정임이 싫어할 일이라는 걸 알기에 더욱 악착같이 굴고 있는 거라며, 태정은 승표가 지닌 일련의 감정들을 전면 부정했다. 하지만 도를 넘은 태정의 해명은 외려 그것이 숨길 수 없는 진실의 한 자락임을 말해주었다.

"다른 누구도 아닌 내가, 현서 양을 상처 입히게 될까 봐 노파심이 생겨 하는 소리네. 결국 마지막까지 내가 감싸고 돌 사람은 현서 양이 아니라 승표가 될 테니 말일세."

냉정한 태정의 눈빛이 경고를 담았다. 곧 머리털이 삐죽 솟아오를 만큼 깊은 두려움이 엄습했다. 스스로의 나약함에 절로 혀가 깨물어졌다. 더 들어서 좋을 것이 없는 이야기였지만 대화는 여전히 현재 진행 중에 있었다.

지친 어깨가 아래로 축 늘어졌다. 도대체 하루에 몇 번씩이나 울음을 집어삼키고 있는 것인지 모르겠다. 아프다. 시리고 텅 빈 가슴에 새살이 돋아나려면 또 얼마나 오랜 시간을 견뎌내야 하는 걸까.

"회장님께서 이렇게까지 절 설득하려 드는 거, 그나마 제가 이정임 씨 딸이기 때문이란 건가요."

"맞네. 하지만 오늘 일은 정임이 그 사람은 몰랐으면 하네."

현서의 눈을 똑바로 직시한 태정이 다짐을 받듯 동의를 구했다. 대화 내내 저돌적인 면모를 과시했던 것과는 달리 정임의 이름을 입에 올리던 순간만큼은 태정도 조심스러운 기색이 역력했다.

나이가 들었음에도 곱고 아름다웠던 정임의 얼굴이 새삼 눈앞으로 그려졌다. 행복을 먹고 자란 사람처럼 그녀는 화사한 빛을 뿜어내고 있었다. 정면으로 마주쳐 오는 태정의 시선을 피하지 않고 당당히 받아낸 현서가 입술을 움직거렸다.

"그런데 이런 생각은 안 해보셨나요. 그분은 됐는데 왜 전 안 되는지에 대한 이유, 타당한 근거가 있기는 한 건가요?"

"……?"

"가진 게 없었던 건, 저나 그분이나 다르지 않았잖아요."

"그건……."

"욕심 때문이 아닌가요. 그게 아니라면 회장님은 그분을 곁에 두신 일이 후회스럽기라도 하셨나요? 아뇨. 불행하지 않았잖아요. 그 사람, 이정임 씨 행복한 얼굴이었는걸요."

허를 찔린 사람처럼 태정이 입을 다물었다. 그러나 포기가 안 되는 것은 현서뿐만 아니라 태정도 마찬가지였나 보다.

대한민국 경제의 전반부를 쥐락펴락한다는 태정이었다. 노련한 사업가답게 흐트러진 기세를 안으로 갈무리한 태정이 곧 현서를 압박해 왔다.

"승표가 가진 걸 모두 잃게 되는 건 현서 양도 바라는 바가 아니라고 믿겠네."

"……그러지 마세요."

"아니, 해야겠네. 그 녀석은 내가 잘 알아. 남들 위에 서서 군림만 해온 승표가 과연 밑바닥 생활을 견딜 수 있을까? 만신창이가 될지언정 곧 제자리로 돌아오게 되어 있네."

"……내가 원한 게 아니었잖아요. 원해서 이정임 씨 딸로 태어난 게 아니란 말이에요. 왜 그 책임을 저에게만 지우려고 하세요. 이런 건 말도 안…… 콜록콜록.”

격한 흥분 너머로 주체할 수 없는 화가 들끓어 올랐다. 불현듯 먹은 것도 없는 빈속이 못 견딜 정도로 울렁거렸다. 본능적인 거부감과 알 수 없는 이질감이 속에서부터 치밀어 오르자, 단숨에 신체의 모든 기능이 밑바닥까지 저하된 기분이 들었다. 순간 몸서리쳐질 정도로 뜨거운 액체가 목울대를 타고 넘어왔다. 왈칵 쏟아지는 열기에 서둘러 입술을 다물어봤지만, 이미 벌건 피가 입가를 더럽히고 있었다. 몹시도 찬 팔다리가 사시나무 떨리듯 떨리기 시작했다.

세상의 모든 소음을 잠재우기라도 할 것처럼 비 내리는 소리가 거세졌다. 핏물을 뒤집어쓴 현서의 모습에 놀란 태정이 들고 있던 우산을 떨어뜨리곤 재빨리 그녀를 부축했다.

“맙소사! 이게 무슨…….”

“제 말…… 아직 끝나지 않았어요.”

“무슨 말인지 알겠으니 일단은 진정 좀 하게나.”

흥건하게 젖어버린 소매로 서둘러 입가를 닦아내 봤지만 모든 게 허사였다. 문지르면 문지를수록 외려 핏자국은 선명해져만 갔다.

“지금 뭐 하시는 겁니까!”

“이런……!”

뜻밖의 곳에서부터 들려온 익숙한 고함 소리에 태정이 반사적으로 고개를 들어 올리다가, 흉포한 기세를 돋운 채 일그러진 얼굴을 하고 있던 승표를 발견하곤 긴 탄식을 뱉어냈다.

콜록콜록.

그사이 오장육부를 뒤틀게 만드는 사나운 통증을 이기지 못한 현서의 무릎이 아래로 꺾였다. 한껏 배를 움켜잡은 현서가 몸을 둥글게 말며 통증을 삭였다. 숙인 고개를 타고 흘러내린 피가 곧 빗물에 밀리며 하얀색 티셔츠의 목 라운드 부분을 벌겋게 물들였다.

성큼성큼 빠른 걸음으로 다가오던 승표가 예상 밖 상황에 멈칫거리며 서길 잠깐, 곧이어 질풍처럼 내달려 현서의 곁으로 다가섰다. 한계치까지 확장한 그의 두 눈이 내처 경악에 잠겼다.

"뭐야, 너 이거 왜 이래. 왜 이래 지현서."

"……건드리지 말아요. 조금 있으면 괜찮아질 거예요."

승표의 인상이 더욱 처참하게 일그러졌다. 검붉은 피의 흔적이 현서의 이런 주장을 정면에서 반박하고 있었다.

"누가 그딴 말 듣고 싶대? 어디가 어떻게 안 좋은 거야. 대체 이 피는 다 뭐야!"

"나, 보기 흉하죠?"

혼잣말처럼 웅얼거린 현서가 애써 입술 끝을 들어 올렸다. 빈말로라도 아니라며 부정을 해주길 원했지만, 그건 아무래도 과한 바람이었던 것 같았다. 핏자국을 지워내려는 현서의 부단한 노력에도 불구하고 얼굴은 점점 얼룩덜룩하게 변해갔다.

"일어서. 빨리 일어나서 병원부터 가보자."

"이거 보이나요. 콜록, 콜록. 나, 이렇게 많은 돈 태어나서 처음 가져 봐요.”

삽시간에 승표의 얼굴이 태정이 서 있던 방향을 향해 돌아갔다.

“행복해질 수 있을 거라고 생각했어요. 그런데 이젠, 모르겠어요.”

“울지 마. 지현서는 이렇게 약한 말 하는 사람이 아니었잖아.”

“다행이네요…… 한승표 씨 눈에 그렇게 비춰졌다니……. 여태까지의 노력이 아주 헛되진 않았나 봐요.”

부축해서 일으켜 세우는 걸 포기한 승표가, 한 손으로 현서의 목 뒤를 떠받친 뒤 나머지 손으론 오므려진 무릎 밑 다리께로 밀어 넣어 그대로 몸을 위로 안아 올렸다. 충격을 받은 사람처럼 한 쪽 구석에 멀건이 서 있던 태정에겐 일체 시선도 주지 않은 채 승표는 곧장 정차해 둔 그의 차를 향해 걸어갔다.

“속상하다. 속상해서 미칠 것 같아.”

“알아요. 내가 한승표 씨한테 못할 짓을 시키고 있다는 것 모르지 않아요.”

경련을 하듯 연신 가슴을 들썩이며 기침을 해대는 현서의 몸을 승표가 한결 강한 힘으로 껴안았다. 날카롭게 연마된 뾰족한 꼬챙이가 마구잡이로 내부를 들쑤셔대고 있는 것과도 같은 악몽의 시간 속에서도 그의 품은 따뜻했다. 말없이 안겨 물끄러미 승표를 올려다보고 있자니 없던 욕심도 무럭무럭 덩치를 키워갔다. 참을 수 없을 만큼 아픈 통증을 느끼는 와중에도 현서가 태정이 한 말을 곱씹어보았다. 어느새 모든 걸 빼앗긴 뒤 나락에 빠져 허우적 거리고 있는 승표의 모습이 눈앞에 그려지고 있었다.

승표는 현서 자신을 필요로 하는 유일한 사람이었다. 그래서 그가 힘든 일을 겪지 않았으면 했다. 한땐 불행이 전염되길 바랐던 시기도 분명 있었지만 지금은 달랐다. 그러나 이를 위해선 현서가 그의 곁을 떠나야 한다고 한다. 현실을 받아들인다는 것은 상상 이상의 에너지를 소모하는 일이었다. 태정의 말처럼 고집을 피울 일이 아니란 판단이 드는 한편으론, 여전히 확실한 결론이라는 것을 내리기가 어려웠다.

승표를 보내고 난 후에도 괜찮아야 할 텐데 그러지 못할 것 같아서 두려웠다. 그러나 시간이 경과할수록 현서의 내부에서는 태정의 말이 설득력을 얻어가고 있었다. 방법론적으로는 최악이었을지언정 태정의 선택은 틀리지 않았다. 현서는 지금 태정의 말에 흔들리고 있었다.

한신종합병원의 정문을 통과해 들어온 승표의 차가 급정거를 하며 멈춰 섰다. 따로 주차장을 이용할 겨를도 없이 급히 차 문을 연 승표가 옆좌석에 앉혀두었던 현서를 안아 들었다. 그런 후 곧장 접수대를 지나쳐 석중이 기거하고 있던 원장실로 직행했다. 간호데스크의 만류를 무시로 일관한 승표가 노크도 없이 벌컥 문을 열어젖혔다. 그러자 엊그제 있었던 제주의학세미나와 관련해 자료를 살펴보고 있던 석중이 놀란 표정을 지었다. 그러나 마음 편히 인사나 나누고 있기에는 처한 사정이 좋지 못했다.

급박하게 돌아가는 상황 속에서 누구보다도 먼저 현서의 상태를 캐치해 낸 석중이 손수 검진실로 승표를 안내했다. 다행히 석중의 배려로 복잡한 절차는 모두 생략되었고, 곧바로 검사를 받을 수 있는 여건도 조성되었다. 의사의 소견을 듣기에 앞서 일단은 가능한 한 모든 검사는 받아보게 할 생각이었다. 잠시 후 현서가 MRI 촬영실로 들어갔다.

털썩.

급격하게 피로해진 몸을 던지듯 내려놓은 승표가 대기실 의자 위로 주저앉았다. 그간 타인의 앞에서 약점이 될 만한 모습을 노출한 적이 없던 승표였기에 석중이 또 한 번 놀란 표정을 지었다. 하지만 이내 다 안다는 얼굴로 석중이 승표의 어깨를 두어 번 두드렸다.

"전화 연락이 닿질 않더군. 그렇지 않아도 어찌할까 고민 중이었는데 마침 잘 와주었네."

입 밖으로 끄집어내 표현하지는 않았지만, 석중의 무거운 음성이 어느 때보다 승표를 두렵게 만들었다. 석고상처럼 굳어 있던 승표에게 잠시간 기다려 달라 청한 석중이 잠시 후 차트 하나를 꺼내와 그에게로 내밀었다. 겉으론 태연하게 보이기 위해 갖은 노력을 기울이고 있었으나 정작 안으로는 온갖 불온한 생각들이 활개를 쳤다.

"이게…… 뭡니까."

"읽어보게나."

불안한 표정을 감추지 못한 채로 차트를 받아든 승표가 천천히 내용을 훑어 내려가기 시작했다. 그러다 어느 한 지점에서 못 박힌 듯 시선이 정지했다. 심박동수가 급격한 속도로 증가했다.

"gastric adenocarcinoma, 위선암이로군요. 게다가 임상진단 부분이 EGC가 아니라 AGC로 표기돼 있는 걸 보면 조기위암도 아니고 진행성이란 이야긴데 이걸 어째서 저한테……?"

아니지 하면서도 승표의 손끝이 떨리기 시작했다. 그러나 나쁜 예감은 언제나 그랬듯 예고 없이 그를 찾았다.

"지현서 씨 진료기록표라네."

"무슨……."

"자네도 알다시피 지현서 씨 연령대에서 찾아보기 쉬운 케이스의 병명은 아니라네. 운이 나빴단 말로밖에 설명할 수 없겠지만, 아마도 피를 토한 채 이곳을 찾은 걸 보면 당초 진료를 받았을 때보다 더 예후가 나빠졌을 게야."

시답잖은 농담 같은 건 집어치우라며 당장에 화라도 내고 싶었지만, 그러기엔 석중의 태도가 더없이 진중했다.

"소중한 사람이란 거 아네. 그러니 지금이라도 동의서에 사인을 받고 수술을 준비시키게나. 내가 집도의는 대한민국 최고의 의사로 알아봐 주겠네."

승표를 중심으로 돌아가던 그의 세계가 일시에 무너져 내렸다. 그때서야 왜 오늘 정임이 그토록 초조한 얼굴로 자신을 찾아와 현서에게 가보라고 부탁했는지 알 수 있을 것만 같았다. 당시의 정임은 절망에 빠진 얼굴을 하고 있었다. 태정의 농간이나 다름없던 해외출장 건을 해결하느라 동분서주하고 있던 사이 대체 무슨 일이 벌어지고 있었던 것인지, 최악의 상황에 직면해 있는 지금이 더없이 승표를 혼란케 했다.

“말도 안 돼. 그럴 리가 없습니다.”

“자네가 이러면 환자에게도 좋을 것이 없어. 인정할 건 인정해야 서로가 힘들어지지 않는 법이라네.”

지나간 시간들이 부메랑이 되어 승표를 공격해 왔다. 그러나 후회란 건 아무리 빨라도 늦은 법이었다. 편협했던 시야에 가려 보이지 않았던 진실들이 하나둘씩 모습을 드러내자, 괴로움을 이기지 못한 승표가 질끈 눈을 감았다.

“왜였답니까. 진단을 받은 적이 있었다면 왜 병원에 있질 않고……”

“담당했던 의사 말로는 수술을 받을 만한 경제적 여건이 되질 않았다 하더군. 형편상의 이유를 들어 입원을 미뤘다니까 아마 금전적인 상황이 좋지 않았던 모양일세.”

“……돈 때문이란 말씀입니까?”

“듣기론 그랬다더군.”

절망적인 기분이 엄습했다. 몸 상태가 이 지경이 될 때까지 입원도 하지 않고 방치를 하고 있었던 이유가, 그가 한 거절 때문이었단 사실을 있는 그대로 받아들이기가 어려웠다. 가난을 몰랐기 때문에 현서의 애원을 경시했다. 그것이 이런 식의 고통으로 되돌아올 줄도 모른 채 머저리처럼 호언했다. 현서를 향해 퍼부었던 그간의 질 낮은 말과 행동들이 승표의 숨통을 조여왔다.

“이보게나. 한 이사, 자네 괜찮은가?”

호흡이 거칠어지다 못해 과호흡 증상까지 보이기 시작한 승표의 행동에 석중이 염려 섞인 말을 건넸다. 그러나 승표의 머릿속엔 온통 현서의 생각들로 가득 들어차 있어 당장엔 석중의 말조차 귀에 들어오지 않았다. 핏자국이 선연했던 현서의 얼굴을 다시금 떠올린 승표가 이를 악물었다. 어리석음의 말로는 항상 회한으로 끝을 맺는다더니, 꼭 그 짝이지 않은가.

눈물을 보이지 않는다 하여 울지 않는 것은 아니었다. 승표가 쓴소리를 아끼지 않을 때마다 투명했던 현서의 눈은 깊이를 알 수 없는 심해처럼 변하곤 했다. 아픔을 숨기기 위한 나름의 노력이라는 것도 알려 하지 않은 채 부득불 한계까지 현서를 몰아붙었다. 가슴 한쪽이 서늘해지면서 찬바람이 거세게 밀려들었다.

목숨이 경각에 달려 있던 상황에서도 그가 내건 제안에 응해올 수밖에 없었던, 가난이란 건 대체 현서에게 있어 어떤 의미였을까. 한껏 일그러진 승표의 얼굴 위로 괴로움이 자리를 잡아갔다. 최초 자신과는 관계가 없다 생각했기에 크게 개의치 않았던 병의 유무가 뒤늦게 승표를 나락으로 이끌었다. 다른 복합적인 이유를 떠나 재벌가에서 나고 자란 승표에게 있어서 지금 일어나고 있는 이 모든 것들은 상식선 밖의 일이었다. 그러나 지속적으로 부정해본다 한들 그가 해버린 실수는 번복되지 않았다.

바른대로 말하자면 혹시나 하는 마음도 아주 없진 않았었다. 때문에 협박과도 다름없는 말로 김 원장을 설득시켜 현서의 병세에 대해 알아보라 직접 언질을 넣은 사람도 승표였다. 그러나 맨 처음 현서의 입에서 수술이라는 단어가 나왔던 그 시점에서부터 이미 되돌아갈 수 없는 루비콘 강을 건너고 있었던 건지도 모르겠다. 다른 무엇보다 앞서 처음 이 비서가 물어왔을 때 승표는 고개를 가로젓지 말고 끄덕였어야 했다. 더 파볼 것이 없느냐며 되물었던 바로 그 순간부터 운명은 뒤틀리고 있었다. 더할 나위 없이 지친 기분이었다.

아직 어리기에 큰 병은 아닐 거라 지레짐작했던 과거를 통째로 들어내고 싶은 마음뿐이었다. 잊고 있었지만 영지의 사례처럼 죽음이란 건 때때로 갑작스럽게 찾아들기도 했다. 승표가 이를 악물었다. 넘치게 많은 것을 가진 승표에게 있어서 병이란 그저 숨만 붙어 있으면 언제든지 고칠 수 있는 성질의 문제에 지나지 않았었다. 그러나 지금은 이랬던 스스로의 생각에 동의를 할 수가 없을 것 같았다. 인식하지 못하고 있었지만 영지의 죽음은 승표에게 지극히도 극단적인 마음을 점진적으로 심어주었던 것이다.

대수롭지 않게 넘겨 버렸던 현서의 고백이 새삼 그를 괴롭게 만들었다. 때늦게 현서가 하고 있던 남루한 행색도, 사치완 거리가 멀었던 주변 환경도 시야에 들어왔다. 일신의 치장을 위한 명품 따위를 얻고자 승표가 내민 덫으로 걸어 들어왔던 게 아니란 이야기였다.

승표는 인정하려 들지 않았지만 사람에겐 어쩔 수 없는 이유란 게 생길 때가 있었다. 지금껏 현서가 보여준 모든 행동들은 단순 치기가 아닌, 오로지 생명을 담보로 한 살고자 했던 의지의 실현이었다.

생각이 깊어질수록 스스로가 용서가 되지 않았다. 그가 손에 쥐고 흔든 것은 한순간에 웃고 넘길 재미 따위가 아니었다. 다름 아닌 바로 현서의 목숨이었다. 그 사실이 이루 말할 수 없이 승표를 압박해 왔다.

"……완치는 될 수 있는 겁니까?"

"각혈을 했더군. 검사결과가 나와봐야 알겠지만 썩 좋은 상태
는 아닐 걸세."

석중의 목소리에 무게감이 실렸다. 동시에 반쯤 부정이 담긴 그
의 고개가 오른쪽으로 돌아갔다.

"다르게 말씀드리죠. 지현서의 신변에 무슨 일이 생길 경우 김
원장님 자리도 보존하기 힘들 겁니다."

"자네가 아무리 그런들 내 대답은 변치 않을 걸세. 진단을 확정
받았을 때라면 그래도 확률이 높았겠지만, 지금은 누구도 자신할
수 없는 일이라네. 환자에게 있어 두 달여의 시간이라는 건 무시
하기 힘든 긴 시간이라네."

"하…… 하하."

"쉽지 않은 수술이 될 게야. 그러니 자네도 마음을 단단히 먹어
야 할 걸세."

순식간에 눈앞이 온통 암흑으로 물들어 버렸다. 곧이어 어디에
서 있는지조차 모를 정도로 방향감각을 상실했다. 곧 발밑이 꺼지
면서 깊이를 알 수 없는 늪지대로 빠져들었다. 승표의 몸이 한차
례 크게 휘청 흔들렸다.

뭐라고 했더라? 현서의 말이 사실로 판명이 난 경우라 하더라
도 그의 입장에서는 두 달의 시간이 그다지 길지 않다고 생각했
다. 이처럼 오만한 생각이 세상천지 또 어디에 있을까.

"지옥이 따로 없군."

후회란 단어를 떠올린 순간 심장이 아플 정도로 조여들었다. 원장실을 나온 직후 내리 벽을 내려치고 있던 승표의 주먹이 벌건 색으로 물들기 시작했다. 까지고 헤진 속살의 범위가 점차 넓어지고 있었지만, 자학이나 다름없는 승표의 행위는 쉽게 그치지 않았다.

엉망이 된 현서의 얼굴.

수없이 많은 감정들이 떠올랐다 사라지길 반복했다.

"으아아악!"

미칠 것 같은 이 마음을 대체 어떤 식으로 풀어야 좋을지, 제발이지 누군가가 알려주기라도 했으면 좋을 것 같았다. 터질 것 같은 가슴을 부여잡은 승표가 자책과도 같은 자기 비하에 빠져들었다. 그러나 계속될 것 같았던 비명은 잠시 후 거짓말처럼 그쳤다. 어느새 슬픔을 숨긴 승표의 얼굴 위로 하나의 결심이 뚜렷하게 서 있었다.

"수술받자."

"나 바보 아니에요. 한승표 씨가 말하지 않아도 그렇게 할 거예요. 당신에겐 아니었지만 원했던 것보다 더 많은 돈도 생겼는걸요."

"그래. 잊고 있었지만 내가 아는 지현서는 언제나 강했어. 그러니까 너무 웃으려고 애쓰지 않아도 돼. 지금은 그러지 않아도…… 돼."

쉽게 이야기를 매듭짓지 못하는 승표를 대신해 현서가 쓸쓸한 목소리로 입을 열었다.

"그전에 미안하단 말을 해두고 싶었어요."

"다른 소린 듣고 싶지 않아. 넌 그냥 건강해지는 것만 생각해. 그 외에 것은 신경 쓸 필요 없어."

"싫어요. 그래도 할래요."

만류하는 승표의 말에도 부득불 현서가 속의 말을 꺼내놓았다.

"우리가 처음 만나 계약이라는 걸 했을 때 말이에요. 그때 당신이 나를 통해 얻고 싶어 했던 게 뭔지 잘 알고 있어요. 그런데 이제 그거 도와주지 못할 것 같아요. 바보처럼 너무 많이 아프고 말았거든요."

공감하는 순간 쓰레기보다 못한 사람으로 전락해 버릴 것만 같아 승표가 다물고 있던 입술을 한층 더 굳게 걸어 잠갔다.

"이용가치가 그것밖에 못돼서 미안해요. 좀 더 쓸모가 있는 사람으로 남길 바랐는데 스스로를 너무 몰랐었나 봐요."

"……갑자기 왜 이런 말을 하는 거지?"

"내가, 고맙다는 말 했던가요?"

"곧 떠날 사람처럼 왜 이러는 거야? 최고의 의료진을 붙여준다고 하잖아. 그러니까 이런 불필요한 말은 병이 다 나은 뒤에나 해. 더 듣고 싶지 않으니까 그만해."

병색이 완연한 현서의 얼굴이 곱게 펴졌다. 분위기에 맞지 않게 헤헤거리는 미소를 입가에 건 현서가 웃으며 승표의 소매를 잡아끌었다. 그리곤 귓가에 대고 조근거리는 말투로 소곤소곤 비밀을 속삭였다.

“있죠, 나 지금 행복한 것 같아요.”

두 눈을 감고 잠이 든 척을 했다. 이렇게라도 하지 않으면 승표가 이곳을 떠나지 않을 거란 걸 알고 있어서였다. 지칠 법도 한데 식사도 거른 채 내내 병실을 지키고 있던 승표가 얼마간 더 잠든 현서의 얼굴을 내려다보다 잠시 자리를 비웠다. 문이 닫히는 소리가 나자 곧 현서가 감고 있던 눈을 떴다. 분에 넘치게 혼자 일 인 병실을 차지하고 누워 있던 터라 다소간 부담스럽긴 했으나, 한편으론 남의 시선을 의식하지 않아도 돼서 감사한 마음도 들었다. 사실 지금도 그가 일부러 자리를 피해줬다는 걸 모르고 있진 않았다. 그러나 혼자 생각할 시간이 조금 더 필요했기에 이런 승표의 배려를 모르는 척 받아들였다.

“그래서 어떻게 하고 싶단 거니?”

혼잣말처럼 중얼거린 말에 현서가 고개를 흔들었다. 쉽게 해답이 나올 문제였다면 이처럼 고민을 하지도 않았을 것이다. 답이 없는 문제를 가지고 한참을 실랑이를 벌이던 현서가 문득 하릴없이 틀어놓은 TV로 시선을 고정시켰다.

뜻밖으로 화면에선 승표의 얼굴이 비춰지고 있었다. 뉴스의 하단부론 대규모 해외투자 건과 관련된 기사가 자막으로 다뤄지고 있었는데, 극동지역인 러시아와 연계한 유전개발 사업의 유치 성사가 주요 안건이었다.

생각 이상으로 대단한 일이었던지 승표의 주변에서 플래시세례가 터져 나왔다. 마치 그 모습이 밤하늘에 둘러싸인 별무리와 닮아 보였다. 손을 뻗는다 하여 쉽게 닿을 수 없는 별처럼 그는 현서와는 동떨어진 세계에 살고 있었다. 바쁘다며 연락이 뜸했던 이전 며칠 사이에 있던 일인 모양이다.

묵묵부답하며 공항 바깥쪽을 향해 걸어나오는 승표의 앞으로 수많은 마이크가 따라다녔다. 현서 자신이라면 주눅이 들어 제대로 걷지도 못했을 상황이었지만 그는 달랐다. 곧 쏟아지는 질문 공세를 이기지 못한 듯 제자리에 멈춰 선 그가 흐트러짐 없이 당당한 태도로 자신의 소신을 밝혔다. 어떤 질문에도 그의 대답은 막힘이 없었다.

무척이나 어울린다는 생각이 들었다. 원래부터 그가 있을 자리는 현서의 곁이 아니었다. 많은 사람들의 시선이 머무르는 바로 저곳이 승표가 있을 자리였다. 태정의 말처럼 승표는 저곳을 떠나와 살 수 없는 사람이었다.

"애초부터 나완 다른 길을 걷던 사람이야. 그걸 잊지 말자, 지현서."

불행해 보았기에 안다. 불행의 전염성은 행복을 소멸시키는 힘을 가지고 있다. 얻고자 했던 걸 얻었으니 이제는 물러나야 할 때 같았다. 욕심을 내지 말자. 하지만 아직까지는 그의 곁에 머물고 싶었다. 아주 조금만 더, 간신히 잡은 이 안락함을 누리고 싶었다.

결심이 선 상태에서도 실행에 옮기는 일은 결코 쉽지만은 않은 과정이었다. 유예된 시간만큼 마음속으론 피멍이 들고 있었다. 그

런데도 스스로가 선택한 일이었기에 그의 앞에서 만큼을 힘든 내
색을 할 수가 없었다.

　밤새 사나운 기세로 쏟아져 내리던 빗줄기가 날이 밝아옴에 따
라 서서히 존재감을 다해갔다. 그러나 등허리를 타고 내리는 눅눅
한 식은땀은 여전히 그대로였다. 그사이 따로 볼일이 있다며 나갔
던 승표가 한 손에 수술동의서를 가지고 병실로 돌아왔다.

　"필요한 서류들은 모두 준비해 뒀어. 마지막으로 네 사인만 하
면 돼."

　"모두 다 말인가요?"

　"뭘 걱정하는지 알아. 하지만 그럴 필요 없어."

　현서의 의중을 읽은 승표가 간단한 대답을 덧붙여 왔다. 그러나
그의 말과는 달리 그리 간단치가 않은 문제였다.

　"하지만 이런 건 가까운 친지나 가족들만 작성할 수 있는 거잖
아요."

　"그렇게 못 미덥다는 눈길로 쳐다볼 것 없어. 경기도 가평에 네
부계 쪽 오촌 한 명이 생존해 있더군. 비서 시켜서 대리인 위임장
받아뒀으니까 문제될 것 없어."

　존재여부조차 모르고 지내왔던 친인척의 등장에 현서의 눈이
둥그렇게 떠졌다. 어떻게 이런 일이 있을 수 있냐며 놀란 눈길로
승표를 바라보자 그가 별거 아니라는 식으로 어깨를 으쓱였다. 이
번 일을 겪지 않았더라면 평생을 알지 못한 채로 살아갔을 일들이
었다. 정임 외에도 같은 피를 나눈 사람이 이 세상에 존재하고 있
다는 사실에 묘하게 가슴이 뛰기 시작했다.

“이래서 사람들이 돈돈 하는가 봐요. 모든 게 쉽네요. 내겐 너무 어려웠던 일들이었는데…….”

“감상에 젖는 건 나중에 하고, 이유 말해줬으니까 얼른 사인부터 해.”

“알았어요. 할 테니까 그거 이리 줘요.”

복합한 생각은 여전했지만 기분은 전에 없이 산뜻했다. 비어 있던 가슴이 조금씩 채워지는 느낌이었다. 직접적으로 티를 낸 것은 아니었지만, 그가 이번 일을 위해 얼마만큼이나 많은 노력을 기울여 주었는지 알 것만 같았다. 잠깐이나마 너무 멀리 온 감정이 아니었길 소원해 본 건 그나마도 욕심인 모양이었다.

돌이켜 생각해 보면 참 많은 갈등을 겪었다 싶었다. 그러나 이제는 안다. 차가운 눈빛을 거둬낸, 그의 따뜻한 시선이 향해 있는 방향이 현서 자신이 서 있는 곳이란 걸. 그래서 더 걱정이 되었다. 이 시간이 지나고 난 후에도 많이 아파하게 될까 봐…….

일정을 최대한 조절해 수술은 나흘 뒤에 하기로 정해졌다. 생각이 정리되기 전까지 밤이 길어질 것 같았다.

“큰일이다. 체력이 이렇게 바닥이어서야…….”

링거 바늘이 꽂혀 있는 현서의 가느다란 팔뚝을 내려다보던 승표가 이내 혀를 찼다. 일부러 몸을 혹사시키려고 해도 이 정도로까지 살이 내리진 않았을 거라며 연신 볼멘소리를 멈추지 않았다.

“나쁠 것 없잖아요. 요즘은 마른 여자가 대세라면서요.”

“그것도 정도껏이어야지. 이 정도로 말라비틀어지면 별로 매력

없어.”

“나 그렇게나 보기 흉해요? 남들에게 혐오감 줄 정도예요?”

눈을 아래로 내리깔고 있던 그가 천천히 시선을 맞춰왔다.

“내게 유일한 예외가 있다면 그건 바로 지현서 너야. 보기 싫어서가 아니라 걱정이 돼서 하는 말이라는 것 모르지 않잖아.”

“…….”

“네가 겁쟁이란 사실을 잊고 있었군. 하지만 더는 숨길 생각 없어. 관계란 건 이런 과정을 거치지 않고선 변하지 않는다는 것을 아니까.”

담담한 목소리와는 대조적으로 진한 열망을 품은 승표의 고백이, 냉가슴이나 다름없던 현서의 가슴을 뜨겁게 달구었다. 혈관을 타고 도는 혈액들이 일시에 머리 쪽으로 몰려든 것마냥 정신이 하나도 없었다. 그럼에도 병든 그녀의 몸은 여전히 그와 어울릴 수 없는 수십 가지 이유를 제공했다.

“한승표 씨는 때때로 날 두렵게 만들어요. 이따금 그런 생각이 들 때가 있었어요.”

“힘들면 내가 내민 손을 잡아. 네가 느끼고 있는 두려움의 절반쯤은 내가 나눠 가져갈 테니까.”

“……그 말 거짓말 아니죠?”

“그래. 난 빈말 같은 거 안 해.”

담담하게 고개를 흔든 승표가 현서의 말이 틀렸음을 지적했다. 그리곤 곧 사실관계를 바로잡아 주었다. 일순 눈앞으로 밝은 빛이 터져 나왔다. 이 순간엔 구원을 받은 기분이었다.

시야를 가리고 있던 번민의 그림자가 걷혔다. 이제 남은 것은 스스로를 설득시키는 일뿐이었다. 태정을 대신해 문병을 왔다던 공 비서 편에서 태정의 연락처를 얻어냈다. 승표 모르게 건네받느라 꽤나 고생을 했다. 그러나 이 일로 말미암아 현서는 좀 더 자신의 입장이란 걸 바로 볼 수가 있었다. 곧 머릿속으로 그의 곁을 떠나야 하는 이유들을 하나둘씩 정리해 나가기 시작했다. 관계의 발전에 있어 가장 큰 걸림돌은 역시나 복잡한 구도로 얽혀 있는 서로간의 입장차였다. 정임을 중간에 두고 했던 현서와 승표의 계약은 처음부터 누군가의 희생을 원칙으로 하여 작성된 결과물이었다. 상처를 전제로 시작한 관계는 뒤로 갈수록 아픔만 커질 것이 분명했다. 그러니 멈출 수 있을 때 조금이라도 빨리 그만두는 게 옳았다. 비록 그것이 파열 직전에 직면해 있다 할지라도 그러는 게 이치상 맞았다.

더해 정임과 태정의 반대 또한 무시할 수 없는 큰 부분을 차지했다. 사실을 몰랐을 때야 반겨줄 수 있었다지만, 진실을 알고 난 후론 줄곧 반대의사를 분명히 해왔다. 각기 다른 장소에서 받아든 두 개의 돈 봉투를 떠올리자 반사적으로 몸이 떨려왔다. 곧 두려움이 해일처럼 밀려들었다.

사실 모든 걸 접어두고서라도 이와 같은 결심에 이르게 된 가장 큰 계기는, 내부에서부터 시작된 현서 자신의 심경 변화와 관련성이 깊었다. 승표를 불행으로 이끄는 사람이 그녀란 사실을 받아들이기가 힘이 들었다. 태정의 경고가 또다시 머릿속에서 범람하기 시작했다. 악순환의 연속이랄까, 먹이사슬의 가장 아랫부분에 위치해 있다는 것은 이처럼 할 수 있는 일이 지극히도 제한적일 수밖에 없었다. 나아가 받아들이지 못하는 관계란 곧 파국을 의미하는 것과도 다르지 않았다. 그러니 끝이 나기 전에 감정을 정리하는 쪽이 옳았다. 그래야 자신도 덜 다치는 선에서 마무리를 지을 수 있을 테다.

스스로를 이해시키듯 현서의 고개가 위아래로 주억거렸다. 그러나 모순적이게도 굳게 잠겨 있던 입술 사이에선 기어코 참아내지 못한 억눌린 흐느낌이 새어 나왔다.

문득 출처 없는 눈물이 눈물샘을 비집고 흘러내렸다. 동시에 까닭 없는 슬픔이 밀물처럼 밀려들었다. 줄곧 의연하게 행동하려 했던 노력이 일시에 무너져 내리는 순간이었다.

삽시간에 목 너머로 격한 어깨 떨림이 찾아들었다. 일순 참고 있던 오열이 터져 나왔다.

"……왜 나야. 왜 나만 이래야 해."

흡사 목숨줄이나 된 것마냥, 손 한가득 침대시트를 움켜잡은 현서가 미처 삼키지 못했던 원망의 말을 쏟아냈다. 어느샌가 인내심이 바닥을 드러내고 있었다. 곧 구겨진 시트 위에 현서의 얼굴이 파묻혔다.

"으훗, 윽, 흑흑."

깊어진 울음소리가 쉽사리 잦아들지 않았다. 제 것이 아닌 것처럼 마음이 이리 들썩 저리 들썩하기 바빴다. 다잡았다고 믿었던 현서의 생각을 비웃기라도 하듯 억눌린 통곡이 점점 더 깊어져 갔

다. 줏대 없이 흔들거리기 시작한 결심들을 붙들고 있는 것만으로
도 힘에 부치는 실정이었다.

전처럼 태정의 앞에서 했던 것처럼 스스로의 감정을 떳떳이 하
고 싶었다. 그러나 이런 바람과는 달리 끝내는 잡고 있던 승표의
손을 놓치고 말 거란 걸 현서는 알고 있었다. 그래야 모두가 불행
해지지 않는다는 걸 모르지 않았기에.

"내가 바란 건 큰 게 아니었어. 누구나가 가질 수 있는 그런 작
은 행복이었다고!"

오열이 깊어졌다. 떨림이 어느새 몸 전체로 번져 나갔다.

울음소리로 가득 찬 병실 앞을 지키고 서 있던 승표의 몸이 얼
마 후 벽을 타고 주르륵 아래쪽으로 하강했다.

"내가 어떻게 해야 네가 웃을 수 있을까."

익히 들어 그 방법에 대해 알고 있던 승표가 못내 고소를 금치
못했다. 천박한 수작이라고 할 땐 언제고, 이제 와 방법을 되묻고
있다니 이처럼 머저리 같은 짓이 또 어디에 있을까. 이젠 승표가
아니더라도 현서는 원하는 만큼의 돈을 가지고 있었다. 때문에 이
자리에서 승표가 할 수 있는 일은 아무것도 남아 있지 않았다.

"내겐 울지 말라고 할 자격조차도 없구나."

승표가 보아온 그간의 사랑은 하나같이 주변을 피폐하게 만들
며 끝이 났다. 그래서 사랑이란 걸 하게 된다면 태정처럼은 하지
않겠다 했다. 태정의 사랑이야말로 승표를 불행으로 이끈 시초였
기에. 그러나 그가 품어온 생각들이 그저 오만한 과신에 지나지

않았음을 안 뒤로는 마치 제 발등을 찍은 것처럼 속이 쓰렸다. 잘
나빠진 양 똑똑한 척은 혼자 다하고 돌아다닌 주제에 꼴 한번 보
기 좋게 됐다. 사랑이란 게 예고를 하고 찾아오는 것도 아닐진대,
무엇을 믿고 일을 이 지경으로까지 끌고 온 것인지 숫제 우스울
지경이었다. 상처가 컸기에 그 상처를 되갚고 싶었다. 그런데 결
국 회복할 수 없을 만큼 더 깊은 상흔만 남긴 꼴이 됐다.

어둠을 품은 승표의 눈빛이 더욱 짙어졌다. 스스로를 용서할 수
없었던 것은, 여태까지도 현서의 병명을 알지 못했더라면 여전히
승표는 자신이 자행했던 잔인한 짓을 지속하고 있었을 것이다. 저
열한 짓거리보다 못했던 그때의 일을 말이다. 그것이 사람을 죽이
는 일인지도 모른 채 그렇게 현서를 벼랑 끝으로 내몰았을 테다.

쿵, 쿵.

머릿속이 깨질 것처럼 복잡했다. 단단한 벽에 연신 머리를 부딪
치면서도 무감각한 사람처럼 승표의 얼굴에선 표정을 찾아볼 수
가 없었다.

“승표야……?”

생각지도 못했던 목소리를 들은 직후 승표의 고개가 천천히 소
리가 난 방향을 향해 돌아갔다. 곧 엉망인 모습으로 주저앉아 있
던 승표를 발견한 정임이 놀란 표정을 지은 채 그의 곁으로 다가
왔다. 아마도 현서의 병환이 걱정이 돼 이곳을 찾은 모양이었다.
하지만 정신이 없는 와중에도 정임은 승표의 상태를 그냥 지나치
지 않았다.

“어쩜 이 피 좀 봐. 어쩌다가 이랬어? 아니, 이러고 있지 말고

치료부터 받으러 가자꾸나.”

“별거 아닙니다.”

“별거 아니긴. 대체 어쩌다가…….”

속이 상한 표정을 한 정임이 당장에라도 울 것처럼 목소리를 울먹였다. 그 모습이 현서의 울음소리와 겹쳐지면서 견디기 힘든 두통을 유발했다. 무의식중에 미간 사이를 꾹꾹 누르자 정임의 시선도 한층 어두워졌다. 이런 정임을 올려다보고 있던 승표의 눈에 핏발이 들어섰다.

왜인지 오늘만큼은 때때로 마주 대하곤 했던 걱정 어린 정임의 시선이 거북스럽지가 않았다. 항상 속이 뒤틀릴 것처럼 나쁘게만 보였던 그녀의 눈길이었는데……. 깨달음은 찰나의 순간에 찾아들기도 했다. 현서를 찾은 병실 앞에서 승표를 걱정해 오는 정임의 눈빛은 거짓이 아니었다. 말할 수 없이 초조한 기분이 승표를 사로잡았다.

“걱정할 정도는 아니니 신경 쓰지 않으셔도 됩니다.”

“그래도……. 정말 이대로 둬도 괜찮은 거니?”

염려가 담긴 정임의 목소리가 그녀의 진심을 말해오고 있었다. 승표의 얼굴색이 검게 죽었다. 어느 사이엔가 뒤엉켜 있던 여러 가지 의문들이 되살아나기 시작했다. 일순 생각지도 않았던 가설 하나가 세워지자 삽시간에 승표의 눈빛이 번뜩였다. 모든 것을 알고 있다고 생각했지만 사실은 많은 것을 지나치고 있었던 거라면?

뚜렷한 목적이 담긴 그의 눈빛이 정임을 향했다.

“진실이 뭔가요. 내겐 알려주지 않았던 그 진실, 이젠 말씀해 줘도 되는 거 아닙니까?”

“……그 아이는 어떻게 하고 있니? 검사결과가 아주 나쁘게 나온 건 아니겠지?”

승표가 했던 질문에 대한 답이 아니었다. 대신 눈물을 그렁그렁 매단 정임의 모습에 승표가 쓸쓸한 웃음을 머금었다.

“대답해 주지 않을 생각이군요. 그렇담 오늘은 그냥 가세요. 그러는 게 좋을 것 같습니다.”

“염치없다는 거 아는데, 얼굴…… 보고 가고 싶어.”

병실 너머로 들리던 울음소리는 어느새 잦아들어 있었다. 그러나 엉망이 된 얼굴을 추스르기에는 아직 역부족한 시간이었다.

“나중에요. 지금 말고 나중에 다시 오세요.”

“흑.”

“참으세요. 당신이 울면…… 슬퍼할 사람이 늘었지 않습니까.”

“승표야, 내 죄가 깊다는 거 나도 알아. 하지만…… 그래도 그 아일 보고 싶구나.”

미워지지 않는 사람이었다. 억지로 미워하려니 탈이 났던 것 같다. 정임이 이야기해 줄 수 없다면 태정에게 들을 수밖에 없었다. 승표의 눈을 가로막고 귀를 틀어막으면서까지 감추려고 했던, 숨겨진 카드가 무엇인지 그는 알아야만 했다.

환자복으로 갈아입히기 전 현서가 입고 왔던 옷이 임시 보호자로 이름을 올리고 있던 승표에게로 인계되었다. 건조되지 않아 눅눅한 습기를 머금은 옷 위에서 승표의 시선이 줄곧 떠나질 못했

다. 설명할 수도 없을 정도의 참담한 심경이 그의 어깨를 짓눌렀
다.

핏물을 빨아들인 옷은 당시의 심각성을 담담히 말해주고 있었
다. 사람의 입에서 그토록 많은 피가 쏟아져 나올 수 있다는 것을
처음 알았기에, 당시에는 정말이지 현서가 어떻게 돼버리는 줄로
만 알았다. 흔히 들어 알고 있던 사실과는 달리, 직접 눈으로 보고
겪은 후엔 몸서리쳐지는 기억으로 남아 줄곧 꼬리표처럼 승표의
뒤를 따라다녔다. 순간 승표의 얼굴이 돌처럼 굳었다.

"……죽게 내버려 둘 것 같아?"

흐릿했던 승표의 눈동자 너머로 차츰 의지가 담기기 시작했다.

"한 번이면 충분해. 두 번 실수는 하지 않아."

그가 주머니에 넣어두었던 핸드폰을 꺼냈다. 발신지는 국내가
아닌 국외였다.

"블라인드를 올려줘요. 햇빛을 받고 싶어요."

눈물이 닦여 나간 얼굴은 평상시와 크게 다르지 않았다. 그러나
발갛게 달아올라 있는 눈가만은 그간의 마음고생이 적지 않았음
을 말해주었다.

"빛이 강할 텐데, 괜찮겠어?"

"너무 오래 비만 봤는걸요. 그러니까 상관없어요."

오랜만에 보는 환한 햇살에 현서가 설핏설핏 눈살을 찌푸렸다.
승표 말처럼 무방비로 바라보고 있기에는 지나치게 빛이 강했다.
그래서 조금 속상한 기분이 들었다. 약간의 현기증을 느낀 현서가

느릿한 속도로 눈을 깜짝였다. 컨디션이 좋았을 때라면 별문제가 되지 않았을 텐데, 자꾸만 몸이 늘어지는 기분이 들었다. 줄곧 바깥을 향해 시선을 두고 있던 현서가 눈길을 돌려 승표를 응시했다. 그는 여전히 앉을 생각도 하지 못한 채 멀거니 서 있는 상태였다. 그 모습이 영락없이 벌을 받고 있는 아이처럼 보이기도 해 이상한 기분마저 들었다.

"사실대로 말하자면 줄곧 미워해야 하는 사람이라고 생각했어요. 그래야지만 제가 덜 비참해질 것 같았거든요."

날카롭게 세운 칼날을 숨기지도 않고 그대로 드러낸 현서의 고백에 승표의 입매가 딱딱하게 굳었다.

"그런데 나라면 어땠을까 하고 생각해 봤어요. 하지만 결론이 나질 않더라고요. 만약이라는 건 결국 현실이 아니니까요."

"넌…… 이런 상황에서조차 날 이해해 주려고 하는 건가?"

협잡꾼이나 다름없었던 지난날의 행각을 떠올린 승표가 괴로운 표정을 지었다.

"설마요. 저 그렇게 착하지 못해요."

"믿어주었다면…… 좋았을 뻔했어. 그런 생각이 들어."

승표의 시선이 위로 올라가고 반대로 현서의 고개가 아래로 내려갔다. 그러다 잠시 후 바닥을 향해 있던 현서의 얼굴이 조금씩 치켜들려지자 마침내 두 사람이 시선이 공중에서 교차했다.

"사람이란 게 참 그래요. 이렇게 말 한마디에 상처도 받고 또 위로도 받고."

"현서야."

이 순간의 현서는 생각했다. 스스로를 돌아볼 줄 아는 사람이야말로 진정으로 강한 사람이라고. 그러니 이젠 더는 미루지 말아야 한다고 그렇게 다짐했다.

"한승표 씨 말대로 많은 것이 변했다는 것 이젠 받아들일 수 있어요. 하지만 그래도 바뀌지 않는 게 하나 있어요."

"그게 뭐지?"

"미워해야 하는 마음이요. 전 지금도 비참해지기 싫거든요."

의지를 담은 현서의 말 한마디가 곧장 사나운 흉기로 돌변해 승표의 심장을 난도질했다. 일시에 숨이 턱밑까지 차오르자 금세 승표의 호흡도 엉망으로 흐트러졌다. 그러나 상처를 입은 사람은 승표뿐만이 아니었다.

이야기를 끝낸 후에도 현서의 턱 끝이 미세하게 떨리고 있었다. 마음이 아파 죽을 것만 같았다. 절망과 희망을 동시에 준 사람이었기에 미움과 사랑도 함께 품었다. 이것은 끝을 내야 하는 지금도 마찬가지였다.

"기회를 줘. 실수를 만회할 기회를 한 번만이라도 내게 줘."

"다른 사람을 생각해 줄 겨를이 없어요. 전 제 사정만으로도 버거운걸요."

"잘할게. 앞으로 네가 신경 쓸 일 없이 내가 다 잘할게."

대화가 이어질수록 승표의 목소리가 조급함을 띠기 시작했다. 그러나 승표가 원하는 것은 현서가 들어줄 수 있는 성질의 것이 아니었다. 그래서 그의 부탁이 이어질수록 힘이 드는 느낌이었다.

"있잖아요. 나는 조금 더 일찍 포기란 걸 했었어야 했어요."

“……그래도 너 못 놔줘.”

“화내지 말고 들어줘요. 제가 이 자리에서 좀 더 떳떳할 수 있었
으려면, 당신이 내건 제안을 수락하지 말았어야 했었어요. 두 눈
을 멀게 만들었던 당신 돈에 집착하지 않았어야 했지만, 한승표
씨도 알다시피 그러질 못했잖아요.”

“그건, 불가항력이었을 뿐이었어. 누구라도 그 상황에서는 그
랬을 거야.”

그렇게나 듣고 싶었던, 그러나 어느 누구도 해주지 않았던 현서
의 선택에 대한 당위성을 그가 피력해 올 때마다 이상하리만치 기
쁨 대신 슬픔이 밀려들었다. 승표의 진심을 모르고 있었던 때가
차라리 나았던 것 같았다. 치밀어 오르는 울음을 삼키기가 힘이
들었다. 그러나 이대로 무너져 버리는 일은 없어야 했기에 간신히
정신을 차린 현서가 못다 한 말을 이어나갔다.

“맞아요. 그래서 저도 후회하지 않으려고요. 제 선택은 틀렸을
뿐 잘못되진 않았으니까요. 그러니 우리도 이쯤에서 그만두는 게
옳아요.”

“누가 그딴 말 듣고 싶대? 내가 듣고 싶은 건…….”

“한승표 씨가 내민 손을 잡았을 때부터 내겐 누군가를 원망할
자격이 없었어요. 저 하나만 바라보고 온 길이에요. 그러니 마지
막도 혼자 갈 거예요.”

승표의 말을 중간에서 자른 현서가 그를 바라보며 담담히 말을
마쳤다. 대번에 승표의 얼굴이 사납게 일그러졌다. 화가 난 듯 격
하게 들썩이던 흉부께의 움직임이 심상치 않았다. 다행히도 얼마

간의 시간을 할애한 뒤에 그가 처음처럼 냉정을 되찾은 얼굴로 그
녀를 바라봤다.

"……무슨 말인지는 알겠으니까, 일단은 수술만 생각하자."

"더 말하지 않아도 알아들었을 거라고 믿어요. 한승표 씨는 저
처럼 어리석지 않은 사람이니까요."

현서의 말이 끝을 맺자 음울한 표정을 한 그가 들릴 듯 말듯 혼
잣말처럼 중얼거렸다.

"널 망가뜨릴 수는 없으니 이번은 내가 물러나야 하는 거겠지."

대화 내내 빈손을 말아 쥐고 있던 현서의 양손 위로 시선을 옮
긴 승표가 잠시간 눈을 감았다 떴다. 곧 병실 안으로 찬물을 끼얹
은 것과도 같은 침묵이 찾아들었다.

시간이 지날수록 조금씩 해야 할 일들의 우선순위가 정해지고
있었다. 그사이 회사일도 뒷전으로 미룬 채 오후가 다되도록 병원
에만 붙어 있던 승표가, 사납기 그지없는 얼굴로 늦은 출근을 준
비하고 있었다. 승표의 결재 없이는 진행이 안 되는 사안의 일이
었던 터라 승표로서도 어쩔 수 없는 결정이었다.

이 비서가 가져다준 정장으로 갈아입은 후 마지막으로 넥타이
를 조여 매던 승표가 뻐근해진 뒷목으로 손을 가져다 댔다. 분에
넘치도록 호사스럽게 꾸며진 특실의 혜택과는 달리, 안타깝게도
보호자용으로 구비돼 있는 침대는 장신에다 체격도 좋은 승표의
몸을 감당해 내지 못했다. 지난밤 거의 몸을 구겨 넣다시피 한 채
로 새우잠을 자서인지 꽤나 피곤해 보였다.

그러게 편하게 집으로 돌아가 쉬다 나오라고 그리도 일렀건만 고집불통 승표는 요지부동이었다. 사실 입원한 이후 내내 떨어지지 않으려고 드는 승표 때문에 혼자 화장실에 가는 것도 눈치가 보일 정도였다. 더욱이 지난 대화를 기점으로 해서 승표의 눈초리가 어딘지 모르게 살피는 기색으로 변해 있어서 혼자 책을 읽는 것도 요원치 않았었다.

여전히 출근이 못마땅한 승표가 준비 끝에 침대에 누워 있던 현서와 눈을 맞춰왔다. 가만히 시선을 마주하고 있자 어느 정도 인상을 편 승표가 눈썹을 까딱거리는 인사를 했다. 그리곤 불쑥 이유를 알 수 없는 한마디를 현서에게 남겼다.

"다른 사람 말고 너만 생각해. 복잡할 땐 단순해지는 게 도움이 될 때도 있거든."

곧 문이 닫히고 승표가 모습을 감췄다.

그로부터 이십여 분쯤이 흘렀을까. 깊은 생각에 잠겨 있던 현서가 곧 결심이 선 표정으로 느릿하게 핸드폰을 들어 올렸다. 지난번 공 비서로부터 건네받은 태정의 전화번호를 따로 입력해 둔 바가 있던 터라 어렵지 않게 원하던 것을 찾을 수 있었다. 버튼을 누르고 얼마 안 있어 휴대폰 너머로 태정의 목소리가 들려왔다.

"지현서예요."

〈……듣고 있네.〉

"지난번에 하신 제안 아직도 유효한 거라면 회장님 말씀대로 따르겠습니다. 하지만 그전에 제가 하는 부탁부터 먼저 들어주셔야 해요."

〈말해보게나. 뭐든 내 능력이 닿는 범위 내에서라면 들어주겠네.〉

"승표 씨 모르게 병원을 옮겨줘요. 그리고 예정대로 수술은 받을 수 있게 해주셔야 해요."

승표의 부재를 틈타 태정에게 전화를 걸고 또 멋대로 상황을 종결짓고 있는 현재까지도, 여전히 현서는 이번 선택에 대한 확신을 세우지 못하고 있었다. 그럼에도 그가 자신으로 인해 많은 것을 잃게 되고 이로 말미암아 피해를 보게 되는 건 전적으로 바라지 않았다. 이러한 현서의 결정을 승표가 어떤 식으로 받아들여 줄는지는 모르겠지만, 겨우 이것만이 아무것도 가진 것이 없는 현서가 해줄 수 있는 유일한 사랑 방식이었다.

〈고맙네. 어려운 결정이었을 텐데 큰 빚을 진 기분이야.〉

"쉽지 않았던 결정이었어요. 그러니까 그 사람 엇나가지 않게 잘 붙들어주셔야 해요."

휴대폰을 부여잡은 현서의 손아귀로 강한 힘이 들어갔다. 똑바로 정신을 차리고 있지 않는다면 또다시 어리석은 짓을 반복할 것 같아서였다.

현서의 진심을 읽은 탓일까, 반대편에서 전화를 받고 있던 태정의 얼굴에서도 깊은 시름이 자리를 잡아갔다. 어느새 책상 위를 두드리고 있던 그의 손가락도 움직임이 빨라지고 있었다. 결국 참지 못했던지 태정이 질문 하나를 입 밖으로 끄집어냈다.

〈실례가 안 되는 것이라면, 마음을 바꾼 연유를 물어봐도 되겠는가?〉

"대단한 이유 같은 건 없어요. 단지 나만 아파하면 되는 일이니까요."

〈……늙은이 질문이 너무 염치가 없어 미안하네.〉

"모두가 행복해질 수는 없다면서요. 저 아닌 다른 사람들이 다 아파하고 그 와중에서 혼자만이라도 행복해질 수 있는 거라면 눈 딱 감고 그거 참아낼 수 있어요. 그런데 아니잖아요. 제 선택지에 아픈 것만 있는 거라면 그냥 혼자 아파하고 말래요."

휴대폰 너머 태정의 눈에 안타까움이 스며들었다. 원했던 결말이지만 그는 왜인지 현서의 선택을 기껍게 반기지만은 못했다. 그러나 양심의 가책을 받았을지언정 승표의 미래를 위해 결과가 번복하는 일은 없어야 했다. 침음을 터뜨린 태정이 고개를 끄덕였다. 그날 밤 아무도 모르게 현서의 병실이 다른 장소로 옮겨졌다.

다 늦은 오후에 회사로 출근해 밀린 업무를 보고 있던 승표가 한 통의 전화를 받고난 직후 감정 없는 헛웃음을 토해냈다.

"널 어떻게 하면 좋을까."

서류에 사인을 하던 승표의 손이 제 할 일을 잊은 듯 오랫동안 멈춰 움직이지 않았다. 일의 진도는 전혀 나가지 않았고 내내 그는 생각에 잠겨들었다. 혹시나 하는 마음에 사람 하나를 붙여놓긴 했지만, 실제로 예상했던 일이 벌어지자 승표는 참담한 마음을 감출 길이 없었다. 현서가 한신병원을 떠났다는 사실을 전해 들은 순간부터 승표의 얼굴은 야차처럼 변했다.

"결국 날 떠나기로 마음을 먹었다는 거로군."

혼자서는 불가능했을 테니 누군가의 도움이 있었을 것이다. 그리고 그 누군가는 아마도 승표가 생각하는 그 사람이 맞을 테다.

결국 근본적인 문제를 해결하지 않고서는 끝이 날 일이 아니란 의미였다.

탁.

손에 쥐고 있던 펜을 책상 위로 내려놓은 승표가 벗어두었던 슈트를 손에 쥔 채 이사실 문을 나섰다. 곧 그 뒤로 이 비서가 따라 붙었다.

"이사님, 전용기가 떴답니다."

"차질 없이 준비해야 할 겁니다. 다른 사람 말고 이 비서님이 직접 맡아 해주셔야 합니다."

"물론입니다."

그에게서 현서를 빼앗아가려면 태정도 그만한 대가를 치러야 할 것이다. 소중한 것을 두 손 놓고 빼앗기는 바보는 세상에 없었다.

불시에 회장실로 들이닥친 승표의 얼굴이 묘하게 뒤틀려 있었다. 돌발적인 변수와 맞물려 난감해하던 비서를 손끝 하나로 간단히 뒤로 물린 승표가 회장실 문을 닫으며 태정과 정면 구도로 대치하고 섰다.

형식적인 인사도 생략한 채 냉소에 찬 승표의 시선이 태정을 향했다. 평상시의 냉랭함과는 견줄 수도 없을 만큼 시린 승표의 기운에 불편한 마음을 이기지 못한 태정이 결국 먼저 말문을 열었다.

"인터폰도 없이 예까지 어인 일이냐."

"저도 이런 식의 실력 행사는 하지 않길 원했는데, 제 바람이 과했더군요. 일전에 했던 제 이야기가 회장님 귀엔 아주 우습게 들렸던 모양입니다."

"심사가 단단히 뒤틀린 게로군. 일단은 자리에 앉기부터 하자꾸나. 언제까지 늙은 아비가 널 올려다보고 있어야 하는 게냐."

나쁠 것이 없다며 태정의 제안에 군말 없이 응한 승표가 곧바로 소파 위로 착석했다. 그러나 거부감이 들 정도로 고압적인 태도는 변함없이 그대로였다.

나른하게 등을 펴며 편한 자세로 소파에 기대앉았던 승표가 찰나지간에 언제 그랬냐는 듯 앞쪽으로 상체를 기울이고는 내처 무릎 위에 올려두었던 두 손을 깍지 끼웠다. 그리곤 예의에 맞지 않는 비웃음조의 웃음을 입가에 머금었다. 이어 숨을 돌릴 겨를도 없이 날카롭게 비수를 품은 승표의 뼈 있는 말이 태정을 공격해 왔다.

"아시다시피 걸어온 싸움을 피하는 건 제 성미와는 맞지 않습니다."

"말투가 무례하구나. 그래서 네가 말하고자 하는 본심이 무어냐."

불시에 들이닥친 승표의 등장으로 인해 태정의 신경이 다시없이 예민하게 곤두섰다. 이렇게 빨리 승표가 들이닥칠 줄 몰랐기에 긴장감은 점차로 고조되었다. 반면에 뜻밖이라고 할 정도로 승표는 느긋한 태도를 취하고 있었다. 뭔가 일이 잘못되어가고 있다는 것을 태정이 느꼈을 땐 이미 승표가 서서히 그의 목줄을 옥죄어왔다.

"재미있는 일을 벌이셨더군요. 덕분에 정신이 번쩍 들었지 뭡니까."

"나는 여전히 네가 무슨 말을 하려하는 건지 잘 모르겠구나."

"모르신다면 제가 가르쳐 드리죠. 한신병원에서 받은 현서의 검진결과가 비밀리에 경일대병원으로 넘어간 일, 분명 회장님 지시였지 않습니까."

"……대답할 필요성이 없는 질문 같구나."

태정의 한 템포 늦은 답변에도 승표의 이야기는 거침없이 이어졌다.

"짓궂다는 생각 안 드십니까. 하고많은 병원 중에 하필이면 업계 라이벌인 경일대병원이라니. 매스컴을 통해 알려지기라도 하면 꽤나 재미있는 설전이 오갈 일 아닙니까."

"모르는 일이라 하지 않았더냐!"

진실이 가져다주는 거대한 압력을 견디다 못한 태정이 결국 벌컥 성을 냈다. 악수를 둔다는 걸 알고 있었음에도 승표의 시야를 가리기 위해 어쩔 수 없이 선택한 방안이었다. 그랬음에도 이렇게도 쉽게 의중을 읽혀 버리자 태정도 평정심을 유지하고 있을 수가 없게 되었다. 그사이 여유를 가장해 버티고 있던 승표의 기세도 걷잡을 수 없을 정도로 사나워지고 있었다.

"각혈을 할 정도로 그 아이를 몰아붙이셨던 사람이 바로 회장님입니다. 만신창이가 된 그 아이를 제가 아무런 조치도 없이 내버려 뒀을 거라 생각하셨습니까?"

"너, 설마……. 알면서도 현서 그 아이가 내게 오는 걸 그대로 두고 본 것이더냐?!"

승표로부터 예상 밖의 사실을 전해 들은 태정이 놀라움을 금치 못한 채 하얗게 얼굴이 질렸다. 그러자 한층 더 승표의 입매가 사납게 일그러졌다.

"확신이 없는 상대에게 감시를 붙여두는 것 정도는 기본 중의 기본 아닙니까? 아니면 그 정도로 일 처리를 허술하게 했으리라 봅니까?"

"그럼 왜 처음부터 막질 않았던 게냐. 그렇게나 그 아이를 아꼈던 것이라면……."

"착각하지 마세요. 놓아줄 생각 같은 건 처음부터 없었습니다."

"다시 한 번 물으마. 왜 알면서도 현서를 내게로 보낸 것이더냐."

여전히 알 수 없다는 듯 태정이 조급함이 섞인 투로 또 한 번 확인을 구해왔다. 그러나 어렵지 않은 질문이었기에 승표는 가볍게 대답해 주었다.

"어떤 선택을 하든지 간에 현서의 마음이 지금보다 편해지길 바랐으니까요. 수술에 들어가기 전까지 최상의 컨디션을 유지할 수 있다면 그것만으로도 충분하다는 생각이 들었을 뿐입니다."

여전히 현서가 승표 자신을 믿지 못한 채 불신하고 있다는 사실에서는 좀 기분이 나쁘기도 했지만, 좀 더 시간을 필요로 하는 문제란 걸 알았기에 크게 절망할 일은 아니라고 생각했다. 현서가 건강해진다면야 차후의 문제는 크게 걸림돌이 되지 않았다. 어떠한 멸시를 받게 되더라도 현서의 곁을 지키리라 이 순간에도 승표는 스스로에게 맹세했다.

큰일을 앞둔 아이에게 쓸데없는 분란거리를 안겨주기 싫었다고 말하는 승표의 진심 어린 발언에, 태정은 터져 나갈 것만 같은 가슴을 진정시키기 위해 부단히도 애를 써야만 했다.

"하지만 앞뒤가 맞질 않지 않느냐. 이 모든 게 사실이라면 구태여 네가 이곳에 와 있을 이유가 없지 않느냐, 이 말이다."

"첫 번째는 경고에서 그쳤지만 두 번째부터는 아니란 말씀을 드리기 위해섭니다. 전세기편으로 출발한 존스홉킨스 의료팀이 경일대병원 쪽으로 향할 테니 그렇게 알고 계세요. 어차피 장소가 중요한 것은 아니었으니까요."

결심만 섰다면 당장에라도 가능했었을 현서의 수술이 나흘 뒤로 미뤄진 결정적 이유가 여기에서 밝혀졌다. 허를 찔린 사람마냥 태정이 허탈한 표정을 지었다.

"……변했구나. 소중한 게 뭔지 아는 눈이야. 하지만 내가 틀렸던 거라도 내 선택은 달라지지 않았을 게다."

"지루한 싸움이 될 것 같군요. 전 현서에게 가족이란 걸 만들어 줄 생각이니까요."

"그건, 불가능한 일이야."

"될지 안 될지는 차차 두고 보면 알 일 아닙니까. 제겐 회장님이 생각하는 것 이상의 힘과 권력이 있습니다."

이 말을 끝으로 승표가 앉아 있던 소파를 박차고 자리에서 일어났다.

"승표, 이 녀석아."

"한 번이면 충분합니다. 또다시 제게서 소중한 걸 빼앗으려 들면 그땐 저도 어떻게 나올지 장담하지 못합니다. 회장님은 아닐지 몰라도 그분은 강건한 타입과는 거리가 멀지 않습니까. 그러니 이 이상 저를 더 곤란하게 만들지 마세요."

태정을 외면한 승표가 일방적으로 대화를 종결지었다. 주름진 태정의 얼굴이 표시 나게 일그러졌다.

"게 섰지 못하겠느냐."

반응 없이 뒤돌아선 채 곧장 앞을 향해 걷기 시작한 승표.

"현서, 지현서 그 아이에 관한 일이다."

멈출 것 같지 않았던 승표의 발걸음이 덧붙여져 나온 애탄 말 한마디에 간신히 붙들렸다. 서서히 몸을 틀며 허리를 돌린 승표가 다시금 태정과 시선을 마주했다. 가타부타 설명을 강요하기보다 승표는 기다리는 방법을 택했다. 잠시 후 태정이 무거워진 목소리로 끊어졌던 대화를 이어나갔다.

"……그래. 이 모든 일이 내 욕심에서 비롯된 일임을 부정하진 않으마. 하지만 정임은 아니야. 그 사람은 아무 잘못이 없단다. 그러니 미워하는 마음을 거두어들이도록 하여라."

"말씀에 어폐가 있군요. 잘못이 없었던 것은 현서도 마찬가지였습니다."

"그건."

"쓸데없는 갑론을박의 논리를 펼칠 생각이라면 듣지 않겠습니다. 더 할 이야기가 없다면 이만 나가보는 게 좋을 것 같군요."

금방이라도 이곳을 나설 것처럼 구는 승표의 행동에 무거워진 눈꺼풀을 아래로 내리깐 태정이 숨겨두었던 속내를 털어놓았다.

"내 잘못이 크구나. 애초에 오해를 하도록 내버려 두질 말았어야 했는데, 그릇된 판단이 이렇게나 승표 너와의 관계를 곪게 할 줄이야.”

“할애해 드릴 시간이 많지 않군요. 불필요한 사족이 달린 걸 곧 이곧대로 듣고 있을 정도로 여유롭지 못합니다.”

현서의 수술 시간을 염두에 둔 승표가 태정이 하던 말을 중간에서 끊고는, 보다 간결하게 대화를 이어가길 희망했다.

“네가 정임이 그 사람을 어떻게 생각하는지 모르는 바는 아니야. 하지만 그 사람은 돈 때문에 나와 결혼을 한 것도 아니고, 또 자식을 버린 것도 아니란다.”

“제가 바란 건 누군가의 대변이 아니라 진실 그 자체입니다.”

“두렵구나. 네 앞에서 내 치부를 드러낸다는 게 정말이지 쉽지 않구나.”

“매번 이런 식이죠. 그러니까 이제는 제대로 된 사실을 말씀해 보란 말입니다. 아무도 모르게 꽁꽁 숨겨두기만 했던 그 빌어먹을 진실이란 게 대체 뭐란 말입니까.”

억눌러 왔던 분노가 일시에 터져 나왔다. 격분을 이기지 못한 승표의 독촉 섞인 외침이 닫혀 있던 문 바깥으로까지 새어 나갔다. 그러나 거기까지 신경을 쓸 겨를은 남아 있지 않았다.

승표의 압박을 견디기 어려웠던지 태정이 그도 모르게 신음성을 뱉어냈다. 부쩍 늙은 듯해 보이는 태정의 얼굴이 보기 싫게 일그러지기 시작했을 무렵, 굳게 닫혀 있던 태정의 입술이 승표를 향해 움직거렸다.

“……재단 장학회 추천으로 그 사람이 네 보모로 들어온 건 들어 알 게야. 욕심이라는 걸 알면서도 순수하고 착한 사람이어서 내가 마음에 두게 되었어."

"지금 불륜을 정당화시키려는 겁니까? 당시엔 분명 혼인을 유지하고 있던 상태셨지 않습니까."

"아니, 네가 알고 있는 것과는 달리 이미 호적은 정리가 된 뒤였단다. 지금이라도 서류를 확인해 보면 알게 될 일이니 굳이 더 설명은 덧붙이지 않으마."

"그럼 이유가 뭐였습니까. 제 어머니란 여자와 이혼을 한 이유가 있었을 것 아닙니까."

대답을 듣기 위해 질문을 하면서도 반대로 돌아올 답변을 듣고 싶지 않다는 상반된 마음이 함께 공존했다. 알면 알수록 수렁으로 걸어 들어가는 느낌이었다.

"늦었지만 알게 되었거든, 네가 오랜 시간에 걸쳐 학대를 당해 왔다는 것을. 어린 네 몸에 얼룩처럼 남아 있던 피멍이 아직도 기억에 생생하구나."

"……새삼스러울 것이 없는 이유로군요."

담담한 말과는 달리 승표의 손끝이 잔잔하게 떨리고 있었다. 지옥과도 같았던 당시의 일은 회상하는 것만으로도 치가 떨리는 느낌이었다. 영지가 조금 더 그럴싸한 사람이었다면, 제 자식만큼은 품에 안고 어르는 여자였다면 정임에게로 향했던 승표의 애정도 어쩌면 영지에게 향했을지도 몰랐다.

승표가 기억하는 시점에서 늘 그를 맞아주던 사람은 정임이었다. 감기라도 걸린 참이면 함께 아픈 얼굴로 밤을 지새워주던 사람도 정임이었고, 잘못을 저질렀을 때 따끔하게 혼을 내준 사람도 그녀였다. 영지에게 바랐던, 그러나 영지가 해주지 않았던 모든 것들을 정임이 대신해 주었다. 그래서 어쩔 땐 영지에게 미안한 마음이 들어 때때로 정임을 멀리했던 적도 있었다. 그러나 매번 아무렇지 않게 다가와 손을 내밀어주던 정임을 끝끝내 뿌리치지 못했었다. 바로 그 일이 있기 전까지는.

낳아준 모태였기에 미워할 수는 없었으나, 정임에게 주었던 것과 같은 애정을 주지 못했었다. 항상 이율배반적인 존재였기에 그녀의 죽음 이후 승표는 줄곧 혼란한 마음을 감추지 못했다. 모두가 간과하고 지나갔지만 그는 어렸고 또한 성숙되지 못한 아이였을 뿐이었다.

그러나 지금은 달랐다. 지금의 승표는 태정과 마찬가지로 어른이 되었고 그러니 그때 듣지 못했던 많은 일들을 모두 알아야 했다. 하나같이 입을 모아 쉽게 받아들이기 힘든 일이라고는 하나 그건 승표 자신이 판단해야 할 문제였다.

승표의 의지를 읽은 탓일까. 태정이 묵혀두었던 이야기를 풀어나갔다.

"인정하마. 사태가 이 지경으로까지 나빠졌음에도 점차 나아질 거라는 안일한 기대를 지우질 못했으니까. 지나와 돌이켜 생각해보면 방치나 다름이 없었지. 사실 복합적인 요인이 더 있긴 했지만 이혼을 선택한 결정적 원인은…… 네 어머니의 바람기였단다. 그리고 끝내 용서치 못했던 내 부덕함도 한몫했을 테지."

"무슨?"

줄곧 태정의 부도덕함으로 인해 가정이 깨졌다고 생각했던 승표로서는 쉽게 받아들이지 못하는 범주의 변명이었다. 어렸던 승표에게 가해졌던 영지의 학대 또한 이러한 이유의 연장선상이라고 생각했었다. 그런데 지금 어째서인지 태정은 다른 말을 하고 있었다. 승표의 혼란함을 알아차린 듯 태정이 지체하지 않고 대화를 연결해 나갔다.

"일이 우선인 내가 불만스러웠었을 테지. 회사 일을 핑계로 밖으로만 겉돌던 나와, 외로움을 채우려 다른 사람을 만났던 그 사람도 모두 가정에 충실하질 못했어. 그러니 결혼생활에 잡음이 생길 수밖에……"

과거를 회상하는 태정의 눈빛이 아픔에 젖어들었다.

"문제가 된 건 정임이 그 사람과의 관계가 발전하고 난 이후의 일이야. 이혼 서류에 사인을 했음에도 전남편의 재취 자리에 고아원 출신의 여자가 들어온다는 사실이 눈에 거슬렸던 게지. 하지만…… 자존심이 상했더라도 그래선 안 되는 일이었어."

태정이 하는 말이 제대로 귀에 박히지가 않았다. 생각해 보면 당시 사건이 있기 한참 전부터 여행을 핑계로 영지가 몇 주씩 집을 비우는 일들이 허다하지 않았던가. 그리고 대부분 영지가 집을 비운 뒤에야 태정이 돌아오곤 했었다. 단지 그땐 부딪치기 싫어하는 서로의 성향 탓이라고만 생각했었는데, 사실은 그렇지가 않았던 모양이었다.

섣부르게 떠오른 상념을 지우기라도 하듯 한차례 고개를 흔든 승표가 초조하게 태정의 입술을 바라보았다. 하지만 오랫동안 태정의 입술은 침묵을 지켰고, 자꾸만 뜸을 들이는 태정의 행동에 승표의 인내심은 금세 바닥을 드러냈다. 결국 참다못한 승표가 대화를 주도해 나갔다.

"알고 싶어 하는 것은 하나입니다. 하지만 회장님은 여전히 그 하나를 말씀해 주시지 않으시는군요."

"널 아프게 하는 말이 될 테다. 그래서 네가 끝까지 알지 못했으면 했다."

"몰라서 될 일이 아니질 않습니까. 전 저를 불행하게 만들었던 과거의 이유를 꼭 알아야겠습니다."

"승표야."

"말씀해 주세요. 전 꼭 들어야겠습니다."

물러설 수 없는 공방전이 지루하게 이어질수록 태정이 낯빛은 한층 더 어둡게 변했다. 잠시 후 소파 팔걸이를 힘주어 잡은 태정이 마침내 입을 열었다.

"승표야. 정임이 그 사람이, 정임이 그 사람이…… 네 어미 때문에 여자로서 씻지 못할 일을 겪어야 했단다."

"……방금 뭐라 그러셨습니까?"

"미안하구나. 내가 못난 아비여서…… 미안하구나, 승표야."

"헛소리 그만하세요! 그게 말이 된다고 생각하십니까?"

더할 나위 없이 지친 기색으로 앞머리를 쓸어 올린 승표로부터 곧 부정 어린 소리가 쏟아져 나왔다. 그러나 불행히도 죽은 자는 말이 없는 법이었다.

"그런 정임을 못 본 체할 수가 없었다. 연민 이전에 사랑하는 사람이었기에, 네가 상처받을 거란 걸 알면서도 나 또한…… 남자였기에 그럴 수가 없었단다.”

“그 말을 절더러 믿으란 겁니까? 이 지저분하기 짝이 없는 추문의 주인공이 정말로 제 어머니란 걸 이대로 받아들이라는 겁니까?”

울컥 뜨거운 기운이 뱃속 깊은 곳에서부터 시작해 빠르게 목울대를 타고 올라왔다.

“힘들겠지만 그 사람에겐 네가 이런 이야길 들었다는 걸 내색하지 말아주었음 좋겠구나.”

“하…… 하하. 이런 순간까지도. 잠시 회장님이 어떤 분인지 잊을 뻔했지 뭡니까.”

“세상엔 아물지 않는 상처도 있는 법이지 않느냐. 내겐, 정임에겐 이 일이 그렇단다.”

영지가 아무리 나쁜 사람이었다곤 해도 그런 짓까지 저지를 사람은 아니라고, 태정이 잘못 알고 있는 걸 거라며, 질 낮은 농담일 뿐이라며 연신 부인해 봤지만 상황은 별반 달라지지 않았다.

“왜, 그럼 대체 왜!”

“…….”

“대체 절 어디까지 바보로 만드셔야 했습니까.”

“변명 같겠지만 널 지키고 싶었단다.”

“그래서 나온 결과가 이따위인데도 잘도 그런 말을……. 그거 압니까? 전 그날을 기점으로 해서 소중히 했던 모든 것을 다 잃어야 했습니다. 그러니 누군가는 제게 진실이 아니라고 말해야 합니다. 모든 게 거짓말이라고 말씀을 해보시란 말입니다!”

승표의 다그침이 계속될수록 비통함에 잠긴 태정이 눈시울을 붉혔다. 대한민국 누구나가 인정하는 한신의 거목이 초라한 노인보다 못한 모습으로 기어코 고개를 떨어뜨렸다. 그럼에도 태정은 끝내 그가 했던 발언을 번복하지 않았다. 미칠 것 같은 이 심정을 어떻게 다스려야 할지, 어떤 식으로 터뜨려야 좋을지 판단이 서지 않았다.

"큭큭…… 으흐흑."

"내 죄가 큼이야. 내 죄가……."

웃음인지 울음인지 모를 정도로 비탄에 잠긴 승표의 억눌린 통곡에 태정이 한쪽 가슴을 움켜쥐었다. 승표는 알지 못했지만 얼마 전 태정은 심근경색으로 인한 경고를 받은 바 있었다. 그러나 이러한 태정의 사정보다 승표의 충격이 훨씬 컸음을 알기에 그저 안으로 삭이며 통증이 가라앉길 바랄 뿐이었다.

"독사보다 더한 놈이라고 생각했겠군요. 그런 줄도 모르고 오갈 데 없는 원망을 모조리 쏟아붓고 있었으니, 큭."

"그건 네가 틀렸다. 그 사람에게 있어 넌 누구보다도 편애했던 대상이었지 않느냐."

인성이 갖춰진 뒤론 누구의 앞에서도 흘려본 적이 없었던 굵직한 눈물이 두어 방울 대리석 바닥 위로 툭툭 떨어져 내렸다. 태어나는 그 순간부터 대기업 후계자로서의 교육을 받으며 평범한 아이와는 다른 길을 걸어왔던 승표였기에 그는 늘 눈물을 숨겨야만 했었다. 하지만 어째서인지 지금 이 순간만큼은 그의 의지대로 컨트롤을 할 수가 없었다.

"이것이 전부가 아니란 거 압니다. 제가 알고자 했던 건 따로 있지 않습니까."

"지금으로도…… 충분치 않느냐."

음울한 표정을 풀지 않은 승표가 실소를 하며 어깨를 들썩였다. 더 괴로워할 일이 남았음을 암시하는 태정의 말이 조용히 승표를 타일러 왔지만, 여기에서 끝을 낼 것이었다면 시작도 하지 않았을 것이다.

"사정을 봐달라고 한 적 없습니다. 힘이 들어도 제가 감당할 겁니다. 그러니까 더는 통하지도 않을 변명 따위는 듣지 않을 겁니다."

"정녕 그리해야겠느냐."

"그것이 제가 이곳에 남은 이유니까요."

간신히 평상시의 모습으로 되돌아온 승표가 흰자위를 벌겋게 물들인 눈으로 진실을 요구해 왔다. 이제 태정으로서도 어쩔 수 없는 일이 됐다. 그러나 어디서부터 운을 떼야 좋을지 쉽게 판단이 서지 않았기에, 이후로도 태정은 한참 동안이나 더 해야 할 말들을 고르고 또 골라야 했다.

당시 영지의 계략에 말려 돌이킬 수 없는 짓을 저질렀던 지창환은, 태정이 기거하던 저택에 입주가정부로 들어와 살던 경숙의 외아들이었다. 서울 사람답지 않게 순박했던 창환은, 승표의 보모로 들어왔던 두 살 아래의 정임을 오랜 기간에 걸쳐 짝사랑해 왔다. 그리고 이러한 사실을 영지가 눈치챘던 게 바로 불행의 시초였다.

이혼을 한 뒤로도 아들인 승표를 핑계 삼아 심심찮게 저택을 드나들었던 영지는 태정과 정임의 합가 소식을 들은 직후 사람이 해선 안 되는 끔찍한 계획을 하나 세웠다. 대체로 영지가 집에 들른 날은 태정이 집을 비웠기에 계획은 어렵지 않게 실행되었다.

휴가 명목으로 고용인들 대부분을 저택 바깥으로 내몬 영지가 유일하게 남으라고 명했던 두 사람 중 한 사람인 창환을 먼저 불러들였다. 이미 정임에 대한 창환의 마음을 꿰뚫고 있던 터라 영지는 대화 내내 듣기 좋은 말로 창환을 부추기며 충동질했다.

그러나 영지의 행동은 여기에서 멈췄어야 했었다. 하지만 대접이랍시고 창환에게 내민 차에는 불행히도 최음제가 들어 있었다. 곧이어 부름을 받은 정임이 들어오고 영지가 사소한 핑계를 대며 방을 나섰다. 바깥에서 장금장치를 할 수 있었던 그 방은 얼마 안 가 찢어질 듯한 비명 소리와 함께 아수라장이 되었다. 비틀린 애정은 결국 한 여자의 인생을 절망의 나락으로 밀어 넣고야 끝이 났다. 최악으로 다른 때완 다르게 일찍 퇴근해 집을 찾은 태정이 이 모습을 모두 지켜보아야만 했다.

"한 아이의 어머니이면서…… 어떻게 사갈보다 못한 짓을……."

"모든 것이 끝이 난 뒤였어. 비극이 내게로 찾아들었지만, 천하의 한태정이라 해도 할 수 있는 일이 아무것도 없더구나. 무력하다는 게 어떤 건지…… 그때서야 처음으로 깨달았지."

뒤늦게 듣게 된 숨겨진 뒷이야기에 승표는 크나큰 충격에 휩싸였다. 당장에 눈앞으로 불똥이 튄 것처럼 어질했다. 그러나 그사이에도 태정의 이야기는 이어지고 있었다.

"원치 않게 생긴 아이를 지우지도 못한 채 실의에 빠져 있던 사람, 죽으려고 강에 뛰어든 그 여자를 내가 구했어. 겨울이었는데 만삭의 몸으로 차디찬 물길로 걸어 들어갔지.”

“우습게도 나야말로 사랑을 받아서는 안 되었던 존재였군요.”

“승표야!”

비명과도 같은 태정의 부름에 승표가 초점 없는 눈동자로 그를 응시했다. 아무것도 담겨 있지 않던 공허한 그의 시선이 일순 굳은 의지로 물들어갔다.

“나는, 기만당해도 참을 수가 있었습니다. 하지만 이런 거라면 처음부터 미움을 받는 편이 더 좋았을 겁니다.”

“어리석은 놈. 네가 자책할 일이 아니란 걸 왜 몰라!”

태정이 화를 내면 낼수록 왜인지 도리어 영지가 생각났다. 이제 더는 미워하는 마음조차 가슴에 남겨두어서는 안 된다는 걸 모르지 않았기에 쓸쓸함이 커져 갔다. 그것이 승표가 할 수 있는 정임에 대한 가장 큰 사죄였기에……. 말할 수 없이 가슴이 먹먹하게 변했다. 차라리 이 부위를 도려낼 수만 있다면 그렇게라도 하고 싶었다.

오만했기에 모든 일을 자신했다. 세상엔 해선 안 될 일이라는 게 분명 존재했음에도 알려 들지 않았다. 다만 차이점이라 할 수 있는 것은 그것을 깨달은 시점이라고 할 수 있었다. 죽어 그 의미조차 퇴색된 영지와는 반대로 승표는 여전히 현재를 살아가고 있었다. 하지만 이러한 사실이 그다지 큰 위안거리가 되어주진 못했다. 소름이 돋은 팔뚝을 위시해 온몸의 털이 삐쭉이며 솟아올랐다.

"정말이지 그 여자에 그 아들이로군요."

어쩌면 이렇게도 닮았을까. 승표의 이죽거림에 낭패 어린 표정으로 태정이 안타깝게 승표를 응시했다.

"이럴 거라면 더는 얘기하지 않는 게 좋겠구나."

"이제 와 그런 일이 가능하리라고 보십니까? 됐으니까 어서 말씀이나 해보세요. 빌어먹을 어머니란 사람이 무슨 생각으로 그런 짓을 저질렀는지, 왜 현서는 따로 외롭게 자라야 했는지, 짚고 넘어가야 할 부분이 여전히 많이 남아 있지 않습니까."

꽉 잠긴 승표의 목소리가 태정에게 설명을 촉구했다.

"……네 어민 누가 뭐래도 자존심 하나만큼은 남들보다 강한 여자였어. 그래서 그만큼 더 독해질 수도 있었을 테지. 다행히도 쉽게 죽을 운명은 아니었던지 정임이 그 사람도 무사히 목숨만은 건질 수가 있었어. 그러고 난 후 아이가 태어났는데 귀여운 여자애였단다."

"현서로군요."

"그래. 그런데 보고 있기가 너무나 괴로웠어. 어쩌면 내 아이로 태어났을 수도 있었던 아이였으니까. 그래서 정임이 그 사람에겐 이미 사산된 뒤였다고만 알려준 채 철저히 아이의 존재를 숨겼단다."

머리가 터져 나갈 듯이 복잡해졌다. 재혼으로 가정을 이뤘다 한들, 피 한 방울 섞이지 않아 남일 뿐인 승표에게 왜 그토록 정임이 진심을 다해 다가와 주었는지 뒤늦게나마 이해가 되기 시작했다. 그녀는 제 품에서 먼저 떠나보내야만 했던 자식에 대한 사랑을 대신해, 승표에게 그 많던 사랑을 남김없이 쏟아부었던 것이었다.

때때로 문득문득 떠올리게 되는 죄책감을 승표에게 주는 사랑으로 극복했을 정임의 안타까운 사연에, 처음으로 승표는 힘겨웠을 그녀의 사정을 돌아봐 줄 수 있게 되었다. 미워하고 싶었지만 미워지지 않았던 사람. 반면 빈말로라도 승표의 모친인 영지는 좋은 어머니 상이 되지 못하는 사람이었다. 악귀처럼 늘 악다구니를 쓰며 여린 종아리에 매질하기를 서슴지 않았던 여자, 그럼에도 어머니란 이름이 주는 애절함은 어쩌질 못했다.

때문에 아무리 승표라 해도 최소한 이번만큼은, 대수롭지 않게 가장해 별것 아니라는 양 무심히 대화에 임하고 있을 수가 없었다. 부쩍 핼쑥해진 태정을 들여다보던 승표의 입술 끝이 위로 휘어졌다. 견딜 수 없는 비참함을 이렇게라도 숨기고 싶었기 때문이었다.

잠시간 대화가 끊어지긴 했으나 여전히 승표는 매섭게 눈을 부라리고 있었다. 때문에 침묵이 내려앉은 뒤였음에도 실내의 공기는 유난히도 음습했다. 그러나 숨이 막힐 것 같은 정적은 오래가지 않아 깨어졌다. 의례적으로 입가에 걸고 있던 웃음을 아래로 내린 승표가 자세를 바로잡았다. 처음부터 끝까지 이기적이기만 했던 그 사람을 더는 생각지 않을 작정이었다. 하지만 그전에 정리할 것이 남아 있었다.

"그럼 이번에도 역시 제가 이유를 물어야 할 차례로군요. 왜입니까. 이 정도로까지 제멋대로였으면서, 이렇게나 많은 사람들의 희생으로 얻은 자리였으면서 대체 왜 자살 따위를 선택한 겁니까."

"그건……."

"양심의 가책? 설마 그렇기야 하겠습니까? 그게 아니라면 그 대단한 자존심이 끝내 못 견뎌하기라도 했단 겁니까?"

속도를 더해가며 점차로 쏘아붙이는 그의 말이 이어질수록 반대로 태정으로부터 나오는 대답은 더욱 느릿해졌다. 누군가는 뜬금없는 질문이라고 여길지도 모를 일이었다. 그러나 영지의 죽음 이후 줄곧 궁금해하던 사안이었다. 급작스럽게 수사가 종결되고 자살이라 판명이 났음에도 승표는 영지의 사인에 계속해 의문을 품고 있었다. 그러나 아무리 뒤를 캐보고 정보를 끌어모아 봐도 수상한 점은 발견되지 않았다. 하지만 사람의 육감이라는 건 때론 진실을 말해주는 사실의 증명보다 정확할 때가 있었다. 승표는 이에 대한 답을 태정에게서 얻을 수 있을 거라고 확신했고 그건 지금도 마찬가지였다.

"승표야, 난 내 아들이 편해지길 바랄 뿐이란다."

고민의 흔적을 숨기지도 않고 얼굴 위로 고스란히 드러낸 태정이 뒤늦게 입을 열었다. 그러나 예상대로 그가 원하던 답은 아니었다.

"이런, 회장님이 말씀하신 아들이 바로 저였었죠. 잊고 있던 사실을 깨닫게 해줘서 고맙다고 해야 합니까? 제가 편해지길 바란다고 하셨으면 제 질문에 대한 답부터 먼저 해주셔야 할 겁니다."

"진실로 후회하지 않을 자신이 있겠느냐?"

"그래야 나아갈 수 있을 테니까요. 이 지긋지긋한 지옥으로부터도."

"지옥이라……. 네가 머물고 있던 이곳이 지옥이었단 말이지."

여지를 남기며 이야기를 풀어내던 조금 전과는 것과는 달리, 태도를 분명히 한 태정이 잠시 후 침묵을 깨며 승표의 질문에 답을 덧붙여왔다.

"정말로 네 뜻이 확고하다면 나도 더는 숨기지 않으마. 네 어미는……."

꿀꺽.

마른침이 목울대를 타고 넘어갔다. 손바닥에선 축축한 땀의 흔적이 짙게 배어 나오고 있었다. 그러나 꼭 들어야 했을 말이었기에 머리가 터질 것 같은 상황에서도 태정의 입에서 나올 이야기에 귀를 기울이며 경청했다.

"네 어미는, 영지는…… 하아, 승표야."

"말씀하세요. 저는 그때의 어린아이가 아닙니다."

"그래, 그렇지……."

그제야 그가 승표를 향해 진실을 말할 준비를 마쳤다.

"승표야."

"듣고 있습니다."

"네 어미는…… 코카인 중독이었어. 부검 결과로 나온 최종 사인이 마약의 과다복용으로 인한 쇼크사였으니까. 진실을 숨겨야 하는 많은 이유가…… 늘어난 셈이었지."

지금도 그렇지만 당시에도 이런 식의 스캔들은 기업이미지에 치명타를 입히는 행위로 낙인이 찍혀 있었다. 그룹을 이끄는 경영진의 입장에서는 가장 경계해야 할 더러운 추문이나 다름없었기에 이대로 묻어두는 게 옳다는 판단을 내렸던 것 같다.

"크크큭. 아주 코미디가 따로 없군요."

"승표 너는 믿지 못할 테지만, 그것이 내가 할 수 있는 최선의 방법이었단다."

"끝까지 대단하시군요. 그 여자도 당신도. 어떻게 해도 결국 핏줄은 변하지 않는 모양입니다. 당신들을 꼭 닮은 괴물이 여기에도 이렇게 있으니 말입니다."

넘쳐 나는 눈물을 주체하지 못한 승표의 눈가로 뜨거운 물줄기가 흘러내렸다. 킬킬거리는 웃음과는 정반대로 그의 얼굴은 형편없이 일그러져 있었다.

"비아냥거려도 어쩔 수가 없구나. 나는 무슨 일이 있더라도 네가 손가락질을 받게 되는 상황만큼은 막아주고 싶었다."

혼란함이 가중되었다. 어디서부터 어디까지가 진실이고 무엇이 거짓인지를 가려내는 것조차도 어려울 지경이었다. 쉽게 생각했던 것과 달리 숨겨져 있던 검은 내막은, 승표 혼자서는 감당해 내기 어려울 정도로 엄청난 비밀을 품고 있었다.

일찍이 승표는 단 한 차례도 스스로가 나약한 사람이라고 생각해 본 적이 없었다. 언제나 강해져야 하는 이유만을 들으며 자라왔기에. 하지만 모든 것이 틀어진 지금 이 순간 안타깝게도 승표는 예전과 같은 여유로운 태도를 유지하고 있지 못했다.

정신 차려.

입버릇처럼 이 자리가 어떤 자리인지를 몇 번이나 되뇐 승표가 애써 헝클어진 감정을 추슬렀다. 겪어보지 못했던 일이었기에 승표의 좌절은 그 누구보다도 컸다. 그러나 이 또한 극복해야 할 일이란 걸 깨달은 뒤론 그는 철저히 과거의 모습을 되찾아갔다. 위태롭긴 하나 태정이 이성적으로 대화에 임하고 있는 지금 이 상황에서 만큼은 승표도 제자리를 지키고 있어야 했다. 보호해야 할 대상이 생긴 이상 먼저 무너지는 모습을 보이는 건 불가능한 일이 돼버렸다.

"그럼 지창환이라고 했던 그자는 어떻게 되었습니까."

"따로 손을 썼느냐는 의미로구나."

"회장님 말씀대로라면 그자 또한 피해자였을 겁니다. 하지만 자비를 베풀어줄 대상은 아니었을 겁니다."

일을 그르친 가해자는 이미 세상에 존재하지 않았다. 숙원과도 같은 원망이 누구를 향했을지 어렵지 않게 짐작이 갔다. 하지만 악연으로 얽힌 관계였다 할지라 해도 일단 현서에겐 친부가 된다. 승표로서는 간과할 수 없는 부분이었다.

지난 악몽을 떠올린 듯 태정의 삽시간에 이맛살이 찌푸려졌다.

"마음속으론 수백 번쯤, 아니, 셀 수도 없을 정도로 허다하게 그자를 난도질하곤 했었지. 눈을 감으면 시시때때로 꿈에서조차 그자를 만났으니까."

"……?"

"그처럼 어처구니없이 나가떨어질 줄이야. 아마 살아 있었더라면 승표 네 말처럼 되었을 테지."

"살아 있었더라면?"

승표의 되물음에 처음으로 태정이 뜻 모를 억지웃음을 터뜨렸다. 세상의 온갖 시름을 모두 다 떠안은 사람처럼 시름에 잠긴 태정의 얼굴 너머로 깊은 고뇌가 묻어 나왔다.

"자살인지는 모르겠지만 그 일이 있고 난 후 얼마 못 가 산에서 실족사를 했다더군. 나쁜 생각이지만 그 순간엔 마침 잘됐다 싶었다. 정임이 낳은 아이는 그자의 모친이었던 경숙에게 맡긴 후 집 밖으로 내보냈지."

외아들이던 창환이 그렇게 세상을 뜬 건 경숙에게도 다시없을 충격이었다. 세간의 평가가 어찌 됐든 간에 경숙에게 있어서 창환은 더없이 소중한 자식이었고, 그런 창환의 피를 이어받은 유일한 아이가 현서였다.

원인과 결과를 떠나 이 상황에서 현서를 가장 잘 돌봐줄 이가 경숙이라 자체 판단을 내렸던 태정이 곧 그 결심을 굳히곤 실행에 옮겼다. 고아원보다야 친할머니인 경숙의 손에 자라는 게 여러모로 나을 것이라는 나름의 이유도 들어가며 스스로의 선택을 정당화한 태정은, 생활하는데 필요한 얼마간의 푼돈을 쥐어줌으로써 할 일을 모두 끝마쳤다. 이내 두 사람은 한신의 그늘에서 내쳐졌다.

숨겨두었던 과거의 그림자가 하나둘씩 실체를 드러낼수록 마치 악몽을 꾸고 있는 것 같은 착각에 빠져들었다.

불쌍한 여자와 불행했던 여자.

사랑을 몰랐던 남자와 사랑을 과신했던 남자.

대체 이 관계에서 상처를 입은 사람은 누구이며 또한 그렇지 않은 사람은 또 어느 쪽이란 말인가. 두 사람의 생명을 담보로 했던 비극적인 사랑의 결말에 결국 승표는 할 말을 잃고 말았다. 대번에 입안으로 쓴맛이 비쳤다. 그러나 해야 할 말이 남아 있었기에 석화처럼 굳어 움직일 생각을 하질 않던 입술을 억지로나마 움직거렸다.

"그래도! 그래도, 사실대로 말씀해 주셨어야 했습니다. 저는 진실을 알 자격이 있었습니다."

"네가 소중해서 그랬단다. 내 아들이 상처받는 걸 보고 싶지 않았으니까."

진실을 언급하고 있는 태정의 앞에서 승표가 무참하리만치 표정을 일그러뜨렸다. 참을 수 없이 피로해진 기분이었다.

"절 위한 배려였다고요? 아뇨, 아닙니다. 그건 회장님의 이기심 때문이었습니다."

"그래…… 네 말 또한 틀리지 않을 테지. 하지만 그럼에도 승표 넌, 그저 내 품 안으로 들인 자식일 수밖에 없더구나."

"더없이 소중했던 존재라……. 감정에 따라 아무렇게나 휘둘러도 좋았을 인형 따위가 아니었고요?"

"그렇지 않아. 그건 절대 그렇지가 않단다, 승표야."

"투정을 받아주고 싶은 생각은 조금도 없습니다."

더 들을 필요도 없이 승표가 중간에서 못을 박았다. 그러자 기갈이 난 혀로 바싹 말라 버린 입술을 간신히 축인 태정이 안타까운 음성으로 못다 한 말을 이어나갔다.

"변명이 아니라 내 딴에는 그것이 널 위하는 일이라 믿었기에, 그랬기에 가능했던 일이었단다. 이런 나를 조금쯤은 이해해 주면 안 되겠느냐."

"설마하니 제가 오해라고 말해주길 바라기라도 하는 겁니까?"

노골적으로 비난을 퍼붓는 승표의 말에 태정의 눈이 일순 흐리멍덩해졌다. 이런 태정을 똑바로 바라보며 승표가 다시금 의견을 구했다.

"그래서 회장님 눈엔 여전히 제가 울분만 참아 넘기던 그때의 유약한 어린아이로만 보이십니까?"

이에 태정이 한참 만에야 무겁게 고개를 저었다. 그러나 엄밀히 따지자면 태정의 대답 또한 완벽한 정답은 아니었다. 시간의 흐름에 따라 아이는 혼자서도 성장하는 법이었지만, 그렇다 하여 모두가 다 제대로 된 어른으로 자라는 것은 아니었다. 하지만 구태여 승표는 이러한 점을 지적하지는 않았다.

"그것 참 다행이군요. 그럼 현서 문제는 더 이상 문제될 것이 없겠군요."

"그건 안 될 말이다!"

비명과도 같은 태정의 반대성명이 울려 퍼졌다.

"어째서입니까?"

"너도 알지 않느냐. 그 아이는, 정임의…… 딸이질 않느냐."

말을 하는 태정도, 듣는 승표도 괴롭게 만드는 이야기였다. 그러나 해석하기에 따라 졸렬하기 짝이 없는 조악한 변명으로 비춰질 만한 여지는 여전히 남아 있었다.

"불행의 유전자를 타고났으니, 계속 불행해야 한다는 말과 다를 바가 없군요."

"너완 어울리지 않는 아이다."

"과연 그분 앞에서도 지금과 같은 말씀을 하실 수 있을지 무척이나 궁금해지는군요. 어떻습니까? 제가 대신해 말씀을 전해 올리기라도 해볼까요?"

환멸이 담긴 승표의 비난이 일시에 태정의 숨결을 막았다. 승표의 앞이란 것도 잊은 태정이 무의식중에 한쪽 다리를 떨며 안절부절못하는 모습을 보였다. 양립할 수 없음을 이유로 드는 태정의 발언은 끝내 승표로부터 동의를 이끌어내는 데 실패했다.

불안함을 숨기지 못한 태정의 눈빛이 좌우로 사정없이 흔들릴 때 승표가 나직이 속삭였다.

"착각하고 계시나 본데, 면죄부를 쥔 쪽은 회장님이 아니라 현서입니다."

"하지만 지현서 그 아인!"

"어느 누구라 해도 부모를 선택해서 태어나는 아이는 없습니다. 그건 현서도 마찬가지였습니다. 그러니 비난의 화살을 현서에게 돌리는 것은 이치에 맞지 않는 일입니다."

"현명치 못한 불합리한 처사란 걸 안다 해도 어쩔 수가 없구나. 내겐 여전히 받아들이기가 쉽지 않는 일이니 말이야."

대화가 이어질수록 제정신을 차리고 있기가 힘이 들었다. 삽시간에 몸속 저 아래 깊은 곳에서부터 치고 올라온 뜨거운 기운이 일시에 턱밑까지 차올라왔다. 누가 이대로 무너질 줄 알고? 있는 힘껏 이를 악문 승표가 약해진 마음을 숨기며 한차례 입가로 조소를 그렸다. 이 이상 약해져서는 안 된다. 무엇보다 지금 그가 가려는 길은 지나온 과거의 시간이 아닌 앞으로의 미래였다.

"저는 지금보다 더 강해질 겁니다."

"승표야."

"그래야만 제가 원하는 것을 가질 수가 있을 테니까요."

망연자실한 표정을 한 태정이 결국 고개를 아래로 떨어뜨렸다.

"꼭 그리해야 하겠느냐."

"풀리지 않을 매듭이라면 전 잘라내어 그것을 이어붙이는 쪽을 택할 겁니다."

보기 흉할지언정, 잘라낸 간격만큼 관계는 가까워질 게 분명했다. 모든 사실을 알게 된 지금 태정이 반대하는 이유도 잘못된 것이 아님을 알고 있다. 하지만 자신의 행복은 현서가 있음으로써 존재했다. 그러니까 어떤 난관에 부딪히더라도 승표는 행복해지기 위한 행보를 계속해 나갈 것이다.

"끝까지 내가 반대한다 해도 말이냐."

"마음이란 게 접고 싶다고 해서 접어지는 거였습니까?"

"……."

"그렇지 않다는 것 회장님이 더 잘 아시지 않습니까."

대화로 풀어낼 수 없는 거라면 결국 충돌을 유발할 수밖에 없었다. 대비책이야 태정이 잘 세워두었을 테니 신나게 두드리다 보면 어느 방향으로든 결론은 나 있을 테다.

시름에 잠긴 채 소파에 몸을 묻고 있던 태정을 내버려 둔 승표가 늦춰두었던 걸음을 옮기기 시작했다. 그런데 문고리에 손을 가져다 대는 순간 뜻밖의 예기치 못한 상황과 조우하게 되었다.

　빈틈없이 닫아두었던 문이 어느 사이엔가 한 뼘 정도의 간격을 보이며 벌어져 있었다. 재빨리 문고리를 잡아당기며 문을 열자 이러지도 저러지도 못하고 굳은 채 서 있던 정임의 모습을 발견할 수 있었다. 다행히 스스로를 추스르기에도 바빠 보였던 태정은 이쪽 상황에는 별다른 관심을 두고 있지 않았다. 안쪽에 자리해 있던 태정을 힐끗 쳐다본 승표가 곧 아무렇지 않게 열린 문을 닫았다. 그러나 비서진의 이목이 집중돼 있던 터라 사적으로 대화를 나누기에는 그다지 장소가 적합하지가 않았다. 한차례 정임과 시선을 교환한 승표가 먼저 자리를 뜨자 이어 정임도 승표의 뒤를 따랐다.

　길을 걷던 와중에도 수없이 많은 의문과 질문들이 머릿속에서 떠올랐다 사라지길 반복했다. 고려해 볼 수 있는 모든 조건들을 고려해 본 뒤, 최적의 결론에 도달해야 했기에 승표의 고심은 더욱 깊어졌다. 때문에 회사를 벗어나 대화를 나누기 적당한 곳에 다다른 후에도 쉽사리 이야기는 시작되지 못했다.

　얼마쯤 그렇게 말없이 걷기만 했을까. 앞서거니 뒤서거니 걸음을 옮기던 승표와 정임의 거리 차이가 조금씩 좁혀지기 시작했다. 보폭을 줄인 승표가 서서히 정임의 페이스에 걸음걸이를 맞추자 이내 둘은 나란히 걷는 형태가 되었다. 어느새 정임의 여린 어깨가 잔잔한 떨림에 휩싸여 있었다. 때에 맞추어 승표가 미뤄두었던 이야기의 첫 선을 끊었다.

　“모두 들으셨을 테죠.”

"……훔쳐 들을 생각은 아니었어. 하지만 내가 들어야만 했던 이야기였어."

낯설지 않은 그녀의 대답에 승표가 쓴웃음을 집어삼켰다. 방금 정임이 한 말은, 바로 승표가 태정을 향해 외쳤던 말과 맥락이 같았기 때문이었다. 때문에 승표의 답변 또한 이미 어느 정도는 정해져 있었다.

"후회 안 하실 자신 있습니까?"

"후…… 회…… 흑."

격정을 이기지 못한 정임의 몸이 보기 안쓰러울 정도로 들썩였다. 무의식중에 가녀린 정임의 어깨를 향해 팔을 뻗던 승표가 주춤하며 그 손을 거둬들였다. 얼마든지 정임을 아프게 만들 말들을 속에 품고 있던 그로서는 위로란 걸 할 만한 적임자가 되지 못했다. 진실을 알게 된 뒤에도 선뜻 다가설 수 없었던 까닭이기도 했다.

늘 위선자의 시선으로 정임을 바라보았다. 승표가 주었던 믿음을 배반했다 여겼기에. 때문에 언제든 등을 보이며 돌아설 수 있는 사람이란 생각을 떨쳐 버릴 수가 없었다. 그것이 모두 오해인 줄도 모른 채 오랜 세월 동안 정임이 베푸는 호의를 어리석은 말로 기만하고 비웃었다. 그러나 편견을 벗고 바라본 정임은 악의라곤 조금도 찾아볼 수 없는 그저 평범한 어머니의 얼굴을 하고 있었다. 어렸을 때와 마찬가지로 승표를 바라보는 그녀의 눈길엔 따스함만이 존재하고 있었다. 쉽게 치부해 버렸던 정임의 진심이 그제야 승표의 눈 안으로 들어왔다. 하지만 이 같은 깨달음을 얻는 이 순간까지도 그는 연신 정임을 몰아세우고 있었다. 아프지 않고 매듭지을 수 없는 일이란 걸 안 이상 멈추는 것은 불가능했다.

비틀.

충격을 이기지 못한 정임의 신형이 한차례 크게 흔들렸다. 위태로운 정임의 모습에도 아무런 도움도 줄 수가 없었던 승표가 그저 빈손을 움켜쥐었다.

"흑…… 승표야. 난…… 나는."

"내가 아는 당신은 주어진 현실을 외면하는 사람이 아니었습니다."

인과율의 법칙은 어느 누구라 해도 피해 나갈 수 없는 법이었다. 잔인하지만 그것이 인생이었으니까. 승표가 정임에게 했던 말의 여파는 뒤이어 곧바로 나타났다. 정임이 발작적으로 고개를 뒤흔들었다.

"사실은 자신 없어. 벌써 지금부터도 그 자리에 있었던 일들을 되돌리고 싶은 마음뿐인걸. 이런 내가 후회하지 않을 리 없잖아."

정임의 눈가로 습윤한 눈물이 가득히 차올랐다. 의지처를 찾아 헤매던 정임이 손이 마침내 들고 있던 토트백을 양껏 움켜쥐었다.

"글쎄요. 당신이 바라던 게 모두가 함께 나락으로 떨어지는 것이었다면 꽤나 성공한 삶이 되었을 겁니다."

"난, 저기…… 난."

"하지만, 그게 아니란 것 이제는 압니다."

"승표야……."

한 걸음 더 바짝 정임의 곁으로 다가선 승표가 적개심을 지우며

희미하게 웃었다. 이 순간 높게 쌓아두기만 했던 마음의 벽이 소리 없이 허물어져 내렸다. 참고 있던 감정이 일시에 폭발했다. 머뭇거림이 섞여 있었던 좀 전의 상황과는 달리 망설임 없이 내리 뻗어나간 승표의 두 팔이 가녀린 정임의 양쪽 어깨를 단단하게 부여잡았다. 허물어지기 직전이었던 그녀의 신형이 간신히 바닥 위를 지탱하고 섰다.

현서를 닮은 정임의 눈이 불안하게 흔들렸다. 이에 승표가 단호한 음성으로 설득을 구했다.

"무엇을 위한 선택이었으며 누구를 위한 배려였습니까? 포기해서는 행복해질 수 없는 일이 일이란 것 지금도 잘 알고 있지 않았습니까."

"……내 손으로 모든 걸 망쳐 버렸는걸. 무엇보다 내겐 그 아이를 붙들어둘 자격 같은 건 처음부터 가지고 있지 않았어."

주르륵.

정임의 눈에서 쏟아져 나온 뜨거운 눈물이 볼을 적시며 흘러내렸다.

"늦었지만 아직은 해야 할 일들이 남아 있지 않았습니까. 이번엔 먼저 다가가 손을 내미는 겁니다."

"못된 말을 했어. 언제나 그리워했던 내 아이였는데 안아보지도 못하고 그렇게 보냈어. 왜 그랬을까. 어느 것 하나 그 아이 잘못이었던 건 아무것도 없었는데……."

"죄책감이라는 건 때론 사람의 이성을 흐리게 만들기도 하니까요."

초라한 변명이었을지언정 정임에겐 큰 위로가 되는 말이었다. 그러나 이곳에 오기 전부터 그녀의 눈 안으로 깃들어져 있던 불안은 여전히 씻겨 나가지 않은 채 위태롭게 흔들거리고 있었다. 곧 승표는 정임이 바라는 게 뭔지 깨달을 수 있었다. 그것이 틀리지 않았음을 증명하듯 정임의 입에서 현서의 이야기가 흘러나왔다.

"몰랐다는 것만으로도 죄가 된다는 거 잘 알아. 그래서 그리워할 자격조차 없다는 것도 모르지 않아. 그래도 만나고 싶어. 만나서 해줄 말이 남았는데 아무도 그 아이 행방을 모른대. 어떡하지, 승표야. 내가 뭘 어떻게 해야 그 아일 만날 수 있을까, 흐윽, 흑."

악다문 입을 겨우 움직거린 정임이 가까스로 쥐어짜듯 호소했다.

"또…… 병원에 가셨던 모양이로군요."

"내내 생각을 했어. 그런데도 잘 기억이 나질 않아. 그 아이 얼굴이 어땠는지 떠오르지가 않았어."

그녀의 어깨를 붙들고 있던 승표의 두 팔이 아니었더라면, 금방이라도 정임은 바닥으로 무너져 버렸을 게 분명했다. 백지장처럼 탈색된 정임의 얼굴이 비통함에 젖어들 때쯤 승표가 중요한 단서 하나를 덧붙였다.

"알고 계시겠지만 현서 그 아이가 지금 많이 아픕니다. 그래서 조만간 수술을 받을 겁니다."

"수술……? 위험, 위험한 건 아니겠지? 응? 제발 그렇다고 말해주렴. 승표야…… 승표야……."

경기를 일으킬 것처럼 푸득대던 와중에도 정임이 연이어 소나

기와도 같은 눈물을 흘렸다.

"강한 아이니까 잘 이겨낼 겁니다. 깨어나면 가까운 곳에서 따뜻하게 맞아주세요. 현서 지금 경일대병원에 있습니다."

"내가…… 그래도 될까. 현서가, 싫어하지 않을까?"

"그게 두려우십니까? 그래도 이겨내셔야 합니다. 당신은 어머니란 이름을 가지고 있지 않습니까."

다른 사람도 아닌 낳은 생명을 다시 품 안으로 들이는 일이지 않느냐며, 그 정도 아픔과 고통쯤은 감수해 내라며, 더한 희생도 못할 일이 아니지 않느냐며, 연신 승표가 반론을 펼치자 북받쳐 오른 서러움을 이기지 못한 정임이 끝도 없이 고개를 주억거렸다.

"함께 웃을 수 있는 기회는 아직 남아 있습니다. 반드시 그렇게 되도록 제 손으로 직접 만들 겁니다."

입으로, 코로 호흡을 한다고 해서 모두가 똑같이 살아 숨 쉬는 건 아니었다. 희망 어린 승표의 말에 어두운 절망에 잠식되어 있던 정임의 눈동자가 차츰 본래 색을 되찾아갔다. 내내 승표의 시선 아래에서 움직이던 정임이 눈길이 이곳에 와서 처음으로 그와 눈을 맞췄다.

"……언제나 네 말은 옳았어. 그래, 그랬어. 똑똑한 아이였으니까 이번에도 틀리지 않았을 거야."

처음과는 달리 눈물을 글썽이면서도 정임의 얼굴은 밝았다. 그러나 금방이라도 쓰러질 것처럼 여전히 온몸은 주체할 수 없을 정도로 떨리고 있었다. 결국 정임에게 가슴 한쪽을 내어준 승표가 그녀의 등을 토닥여 주었다. 삽시간에 가슴께가 뜨거운 눈물로 흠

뻑 젖어들었다.

✳

그 시각, 양손으로 하복부를 감싼 현서가 극심한 통증을 호소했다. 마치 그간의 잠복기간이 완전히 종식됐음을 주장이라도 하듯 날카로움 아픔이 빠르게 몸 구석구석으로 퍼져 나갔다.

"으으, 웃, 으웃!"

고통이 더해갈수록 현서의 몸이 기하학적으로 비틀렸다. 이에 비례해 신음 소리가 한층 더 깊어졌다.

"어떻게 할까요. 진통제도 없이 이대로 둔다는 건……."

"부정 탈 소릴 할 요량이라면 그쯤 해두게. 상황이 이상하게 돌아가긴 하지만 완전히 우리 소관이 아니라 할 수도 없는 노릇이니 일단은 좀 더 지켜보도록 함세. 어차피 수술이 우선이지 않은가."

희미하게 의식이 멀어지고 있다는 것은 알았지만 신경을 쓸 겨를이 없었다. 바로 옆에서 나누고 있던 대화조차 들리지 않았을 때 이미 제정신이라 할 수 없었다.

　승표의 이목을 속여가며 경일대병원으로 옮겨온 첫날 밤은 심한 가슴앓이로 호된 신고식을 치렀다. 열이 펄펄 끓는 몸으로 다 늦은 밤중에 헛소리를 해가며 깨어났을 땐 곁엔 아무도 없이 오롯이 혼자였다. 불안함을 이길 길이 없던 현서의 눈이 한 곳에 가만히 머물러 있질 못하고 연신 주변을 살폈다.

　"누구 없나요? 아무도…… 없어요?"

　애탄 부름에도 돌아오는 답이 없자 목소리가 점차로 초조한 기색을 띠기 시작했다. 당장엔 침대 옆쪽에 위치해 있던 너스 콜의 존재도 생각나지 않았다. 마음이 조급해서인지 부쩍 벽 한쪽에 걸려 있던 시계의 째깍거림 소리가 평상시보다 크게 느껴졌다. 한 번 의식이 되자 마치 그것이 시발점이었다는 듯 그 뒤로도 계속해 신경에 거슬렸다. 규칙적인 초침의 움직임이 끊임없이 이어질수록 공포심이 극에 달했다.

"하, 한승표 씨? 어, 엄마······?"

시간이 지날수록 현서는 점점 더 공황상태로 내몰렸다. 이대로 가만히 있다간 무서워서 머리가 어떻게 돼버리기라도 할 것 같았다. 밀려드는 어둠이 단숨에 자신을 집어삼켜 버릴 것만 같아서 아주 많이 겁이 났다. 불현듯 이제 더는 흘리지 않기로 마음먹었던 눈물이 빠른 속도로 차올랐다. 이 때문일까, 어떻게 해서든지 이 악몽으로부터 벗어나야 한다는 막연한 본능이 간신히 현서를 현실세계로 이끌었다. 필사적인 외침으로 이 자리에 있을 리 없는 사람들의 이름을 번갈아가며 부르던 현서가, 뒤늦게 벽을 더듬으며 스위치를 찾아 손을 짚어갔다.

팟.

주변의 사물조차 분간할 수 없을 정도로 깊고 어두웠던 암흑이 점화된 전등의 불빛에 의해 자취를 감추자, 흐릿했던 이지도 점차로 제자리를 찾아갔다. 그제야 현실세계로 돌아온 현서가 잔뜩 웅크린 몸으로 힘없이 웅얼거렸다.

"원하는 걸 모두 가질 수 없다는 것 알아. 아니까 이제 그만 괴롭히란 말이야."

처연한 울음소리가 커졌다 잦아들길 반복했다.

이 시간만 지나면 돼. 이 시간만 지나면 모두가 편해질 테니 조금만 더 참고 견디면 된다고 현서가 스스로를 다독였다. 그런데 이 순간 돌연 한 가지 의문이 현서의 뇌리를 스쳐 지나갔다. 정말로 이 시간이 지나가면 편해질 수 있을까? 행복이 무엇인지를 직접 눈앞에서 보고 뒤돌아서야 했던 그때의 기억이 바로 오늘 일처럼 생생했다. 하지만 현서가 보았던 행복은 혼자의 노력만 가지고선 얻을 수 없는 종류의 것이었다.

"……괜찮아. 괜찮아질 거야. 분명 그럴 거야."

새벽을 지나 날이 밝아올 때까지도 병실 안의 불빛은 사그라지지 않았다. 무릎을 세운 현서가 지친 얼굴을 파묻었다. 거의 동시에 둥그렇게 말려진 등에서부터 물결이 일어났다. 곧 듣고 있기 괴로울 정도의 흐느낌이 병실 안을 가득 메웠다. 그러나 아침 회진을 위해 의사가 병실 문을 두드렸을 무렵에는 다행히도 얼굴 위로 짙게 드리워져 있던 우울의 그림자는 흔적도 없이 걷혀 있었다.

"컨디션은 좀 어떻습니까?"

"나쁘지 않아요. 아니, 무척이나…… 좋아요. 좋지 못할 이유가 없으니까요."

"다행이로군요. 한차례 발작도 보였고 또 금식까지 병행하느라 힘이 들었을 텐데도 이렇게 밝은 모습을 보여주니 마음이 놓이는군요."

조심스러움이 묻어난 반백의 의사 말에 현서가 다시금 자신의 위치를 되새겼다. 머릿속을 헤집어오는 사나운 생각은 여전했지만 욕심껏 울고 난 이후론 한결 기분이 가벼워진 느낌이었다.

"저 해야 할 일 많아요. 그러니까 잘 부탁드려요."

"인사를 받을 사람은 제가 아니지만, 마음만은 대신해 받아두겠습니다."

"그게 무슨……?"

"지현서 씨에게 해가 될 일은 아닐 겁니다. 그건 제가 장담할 수 있으니, 방금 전에 들은 말에 깊은 의미를 두지 않으셔도 됩니다."

알 수 없는 말로 이야기를 얼버무리는 상대방의 태도에 의아함이 들긴 했지만, 미리 태정과 협의가 된 상황이라면 굳이 알려고 들 필요가 없는 일이었다. 또 태정이 입단속을 시켰다면 알 수도 없는 일이었고.

"그런가요. 하지만 상관없어요. 누구에게든 이 고마움을 말해야 했으니까요."

할 수 있는 모든 최선을 다해 마음을 돌렸다. 그럼에도 종종 지금보다 더한 이 생각 저 생각이 들 때가 있을 것이다. 하지만 행동에 대한 책임을 질 사람도 그녀 자신이었기에, 결국 물러진 마음을 단단하게 다지는 역할도 현서의 몫으로 남을 수밖에 없었다. 그래야지만 언제든 현실을 직시할 수 있을 테니까. 그걸 잠깐 잊고 있었던 것뿐이라며 현서가 조용히 미소를 지었다.

순간 금방이라도 사그라질 것처럼 위태로워 보였던 웃음 위로, 놓아주지 못해 붙들어두고만 있었던 염원과도 같은 바람 하나가 자리를 잡아갔다. 누구도 꺼트리지 못할 뜨거운 열망이 몸을 낮춘 채로 숨을 죽였다.

전신마취에 들어가기 직전 잠시 잠깐 정임과 태정을 떠올렸던 현서가, 이어 승표의 얼굴을 남김없이 그려보았다. 얼마 지나지 않아 눈앞으로 떠오르기 시작한 그의 모습에 설핏설핏 미소가 지어졌다. 아마도 지금쯤이면 현서의 선택에 화를 내고 있을 게 분명했다.

믿고 따라가 주고 싶었는데 약해진 마음이 그러질 못했다. 그리움이 샘솟듯 그가 그리워졌다. 정말이지 바보 같기는. 좀 전까지만 하더라도 잘 참아낼 수 있을 거라고 그렇게나 자신했으면서 또다시 얼마 못 가 제자리걸음이나 하고 있다니……. 끝을 떠올린 순간 막을 새도 없이 벌어진 일이었다. 뒤늦게 과욕을 부리지 말자며 스스로를 다독여 봤으나, 한 번 흐트러진 마음은 쉽게 정리가 되지 않았다.

보고 싶다.

수술에서 깨어나 눈을 떴을 때 가장 먼저 시야에 잡히는 얼굴이 그였으면 좋겠다. 지극히도 헛된 희망이라는 걸 깨달은 뒤였음에도 여전히 마음의 방향은 승표를 향하고 있었다. 차라리 처음부터 얽히지 않았더라면 어땠을까? 왜인지 극렬한 반발심이 내부에서부터 생겨났다. 삶은 싸움이었다. 스스로를 납득시키기 위한 마라톤보다 길고 지루한 혼자만의 싸움. 그러니 더는 나약해지지 말아야 했다. 지금은 이렇게 승표를 떠나왔지만 살아 있으면 언젠가는 만나질 것이다. 웃으며 인사를 나누려면 우선은 건강을 되찾아야 했다.

혼자라는 게 몸서리치게 싫어지는 시간.

짙은 청색의 수술복에 마스크까지 착용한 마취의가 현서에게로 다가왔다. 산소호흡기와 비슷하게 생긴 기구가 곧 코와 입을 덮었다. 에테르가 섞인 마취가스가 호흡기를 통해 폐로 투여되자 곧바로 의식이 사라졌다. 열려 있던 두 눈이 세상을 지웠다. 고독한 암흑이 현서를 마중 나왔다.

[바이탈Vital이 불안정합니다. 어떻게 할까요?]
[끊어진 혈관이 없나 화면을 통해 체크해 보고 원인분석을 서두르게나.]
수술이 진행되어 갈수록 수술을 이끌어 나가던 존스홉킨스의 의료진들뿐만 아니라, 보조로 들어온 경일대 치프들의 이마 위로도 굵직한 땀방울이 맺혔다. 시작 초반부터 여러 차례 위기를 넘겼을 정도로 쉽지 않은 대수술이었지만, 암세포를 적출해 나가는 움직임만은 거침이 없었다. 하지만 또다시 보이는 이상 징후에 모두의 손놀림이 둔화되었다. 다행히 이어진 팀 닥터의 음성에 멎었던 손길이 각자의 역할을 찾아 일사불란하게 움직이기 시작했다.
[육안상으로는 깨끗합니다. 일시적으로 나타난 흐름상의 불균형으로 보입니다.]
[다행이군, 메스.]
이 분야에서만큼은 세계 최고라 일컬어지는 석학들이 한자리에 모인 만큼 어느 한 사람도 실패를 예상하는 사람은 없었다. 그러나 큰 문제없이 마무리 지어질 것 같았던 수술은 예기치 못했던 상황과 맞닥뜨리면서 뜻밖의 난관에 봉착했다. 전이가 되었던 부분을 무사히 절제해 내고 봉합만 남은 과정에서 갑자기 환자가 격렬한 거부 반응을 보이기 시작한 것이었다.
승표의 초청으로 이번 수술에 합류한 이들 중 하나인 드류 파커가 팀 닥터인 에머슨 에거리치 쪽을 빠르게 응시했다.

[반응이 심상치가 않은데요?]

[이미 봐서 알고 있네. 파커 자네가 한 번 더 반대편을 살펴보게나. 그리고 닉. 현미경을 최대한 확대해서 상황 보고를 하도록 하게.]

[알겠습…… 이, 이런. 아래쪽으로 파묻혀 보이지 않았던 혈관 하나가 끊어진 게 보입니다. 서둘러 잡아야 합니다!]

시시각각 변하는 수술 현장의 긴박함 속에서도 이 순간 긴장감이 최고조에 달했다. 장시간에 걸친 대수술의 막바지에서 발생한 일이었었기 너 나 할 것 없이 모두가 다 굳은 표정을 풀지 못했다. 하지만 그럼에도 처해진 여건은 그다지 여의치가 못했다.

전신마취의 효과로 죽은 듯 잠들어 있던 현서의 몸이 조금씩 들썩이기 시작했다. 움직임이 커져 갈수록 의료진들의 손놀림이 바빠졌다.

[블리딩Bleeding:출혈이 보입니다.]

[맙소사. 석션Suction! 석션Suction!]

급작스런 출혈로 인하여 장내는 곧 혼란스러운 국면으로 접어들었다. 출혈을 잡기 위한 의사들의 노력이 거듭되는 와중, 현서의 몸에서 2차 이상 반응이 포착되었다.

[붙잡아. 쇼크현상이 나타난 것 같습니다!]

심장박동수가 제멋대로 널뛰기 시작했다.

[젠장. 끊어진 혈관이 어디 숨었는지 보이지가 않습니다!]

정확한 진원지를 찾아내지 못해 속이 새카맣게 타들어가는 도

중에도 존재감을 일깨우듯 벌건 핏물이 끊임없이 흘러나왔다. 머리 위에 부착해 두었던 카메라를 좀 더 환부 근처 가까이로 가져다 댄 에머슨이 말썽이 된 혈관을 이어붙이기 위해 동분서주했다. 그사이 내내 좋지 못한 예후를 나타내던 심장 쪽에서 심상치 않은 움직임을 보였다.

[브이텍V—tac! 브이텍V—tac입니다!]

의료진들의 손길이 점점 더 다급해지고 있었다. 그러나 수습 의지와는 상관없이 사태는 걷잡을 수 없이 안 좋은 쪽으로만 흘러가고 있었다. 지나치게 빠른 심실의 박동으로 인하여 혈액 공급이 원활치 않아 생기는 브이텍뿐만 아니라 환자의 심장이 멎는 어레스트Arrest현상까지 일어날 조짐이 보였다.

서로 간 대화도 생략된 채 일시에 눈빛 교환이 이루어졌다. CPR(심폐소생술)까지 가지 않으려면 바로 지금이 고비였다. 그러나 이땐 이미 최악을 향해 치닫고 있었다.

[이런……!]

한계치를 찍었던 심박이 갑자기 하향곡선을 그리기 시작했다. 조금이라도 타이밍이 늦어버리면 이대로 되돌아올 수 없는 강을 건널지도 모를 상황이었다. 누구랄 것도 없이 하나같이 머릿속으로 비극을 점쳤을 때 에머슨 박사만은 현서를 포기하지 않았다. 집념 어린 에머슨의 눈빛이 전에 없이 날카롭게 빛났다.

✳

뜨끔.

불현듯 심장 부근이 터질 듯이 조여왔다. 아픔을 줄일 목적으로 한쪽 팔을 들어 올려 가슴 위쪽에다 위치시킨 승표가 지그시 눈을 감았다. 왜인지 이상할 정도로 불안함이 가시질 않았다.

설마 나쁜 일이 일어나기야 할까. 절대 그런 일은 생기지 않을 테니 지금의 걱정 또한 쓸데없는 기우에 지나지 않을 것이 분명했다. 애써 든 나쁜 생각을 한쪽 구석으로 밀어낸 승표가, 초조한 심경으로 수술실 문이 열리기만을 고대했다. 그러나 바람과는 달리 어째서인지 기다림은 자꾸만 연장이 되었다. 당초 여덟 시간으로 잠정 예정돼 있었던 수술 시간이 기약도 없이 늘어나고 있었다. 잊고 있었던 시간을 의식하고 나니 그때부터 일 분 일 초가 초조하게 느껴졌다. 손바닥은 이미 흥건한 땀으로 젖어버린 지 오래였고, 입술 끝은 바짝바짝 타들어가다 못해 목구멍 안쪽까지 건조하게 메마르고 있었다.

"돌아와야 해. 내가 있는 여기 이곳으로. 난 아직 아무것도 말하지 않았으니까."

수차례 기회가 있었음에도 이별을 이야기하지 않았다. 입 밖으로 꺼낸 순간 현실이 돼버릴 것만 같았으니까. 또한 억눌러 두었던 마음의 반의반도 귓가에 속삭여 주지 못했다. 그의 눈이 닿지 않는 더 먼 곳으로 달아나 버릴까 봐서 조바심이 나서였다.

이런 그의 속마음을 알게 된다면 당장에 현서는 뭐라고 반응해 올까. 하긴 뭐든 크게 상관은 없었다. 이제 더는 제멋대로 혼자 판단하여 상처 주는 일은 없게 만들 테니까.

지현서를 아프게 만들었던 지난날의 한승표는 더 이상 이 세상에 존재하지 않았다. 이미 그 자리를 채운 것은 현서에 대한 그리움뿐이었다.

"분명, 사랑이겠지."

지극히도 낯선 감정.

들끓어 오르다가도 차갑게 식어버리고, 괜찮아질 거라 확신하면서도 망설여졌던 감정 변화가 그땐 그저 미움인 줄로만 알았다. 심장이 터져 나갈 것처럼 괴롭고 지극히 불온하기만 했던, 마치 좌절을 닮은 것과도 같은 이 느낌이 온전한 사랑이란 걸 또 한 번 깨달은 승표가 강하게 이를 악물었다. 누가 뭐래도 승표가 느끼고 있는 이 감정은 분명 사랑이 틀림없었다.

그간에 시켰던 마음고생에 대한 답례를 이런 식의 골탕으로 되갚아주려던 게 아니라면, 한시바삐 얼굴부터 보여달라며 승표가 진심을 담아 간절히 염원했다. 현서의 눈동자에 자신의 모습이 담기는 걸 봐야지만 안심이 될 것 같았다. 하지만 긴 잠에서 깨어나 정신이 든 뒤에도 용서란 걸 해주지 않으면 어떡하지? 앞으로 잘하겠다는 말밖에 해줄 얘기가 없는데……. 이렇게나 한심한 인간이었나 싶으면서도 문득문득 걱정이 되었다. 소리 없이 조용히 찾아든 공포심이 극히 이성적이던 승표를 단숨에 나약한 인간으로 변질시켰다.

현서는 까마득하게 모르고 있을 테지만 사실 승표는, 이동침대에 실려 수술실 문을 통과해 들어가는 순간까지 포함해 단 한 장면도 놓치지 않고 그녀의 뒷모습을 지켜봤었다. 참는다는 행위가 이토록이나 힘이 드는 일인 줄 일찍이 깨닫지 못했던 사실이었다.

　마지막에 봤을 때보다도 더 야윈 얼굴, 넉넉한 환자복으로도 가려지지 않았던 가느다란 몸이 승표의 불안함을 부추겼다. 삽시간에 머리털이 쭈뼛해졌다. 이 순간 승표는 생애 처음으로 기도라는 걸 올리며 누구랄 것도 없이 세상 모든 이들로부터 믿음을 구했다. 그러자 실로 놀랍게도 차츰 마음의 심화가 가라앉기 시작하더니, 기적처럼 얼마간의 평온이 그를 괴로움으로부터 구제해 주었다. 몰랐는데, 보지 않으려 했기에 놓치고 지나친 것들이 많았다는 것을 뒤늦게 깨우치게 되었다.

　벌떡.

　지루할 정도로 끝없이 이어진 기다림 끝에 드디어 굳게 닫혀 있던 수술실 문이 열렸다. 꼬박 열세 시간을 채운 뒤였다. 그런데 막상 수술을 끝내고 나온 의사의 첫마디가 승표의 간담을 서늘케 만드는 결정적인 역할을 해왔다.

　[중간에 한 번 환자의 심장이 멎는 일이 발생했습니다.]

　[문제가 생기면 에머슨 에거리치 박사님을 이곳까지 모셔온 이유가 없지 않습니까. 무조건 살려냈어야 합니다. 어떤 핑계도 받아들이지 않을 겁니다.]

　올해의 노벨의학상 후보로까지 이름이 거론됐었던 닥터 에거리치의 이력을 전면에 앞세운 승표가, 전에 없이 단호한 말투로 실패란 단어를 허용치 않았다.

　[진정하세요, 미스터 한. 그래도 다행히 끝까지 환자가 힘을 내

주어 남은 일정도 무리 없이 소화해 낼 수 있었습니다.]

[그 말씀은……?]

[축하합니다. 수술은 성공적이었습니다. 암세포의 진행이 어느 정도 이뤄진 뒤라 상당량의 위 절제가 이루어지긴 했지만, 예상했던 것보다 다른 장기로의 전이가 없었던 게 주요했습니다. 빠르게 의식이 돌아오기만을 한번 기다려 봅시다.]

곧 환자를 ICU(집중치료실)로 내려 보낼 예정이니 입실하기 전 무균실에 들러 의복을 정제하란 지극히 원론적인 당부를 끝으로, 에거리치 박사가 장시간 수술로 인해 피로해진 몸을 이끌고 대기실을 빠져나갔다. 하루의 반 이상이 소모된 대수술이었던 만큼 지친 기색이 역력했다. 남은 정임과 승표가 어느새 위로하듯 서로의 등을 껴안았다.

줄곧 영어로 승표와 에거리치가 대화를 나누었기에 정임으로선 알아듣기가 요원한 일이었으나, 표시 나게 풀어진 두 사람의 얼굴 표정만으로도 정임은 긍정적이었던 수술결과를 예측해 낼 수가 있었다.

"수고했어. 수고했어, 승표야."

"현서에게 해주세요. 제가 아닌 그 아이가 들어야 할 말이니까요."

"아무렴……. 정말로 다행이야. 다행……."

마침내 길고 긴 터널을 걷고 걸어서 간신히 어둠 바깥으로 빠져나온 기분이었다. 종일 머릿속에서 똬리를 틀고 있었던 지난했던 악몽들이 하나둘씩 물러나고 있었다.

그 시각, 한신그룹의 모태나 다름없던 한신전자의 계열사 분리 소식이 각종 매체의 특종으로 다뤄진 채 발 빠르게 기사화되어 이곳저곳으로 퍼져 나가고 있었다. 삽시간에 주가가 요동치기 시작하면서, 소문이 돈 지 한 시간 만에 주식시장에 사이드카가 발동했다. 곧 공중파 뉴스 채널마다 한신의 이름이 메인으로 걸렸고, 앞다투듯 이번 사건을 자세하게 보도하기 시작했다.

집중치료실에 들어선 승표가 죽은 것처럼 잠들어 있는 현서를 내려다보았다. 쉽게 다가설 수 없어 멀찍이 떨어져 봤을 때와는 느껴지는 감정부터가 달랐다. 부지불식간에 참고 있던 숨이 터져 나왔다. 호흡이 정지돼 있었다는 사실도 숨을 몰아쉬고 나서야 깨달았다.

"너무 오래 기다리겐 하지 마."

두려움에 잠식되어 가기 전에 구원을 손길을 내밀어달라며 그가 마음을 담아 애원했다. 몰랐던 감정을 배운 뒤론 아무것도 일이 손에 잡히지가 않았다. 시작이 어떻든 결국은 현서에게로 생각이 모아졌고 그 끝도 하나같이 현서로 귀결되었다.

깨어지기 쉬운 유리인형이라도 된 것처럼 현서의 얼굴로 접근하는 승표의 손길은 아주 조심스러웠다.

철저하다 싶을 정도로 태정의 연락에는 일절 응대하지 않는 승표로 인해, 어쩔 수 없이 경일대병원을 찾은 태정이 직접 공 비서를 시켜 승표를 호출했다. 이 같은 전언에 승표의 곁에 머무르며 현서가 깨어나길 기다리고 있던 정임이 몹시도 불안한 표정을 지어왔다.

"내가 만나볼게. 승표 너까지 나갈 필요 없어."

"애쓰고 있다는 거 압니다. 하지만 제 손으로 마무리 지어야 할 일입니다."

"하지만 나는 그래 승표야. 전처럼 누군가의 그늘 아래 숨어 아무것도 모르는 천치처럼 마냥 행복하게 굴 수만은 없게 됐다고 봐. 내가 있는 이 자리가 누구의 희생으로 얻어진 자리란 걸 아는데 어떻게 그래."

여태 그래 왔던 것처럼 태정이 알려주는 세상만이 전부인 양 믿고 살아가기에는 이미 너무 많은 것을 알아버린 뒤였다.

"많이 혼란스러우실 겁니다. 이때쯤이면 어떤 결심이 섰는지도 충분히 이해가 갑니다. 하지만 그러지 마세요."

"……원망이라도 들을 수 있다면 차라리 행복할 것 같아. 그런데 어떤 것도 탓하지 않을까 봐 벌써부터 두려워져. 이미 현서에게서 지워진 존재라면 난…… 난…….""

"세상에서 가장 비겁한 게 뭔지 압니까? 용서할 기회도 주지 않고 사라져 버리는 겁니다. 당신은 그러지 마세요. 제가 겪었던 절망을 현서가 알게 하지 말아주세요. 부탁드립니다."

정임의 말이 끝나길 기다렸던 승표가, 곧 그녀가 간과하고 있던 하나의 사실을 주지시켜 주었다. 순간 내내 바닥을 향해 있던 정임의 시선이 흔들리는 눈길로 그를 응시해 왔다. 이에 승표가 단호히 그의 입장을 밝혔다.

"등을 보이고 걷는 건 누구나가 할 수 있는 일입니다. 하지만 그 대상이 꼭 여러 명일 필요는 없지 않습니까. 오늘 회장님을 뵙는 건 제가 하겠습니다."

어젯밤 한신전자 건으로 회사가 비상사태에 돌입하는 바람에, 부득이 평창동 저택으로 걸음을 하지 못했던 태정은 아직 정임이 이곳에 와 있는지 모르고 있는 상황이었다.

걱정하지 말라며 가벼운 고갯짓으로 정임을 안심시킨 승표가 곧 태정을 만나기 위해 자리를 떴다. 이대로 정임까지 따라나서 버리면 어쩔 수 없이 현서의 곁이 비게 되는 사태가 발생하게 된다. 어려운 수술을 받고 간신히 정신을 차렸는데 처음 느끼는 감정이 상실감이 아니길 바랐기에 승표가 거듭 정임의 의지를 만류했다. 더해 애당초 오래 끌 생각이 없던 지지부진했던 태정과의 기 싸움에 대한 결론도 이번 기회에 모두 마무리를 지을 생각이었다. 그러기 위해 승표로서도 결코 쉽지 않았던 결단을 내렸던 것이고, 계획대로 안달이 난 태정이 오늘 이곳에 당도함으로써 필요한 무대시설은 모두 갖춰진 셈이 됐다.

어느 쪽의 의견이 더 설득력을 얻게 되는지는 여전히 베일에 싸여 있어 알 수가 없었지만, 단 한 가지 분명한 것은 그는 이기기 위한 준비만을 했을 뿐이란 사실이었다.

병원 로비를 거쳐 정차돼 있던 벤츠 앞으로 도착한 승표가 곧 차 문을 열어젖히며 태정과 조우했다. 짙게 선팅이 돼 있어 충실히 방어막 역할을 해줬던 창문 너머론 들끓어 오르는 분노를 숨기지 못한 태정이 한껏 기세를 북돋우고 있었다.

비어 있던 태정의 옆좌석을 차지하고 앉은 승표가 인사라고 부르기엔 초라한 안부를 건네 물었다.

"지금쯤이면 오실 거라고 생각했습니다. 그래서 이제는 좀 제대로 된 대화를 나눌 마음이 생기셨습니까?"

"……네 녀석 작품이냐."

"몰라 물으시는 것 아닌 거 압니다. 아마도 화가 나셨을 테지요"

"감히! 감히 주주들을 선동해 일을 이 지경으로 만든 게 정말이지 승표 너란 말이지? 어찌해서? 대체 무슨 생각으로 한신전자를 계열사에서 분리해 낸다는 게냐."

노골적으로 탐색하는 눈빛을 한 태정이 그릇된 승표의 선택을 탓해왔다. 그러고도 모자라 노여움이 녹아든 목소리로 역정이나 다름없는 질타를 연신 입에 담았다. 그러나 숱한 비난의 화살에도 승표는 흔들림 없이 강건하기만 했다.

"말씀드리지 않았습니까. 제 것을 지키기 위해 전 앞으로 더 많은 것을 가져볼 생각입니다."

"네 녀석 멋대로 분탕질을 쳐도 될 만큼 그리도 이 한신이 만만해 보였더냐? 겨우 고작 이런 일 따위로……! 어리석구나. 내가 널 잘못 보았어."

이득이 없는, 나아가 대한민국 경제발전에 있어 지대한 혼란을 초래할 수 있는 일임을 숙지하라며 큰소리로 압력을 행사한 태정이, 지금이라도 늦지 않았으니 마음을 돌려줄 것을 승표에게 종용했다. 그러나 승표의 입장에서 보자면 온당치 못한 강요나 다름이 없었기에 여전히 개선의 필요성은 느끼지 못했다.

태정의 반대편으로 돌아섰다는 것이, 회사의 이윤 증대와 관련해 그 궤를 달리하겠다는 뜻은 아니었다. 더군다나 개인적인 사유로 회사에 누를 끼칠 만큼 승표 자신은 우둔하지 않았다. 그 정도 대비책도 세워놓지 않고 섣불리 판을 벌렸을 거라 생각하는 태정의 눈엔, 아직도 그가 품 안에 넣고 가둬 키워온 어린 자식으로밖에 보이질 않는다는 사실을 깨달았다.

예정보다 시일이 앞당겨지긴 했으나 한신전자 건은 현서를 만나기 이전부터 준비해 오던 프로젝트사업의 일환 중 하나로, 이미 예정돼 있던 일이라 할 수 있었다. 글로벌 경제에 있어 문어발식 경영체제의 고집은 도태되는 지름길이나 다름이 없었고, 미래를 이끌어 나갈 한신의 더 나은 발전을 위해서는 반드시 지양되어야 할 문제였다.

보다 전문적이고 체계적인 기업으로 나아가기 위한 그 첫걸음이 한신전자였고, 이런 행보는 앞으로 더욱 빨라질 것이다. 아직은 시기가 이르다며 안건을 보류한 태정과는 달리 승표는 바로 지금이 적기라는 판단을 내렸다. 간과하지 말아야 할 점은 위기가 닥친 뒤에는 이미 늦는다는 사실이었다.

그릇된 반발심으로 인해 회사 일을 그르치고 있는 게 아니냐는 태정의 호된 꾸짖음에도 승표는 침착함을 잃지 않았다. 태정의 우려를 불식시킬 수 있는 자구책이 마련돼 있는 이상 거리낄 것은 아무것도 없었다. 나아가 태정이 어떤 오해를 하든지 간에 구태여 승표는 그것을 바로잡아 줄 생각을 하고 있지 않았다. 오해의 깊이가 깊어질수록 원하는 바를 손쉽게 얻어낼 수 있기 때문이었다. 어느 틈엔가 승표의 눈이 포식자의 눈빛을 띠고 있었다.

"뭐라 말씀하셔도 상관없습니다. 하지만 전 멈추지 않을 겁니다."

"어디까지, 대체 어디까지 갈 셈이냐……?"

"말씀드렸잖습니까. 제가 가질 겁니다."

"허허."

"공중분해를 하자는 게 아닙니다. 분리해 낸 전자를 한신이 아닌 제 개인의 영향력 아래로 넣을 겁니다."

더없이 허허로운 헛웃음이 태정의 입 밖으로 새어 나왔다. 수족을 쳐내듯 하나하나 잘라내 그것을 모두 제 휘하로 거두겠다는 승표의 거침없는 포부에 태정은 그저 기가 막힐 따름이었다.

"내 눈과 귀를 모두 틀어막고도 모자라다 할 참이냐."

"배신감이 드십니까."

"아니라 하면 거짓일 테지."

공식적인 언론의 발표가 있기 몇 시간 전에서야 사태 파악에 나섰던 태정으로서는 그야말로 청천벽력과도 같은 소식이 아닐 수 없었다. 태정과 협약된 바 없이 단독으로 진행된 이번 안건이 승표의 주도로 이루어진 전략적 협상관계란 걸 안 뒤론, 굵직한 철퇴에 뒤통수를 가격당한 것처럼 크나큰 충격을 받은 뒤였다. 온갖 루머의 진원지라 할 수 있는 증권가에서조차 거론된 적이 없었던 주제였기에 일개 호사가들조차 뜻밖이라 말할 정도였다. 나아가 앞서 어떤 전제가 붙는다 하더라도, 회장인 태정의 승인 없는 계열사 분리란 있을 수 없는 일이었다. 그러나 태정은 이번 일에서 철저히 배제가 되었고, 결국 있어서는 안 될 일이 벌어지고야 말았다.

"회장님이 안일했던 게 아닙니다. 단지 그보다 제 쪽이 좀 더 조심스러웠을 뿐입니다."

"그래도 이런 방식은 아니어야 했어. 한신전자는 아직 독립해 나갈 때가 아니야."

"제게 칼자루를 쥐어준 사람이 바로 회장님이셨습니다."

태정의 참담함을 모르는 바 아니었던 승표가, 담담하게 말 한마디를 건넸다. 그러나 듣는 입장에서는 조롱과도 다르지 않았기에 태정의 낯빛은 점점 더 검게 변해갔다.

"결국…… 내 탓이라는 게로구나."

태정이 곡해하고 있는 것처럼 그런 뜻으로 이해하라고 내뱉은 말은 아니었다. 다만 승표의 손에 쥐어져 있었던 그 칼자루를 휘두르게 만든 결정적 계기는 분명 태정으로부터 기인한 것이 맞았다. 대화는 여전히 서로 간에 의견충돌을 보이며 지난하고 지루하게 흘러갔다. 그럼에도 분명하게 달랐던 한 가지는 상반된 두 사람의 눈빛이었다.

격랑에 휩싸인 것처럼 태정의 눈빛이 번들거렸다. 반면 승표의 시선에선 조금의 흔들림도 찾아볼 수가 없었다.

"회사에 손해가 가는 일은 없을 겁니다."

"오늘 마감한 주식시장의 동향을 살펴보고도 그런 얼빠진 소릴 내뱉는 게냐!”

“시국이 시국이니까 그 정도는 감수해야겠죠. 늦어도 이번 주 안엔 정상궤도로 돌아올 겁니다.”

“네가 뜻한 바대로 모든 게 흘러가 주리라 생각하면 큰 오산이다.”

낙관하는 승표의 말에 태정이 연신 브레이크를 걸며 어깃장을 놓았다.

“제 선택이 틀렸는지 혹은 옳았는지에 대한 판단은 오로지 결과가 말해줄 겁니다. 지금은 그 과정을 지켜볼 뿐입니다.”

“위험한 발상이로구나. 현 상황에서는 가능치 않은 일이야!”

“어차피 지금 한신전자가 본사에 소속되어 있어봤자 출혈경쟁만 할 뿐 아닙니까? 그럴 바에야 따로 분리해 내실을 다지게 하는 편이 낫습니다.”

“주주들이! 언제까지 주주들이 잠자코 네 뜻대로 따라와 줄 거라고 생각하느냐! 사람 마음이란 게 어느 때든 바뀔 수 있는 부분이란 걸 왜 여태 모르느냐 말이다!”

거듭되는 설전 속에서 결국 답답함을 이기지 못한 태정이 벼락같은 고함을 터뜨렸다. 분개에 찬, 어쩌면 분노와도 닮은 감정이 승표를 향했을 때 불현듯 승표의 얼굴 위로 야릇한 미소 한 자락이 떠올랐다.

“보다 확실한 건 결국은 지분 싸움이 될 거란 겁니다.”

“그래서……?”

“이미 제가 한신전자의 지분 50%를 확보하고 있다면 회장님은 어떻게 할 생각이십니까?”

“그런…… 그건 말도 안 되는 소리야!”

승표의 입에서 흘러나오던 각개의 단어 하나하나마다 촉각을 곤두세우고 있던 태정이 그 어느 때보다 놀란 기색으로 대경질색을 했다. 순간 번개를 맞은 듯 태정의 몸이 부르르 떨렸다. 이곳에 오기 직전에 만난, 한신전자의 대주주이자 오랜 지기였던 정민석이 했던 말이 불현듯 뇌리를 스치고 지나갔다.

“용을 키워냈다지.”

자네도 나도 늙은 모양이라며 한 발 뒤로 빼며 물러서던 민석에게 서운타 느꼈던 태정이었다. 이어 사태를 돌이킬 힘이 없다며 난색을 표하던 장석민은 승표를 만나보는 게 우선이지 않느냐며 넌지시 운을 뗐었다. 늦게 깨달았지만 분명 장석민이 말한 용은 승표를 가리키고 있었다.

혼란스러움에 어찌할 바 몰라 침묵을 지키는 사이, 고저 없는 승표의 건조한 목소리가 맞대응을 해왔다.

“회장님이 믿고 안 믿고는 중요하지 않습니다. 중요한 건 이번 일로 인해 제가 무너지는 일 따위는 결코 없을 거란 사실입니다.”

진실을 말하고 있는 승표의 눈은 깊고 투명했다. 반면 먹구름이 낀 하늘처럼 흐릿하게 변한 태정의 눈동자는 헤어나기 힘든 심연의 절망에 빠져 허우적거리고 있었다. 승패를 좌우하는 순간이었다. 그러나 승기를 잡은 승표라고 해서 마냥 속이 좋지만은 않았다. 언제부터인지 위액이 역류하는 것처럼 따끔따끔하게 속이 쓰려왔다. 그래도 꼭 해야만 했던 선택이었기에 그의 얼굴은 여전히 포커페이스를 유지하고 있었다. 승표를 바라보는 태정의 눈빛은 탁할 정도로 흐리터분해졌고, 이루 말할 수 없을 만큼 비탄에 잠겨 있었다. 곧 태정으로부터 탄식이 섞인 의문이 흘러나왔다.

"내가, 이 한태정이가 네게 심어준 것이 단지 불신뿐이었단 게냐? 할 수 있는 모든 마음을 다했다 여겼다. 내내 미안했기에……. 그런데 그게 하나도 닿질 않았던 모양이었구나. 모두가 다 우매한 내 착각이었어."

"제가 속해 있던 세상엔 모두가 적이었고 넘어서야 할 경쟁자들이었습니다."

개중엔 태정도 예외가 아니었다고 말하는 승표의 솔직한 고백에, 큰 충격을 받은 듯 삽시간에 태정의 미간 위로 굵직한 주름이 졌다. 며칠 사이에 부쩍 늙은 듯 그에게선 사람다운 생기를 찾아볼 수가 없었다. 그러나 이처럼 쉽사리 좁혀지지 않을 두 사람 사이의 간격은 급작스럽게 만들어진 것이 아니었다. 하루가 가고 이틀이 지나 어린아이였던 승표가 성인이 되는 과정에서 하나둘씩 차곡차곡 쌓여 생겨난 감정의 골이었다. 그랬기 때문에 지금 당장은 이 자리에서 해묵은 감정들을 전부 풀어내기란 사실상 무리가 따르는 일이었다.

늘 긴장된 삶의 연속. 인성이 채 확립이 되기도 전부터 줄곧 승표의 정신을 지배해 왔던 것은 누군가를 넘어서야 한다는 강박증

과도 같은 승부욕이었다. 끔찍했던 영지의 학대보다 태정에게 진
실을 들켰을 때 받은 모멸감이 더 컸던 것도, 아마도 그 이전부터
뒤틀려 있던 감성 때문이었을 것이다. 스스로가 용납이 되지 않을
만큼 자존심에 큰 상처를 입었고, 그것을 숨기기 위한 방편으로
정임을 배척했다. 버릇처럼 그런 뒤에야 간신히 엉망이 된 자신을
돌아볼 수가 있었다.

다만 이러한 행위들이 그저 제 살 깎아먹기식의 극단적인 자기
방어에 지나지 않았다는 것을 이제는 모르지 않았다. 스스로를 아
끼는 방법이 아니라 망가뜨리는 행위란 걸 뒤늦게나마 깨달을 수
있었던 데에는 전적으로 현서의 영향이 컸다.

인식의 변화는 일상적인 생활에까지 영향을 끼쳤다. 혼자가 편
했던 지난날과는 달리, 기나긴 잠에서 깨어난 뒤로는 줄곧 남들과
다르지 않은 행복을 그리게 되었으니까. 아침에 눈을 떠 자연스럽
게 사람의 온기를 찾게 되고, 때로는 아무것도 아닌 일로 다투기
도 하는 평범한 시간을 누리고 싶어졌다.

가면을 뒤집어쓰고 있지 않아도 되고 편하게 자신을 내보일 수
있는 안식처나 다름없는 장소를 간신히 찾았는데, 멀뚱히 눈을 뜬
상태로 그곳을 빼앗기고 싶은 마음은 추호도 없었다. 지켜내고야
말겠다는 사명감이 더더욱 승표를 강하게 담금질했다.

일정 시간 움직임 없이 아래로 처져 있던 태정의 고개가 잠시
후 옆좌석에 앉아 있던 승표를 향해 이동했다.

"대체 언제부터냐."

"글쎄요. 언제부터였을까요?"

"……그리도 포기가 되지 않더냐. 무엇이 널 이토록 절실하게 만든 건지, 나는 아직도 잘 모르겠구나."

다른 것도 아닌 한신을 무기로 협상을 타진해 오는 승표를 보게 되리라곤 정말이지 생각지 못했다는 듯 태정은 여전히 믿기지 않는 얼굴을 하고 있었다.

"제겐 없던 걸 가지고 있었으니까요. 가질 수 없을 거라 생각했던 걸 줄 수 있는 유일한 사람이란 걸 알아버렸거든요. 제 심장이, 그 애를 바라보며 뜁니다."

불필요한 설명을 모두 버린 승표가, 간단한 상황설명만으로 태정의 질문에 대한 대답을 갈음했다.

기실 승표는 이로써 단 한 가지를 제외한 나머지 모든 패를 태정의 앞으로 내보인 셈이 됐다. 때문에 바로 지금부터가 이번 일을 해결하는 데 있어 가장 중요한 승부처이자 고비가 될 거란 걸 어렵지 않게 직감할 수 있었다.

조금 더 깊어진 눈빛, 승표가 다시금 그의 의사를 태정에게 주지시켰다.

"더한 일도 할 겁니다. 현서를 곁에 둘 수만 있다면 전 망설이지도 멈추지도 않을 겁니다."

"……답이 없구나."

"없는 답은 만들면 되는 겁니다."

"내겐 쉽지 않은 일이야. 정말이지 쉽지 않구나."

태정의 부정적 견해에도 승표는 침착하게 대화를 이어나갔다.

"그렇게도 세상의 눈이 두려우십니까? 수천의, 수만의 나아가

대한민국 전체의 눈도 속일 수 있는 분이면서 왜 무턱대고 안 된
다고만 하십니까."

"그래서 넌 어쩌고 싶다는 게냐."

"모두가 행복해지는 선택을 하자는 겁니다."

"어떤 식으로 말이냐. 내가 아는 한 그런 방법은 존재치 않는다.
세상엔 모두가 만족하는 선택이란 건 있을 수 없어."

때론 최악이 아닌 걸 거르기 위해 차악을 선택하기도 한다. 그
러나 이것이라고 해서 최선의 선택이 아닌 것은 아니었다.

승표가 절대 그렇지 않다는 듯 고개를 흔들었다. 그리곤 숨기고
있던 진실 하나를 태정의 앞에서 털어놓았다. 그가 뺄들 수 있는
마지막 카드나 다름이 없었기에 말투도 아주 조심스러웠다.

"이 사실, 그분도 알고 계십니다."

"뜬금없이 그 무슨……. 설마, 설마 네놈!"

"지금 이곳에 와 계십니다. 현서가 자신의 딸이라는 것까지 포
함해 이미 모든 사실을 알고 계세요."

"그, 그걸 어떻게!"

큰 충격을 받은 것처럼 태정의 몸이 부르르 떨렸다. 당장에 자
신의 행적부터 의심하는 태정의 발언에도 개의치 않은 승표가 내
처 이야기를 이어나갔다.

"평창동 서재에 널려 있던 서류를 우연히 본 모양입니다. 지난
번 회사에서 만났을 때 제게 확인을 구해오더군요."

"이럴 수가…….

"곧 떠날 겁니다. 회장님으로부터도, 한신이라는 이 거대한 성

안의 새장에서도요."

"안 돼. 그럴 수는 없어! 그런 일은 절대로 일어나지 않을 게다!"

"아니, 틀렸습니다. 현서가 함께하지 않는 이상 그분의 선택은 이미 정해져 있습니다."

단호한 승표의 말에 태정의 눈빛이 걷잡을 수 없을 정도로 흔들렸다.

"어떻게 이런 일이……. 네 녀석이 들추지 않았다면 이대로 그냥 묻고 넘어갈 수 있던 일이었음이야! 어찌하여서…… 대체 왜……."

"누구의 탓도 아닌 회장님의 부주의가 부른 일입니다. 그러니 회장님이 마음을 바꾸지 않는 한 변하는 것은 아무것도 없을 겁니다."

"난, 나는……."

아무리 많은 것을 가졌다 한들 가장 소중한 것을 떠나보낸 후에, 남겨진 사람들은 과연 원래의 삶을 찾아 제자리로 되돌아올 수 있을까. 찢겨지고 너덜너덜해져서 결국은 빈껍데기만 남을 게 분명한데 그런 일이 현실에서 가능할 리 없었다.

"묻겠습니다. 회장님은 그분을 잃은 후에도 맨정신으로 살아갈 자신이 있으십니까? 솔직히 말해 전 자신이 없습니다."

정임의 이야기를 전해 들은 직후부터 태정이 급격하게 무너지는 모습을 보였다. 거칠어진 호흡이 급속도로 차 안의 온도를 데웠다.

"회장님이 생각하시는 것보다 현서는 강합니다. 그래서 과거를 원망하지 않을 겁니다. 그렇기에 함께할 수도 있는 거라고 봅니다."

"그 아이가 과연…… 그리 생각해 줄까?"

"대체 뭘 고민하고 계십니까. 다가서지 않으면 멀어지는 일만 남아 있다는 거 이젠 아시지 않습니까. 놓을 수 없다면 먼저 손을 내밀어야 합니다. 그게 최소한의 룰입니다."

"하지만…… 누구든 머릿속으론 많은 생각을 품고 사는 법이라지."

태정이 현서에게 주었던 그간의 상처를 잊기에는 너무나도 시간이 부족했다. 이러한 사실 여부가 태정이 결심을 내리는데 있어 크나큰 걸림돌로 작용했다. 결국 관계를 파열로 이끄는 도화선이 될 거라며 태정이 침음을 삼켰다. 그러나 승표의 생각은 이완 달랐다.

"약해진 틈을 비집고 들어가는 걸 비겁하다 할 참입니까? 기회가 있다면 전 저부터 살고 볼 겁니다. 이기적이라 해도 전 그 편을 택할 겁니다."

"후우……."

"냉정해져야 할 땐 한없이 냉정해져야 한다고 가르친 사람이 회장님이셨습니다. 그리고 전 이 배움이 틀렸다고 생각해 본 적이 한 번도 없습니다."

조금이라도 틈을 보인다면 그 틈을 공략하길 주저하질 않을 거라며 승표가 태정을 향해 더없이 진지한 투로 그의 뜻을 천명했다.

"그랬었어. 내가 그런 말을 했었지."

한결같았던 태정의 마음에 균열의 조짐이 보였다. 태정의 이야기가 이어질수록 덩달아 승표의 마음도 바빠졌다.

"……정임이 그 사람, 날 원망하지는 않더냐. 사실을 알았다면 날 보려 들지 않을 게야."

"현서가 제 옆에 함께함으로써 그분도 아버지 곁에 머무를 겁니다. 어차피 속죄라는 것도 옆에 있어야 가능한 일 아닙니까. 그러니 그럴 명분을 회장님께서 먼저 제공하는 겁니다."

원치 않았던 아이였지만, 끝내 미워하지 못했으니까 정임도 끝까지 현서를 낳으려 했을 테고, 사랑을 주었기에 함께 세상을 등지려고까지 했을 것이다.

태정의 행동이 정임을 위한 배려 차원에서 이루어진 일이라 할지라도, 결과론적으로 정임으로부터 제 속으로 낳은 아이를 빼앗는 일이 돼버렸다. 정임만이 가질 수 있었던 유일한 선택권을 태정이 마음대로 박탈해 버렸기에, 이제 와선 고개를 떳떳이 들 수 없는 죄인 신세로밖에 남을 수가 없었다. 현서를 받아들임으로써 정임으로부터 속죄할 기회를 얻지 않겠느냐는 승표의 제안에 태정이 긴 침묵으로 일관했다. 그러나 승표로서는 해야 할 말을 다 끝낸 뒤였기에 더 이상의 이야기는 사족이 될 뿐이었다.

기다림이 길어질 무렵 마침내 맞물려 있던 태정의 입술이 위아래로 벌어졌다.

"……희망적인 말이란 건 인정하마. 하지만 서로가 힘들 게야."

"그럼에도 함께 있을 수 있다면 그 고통 감수해 낼 겁니다."

몰랐다는 이유로 벼랑 끝에 서 있던 현서를 죽음으로 내몰 뻔했다. 무자비할 정도로 파괴적이었던 감정을, 잘못도 없던 현서에게 쏟아부었던 당시의 일은 그 어떤 변명으로도 정당화 되지 못할 테다. 앞으로 마주하게 될 고난과 역경이, 잘못 살아온 지금까지의 행동에 대한 대가라면 결코 피하지 않을 생각이었다.

뒤늦게 물꼬를 트기 시작한 대화는 그간의 지지부진했던 시간들을 보상이라도 해주려는 듯 거침이 없었다.

"지옥보다 못한 상황이 될지라도 끝까지 그 아일 껴안고 있을 거란 소리로군."

"회장님은, 아니, 아버지는 그래서 불운하셨습니까?"

줄곧 회장님으로 통일해 왔던 태정에 대한 승표의 호칭이 바뀌었다. 몹시도 놀란 듯 태정의 눈꺼풀이 파르르 떨렸다. 그리곤 이내 무거워진 눈꺼풀을 내리깔았다.

"그래. 넌 이 한태정의 아들이야. 그러나 나완 다르구나."

"아뇨. 다르지 않았습니다. 인정하기 싫지만, 전 아버지를 꼭 빼다 닮지 않았습니까."

"……네 어미 일은 너무 마음에 담아두지 말거라. 어리석은 여자였지만 본성이 아주 나쁜 여자는 아니었어."

"그렇다고 해서 좋은 어머니도 아니었지 않습니까. 그러니 이제는 잊을 겁니다."

물론 잊겠다, 결심했다 하여 곧바로 모든 것을 지워 버릴 수야 있을까. 살아가다 보면 틈틈이 생각은 날 테다. 그러나 밤마다 악

령으로 돌변해 지긋지긋할 정도로 괴롭혀 오던 영지의 얼굴이 더
는 두렵지 않을 것 같았다. 나빴던 것은 승표 자신이 아니었으며,
죽음을 자초한 것도 영지가 먼저였다. 정임을 향한 악담과도 같았
던 영지의 저주가 그의 머릿속에서 하나둘씩 떠나고 있었다. 행복
해지는 일. 그것이 현재 승표의 유일한 목표였다. 그는 산 자로서
의 의무를 다 할 생각이었다.

늦었지만 승표의 마음이 조금이라도 편해졌길 바란다며 태정이
고개를 주억거렸다. 그러다 조심스러운 어투로 현서의 안부를 물
어왔다.

"그런데…… 그 아이 수술은 잘되었던 게냐. 깨어나긴 한 게
지?"

"함께 가서 확인해 보세요. 외로운 아이였으니까 가족이 생긴
걸 반길 겁니다."

차 문을 연 승표가 먼저 내리자 뒤따라 태정이 차 밖으로 몸을
드러냈다.

"당찬 아이였으니까 힘든 일도 잘 이겨냈을 테지. 그런 아이가
너 때문에 물러섰어. 어리석게도 그땐 네가 가진 걸 내 힘으로 좌
우할 수 있다 믿었거든."

"강하지만 말 그대로 아직은 아이니까요. 본인 때문에 남이 불
행해진다는 걸 두려워했을 겁니다."

너무 얽히고설키었기에 그 어떤 노력으로도 관계 개선이 불가
능하다고 믿었던 태정의 마음이, 이어진 승표의 결정적 말 한마디
에 서서히 움직이기 시작했다. 승표 말처럼 태정은 어린애나 다름

없는 현서보다 더 마음을 좁게 쓰고 있었던 것이다. 그럼에도 태정은 본심과는 다른 우려의 말도 잊지 않았다.

"때때로 그 아이를 배척하게 될지도 몰라. 이 한태정이도 어쩔 수 없는 보통의 인간이니까."

"누구든 완벽한 사람은 없는 법이니까요. 그래서 노력이란 단어가 필요한 거겠죠."

전부를 받아들이게 될 때까진 분명 많은 시간이 소모될 테다. 그러나 언제가 됐든 웃으며 서 있는 서로의 얼굴을 발견하게 될 것이다. 승표의 옆에 현서가 있고, 태정의 곁에 정임이 있는 한 반드시 그렇게 되리라 승표는 확신했다.

한참 만에야 무겁게 고개를 끄덕인 태정이 곧 승표와 나란히 서서 걷기 시작했다. 세속의 잣대로 재지 말고 우리끼리만 행복해지자던 승표의 제안에 드디어 승낙의 사인을 떨어진 것이었다.

원하던 바를 모두 얻은 승표의 얼굴로 짙은 웃음이 내려앉았다. 한낮의 밝은 햇살이 지난밤의 어둠을 물러나게 만들었다.

✳

흔히들 무의식이 의식을 지배한다고들 한다. 분명 전신마취를 받고 수술에 들어갔다고 생각했었는데 눈을 떠보니 수술실도 그렇다고 해서 병실도 아니었다. 낯설기만 한 장소를 연신 둘러봐도 보이는 것이라곤 탁한 암흑에 가려진 흐릿한 길 하나뿐이었다. 그런데 신기하게도 예전과는 다르게 마냥 두렵지만은 않은 기분이었다.

타박타박.

철저히 혼자인 채로 아무도 없는 어둠 속을 거닐기 시작했다. 바로 코앞의 발밑도 분간이 가지 않아 그저 감각에 의지해 걷는 게 고작이었다. 시간이 지날수록 주변은 점점 더 어둑발로 물들어갔고 곧 칠흑과도 같은 암흑이 그녀를 반겼다. 자연스레 어둠에 동화되어 갈 때쯤 복잡했던 마음의 짐도 조금씩 내려놓을 수 있게 되었다. 하지만 어째서인지 자꾸만 걸어온 길을 되돌아보게 되었다. 아픔만 가득했던 곳이었고 미처 아물지 못한 상처가 지금도 그녀를 고통스럽게 만들었지만 그래도 빛이 있던 장소였다. 끊어낼 수 없어 짊어지고 온 미련이 연신 현서의 발길을 잡아끌었다.

가지 마. 가면 안 돼.

순간 환청이나 다름없는 승표의 목소리가 귓바퀴를 돌아 뇌로 전해졌다. 반사적으로 움찔 몸을 떤 현서가 소리가 난 진원지를 찾아 이리저리 고개를 돌렸다. 그러나 어디에도 승표의 모습은 보이지 않았다.

이유 모를 슬픔이 커져 갈수록 불안감은 점점 수위를 높여갔다. 안락한 장소였지만 이곳에 머물러 있으면 영영 승표를 만나지 못하게 돼버릴 것만 같았다. 갚아야 할, 남겨두고 온 마음의 빚이 삶에 대한 의지를 강하게 불태웠다. 결국 떨어지지 않는 발길을 돌린 현서가 천천히 왔던 길을 되짚어 나갔다. 그러나 어느 사이엔가 뛰고 있는 자신을 발견할 수 있었다.

"지현서."

깜빡깜빡.

"정신이 좀 들어? 나 보이는 거 맞지?"

어쩌면 두 번 다시는 이러한 순간을 맞이하게 되지 못할 거란 부정적인 생각을 가졌더랬다. 그러나 그건 지나친 불안감이 만들어낸 헛된 기우에 지나지 않았던 모양이었다. 납덩이라도 매단 것처럼 몸은 무거웠지만 머릿속은 더할 나위 없이 상쾌했다. 감겨진 눈꺼풀을 힘주어 들어 올린 현서가 눈앞으로 보이는 풍경에 저도 모르게 다시금 눈을 감고야 말았다.

맙소사.

차단된 시야와는 상관없이 세상이 온통 밝은 빛으로 물들었다. 단순하게 환청이나 환각 같은 게 아니었다. 정말로 그가, 승표가, 현서의 눈앞에 존재하고 있었다.

두근두근.

손끝으로 와 닿는 그의 온기에 현서의 몸이 저절로 움츠러들었다. 믿을 수 없게도, 믿기지 않게도, 떠나보내야 했던 승표가 현서 자신의 손을 잡고 있었다. 감겨 있던 현서의 눈꺼풀이 너울지듯 물결쳤다. 눈부심이 잦아들 때쯤 용기를 내 다시 두 눈을 열었을 때, 승표뿐만 아니라 정임도 나아가 태정까지도 그녀의 모습을 지켜봐 주고 있는 놀라운 광경이 시야로 들어왔다.

걱정스러운, 그러나 한편으로는 다행이라는 듯 모두의 입에서 탄성이 터져 나왔다. 흥분과도 같은 열망이 현서의 모든 관심을 사로잡았다. 이유를 알 수 없는 서러움에 어째서인지 자꾸만 목이 메어왔다. 현서의 의식이 돌아오자 곧 의료진들의 손길이 분주해졌다. 달고 있던 산호호흡기를 제거하고 나서야 조금이지만 실감이 나는 기분이었다. 올려다본 승표의 얼굴은 그 어느 때보다 다정한 눈빛을 하고 있었다.

입가로 달짝지근하게 피어오르는 미소.

휘어져 반달이 된 그의 눈썹에 온통 정신을 빼앗겼다. 때에 맞춰 삽시간에 외로움이 썰물처럼 밀려 나갔다.

"착하다, 지현서. 이렇게 눈떠줘서 정말 고마워."

"……당신, 여기 있으면 안 돼요."

벅차오르는 기쁨을 억지로 억누르며, 반대편으론 걱정을 지우지 못한 현서가 태정의 눈치를 보며 속에도 없는 말을 내뱉었다. 여태껏 잘 버텨온 시간들이 이대로 무용지물이 돼버린다면 왜인지 참을 수가 없을 것 같았다. 흐릿했던 현실과 꿈의 경계가 명확해지자 이내 지난 과거의 결심이 되살아났다.

버석하게 메마른 입술로 간신히 달싹거려 내뱉은 현서의 말에, 환했던 승표의 얼굴 위로도 구김이 생겼다. 그러나 언제 그랬냐는 듯 드리워진 그늘을 거둬낸 승표가 더없이 다감한 목소리로 현서를 다독여 왔다.

"힘들었단 거 알아. 그런데 더는 그러지 않아도 돼."

"나…… 회장님하고 약속했어요."

"네가 아닌 날 위해서 한 선택이었어. 모두를 위해 네가 행복해지는 걸 포기했을 때 지현서가 할 수 있는 일은 다 한 거야. 그러니까 이젠 괜찮아."

그래선 안 되는 일이라며 현서가 승표의 시선을 피해 눈길을 돌리려했을 때, 때마침 곁에 있던 태정과 눈빛이 마주쳤다. 찰나지간 현서의 눈으로 한가득 놀라움이 스며들었다. 고개를 끄덕여 오는 태정의 행동이 승표의 말이 틀리지 않았음에 힘을 실어주고 있었다. 이와 동시에 반대편에선 정임이 그녀의 남은 한쪽 손을 마저 잡아왔다.

환희에 젖은 현서의 눈망울이 정임을 지나 태정을 거쳐 마침내 의지와는 상관없이 외면해야만 했었던 승표에게로 향했다.

"정말로…… 이 손 놓지 않아도 되나요?"

"그래."

"정말로 그래도 되나요?"

울먹임이 녹아든 현서의 목소리가 점점 작아졌다. 거짓말쟁이가 되기 싫었다. 무언가를 늘 숨겨야 한다는 건 그 무엇과도 바꿀 수 없는 괴로움이었기에. 강박관념처럼 뿌리 깊이 박혀 있었던 억압들이 해금되자, 잠금장치가 풀리기라도 한 것처럼 마음이 들뜨기 시작했다. 너무 벅차올라 금방이라도 가슴이 터져 나갈 것만 같았다.

"사랑해. 사랑한다고 말할 수 있게 기회를 줘서 더 사랑해."

왈칵.

언제 쏟아져도 이상할 것 없었던 예정된 눈물이 흘러나왔다.

"꿈을 꾸었어요. 눈을 떴을 때 당신이 있는 꿈. 너무 힘들어서 돌아서지 않으려고 했었는데 한승표 씨가 그러지 말라고 말렸어요. 그래서 나 힘냈어요. 힘내길…… 잘한 것 같아요."

거기까지 말한 현서가 쏟아져 나오는 눈물을 참지 못하고 끅끅거리며 어깨를 들썩였다. 그러나 눈물범벅이 된 현서의 눈은 아주 곱게 휘어진 채로 세상에 다시없을 환한 웃음을 그려냈다.

촉.

짠물이 훑고 지나간 젖은 볼 위로 승표의 입술이 내려앉았다. 위로와도 다르지 않았던 경건한 승표의 입맞춤에, 마지막 남은 한 점의 의심마저 모조리 휘발되어 공중으로 사라져 버렸다. 어느새 버석하게 메말라 있던 현서의 몸으로 단비와도 같은 축복이 쏟아져 내렸다.

이 순간을 영원히 새기려는 듯 물기에 젖은 현서의 눈썹이 연신 깜빡거리기 시작했다. 거짓말처럼 변하지 않고 그녀를 반겨주고 있는 지금의 광경이 마치 기적과도 같았다. 온전히 현서 하나만을 바라보고 있는 승표와 애틋함이 깃든 손길로 그녀의 손을 잡아온 정임, 그리고 포용을 위해 한 걸음 내딛은 개운한 표정의 태정까지 모든 게 그대로였다. 웃으면서 마주 볼 수 있다는 것이 하염없이 기뻐지는 순간이었음에도, 왜인지 자꾸만 눈물이 흘러나왔다. 이제는 정말로 아파하지 않아도 되는 모양이었다.

"건강해지고 나면 혼날 줄이나 알아. 날 떠나려고 했던 건 이번 한 번으로 끝내는 거야."

파열 직전에 이르러서야 간신히 놓아줄 수 있었던 그가 한없이 사랑을 품은 시선으로 현서를 바라봐 왔다. 멈출 수도 없었지만 가질 수도 없다고 믿었던 그런 사랑.

현실의 높은 벽과 산재된 주변의 악조건을 감당해 내기가 너무 힘에 부쳤다. 그래서 모든 걸 포기하고 혼자가 됐다 생각했다. 그러나 틀렸다. 지금 현서의 곁엔 세상에서 가장 원했던 모두가 함께 자리를 지키고 있었다.

아픔이, 고통이, 빠른 속도로 희석되어 갔다. 이 순간 현서는 세상에서 가장 행복한 사람이 되어 있었다. 비로소 엉망이 된 얼굴 위로 밝은 햇살이 피어올랐다.

몇 년에 걸쳐 이어진 대규모 구조조정으로 인해 승표의 귀갓길이 늦어지게 된 건 어제오늘 일이 아니었다. 때문에 결혼을 해 현서와 함께 지내면서도 최근 얼마간은 자는 얼굴밖에 본 기억이 없었다. 업무 틈틈이 시간을 쪼개 전화상으로나마 부족한 대화를 채운다고는 하나, 그나마도 항상 만족스럽지가 못한 느낌이어서 자연 스트레스가 극에 달해갔다.

그래서인지 다른 때와는 달리 오늘은 조금 지치는 기분이었다. 수술 후 재발 방지를 위해 잦은 입원과 퇴원을 반복하던 시기보다도 어쩌면 더. 해서는 안 될 나쁜 생각이라는 걸 잘 알고는 있지만 오히려 그때가 함께 있을 수 있는 시간이 길었던 것 같았다.

오랜 병원 생활 끝에서야 병환을 떨친 현서가 완전히 집으로 돌아왔는데, 이렇게 밖으로만 나돌아야 하는 생활이 마음에 찰 리 없었다. 태정과 했던 약속만 아니었다면 내내 곁에 머무르며 힘이 돼주고 싶은데 그러지 못해 못내 미안한 마음이 들었다. 여전히 일선에 있으면서도 태정은, 후계수업을 이유로 들어 나날이 그의 일을 승표에게로 일임하고 있었다. 그만큼 업무가 늘어난 건 두말할 필요도 없는 일이었다.

심각한 고민과는 별도로 태정이 취하고 있는 행태를 머릿속으로 떠올린 승표가, 심술이 덕지덕지 묻어난 입매를 한껏 비틀었다. 말이야 바로 하랬다고 손자를 보고 싶다면 입으로 노래를 부를 게 아니라 그럴 만한 시간적 여유를 주는 게 우선이지 않은가. 닦달만 한다고 해서 될 일이 아님을 왜 모르는지, 부부의 은밀한 밤 생활을 방해하는 사람이 정작 태정 본인이라는 자각은 없는 모양이었다. 즐길 틈이나 만들어주고 투덜대도 투덜대라며, 집 앞에 도착하는 순간까지도 불만스런 심경토로가 끊이질 않고 이어졌다. 하지만 얼마 못 가 결국 스스로가 하는 양이 퍽이나 우스웠던 승표가 얼간이처럼 피식하며 웃고 말았다.

결혼해 해를 넘긴 것만 하더라도 햇수로 따져 벌써 몇 년인데, 아직도 첫날밤을 치르지 못했단 걸 알면 얼마나 얼빠진 놈 취급을 해올까. 자고로 늙어 죽을 때까지도 남자란 존재가 허리하학적인 동물이라지만, 정작 아내 손 한 번 잡은 걸로도 가슴이 뛰는 사람이 바로 승표였다. 성욕이 없어서가 아니라 아픈 아내를 두고 제 욕심을 채우자니 양심이 따끔거려 본의 아니게 금욕 중에 있었다. 때문에 침대에서 현서와 함께 잠이 들었다가도 아침에 깨어날 시간이 되어선 늘 마음이 바빴다. 부풀어 오른 앞섶을 가라앉히는 게 급선무였기에 때때로 곤욕을 치르는 기분이기도 했다.

어째 결혼을 한 후로 점점 더 아침 발기가 왕성해지는 것도 참 용한 일이다 싶었다. 난립하는 숱한 망상들을 애써 지워내도, 눈만 돌리면 군침 돌게 먹음직스런 먹잇감이 무방비로 늘어져 있는데 회가 동하지 않는다면 그게 도리어 이상한 일이었다. 점점 더 무르익어 가는 여체의 아름다움에 시선을 뺏기는 횟수가 늘어갈수록 서서히 짐승화가 돼가는 걸 막을 길이 없었다. 넘쳐 나는 업무가 아니었더라면 눈이 돌아도 한참은 돌았을 일이었다. 최근 보기 좋게 살이 오른 얼굴을 한 현서가 해사하게 웃어줄 때마다 자연스레 하체에도 힘이 들어갔다.

"욕구불만이 따로 없군."

이래서야 태정을 욕할 것도 못된다며 고개를 절레절레 흔든 승표가 지문 인식키에 손가락을 가져다 댔다. 본인의 집으로 들어가는 일인데도 현서가 있는 곳이라고 생각하니 매번 마음가짐이 달라졌다. 문이 열리자 평소와는 다르게 불이 꺼진 거실이 그를 반겼다. 이랬던 적이 없었기에 의아함에 고개를 갸웃거린 승표가 구두를 벗었다. 자정을 훌쩍 넘긴 시각임을 감안해 사소한 것 하나까지도 행동거지가 조심스러웠다.

곤히 잠들어 있을 아내를 깨우고 싶지 않다는 마음이 컸던 탓에 기척을 죽이며 안방 문을 여는 승표의 손길은 무척이나 조심스러웠다. 숙면에 들지 못해 괴로워하던 예전 모습이 여전히 지워지지 않은 채 기억 너머에 남아 있었다. 다행히 별 탈 없이 얌전히 누워 있는 형상에 승표의 얼굴도 편안하게 풀렸다.

"아직 애기로군. 대체 여기서 얼마나 더 키워야지 맛이라도 볼수 있는 걸까."

반쯤 진심을 담아 툴툴대면서도 행여 잠자리가 불편하지는 않은지 접혀져 있던 시트 자락을 바깥으로 들춰내 정리해 주려던 순간, 승표의 몸이 그 자리에서 석상처럼 굳어버렸다. 때에 맞춰 자고 있다고 생각했던 아내가 반짝 눈을 떴다.

"걱정할 필요 없어요. 그날이 바로 오늘이니까요."

"지, 지금 뭘 하고 있는 거지?"

실오라기 하나 걸치지 않은 새하얀 나신에 시선을 빼앗긴 승표가 자기도 모르게 말을 더듬었다. 그럴수록 이상하게 목마름이 깊어졌다.

"글쎄요. 당신 눈엔 제가 지금 뭘 하고 있는 것처럼 보이나요?"

"흐흡!"

옆쪽으로 밀려나 있던 이불을 조금 끌어다가 수줍게 가슴 부위를 가리는 현서의 행동에, 사춘기 소년처럼 끌어오르는 흥분을 주체할 수가 없었다. 미처 막을 새도 없이, 사나운 승표의 시선이 전라로 변한 현서의 몸 여기저기를 핥듯이 훑고 지나갔다. 마지막으로 검게 숲을 이룬 하초에까지 눈길이 닿았을 땐 일시에 피가 한쪽으로 몰려들었다. 반대로 얼굴에선 급격하게 핏기가 빠져나갔다.

"너, 너 왜 이래!"

"뭐예요? 그 무섭다는 얼굴은……. 그럼 저 여기서 계속 이러고 있어야 하는 거예요?"

예상과는 다른 승표의 뜨뜻미지근한 반응에 현서가 시무룩하게 고개를 떨어뜨렸다. 하지만 이상하게도 미안함보다는 멋모를 기대감이 상승곡선을 탔다. 곧 한껏 고양된 승표의 목소리가 달래듯 그녀의 의중을 물어왔다.

"설마 이거 유혹인 건가?"

승표의 질문이 끝이 나기도 전에 발갛게 귓불을 달군 현서가 고개를 팩 돌렸다. 조도가 낮은 스탠드만 외로이 켜져 있던 상황이었지만, 이것만으로도 주위를 식별하는 건 어렵지 않은 일이었다. 나아가 의사소통에도 아무런 문제가 되지 않았다.

"말해봐. 나 조금 기대해도 되는 거지, 응?"

"……볼품없다고 화내기 없기예요."

"왜 그런 소릴 해. 지금도 이렇게 심장 뛰는 소리로 귀가 아플 지경인데."

슈트를 벗고 셔츠를 풀어 헤치는 그의 손길이 여느 때보다도 다급했다. 시간적 여유를 두지 않고 곧바로 벨트를 풀어 지퍼를 내리자 불룩 튀어나와 있던 앞부분이 마치 드로즈를 뚫고 나올 것처럼 부피를 부풀리고 있었다. 반쯤 서 있던 남성의 상징이 이내 완벽하게 기립한 채 그 존재감을 뽐냈다. 그래서 한동안은 제정신이 아닌 채 본능에 사로잡혀 진도를 빼는 것에만 급급했다.

지독히도 허기를 지게 만들었던 그간의 인고에 대한 보상심리가 발동한 듯 그의 손동작은 거침이 없었다. 그러다 다 늦게 떨림을 간직한 현서의 손끝을 확인하고서야 찬물 세례를 뒤집어쓴 것처럼 번쩍 정신이 들었다.

“또 나 때문이로군. 근데 이걸 어쩌지. 이번엔 나도 신사로 있어
주진 못할 것 같은데. 노력은 해보겠지만 이대로라면 네가 다칠지
도 몰라…… 그래도 괜찮겠어?”

“아프게만 하고 끝낼 건 아니잖아요? 게다가 안 괜찮으면 승표
씨 그건 어쩌려고요?”

“……그러게. 이건 어쩌지?”

머쓱해하는 어투로 슬쩍 몸을 일으켜 세우던 승표를 현서가 다
시금 침대 위로 이끌었다.

“바보 멍청이처럼 웃기는. 몰랐으면 이제라도 알아둬요, 저 이
제 아픈 데 없어요. 다 나았고 건강해요. 그러니까…… 이젠 승표
씨 진짜 아내가 되고 싶어요.”

“지현서는 지금도 내 유일한 여자야.”

“그래서 물러서고 싶지 않은 거라고요. 저라고 해서 욕심이 없
을 것 같나요? 누구보다 더 속속들이 당신을 알아가고 싶어요. 이
런 내 맘 흔들리지 않아요.”

교태를 떨며 해오는 야한 손짓보다 더 아찔한 유혹이었다. 순식
간에 달려들어 목덜미를 거칠게 흡입한 승표가 익숙한 살 냄새를
맡으며 양껏 호흡했다. 마치 짐승의 영역 표시처럼 승표의 입술이
스치고 지나간 자리마다 뜨문뜨문 화인이 찍혔다.

“으응…….”

시간이 지날수록 승표의 얼굴이 점차 가슴 쪽을 향해 이동했다.
아담하지만 모양 좋은 둔덕 위를 망설임 없이 점령한 승표가 천천
히 유륜 주변을 탐험해 나갔다. 그리곤 얼마 지나지 않아 자그마

하게 달려 있던 유실을 입안에 담았다.

"앗!"

생소한 감각이 전신을 뒤덮자 자연 발끝이 오므려지며 등허리가 휘어졌다. 하지만 놀라기에는 아직 일렀다. 좀 더 아래쪽을 공략해 오기 시작한 승표가 배꼽 밑을 지나 축축하게 젖어 있던 늪지로까지 영역을 넓혔다. 오므려진 다리를 벌려 그 사이에 자리를 잡은 승표가 지그시 몸을 맞댔다. 까슬까슬하게 맞닿는 음모의 느낌에 현서가 부르르 몸을 떨자, 그가 짓궂게 하체를 부비며 장난을 쳤다. 정신을 쏙 빼놓는 그의 행태에 그저 숨이 꼴딱꼴딱 넘어갈 것처럼 현서는 몸을 들썩이기에 여념이 없었다. 그래서 그의 얼굴이 향하는 최종 목적지가 어딘지를 잠시 놓치고야 말았다.

"거, 거긴 안 돼요."

"안 들려. 아니, 안 들을 거야."

승표가 주는 감각에 빠져 헐떡이기 바빴던 현서가 뒤늦게 놀라 고함을 질렀다. 그러나 애당초 멈출 생각이 조금도 없었던 승표의 움직임은 점점 더 은밀해져만 갔다.

"하웃……! 웃웃……!"

선뜻 입에 담기에도 부끄러운 현란한 혀놀림이 질척한 마찰음을 빚어내자 조건반사적으로 애단 신음이 터져 나왔다. 뒤이어 예고도 없이 여성지를 파고드는 손가락에 화들짝 놀란 현서가 푸드득 몸을 떨었다. 생각은 하고 있었지만 그 이상으로 적나라한 행위에 도무지 민망해서 고개를 들 수가 없었다.

슬금슬금 앞뒤로 움직이던 손가락이 어느새 그 숫자를 두 배로 늘려 부피를 키웠다. 승표의 분신이 현서의 몸속으로 전부 들어가려면 이 정도로는 어림이 없었다.

인생에 대충이 없던 승표의 애무는 오랫동안 계속되었다. 현서의 몸이 녹진녹진하게 풀릴 때까지도 그는 인내심 있게 전희를 즐겼다. 덕분에 거무튀튀한 그의 남성이 잔뜩 성을 내며 입구를 두드려 올 때에도, 현서는 생각했던 것만큼의 큰 아픔을 느끼지 않을 수 있었다.

승표의 이마 위로 솟아오른 굵직한 땀방울이 뚝뚝 아래로 떨어져 내렸다. 안간힘을 써가며 배려를 하는 그의 모습에 말할 수 없이 가슴께가 간질간질해졌다. 이내 땀의 흔적을 흡수한 시트는 방 안의 열기와 뒤섞여 짙은 애욕의 향기를 풍겼다.

"힘들면 그냥 해도 돼요."

"좁아……. 내 욕심껏 했다간 네가 견디질 못할 거야."

이 이상 자극했다간 그도 어떻게 나올지 모르겠다며, 애써 흥분을 가라앉힌 승표가 현서의 입술을 베어 물었다. 곧 혀가 뒤엉키면서 서로의 몸도 조금 더 밀착됐다. 그런 후에야 그가 하던 행위를 이어나갔다.

앞서 했던 결의에 힘을 실어주려는 듯 승표의 진입은 매우 점진적이었고 또 아주 많이 느릿했다. 이러다가 날이 새버리는 건 아닐까 하는 걱정을 샀을 정도로 오랜 시간을 투자한 뒤에서야 비로소 두 사람은 완벽하게 하나가 될 수 있었다. 틈도 없이 꽉 맞물린 하체가 찌걱이며 앞뒤로 움직일 때, 현서의 입에서 나온 건 아픈 비명이 아닌 온통 환희로 물든 달뜬 신음 소리였다.

처음엔 몸이 두 동강이 나는 느낌이었지만 승표가 주는 감각이라고 생각하니 이조차 새로웠다. 마지막에 가선 부끄러운 것도 잊고 마음껏 열락의 소리를 질렀던 것 같았다.

*

자신만만했던 것과는 달리 첫날밤 이후로 연 이틀을 앓아눕는 바람에 또다시 승표의 걱정을 사게 만들었다. 하다하다 오늘 아침 출근길엔 어린애같이 회사를 그만두겠다는 생떼를 쓰기도 했다. 간신히 설득시켜 회사로 보내긴 했지만 내내 마음 한구석이 불편했다. 때문에 오후에 컨디션이 회복되자마자 현서가 가장 먼저 한 일은 승표를 만나러 회사에 가는 일이었다.

결혼 후 내조는커녕 얼굴 몇 번 비춘 게 다였으니 이번 기회에 점심이라도 같이할 생각으로 한 걸음이었다. 놀란 표정으로 반겨줄 승표를 떠올리며 로비로 들어서던 순간 예정에도 없던 사람과의 만남이 이어졌다.

"세상에, 이게 얼마만이야. 나 누군지는 알아보겠어?"

"정말 그러네. 오랜만이야, 정혜윤."

휴학했던 그해 마지막 만남을 끝으로 소식이 끊어진 지 오래되었던 혜윤이 한신의 사원증을 목에 건 채 알은체를 해왔다. 학점 관리가 엉망이라며 시험 때마다 볼멘소리를 했던 기억이 남아 있었기에 의아함에 고개를 갸웃거린 현서가 이내 인사를 주고받았다.

"그러게. 너 그렇게 가고 난 후 소식이 끊어져서 얼마나 걱정했는지 모르지? 그래 이제 학교는 복학을 한 거니?"

"아직. 곧 해야지."

"어쩌니. 이젠 나이도 있는데. 스물여섯이 적지 않은 나이란 건 알지? 새파랗게 어린 애들이랑 나란히 앉아 수업을 듣지 않으려면 사정이 급해도 복학부터 해야겠다, 애."

세월은 현서에게 사람 보는 눈을 키우게 만들었다. 그래서 예전엔 보이지 않았던 혜윤의 미묘한 화법이 무엇을 의미하고 있는지 이제는 알고 있었다. 입으론 걱정한다 하면서도 혜윤의 눈은 자신보다 못해 보이는 현서를 시선 아래로 깔보고 있었다. 오히려 마지막에 헤어졌을 때보다도 더 하찮게 바라봤다. 그런 혜윤의 자신만만했던 시선이 문득 현서가 메고 왔던 가방에 닿았을 때쯤 급격하게 안색이 변하기 시작했다.

"세상에! 이건……."

"아가, 예까진 어쩐 일이냐."

임원진을 대동해 이동하던 태정이 현서를 발견하곤 곧장 다가오자, 주변에 포진해 있던 직원들의 고개가 일시에 숙여졌다. 그 속에선 혜윤도 예외가 아니었고 오직 현서만이 특별했다.

"어머, 아버님."

"우리가 승표 그놈 아니면 아주 안 볼 사이이더냐. 아버지라 부르래도 고집은. 바쁘지 않으면 온 김에 밥이라도 한 끼 사주랴?"

"헤헤. 승표 씨한테 데이트 신청 거절당하면 그때 부탁드려요."

"네 말이라면 자다가도 벌떡 일어날 녀석이 잘도 퇴짜를 놓겠구나.”

망설임 없이 지갑을 연 태정이 플래티늄 카드 한 장을 현서에게로 내밀었다. 결혼식에 참석해 대략적이나마 현서의 얼굴을 알고 있던 임원진들조차 놀라 벌린 입을 다물지 못했을 정도였으니, 일반 사원들의 눈에 비춰진 모습이야 오죽 어떠했을지 충분히 상상이 가고도 남을 일이었다. 하지만 결혼한 후 승표로부터 넘겨받았던 월급 통장도 아직 그대로 남아 있었고, 펀드며 주식할 것 없이 현서 명의로 증여된 재산도 적지 않았다. 그럼에도 태정은 만날 때마다 매번 더 주지 못해 안달을 내곤 했다.

“주신 용돈도 아직 많이 남았는걸요.”

“기죽지 말고 보란 듯 이걸로 네가 계산해 보려무나. 녀석 얼굴이 어떻게 변할지 벌써부터 기대가 되는구나.”

“정말 그래 볼까요?”

“허허. 이를 말이라고. 금요일이니까 저녁 땐 평창동에서 볼 수 있는 게지?”

“그럼요. 맛있는 거 해놓으신다고 아침에도 전화가 왔었는걸요.”

그러냐 하며 함박웃음을 입에 건 태정이 짧은 해후를 아쉬워하며 발길을 돌렸다. 그러나 태정이 떠난 후에도 사람들의 관심은 줄곧 현서에게로 머물러 있었다. 덕택에 덩달아 시선을 받게 된 혜윤이 안절부절못하며 불안한 모습을 보였다. 이에 부득이 중단되었던 혜윤과의 대화를 끝내기 위해 현서가 먼저 입술을 움직거렸다.

"이만 가볼게. 언제 다시 보게 될지는 모르겠지만 그때까지 건강하게 잘 지내."

"잠깐만! 너, 예전 연락처 그대로 아니지? 바뀐 전화번호가 어떻게 돼?"

불과 한 달 전까지만 하더라도 같은 번호를 유지하고 있었던 현서가 혜윤의 말에 빙그레 미소를 지었다. 물론 그때까지도 혜윤으로부터 연락을 받은 적은 단 한차례도 없었다.

"미안하지만 그러지 않는 게 좋을 것 같아. 가족과 친구 외엔 별로 알려주고 싶지 않은 번호라서."

새하얗게 질려 있는 혜윤을 그 자리에 내버려 둔 채 현서가 그녀의 곁을 스쳐 지나쳤다. 이성적이지 못한 대처였다는 건 알고 있었지만 어쩐지 마음만은 후련해지는 기분이었다. 하지만 친구란 건 함께 있을 때 행복해지는 사람이었고, 늘 혜윤은 그 대상에 부합되지 못했다. 마지막 남은 미련 하나까지도 모두 떨쳐 낸 현서가 승표가 기다리고 있을 그의 집무실을 향해 힘차게 걸음을 옮겼다. 발걸음이 더없이 가벼웠다.

THE END

　오랜만에 들어간 마감이어서 그런지 이것저것 소소한 걱정거리가 많았었는데, 출판사 쪽에서 사정을 많이 헤아려 주셔서 생각했던 것보다 훨씬 수월하게 매듭을 지을 수 있었어요. 사실 내용 자체가 취향을 탈 수 있는 소재인지라 출판 자체가 어렵지 않을까 하는 노파심도 어느 정도는 갖고 있었어요. 다행히 활자화돼 이렇게 책으로까지 나오게 되니 한편으로는 감개무량한 느낌이에요. 청어람에서는 처음 인사를 드리는데 좋은 인상으로 남을 수 있길 진심으로 바라볼게요.

　개인적인 사설을 늘어놓자면 다른 때완 달리 주변을 정리하며 보낸 한 해가 된 것 같아요. 언니 결혼부터 시작해 하고 있던 가게 정리까지. 어쩌다 보니 이사도 무려 두 번씩이나 하게 되었네요. 마지막으로 집을 옮긴 지가 얼마 되지 않아서인지, 아직까진 주변 환경이 많이 낯설고 어색하게 느껴지는 부분이 많아요. 그래도 정붙이고 살다 보면 언젠가는 내 집처럼 편하게 생각되어질 날이 오게 되겠죠? 근데 말은 이렇게 해도 본가와 차로 15분 걸리는 곳에 집을 얻은지라 여전히 발길이 그쪽으로만 향하네요. 사실 고향으로 돌아온 것도 근 10년 만이거든요. 집 밥 얻어먹고 다니니 살이 찌는 단점은 있지만 마음은 한결 여유를 되찾은 것 같아요. 이대로 탄력을 받아 글 쓰는 속도도 조금 빨라졌으면 좋겠어요.

참, 이곳에 내려와서 태풍도 크게 두 번이나 겪었어요. 볼라벤 때는 바람 피해가 커 낙과된 과일 줍고 쓰러진 나무 세우느라 바빴고, 산바 때는 중간중간 끊어진 길 때문에 외출하기가 어려웠어요. 비가 어찌나 쏟아지던지 강 주변부에 위치해 있던 전답들이 하나같이 물길에 휩쓸려 떠내려가는 참사가 벌어졌지 뭐예요. 이 때문에 회사에 휴가까지 내고 일손을 거들러 온 언니네 부부가 고생이 많았어요. 특히 형부는 도시 태생이라 농사일이 익숙지 않았을 텐데도 아주 열심이셨어요. 언니랑 형부가 지금처럼 서로 도우며 행복한 신혼생활을 이어나갔음 해요. 물론 조카도 빨리 보면 더욱 좋고요.

그리고 이쯤에서 예상하고 계신 분들도 있으시겠지만 이 핑계로 마감이 자체 연장되는 사태가 빚어졌답니다. 엎친 데 덮친 격으로 앞서 언급했던 이사 시기까지 겹쳐지게 되면서 마침내 총체적 난국으로까지 돌입하게 되었어요. 게다가 한 번 흐름을 놓치고 나니까 수정하는 일이 더 어렵게 느껴지더군요. 매번 생각하는 거지만, 하나의 글을 수어 차례에 걸쳐 가다듬기란 참 쉽지만은 않은 과정인 것 같아요. 안 풀린다 싶으면 몇 날 며칠을 붙잡고 있어도 진도가 나가지 않으니까요. 만약 창작이 가져다주는 즐거움이 없었더라면 전 여전히 독자로서만 남아 있었을 거예요. 하지만 이미 상상의 나래가 가져다주는 기쁨을 알아버린 이상, 지금처럼 글로 세상을 써내려가는 즐거움을 놓지는 못할 것 같아요.

발전이 있는 사람이었으면 좋겠어요. 이러한 생각으로 다음 작품도 열심히 만들어볼게요.

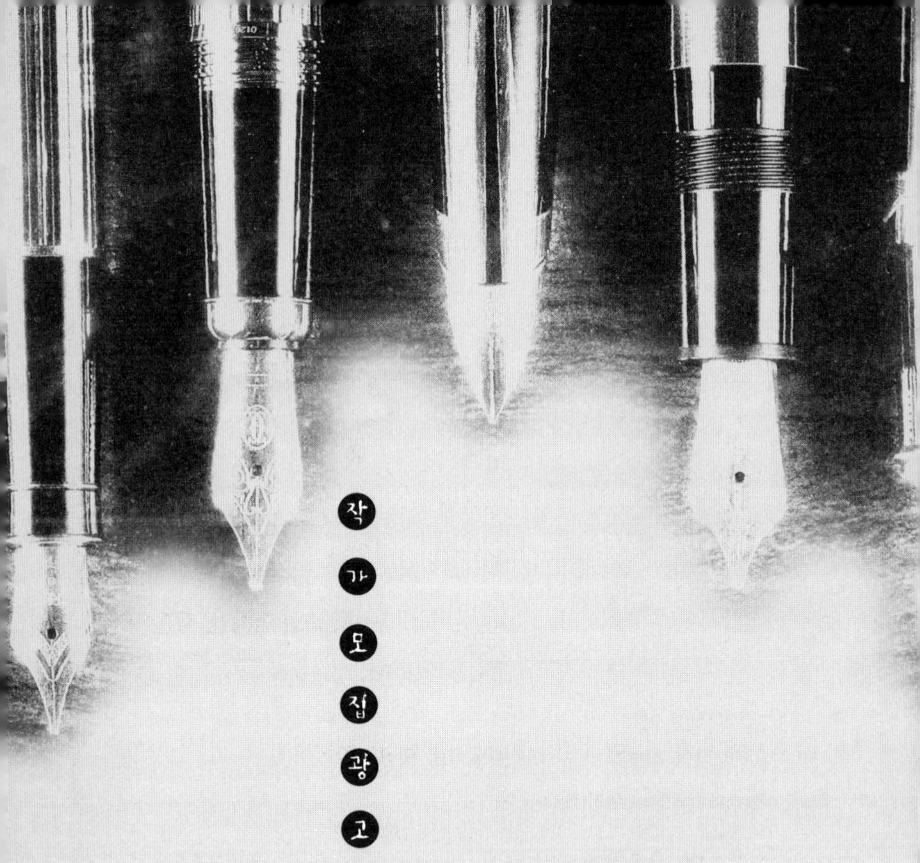

작
가
모
집
광
고